野水 著

旧物时光

作家出版社

图书在版编目（CIP）数据

旧物时光／野水著 . -- 北京：作家出版社，2019.7

ISBN 978 - 7 - 5212 - 0542 - 8

Ⅰ . ①旧…　Ⅱ . ①野…　Ⅲ . ①散文集 – 中国 – 当代
Ⅳ . ①I267

中国版本图书馆 CIP 数据核字（2019）第 093270 号

旧物时光

作　　者：野 水
责任编辑：史佳丽
装帧设计：张晓光
出版发行：作家出版社有限公司
社　　址：北京农展馆南里 10 号　　　邮　　编：100125
电话传真：86 - 10 - 65067186（发行中心及邮购部）
　　　　　 86 - 10 - 65004079（总编室）
E – mail: zuojia@zuojia. net. cn
http: // www. zuojiachubanshe. com
印　　刷：北京明月印务有限责任公司
成品尺寸：152 × 230
字　　数：283 千
印　　张：21.5
版　　次：2019 年 7 月第 1 版
印　　次：2019 年 8 月第 2 次印刷
ISBN 978 - 7 - 5212 - 0542 - 8
定　　价：42.00 元

目 录

第三辑   百味人生

第一辑

远去的村庄

风雨故园路

深秋时节，山野青黄，我又一次回到了故园。

天空飘着柔细的雨丝。我没有打开随身携带的伞，任由这冰凉的雨水，抚摸我的脸颊，使我清醒：这是一条曾经熟悉的山路。

走下一面河坡，过了河，再爬一面坡，转过一条弯弯的山路，就是故园了。我走得很慢。路边的几丛酸枣树的叶子已经泛黄，稀疏的叶子上面，湿漉漉的水珠在风中滚动。三五颗深红的酸枣，孤零零地躲在发黄的叶子后面。大概迟迟等不到我，那些酸枣，便在秋风中黯然落下，遁入泥土乱石中了。这几个孤独的守望者，大约是我童年时代忠实的玩伴，它们还隐在叶子后面，挤眉弄眼地和我捉着迷藏，等待我寻找到它们，想听我一声惊喜的叫喊。

路边的野菊花，挨挨挤挤，繁密如星，并无什么香气。未到河滩，我已听到水声。抬眼望去，河水如带。因为昨夜下过雨，水流浑黄，看不到水底的石子了。走近河堤，水声就激越起来，有锵鸣金石之音。河边的石壁，经过雨水的冲刷，洁净如洗。石壁的罅隙中，数丛灌木，相互争植，各有态势。

女儿跟随我回来过多次，很少见过这么大的水，要在这河滩多玩一会，我同意了，她便欢喜得如一只小羊在河里乱窜。我静静地站在河边，仰头看着崖上薄雾笼罩的远山近树。当年在这河滩里追逐戏水，逮蛇捉蛙的情景历历在目。半崖里，先祖移民来陕栽植的一棵古槐，早已腐朽殆尽，古槐的老根旁边，已悄然长出一棵新的青槐。冠盖如伞，参天有势。

宽阔的河底，如今被上游石料场倾倒的石渣漫填得一如平川，那些突兀的大石，早已沉睡在沙土下面了。昔日戏水的深潭一去不返，长满了荒草。

踩着摇晃的列石，我过了河。路边火红的柿子，在深秋的冷雨中释放着一腔热烈。红的柿子，黄的野菊，经过雨水的濯洗，更加明艳，将我淋湿的心慰藉得很是温暖。

女儿在河滩里转了几个来回，说没找到一块奇石，有点失望。我说，咱这山里，不出奇石，都是些平常的石头，只能垒墙根，打地基。虽身在土里，但坚实稳当，经年不垮。

流年似水，沧桑如梦，如今的我，已人到中年。面对这河水，不禁慨叹逝者如斯，物是人非。

回乡散记

一

阴历九月二十七，母亲去世一周年。简单地烧个纸，但我必须是要
回去的。

弟已做好待客的准备工作，来的人不多，青壮年都在外打工，不是
星期天，没有小孩子闹腾，都是些年龄大的老表，酒便喝得温润安宁。
远近的亲戚都在摘卸苹果，忙，但心情却不错。今年的果子价格意外地
好，他们的脸上也多了喜气，落果也卖到八毛五分钱，这在往年是不敢
想的事情。

他们并不知道通货膨胀是什么，只知道攥着一把钱上一回集，买不
了几个东西就没了；慨叹为打工而少上了几次化肥；苹果的枝剪得不细
致，结的果子不多，惋惜得很。

前几天的雨，湿润了远近的山岭，巷道里泥泞不堪，家家垫高了自
己门前，没有人去管水的出路，脚便无处可踩。去坟地，端着放着祭品
的木盘，在墙角土堆边绕行，很不方便。

阳光热烈，路边的野菊花独自烂漫地开放着，没有清香，却拥挤得
热闹。

二姐没有来，尽管我们做了很多努力，她却还在和癌症做着斗争。

姑姑和大姐放声长哭，哥点了火，纸钱在微风中冉冉地烧。我洒了酒进去，蓝色的焰立刻飘起，香蕉、橘子在摇摆的火苗中散发出一股淡淡的清香。

二

从坟地回来，远房的伯却快不行了，巷子里人乱乱地跑。我去看伯，在村里的商店买了四样最好的东西，竟没有超过二十块钱。伯的两个儿子，却都得了肝硬化腹水，五六年的时间，一前一后，撒手而去，可怜的伯和嬷嬷在艰难中度日。大孙子懂事得很，在西安跟人搞装修，重新盖了房子，家里装修得也不错，前年娶了媳妇，有了一个小孩，他给我倒了热茶，怯怯地叫着叔，双手呈上，我接了水，看着他疲惫的脸，心里暖了许多。

嬷嬷不停地埋怨我花钱买东西，说回来坐了就好，你伯也不会吃了，也说不了话，认不得人。我说我知道，给你买的，你能吃喝么。嬷嬷说我娃有这心，好得很，嬷嬷当年没少抱你哩。

伯瘫了多年，我能想象嬷嬷的艰难，一双枯瘦的手不停地抖，端不住碗。她说你伯走了好，享福了，是好事。伯已不能和我说话，瞪着一双眼睛，呼呼地喘气，一口痰上不来，看起来很难受。我不停地给来人发烟，八十二岁的振北爷原本是要上东坡摘柿子的，走到巷口，听说伯不行了，放下担子和两个老笼，来看伯，接了我的烟，说了半天，却把我当了老大，说把我娃的好烟吃了，爷安心哩。

侄儿来催我吃饭，我也没时间再待了，起身告辞。我说要是我伯走了，怕是没时间埋他了，事多得很，离不开人，下午就得走。嬷嬷拉着我的手说，你忙你的，你伯不怪你的，我啥都知道，外面生活也不容易，你又没吃公家饭，也没做大生意，千万别耽搁，还要供两个娃在外上学，艰难哩。掀我出了门。

三

吃过饭，来的客人都要走，说要赶紧回去摘苹果，果商催得紧，又要给苹果地上化肥，忙得很。他们一一看过伯，陆续回去了。

回来借了个车，要走了，后备厢里塞满了苹果、柿子、萝卜、红苕、玉米糁子，弟媳给我的杯子添满了茶水，放在车里了。哥说，下去顺便去二姐家一趟，我说我知道。

五十四岁的二姐已经知道自己的病，不停地哭，我唯一能做的，便是忍着苦痛说些宽心的话。我恨我自己，无力改变亲人们的一切。去世九年的父亲，在焦坪煤矿下了半辈子煤窑，得了尘矽肺病，五十多岁就逝去的大姐夫，即将咽气的伯，他们曾经辛苦地生活，却没享过一天福。

你刚刚觉得松泛些，七灾八难就来了，没有你喘息的机会。生活，就是问题叠着问题。对我们而言，什么时候，即使吃着粗茶淡饭，只要灾难不来敲门，就是幸福。

四

老屋的后院，曾经有一棵小小的酸枣树。

今天早上，我去了老屋，它还在后院静静地立着，却已经长大了许多。

它可能一直在这里默默地等待着我的亲近。枣树的叶子几近凋零，泛着黄，也没有几个。枝头挂了三两颗干瘪的枣儿，红中发黑。记忆里，它是一棵野生的酸枣树。盖老屋的时候，砌了围墙，这棵枣树便和它的伙伴失去了联系，被隔离在这小小的后院。每年的初夏，它开出淡黄细碎的小花，天旱的日子里，那些小黄花就会凋谢很多，落在地上，我就明白，秋后的枣儿不会结得很多，便很惋惜，因为到时候吃不了更多的枣儿。

有一年，父亲带来一个人，说把这酸枣树嫁接成大枣，枣儿大了，我自然高兴。遗憾的是，没有成，来年结的还是酸枣。这样的嫁接连续三年，终没有成功，酸枣照样繁盛地在枝条上拥挤着。深秋，它的脸更红，如顽皮的孩子。父亲也没有再管它。

多年过去了，枣儿自生自灭，没有人来摘，枣树的身子已经歪斜，不知名的藤蔓缠在它的身上，树下有落的枣儿，深陷在泥土里，成了黑色的小疙瘩。

它为什么没有变成大枣，是嫁接人的技术不行，还是它不愿改变自己的本性，去讨主人的欢心？抑或是无声地抗议人对它自由的限制？

五

村子的半崖里，一棵巨大的槐树，根如龙虬，裸露半空。

老人说，这棵槐树是移民的象征，是先人在五百年前栽的。开始并没有在半崖，只是经年的雨水洗刷，崖边的土层被冲落到河里，悬崖便一步步接近古槐，树根就暴露出来了。

终于在一个雨夜，古槐被雷神击中，整个倒在河里，古槐结束了它的生命。

就在古槐的原地，一棵槐树又站立起来了，是老根发了新枝！我已多年不在崖下的小路上行走，今天发现，竟异常地惊喜。它已经有碗口粗，树冠也不小，树身挺直，在半崖里顽强地站着，宣示着古槐的新生。

古槐死了，死的却是它的外表，它的内心充满了火热，在深深的土里积累酝酿。这么多年来，没有人知道它的心思，但它没有放弃生的希望和信心。在厉风酷雨中，积极地向上生长，也把生命的意义，传递给在艰难的世界里跋涉山川、逾越险阻的人。

六

当车子的前轮将积水划出两道凌空的白光时，我已行进在回老家的公路上了。雨一直很大。前方的路，被淹没在飞驰而过的大卡车腾起的水雾中，白茫茫一片。远处田野里的村庄，也掩映在树丛中，看不到任何人影。

路边的防护林带的树叶，随风簌簌地落下了。青黄间杂，在空中踩着虚飘的舞步，似乎不忍离开树枝，挣扎，盘旋，做最后的告别，却又不得不凄然落下。飘落的叶子在路上打着旋儿，被飞过的车子扇到路边，聚集在紧急停车带上，铺成一条细长而青黄的地毯，这是指引我回家的路吗？

手机响了，是岳母的电话，说蒸饺已经包好，只等我们到家就上锅蒸了。一想到热气腾腾的饺子和喷香的辣子醋水，我脚下的油门不由得大了。

离岳家还有一二百米，看见老爷子了，他从门口的石头上颤悠悠地站起来。妻子嗔怪他站在门口不知道冷，他说，他在拾风吹落在地上的核桃。

老太太系着围裙出了门，说咋就没见地上有核桃。老爷子不言语，反身进屋。

桌上，四碟子八碗已经摆好，妻子随老太太进了厨房。两个男人，中年与苍老，已经喝上了。没有过多的寒暄，只有吱吱的喝酒声。

房檐的落水管哗哗地流，美人蕉的叶子在雨水里闪着亮光。

我的父母已不在人间了。三杯下肚，坐在这里，温暖了许多。

乡村是沉淀的水

天阔，地远，夕阳，暮归人，将这些单一的元素，组合起来，你一闭眼，便是乡村。

而有山有水的乡村，更如玉中的黄龙，温润，柔和，一如沉淀的水，可人肌肤，舒人胸臆，难怪有那么多的人隐匿其中，不思凡尘。

六月里，山沟里的水也多起来。我开着车，将山口石渣场卷起的土雾抛在身后，一路深入故园以北二十多里的山沟。去的时候，带着镢头，挖了沟畔上的几丛马莲草，期望在繁杂的日子里，能零距离地接触到绿色。这是当年婆绑粽子的"绳子"，在开水里煮过，更加柔韧结实，是扯不断的那种草儿。我惊异于她的柔弱，她的细滑，更惊叹于她的韧性，是什么让她如此坚韧？

潮湿的环境？贫瘠的土壤？抑或是由于长期地匍匐于灌木丛和大树下的生存状况，才使她变得如此坚强？

眼前，是一座土桥，相传建于清朝嘉庆年间，夯土结实细密。桥的筋骨，是用山上结实的"羊羊梢"编织的绳索做的，两边的桥身上，还残留着露出的草绳头。土桥下的水，发出哗哗的声音来，聚拢而泻，在纹理清晰的断崖上冲下来，形成一个"跌哨"，便有潭水集聚，清荣俊秀。尽管水的源头，不是雨水或泉水，而仅仅是上游几个煤矿上排出的污水，但经过几十里路的洗刷沉淀，仍然清亮有加。只是水底的石头，因为矾和碱的侵蚀，变成红色，但仍然带给我一种安详清静的感受。坐在水边的石头上，嘴里咀嚼着随手拈来的一棵不知名的草茎，我已沉浸在这难得的宁静中了。

四周有一股沁人的湿气，清凉入骨，空气便如这汩汩流淌的水——是滤过的那种，不含任何杂质。忽然，有荆芥的香气扑入口鼻，抬眼望去，对面山坡上，一大片荆芥，紫中泛红的小花，在风中摇曳，是她！我小时候，在这条路上走过多次，割荆条编笼或筐子，或去亲戚家。夏日里，每每经过此地，都闻过她的香味。性平无毒，清香气浓。村里的先生老汉，常常采了荆芥的花穗子，架锅熬汤。偶感风寒或身起风疹者，喝了这汤药，发汗解表，去疮祛寒。他已经故去多年，这里的荆芥，依然丰腴而恣意地生长着，只是再也看不到身挎背篓、曲腰弓行的先生老汉了。

路边有一排排的蜂箱，没有多少蜂，大概都出勤了，这漫山遍野的草儿和零星的野花，吸引了勤快的蜜蜂。一个形似卫星天线的太阳能锅，架在路边的矮草丛里，铝壶里的水，在夕阳下的余晖中，冒着丝丝热气，不见人影。

在这幽旷寂静的山沟里，我感到了从未有过的放松和懈怠。耳边聒噪的声音完全消失，没有一丝酷热和颓困，一种安放情感的念头油然而生。我想，以后的日子里，我会常常来到这里。我需要安静，也需要慰藉，只有在这样的地方，我才会彻底放松自己。范文正公所谓"宠辱皆忘，把酒临风"的意境，莫非如此？

我起身，继续向沟底走去。在我的印象中，那里是有一个"龙王庙"的，是山民祈雨之所。究其实，是多年前的山里人，在靠近河底的石崖上，开凿的一个纵深约莫两三米的洞子。当年，我曾经进去过，有红烛在阴风中扑闪，黑暗潮湿。晴朗的天气里，洞壁石头上的苔藓，清晰可辨。洞内阴森可怖，有石头做的供桌，上面放着些许干果。据说很灵验，因为常常祈雨不久，便有雨水降落。

　　站在这洞口，我却犹豫了，藤蔓和荒草，已经完全遮盖了小小的洞口，而我，已经五大三粗，不是当年的"小猴子"了，进去不得。里面黑漆漆一片，看不清任何东西，当年的红烛之光，早已熄灭。龙王爷，可能已回到东海了。

　　这里的山岭上，已经无人居住。远远望去，东边的"野人窑"村，只有几棵高大的杨树，也没有人影。西边的"张八山"上，那棵象征一个村庄存在的大橡树，已经看不见身影。据说多年前，被雷电击中，已经焚毁，荡然无存。

　　但我还是喜欢这里的宁静和清凉，没有人居，然乡村依旧，土窑尚在。

　　这无人的山野，是沉淀后的清水，她能荡涤一切污垢。在城里，常常会弄脏身体和心灵。这里，应该是一个濯洗自己的好地方。

远去的村庄

　　我的老村，即将人去村空，新的村落，已不在旧址了。当年的我，因为她的贫穷落后，愚昧闭塞，如一个负气出走的孩子，逃出了母亲的视线。二十多年来，都市的奔波流离，生活的酸甜苦辣，常常使我想起那个背风而立、俯瞰河水的"港湾"，忽然觉得有为她写一点东西的必要了。这个念头，时时咬噬着我的心，遂决定动笔，以我多年不事稼穑而褪去厚茧的手，意欲濯洗掉多年以来因为怠慢和疏远她而背负的罪责。因为，我的魂灵，终究是要回去的。

——题记

一

　　我的老村，坐落在明月山下，顺阳河边的半山腰间，我出生在此，并在这里生活了二十多年。

　　明月山，渭北名山之一，属桥山山脉，位于铜川和富平交界地带，古称"频山"，海拔一千四百三十九米。战国时期，秦始皇为消灭六国，一统江山，命大将王翦于此山中屯兵练武，养精蓄锐数年。明月山山势嵯峨，沟壑纵横，草木茂繁，直撼三辅，向为文人学士游吟之处。征和二年（前 91），汉武帝刘彻在宰相刘屈氂的陪同下，登明月山访仙，封秦大将王翦为频山之神，山巅至今留有以石砌成的汉武帝大殿。王翦故里，距我村十几里地。

北周文学家庾信（513—581）作有《明月山铭》："竹亭标岳，四面临虚；山危檐回，叶落窗疏。看檐有笛，听树疑竽；风生石洞，云出山根。霜朝唳鹤，秋夜鸣猿；堤梁似堰，野路疑村。船横埭下，树夹津门；宁殊华盖，讵识桃源？"金末元初，诗人庞志明游至明月山顶的王翦庙，作《观频山》一诗："倏然胜负入频山，古迹青松绕画阑。修道此处堪图画，真乃西岩阆苑闲。"

玉镜山，亦为渭北名山，与明月山东西呼应。明末清初，富平名士路立孔，天才英迈，嗜古工诗，不乐仕进，对玉镜山有如此描述："高悬玉镜两门间，一水盘流十二弯。风洞岭西明月寺，日星波上揣天山。旧宫花草春谁惜，削壁烟云好月闲。乱世君臣还有迹，居人点指说朝班。"其中的明月寺，就指明月山顶的王翦庙。

顺阳河，古称"频河"，就在这两座山之间的峡谷中，大致由北向南，蜿蜒流出。在我村的崖下，急急的河水，与南边一条伸进河谷的山岭相撞，折而向西，又南出山口，缓流而下，进入由北向南逐级低缓的渭北平原。顺阳河流经的这条几十里长的峪沟，名曰"赵老峪"。稗史记载，赵老为北宋宗室，无名字，自号山主，初隐终南，彻悟禅宗。明英宗天顺年间，选地富平，居频山（即现在明月山）顶，采草药悬壶济世，炼朱丹以求长生，山中常有二虎伴其左右。赵老妙手带春，得其药者即愈。圆寂后肉身尚存峪中，后人便称此峪为"赵老峪"。明末清初，大学士李因笃言：赵老与孙真人同时结庵频山之上，每与居人疗病，则乘虎而往。并作诗云："频山南去接枌榆，赵老投荒避市衢。肘后隐文兼利物，高秋骑虎动虬须。"赵老亦留有《明月山偈》诗一首："明月清风好坐禅，休将意马走山川。此生不修空归去，再遇人身几万年。"从我村沿河谷北行二十里，有土桥一座，连接顺阳河两岸，那里常有虎出没，名曰"老虎桥"，由古富平县志上的水文地图来看，顺阳河的源头应在今天铜川的印台区一带，由北向南，流过富平县境，在今富平留古与阎良的交界处，与石川河合流，最终汇入渭河。

由此可知，几百年前，这里虎豹出没，狼行野岭，鹿鸣猿吟。顺阳河之行船撑篙，亦绝非村中老人戏言。

二

老村，刚好进入赵老峪的山口，山外的人，称我村为"峪里"。老村居河北岸，是略微平缓的一片台地。山村与外界的唯一纽带，便是一条从河底曲折而上的小路。由村后山坡直上，到达一个小山包，上面是一片不连贯的青石平台。巨大的石板上，有状如马蹄的深坑。在村人的神话传说中，那是一个金老婆坐着马车，由河对面的车辐峪里，跃马奔出，直直落在这座山头，马蹄便深入青石板中，留下此坑。坑内积水，兼有草生，至今仍历历在目。当年，崖边一棵巨大的槐树，树根裸露，盘根错节，若龙爪当空练舞，树冠伸向天际，翘首河谷。夏天的午后，村人在树下乘凉，沐浴河风间，常有黑质白章的蛇，从中空的树身里爬出，吐着火红的信子，在树枝间游弋。年长者言，那是神爷，不得惊动。一棵大树就是一个村落的秘史，这棵大槐树也是移民的象征。据老人讲，明洪武年间，村人由山西洪洞大槐树下移民来此。选择这里住脚扎根，是官府的安排，抑或是村人的抉择？无从知晓，也没有记录。后来，从村后灵坡山上偶然掘出一块土迹斑斑的条石，竟为我村先祖王公处士之墓碑。由模糊的碑文，可知先祖乃大明洪武二年（1369）山西洪洞移民。至此，数百年传说，方以为证。由河坡上的路进入村子，首先到达东城门，也是城的正门。在我能记事起，城门已不复存在，但在东门外边，有一个池塘，常年波光粼粼。池边栽植一圈高大的柳树，并建有一庙。从庙门进去，左右两边一大一小两殿，以天井隔分开来，大殿的门窗，皆是《红楼梦》里的式样，且红漆森森。我上学的时候，村里将庙里神像拆除，改作教室，成了我们的"三味书屋"，在这里，我度过了小学一到三年级的幼稚时光。老村当年亦是有城墙的，现在还能依稀看到城墙的残垣断壁。在我模糊的记忆里，城墙不很完整，时断时续，且有人家在城墙下钻窑居住。城墙的顶上，可以四五人并行，但荒草萋萋，是我和伙伴们捉迷藏的领地。城里有东西南北四条巷子，窄而阴暗，家家门口立有石狮，虎虎生威。屋檐高耸，碧瓦青砖。门是黑漆的，两扇门的上边，一边一个虎头，虎头的嘴里各叼一个硕大的门环，庄严而肃穆；台阶很高，均是厚厚的青色条石铺就。在北巷的一家门口，一棵高耸的槐树刺破了天，伸出高高的城墙顶，树冠里常有老鸦出没，嘎嘎地叫着飞向高空。

城外有二十几户人家，称"城背后的人"，全依了高崖下居住，钻崖为窑，人畜分住，鲜有屋舍。但树木苍翠繁多，窑背上枣树葱郁，一到深秋，如繁星点点，我与一帮顽童少年，争相摘食。铁娃强悍胆大，却不幸在和我们争斗中，从崖上掉下，口鼻流血，仰躺在崖下四爷的窑门前，不省人事。我与众孩慌作鸟兽散，被四爷抓住，扒了我们一帮小孩的裤子，扯出小指头般的小鸡鸡，逼着尿尿。铁娃喝了我们的童子尿，保住了一条小命。

四十多年以前，只有一条鸡肠子般的小路，沿着村子东边的山坡，从顺阳河的下游或蜿蜒山坡而上，或伸入河谷曲曲折折，直延伸进九曲十八弯的赵老峪，经过四十多里地，在一个叫做十二盘的地方，进入铜川地界，那里的金华山出产煤炭。自我村以南的这些平原地带的人，所有生活的用煤，须经此路驮运。这条路上，便有牵着骡马驮炭的人，或单帮，或结伙而行。高亢而嘶哑的酸曲子老腔，毫无顾忌地撕破沾满煤灰的汉子的脸，惊得半崖里黑森森的土窟窿蹿出一群黑鸦和野鸽，在湛蓝的空中，划过一条弧线，急慌慌消失在山顶黑密的柏树林。

东坡自然就在河的东岸了。顺着山坡一路而上，那里是大片的柏树林，后来成了生产队的林场。据说，宋元当年在这里跃马厮杀，元败，首领乌古可伦苏战死疆场，宋人佩服乌将军之勇猛顽强，以楠木棺椁厚殓，葬于东坡的柏树林。无字无碑的坟墓早与周遭无异，也就无从考证乌将军魂灵的具体位置了，只是柏树林的黑鸦，飞腾升空的时候，似有刀鸣马奋之音，亦如黑云蔽日，久久不肯散去。

顺阳河流出山口，分道两行。主流直向南去，一小支流转向东南，成为季节河。在两条水的分叉处，形成一个不大的三角洲，有村落，名"湾里"，距我村仅三里之遥，在这分叉的河岸边，考古专家曾发掘出新石器时代磨制的石斧石刀。

斗转星移，世事沧桑，生命的诞生与繁衍，总是离不开山与水的。山之阳刚，水之阴柔，便是生命的父本和母本。我想，任何一条河流，都在诠释着生命的绵延与伟大，我的山脚下的这条河，尽管默默无闻，也是如此，不会二致。

我问过母亲，我从哪里来？母亲说，从河里捞的。我说河里怎么会有我。母亲说是顺阳河的大水冲下来的。我说河里的水不大啊，怎么会冲下来人呢。母亲说，平常是没有的，七八月间，河里发山水的时候，就冲下来小孩了，需要孩子的人家，便手拿笊篱，涉水捡捞。

夏日的季节，发山水的时候，我常常站在崖边，耳听浊浪轰鸣，眼看黑褐色的水头，如黑乌梢蛇在河的两岸扑打。我的那些童年的伙伴，也和我一样，痴痴地希望水中会出现新的玩伴。许多年过去了，却并没有人出现在河里。我长大了，不再问了，但却常常会站在河岸边的大槐树下，心想：这河的源头在哪里？它流向何处？远处的南山，离这儿有多远？

于是，在我幼小的心灵里，关于我出生的这个村庄的来由，关于这河，关于这山，关于生命的许多拷问，都在这山村的河岸边懵懂地产生了。

三

店子，是新村的名字，在山口的东边，是出山的必经之路，也是玉镜山的山梁向西伸进顺阳河的一片略微平缓的台地。这条山梁的名字叫南梁，应该是老村人相对于自身居住位置的说法。由店子向南望去，豁然开朗，在晴朗的天气里，南山的轮廓，像踊跃的铁的兽脊，在远空跳跃。老人们时常说的南山，我知道，便是秦岭。

店子的名字，缘于这条驮炭路上的一个客栈的存在。店名为甚，无从可考，甚而可能无名无字。现在的新村后面的一座崖下，两面倒塌的窑洞，便是当年的客栈，窑顶上烟熏火燎的痕迹，在荒草的叶子下面，兀自诉说着驮炭人的故事。在盗匪肆虐的年代，敢在这里驻脚挣银子的人，我想，不是落草寇人，也非良民百姓，一般人是不敢在此居住的。

一九六六年，隆隆的炮声在山里响起，省上规划的一条公路，计划穿过山口，连接富平与铜川。这条公路在原来进山驮炭的路的基础上，逢河架桥，取平拓宽，起名"红卫路"。副县长亲自指挥，隔三岔五，人老几辈也没有见过的吉普车就会来到指挥部，帆布帐篷在店子搭起来，山里人第一次见到拉着砂石的大卡车。十年后，这条路上的车辆多了起来，我们小孩追在汽车屁股后面，争闻汽油的芳香。飞跑的汽车卷起的尘土，也把山里人的思绪带到了外面。解放多年了，社会相对安定，再也没有了持刀跨马、掠财霸女的土匪了，店子，便有了几户人家。爷庙做的教室，也因年级和人数的增加，不能满足需要，庙便被拆了，新的学校在店子建起来，我们老村的学生，便和其他生产队的孩子，一起到店子去上小学。

因了这条名叫"红卫"的公路从中穿过，店子便成了连接山里与山外的枢纽地带。尽管店子这地方是石头底子，少了老村深厚的黄黏土层，但却交通方便，出行要比老村相对容易得多，于是，新的庄基地便在店子村。老村里分出来的儿子们，开始与父母隔河相望了。从修这条路开始，顺着路东的山崖，一排新的庄基整齐有序地自北向南延伸，家家门口也栽了桐树和柳树，这些树，和新的家一块成长。

老村原来有四五十户人家，此后的几十年里，店子村从无到有，由一两家人，逐渐增加到八九十户，而老村却只剩下十余户人了。最早来到的一些人家的户主，已是爷爷辈，他们的父母，有好多已经在老村上面的山坡上长眠了。那些坟头笼罩了一丛丛麻黄、乌绿的柏树，像守灵的卫士，在山坡上屹立。偶尔从坟头的草丛中会飞出漂亮的野鸡，跑出灰黄的野兔，这一切，都在诉说着老村的荒凉和寂静。

新村的人却多起来了，公路的边上，也开了商店，并由一家发展到三四家，和着路上的尘土，音响放着流行歌曲或者高亢的秦腔，商店的门口，总有人坐着晒太阳，或乘凉吃着瓜摊子上的西瓜。

其实父亲是有机会住进新的村子里的。一九七六年以前，父亲还和三叔挤在老村城背后崖下的老房子里，母亲也曾再三鼓动父亲住在店子，这样我和哥弟上学也方便些，但父亲却没有同意，说地大多都在老村这边，住过去了，种地不方便。母亲后来说，父亲不同意的根本原因，是嫌离我婆远了，他放心不下。就这样，我们家一直在老村里，我的上学，便很不方便。夏天山洪暴发的时候，河是很难过去的。老师便找一处比较宽的水面，那里水流平缓，我和其他学生手拉手，不敢放松，老师在中间拉着手照应，脚不能抬得高，要贴着河底的碎石子挪动才行，抬得高了，一个脚是支撑不住的，有可能被水冲倒；眼睛不能看脚下，要直视河的对岸，不然就会眼晕倒下，这只是河水到膝盖左右才能过的，要是水太大，也不敢过，就没法了，只能等水位下降再说。这样就很羡慕人家住在新村的孩子。

这样的羡慕从那时起，贯穿了我的初中和高中。初中，又要到山外另一个村子的学校上学了，路更远，不能回家吃饭。隆冬时节，每天的早晨，在鸡叫四遍后，摸黑起床，背上一天要吃的馍，翻过厚冰覆盖的河，经过近四十分钟的快步行走，才能到校。路边乌黑的烂窑，身后尾随的狼的嚎叫，已经习以为常，也不再害怕，唯有多翻的这条河，常常令我懊恼和仇恨。

四

深秋的一个下午，我背着照相机，领着孩子和侄儿，第一次，以一个旅游者的身份，气喘吁吁地登上老村上面的灵坡山顶。手里没有了当年的镰刀和镬头，也没有赶着羊或者牛，我是随性而惬意的。坐在当年"马蹄"砸下的深坑边歇气，我一边抚摸着那些青石，一边环顾周围的山山岭岭。尽管多年以来封山育林，禁止放牧，却也看不见儿时放羊见到的麋鹿，也听不到远处狼的长吟，周围一片静寂，唯有东边远处的一只老鹰在柏树林的上空盘旋。西边的山梁，整个已被削去了头顶，而且山梁也被齐刷刷切到坡底，如剃头刀在头上狠狠地刮去一道，露出青灰而难看的头皮。开山炸石的炮声，是山的葬礼的前奏，黄黑的烟雾腾起于空，惊得别处一团鸟簌簌乱飞，如村里老了人，撒在空中的鬼钱。装载机的挖斗举起很高，往一辆辆双桥载重车里装着破碎的小石子，每一斗石子倒进去，都会腾起一股土雾，即使站在山顶，也能隐隐闻到呛味。我脚下的青石板依旧黑青着，没有了牛羊的践踏和撕咬，石缝里的杂草长得蓬勃而旺盛，却落满了灰土。粗壮的硬硬的枝干，近乎一棵棵小树。向南望去，弯曲的顺阳河的河底，满是杂草，因为多日无雨，河是干涸的；大小不一的石头，如顽皮的孩子，横七竖八地躺在河里，在太阳下泛着白光。连接老村与店子新村的河坡的路上，鲜有走动的人影，唯有店子的公路上，一辆辆拉着石子的载重汽车传来沉闷而粗重的喘息声，车后的尘土飘起很高。

河南岸的店子新村，已不是原来的一排住户了，南北三条巷子，东西也有两条短巷。一大片浓绿的树覆盖了整个村子，那条贯穿南北的公路，如一条白色的带子，在绿树丛中穿过。公路的两边，挨挨挤挤的屋舍在树丛中隐现，兼有白色的瓷片闪着白光，显出高高的电视天线和一两家高耸的屋檐。路边商店的门口，几个年轻人在打着台球。

我的目光从河对岸的店子村收回，落在山脚下的老村上空，能清楚地看到残破的几段老城墙里几条空静的小巷。已经到黄昏了，几十年前的这个时候，村子的上空应是炊烟缕缕，鸟隐山林的时间，现在，却没有人影在那里出没——土城墙里已经空了，只剩下几处断了的矮墙和几间破瓦房，其他的园子里种着什么草或者什么菜吧，反正绿汪汪的。池塘也干涸了，和周围一样平，原来边上的大树早不见了。城背后的北边和西边，高崖下的那些人家的屋舍却还在，但我知道，总共不到十余户有人，也都是七十岁以上的老两口或者孤身一人的老汉或老太太，他们的儿孙也都搬到店子了，老村的土地，已经养活不了人，对他们没有什么吸引力了。是因为他们不愿看儿子儿媳的眉高眼低，还是他们想自己享受清静？总之，没有随迁过去，依旧守在破旧的屋里。其余的屋子其实都是空的——老人去世了，儿子搬过去了，墙是土墙，木头也是多年的，快要朽了，拆下来不能用，也用不上了，那房子便静静地躺在崖下。崖上的枣树，越来越粗，枝密叶茂，上面的枣儿结得很繁，却并无顽童来摘，枣儿熟了，落了。又熟了，又落了。

老村的乱葬坟，就在我脚下不远的坡上，十几年来，已经没有再添新的坟头了，这几年的新坟也多在店子那边的山梁上，据说老村的这个穴不是很好。老了人的家庭，都自己请风水先生另外找好穴了，村里便再没有了固定的坟场。老坟就显得很是落寞孤寂，只有每年的春节和清明，才有欢腾的小孩跟着他们的父辈，来到这里响炮烧纸，洒酒祭奠。那里的柏树林麻黄丛中，我的父母、爷婆和老爷辈们在静静地过着他们冥间的日子。这几年，也给烧过纸钱冥币，却忘了烧纸锨纸笼，不知道老爷早上起来如何拾路上的牛粪。

我的目光再一次停留在老村的上空，竟然第一次发现，老村是如此的方方正正！它坐落在近乎直立的悬崖的上边，上天赐给村人一片如此平阔的台地，倘若没有东边那条从河里蜿蜒上来的小路，任何人是进不了村的，在兵荒马乱的年代，这是多么的安全！即使河水再高，也不会淹没村子，因为河在脚下，这就免去了水涝之灾。在我的记忆里，村里从来没有刮过大风。有一年，山外的一个村子刮过一场龙卷风，风吹倒了停在麦场里的拖拉机，竟把一个碾场的碌碡吹走了！而我们村子却很平静，因为它背风！我突然就理解了先人，他们可能不太懂风水之说，但他们的眼光却是独到的。住在这个几乎与世隔绝的半崖上，几百年来男耕女织的生活不也是我们这个民族的农耕文明史的演绎过程吗？即使一辈子不出山，也能完成生老病死的所有人生过程。我忽然就为自己当年无知的埋怨而后悔了，此刻，我深深地理解了他们。在这个台地的上边和西边，遍布的梯田和桃林，曾经生长的几百年的大树和高高的城墙，还有那琉璃飞檐的庙宇，都是先人们智慧的结晶。老村，它经历了多少沧桑？岂是我一言两语能说清道明的？！

随着时间的推移，老村里那不到十余户的老人，将陆续走完他们清苦的一生。在老村繁衍生息了一辈子，老了，儿女们像山里的鸟，起窝了，飞走了。他们或在天南海北，或在新村，开始他们新的生活，那里是喧嚣的，热闹的，骚动的。再过若干年，我的老村，也会像那个池塘一样，最终干涸而直至消亡，不复存在，关于她的一切的一切，也将成为我记忆中的碎片。

下山的路上，我对女儿说，等你大学毕业，走上工作岗位，我和你妈就回老家住。女儿说，那怎么行？这儿多不方便！不是上坡就是下坡的。要不我走到哪，你和我妈就跟到哪，给我看孩子，我养活你们俩。我说也行，但我们死了，要回老家的，要和你爷你婆埋在一起。女儿说，我给你们买个墓地，清明春节也方便祭奠，再回来，太远。我说在外，死不起的，墓地很贵。女儿却说她将来会挣到钱的，不用我操心。

夕阳隐向西沟的坡后，灰白的雾气从山坡升起，与老村飘起的几缕烧炕的蓝烟搅在一块，弥漫上来。我忽然就悲凉起来，无限的伤感袭遍全身。二十多岁的我，为了所谓生活得好一点，离开故乡的怀抱，像一条流浪的狗，在喧嚣的都市里穿梭忙碌，却始终只是一个匆匆的过客，拥挤而热闹的都市，拒绝我灵魂的迁入，我也无法将自己的魂灵融入那里。几十年后，我的一切，却不由我来决定了。在乡人艳羡的目光中，我应该是幸福的，我得到了幸福吗？我又失去了什么？

　　拨开行将枯黄的笼罩了小道的荒草，到了山下，我低头走在返回老村的路上，再一次回过头去，那浓浓的雾已飘浮在山顶，在空中踯躅徘徊，它要飘向哪里？它会落下来吗？还是一直在空中飘荡，无法降落？或者无处回落？

（部分史料参考惠志刚、李问圃先生

编纂的《古韵钩沉》，谨表谢意。）

老城墙

那个傍晚，铁娃一声接一声地喊叫"藏好了没有"的时候，我正趴在老城墙顶上。

墙头的狗尾巴草和铁秆蒿有一人多高，将我的身体掩没，我感觉到了隐秘和安全，同时鼻子里充满了潮湿的气息和泥土的腥味。一只黑而大的蚂蚁快速地跑上脸颊，我感到了一丝瘙痒，我将它捏起并扔进了远处更深的草丛。拨开脸前的草，我看到铁娃他们焦急地奔跑在麦场里。他们小心谨慎地靠近麦秸垛、麦场边的草房子和远处破旧的几面窑洞。他们甚至跑到河岸，向河滩里望去，试图找到我的身影，声音却渐渐变小并夹带着一丝恐惧，像一缕破布条在风中被撕裂开来。天空渐渐变得深蓝而幽邃，星星并不多，但却亮堂。它们在看我。我重新埋下已经抬了很久的头，将脸贴在草上。

老城墙是围拢村子一周的高大的墙壁，村人叫它"老城"。但它远比那些单独的家院的墙厚实而且高大。铁娃爷喜欢看一本纸页发黄的旧书《说唐》。他常常在皂角树下或者麦场边休息的时候看书。他是村里知道得最多的人。他说老城墙是明朝洪武年间，先祖从山西洪洞来到这以后的后人们修的，防刀客。那时候的刀客可多呢。村里原先的吴老汉有烟土，刀客早就知道了。那晚他们一大帮人马杀到村里，绑了吴老汉。刀客烧红了烙铁，在吴老汉脊背上按下去，吱的一声，吴老汉的脊背平地就起了一个深坑。吴老汉的老婆尿湿了裤子，她夹着两腿把刀客引进了后院。刀客到底拿走了那一老碗烟土。铁娃爷说。吴老汉心疼地躺了好几天，也把老婆骂了好几天。人为财死嘛，藏一点止疼还差不多，谁叫你有那么多那东西呢。我才不傻，你有钱你置地啊——刀客能把你的地搬走吗？铁娃的爷举起那根长长的旱烟秆点烟，伸出的手像一只枯瘦的鸡爪，在讲述的过程里瑟瑟发抖，似乎那火红的烙铁是烫在他的脊背上。那一天的中午，铁娃爷躺在大槐树下的一块青石板上假寐，他的脸上苫着一把破得不成样子的芭蕉扇。我拿起他身边的一本书，看到了"坐满朝空，前低后高；前山后水，明堂开阔；坐山安稳……"的句子，我似懂非懂，问他。他神秘地笑，揭开扇子的脸上，萎缩的皮肉向四周溢出，褶皱像犁过的地里那些黝黑的波浪。

老城三面包围了村子，朝南的一面是河谷，深邃的悬崖岿然壁立。东面的城门早已不见踪影，只留下一个开阔的豁口供人出入。西边的老城本没有开口，后来也没有了呼啸而来的刀鸣马奋。为了方便出入，西边的住户在老城的墙上凿出一个圆洞，而四周的围墙，被贪图方便的人挖了去垫牛圈羊圈。于是，那些破烂的豁口成为我们攀援的路径。宽阔的墙顶衰草离披，迎风摇摆，是我们藏身的好地方。

老城里青砖碧瓦，雕梁画栋的那些家户，后来被定为地主。他们从先祖开疆辟地后的土地上打拼出来的家园里，"多出来"的厢房厅房，被辟为生产队的粮仓或保管室。铁娃爷低着头站在夏天的烈日下暴晒，头上的汗珠落下来打湿了脚下的土地。会场上气氛热烈标语高悬。铁娃爹上台发言，他指着低头的父亲义愤填膺地要和他划清界限。那一圈高大厚实的老城，虽抵御了刀客，却终究没有护佑住他。那些买来的地，成为他的灾难。每一场运动到来的时候，他都要站在阔大的麦场里接受批判。他被冠以"地富反坏右"的帽子，并且真的戴着一顶尖尖的铁帽子，佝偻着瘦得成为一把枯草的身子在村巷里游走。

每一次批判运动到来的时候，铁娃爷都要低头弯腰站在麦场里。从没上过学的贫协主任声嘶力竭地说，他和林彪孔老二他们是"一屎子货"（他从工作组领导的嘴里听过一个新词：一丘之貉）。铁娃爷终究被折腾得死去，坟茔立在老城墙外的荒山上。

我不知道村子故去的老城墙上，是否有着明太祖皇城上的翼角飞翘，下悬铃铎的敌楼和垛墙，但从铁娃爷的嘴里，我知道宽厚的老城墙里掺杂了糯米熬成的汁液，黏结着筛子过后的细土，经纬着山上割来的藤蔓。铁娃的爹后来总是在老城下面挖土垫圈，他看到了挖开的土层上面一圈一圈的椎窝。他挖得很吃力，那些椎窝瞪着圆圆的眼睛看着他。他有些吃惊和害怕，但他终于持续地挖下去。那些年里，老城渐渐矮下去了。

冷兵器时代，"筑城以卫君，造郭以守民"的理念，深深地印在统治者的心里。据说春秋时代就有了城郭，战国以盛，明达极致。从电影的片段里，总能看到城下勒马叫阵的将军。在中国的历史长河里，铸剑为犁的时候总是那么的短暂，坚固高大的城墙在其中扮演了牢不可破的角色。显然，村子那小小的城墙承载的仅仅只是守民的职能。但在特定的历史时期，它被看作封建皇权的孝子贤孙，在遍布中国大地的那些因为城墙而产生的城市里，围绕的城墙一夜之间坍塌殆尽——强大的红色政权摧毁了它。在新生的政权看来，城墙只是守卫了地主和富农，那是压弯穷人脊梁的大山，百姓有国家机器的守护足矣，庶民可以安居乐业。

八年前的一个阴雨连绵的日子，铁娃的爹又在只剩一小段的老城上挖土，他家的牛圈需要干土。他已经住在城外的瓦房里，但那面打在老城上的，已经残破的窑洞是他家的，那里的土自然被看作他家的土。他试图得到更多的土囤在家门口慢慢使用。老迈的他在下面挖，继续深挖，希望上面倒下来。最后大堆的土确实下来了，他被淹没在城墙里。

铁娃爹挖土的那天，据说有只乌鸦在窑洞门口的老槐树上嘎嘎地叫唤，啄着那些生长了多年的槐耳。沉闷的响声之后，那只乌鸦展翅高飞，消失在无边的天际。

　　山河冷落，乌鹊声远。当我再次站在老城墙遗址上的时候，恍惚看到铁娃的爹端着一盏煤油灯走向院子西边的牛棚。他将煤油灯放在石槽边的石头上，开始向石槽里倾倒铡得极短的麦草。他手中的葫芦瓢伸进了旁边的瓦瓮，从里面舀出一瓢麸皮倒进石槽，加水，搅拌。牛的头顽强地伸进石槽，试图抢先吃上附在麦草表面的一层麸子皮，脖颈的缰绳在石槽边上碰撞出清脆的声音。铁娃的爹用棍子将牛头拨向一边，嘴里骂着"你真奸"，一边快速地搅动。他将木棍在石槽边上重重地磕击两声，这是一个给牛发出的信号，也顺便掸净棍子上黏附的麸皮——父亲也这么做。牛很快地就将头埋进了石槽。铁娃爹说，吃吧，饿死鬼托生的，早死早托生。

　　给牛拌完草，铁娃的爹端起油灯，一只手捂了清幽昏黄的火苗。那一点光焰，随着他迟缓的脚步，忽忽悠悠地从我眼里飘走了。

　　那只飞去的乌鸦，也许是老城墙最后的隐喻。

五面窑

凭借一条并不杳渺的斜径的痕迹，我艰难地穿过棘榛丛生的小路，站在五面窑对面的山坡上。远远望去，一字排开的窑洞，已被高崖上面溜下来的土掩埋得只留下一个个近似天窗的小口。窑洞上方的杂草遮盖了大片的土崖，高处的酸枣树生得蓬蓬勃勃，绿意盎然。我脚下的坡上，也开满了灿烂的小花。

老村的周围，大约也难以找到什么地方，能比这里有更令人怀想的过去。承载村人艰苦岁月的遗迹，没有被任何发黄的书卷记录进哪怕任何一页稗史，只能化作口口相传的民间故事，在我面前这个须髯飘飘的老者口中嚅动，随着他手里燃烧的艾蒿的烟气飘散，渐行渐远。当我默默咀嚼烟雾中残留的痕迹时，蓦然证实，五面窑洞的窑顶口，确实并没有任何烟熏火燎的迹象——没有人在那里面长时间生活——它只是村人暂时躲避刀客的栖身之所。

老早的河（床）比现在要深得多，老者说。

我明白那些窑洞之所以看起来在平地的缘由了。祖先在半崖里开辟出一条隐蔽的小路，凿出五面窑洞，作为村人躲避灾难的安全地带。假以壮汉值守窑门，任何即使顺着小路攀援上来的刀客，也无法进入这些窑洞。流窜的刀客们自然不会久留，他们的目标很多，顺着河沟可以一路北上，更多的山村也许在暗夜里即将战栗成风中的树叶——他们一路强取豪夺，刀鸣马奋。

几百年过去了，五面窑还有新的故事。

那是一个寒风刺骨的冬夜。全家人在一床破被子里东拉西扯，瑟瑟发抖的日子，令柱子心里的不安转化为一股洪水般的勇气。身强力壮的他腰别砍刀，趿进了生产队的林场。经过仔细的挑选之后，一根直溜的刺槐树被他扛进自家的屋场后面，因为那间摇摇欲坠的草房子几乎要塌了。端直的檩条显然与柱子家屋顶细小的木头判若两物。当队长手中的铜锣在窄小的巷道里响起的时候，柱子脖挂"盗窃犯"的纸牌，弯着高大的腰身跟在后面游行。他的母亲，一个从山东一路逃荒要饭来的老女人，躺在只铺了一张光席的土炕上泣不成声。第二天，母亲在自家的门框上用一条麻绳悬梁自缢，羞惭而去。

柱子蹲在第五面窑洞昏黄的马灯光下，接受工作组人员的轮番审问。刘工作（村人对工作组刘组长的尊称）的口气和外面的空气一样冰冷。他拒绝了队长的求情，最终决定：拆下屋顶的刺槐树收归公有，社员大会检讨，移送公安。不认字的柱子的检讨是邻家上小学三年级的学生代写的。检讨改了四次，都被刘工作扔进了火炉。算了，你就在社员大会上自己检讨吧，要深刻！刘工作说。柱子站在麦场里形象地叙述了自己进山砍树的经过。从选择隐蔽的路线如五面窑的那条小路，到他仰望高大的树木时心情激动像是娶了媳妇。柱子眉飞色舞，唾沫横飞。他沉浸在屋子坚固之后的喜悦之中，全然忘记了木头已被抽走，自己也是一个即将被劳改的罪犯。在刘工作的一声断喝中，柱子回到现实，眼睛看着漫天飞舞的雪花说，听了刘同志的一席话，我的心里像雪花一样飘。

在社员的笑声中，刘工作的脸由红变黑，由黑变红。像雪花飘，这不是心里冷吗？我辛辛苦苦做了几天思想政治工作，他的心却还是一块冰冷的石头。冥顽不化，难怪人说穷山恶水出刁民！刘工作叹一口气，抱头不语，而柱子一刹那间却为自己发明的这个伟大的比喻欣喜不已。

他激动地跳起来，再三辩解说，下雪了，天是亮堂的，你把我一批斗，我心里也就亮堂了！

柱子被送到公社林场劳改一个月，他的工作是开荒。劳改到期的柱子死活不肯回家。因为干活舍得出力，看守劳改犯的人曾经多次将吃剩的骨头扔给他啃，柱子感到他不是在劳改，而是天天过年。他死活不肯回去，还恶狠狠地说，我一年到头，过年了才能吃上一回肉，我妈都死了，我一个光棍，回去也是没饭吃，也吃不饱。柱子左手伸出一根指头，右手高高地举起三根指头，在空中做出强烈的对比。

多年之后，年近七旬的柱子再一次腰别砍刀，登上五面窑上面的高崖。那一次，他的腰挺得很直，他要为想吃酸枣的孙子砍下半崖上的枣树。但这次，柱子没能像当年砍刺槐那样麻利地对付一棵酸枣树。老迈的他失足滚下高崖，死在第五面窑洞口了。

那年秋天，退了休的刘工作来过一回。他想看看工作过的这个村子，顺便给孙子摘些酸枣。

老者手中燃烧的艾蒿藤只剩下一尺多长。淡蓝的烟气散发出浓浓的香味。我没有走近仅剩一个小口的破烂的窑洞。那犹如一颗苍老眼睛的洞口，变成深不可测的弹孔，击穿了我脆弱的神经。我看到进入迟暮之年的刘工作站在柱子的坟茔前，老者手中艾蒿的烟气变成了一炷颤抖的檀香，在柱子的坟茔前徐徐燃烧。我想，老迈的刘工作可能感觉到了暮色最后的澄明，那是当年的柱子留给他的形象的比喻——大雪之后的亮堂。

王家祠堂赋

公元 2010 年，古历辛卯三月，大地回暖，惠风畅和；春阳既浮，人心归一。乃修王家祠堂于店子新村，余欣然参与，并撰文记之。时过境迁，仍感慨有加，遂撰赋一首，一表心怀。

辛卯三月，节届清明。频山①苍苍，蒿草不掩青绿；频水②泱泱，杨柳竞吐新芽。店子村北，青砖碧瓦掩映；南梁脚下，香炉石案伫立。族人热议，先祖墓碑重修；后嗣齐心，王家祠堂落成。

忆昔当年，元气衰而红巾飘，干戈盛并山河破。三秦大地，饿殍遍野，州闾空巷；田园荒芜，黔首狼奔。及至洪武二年（1369），大明初定，天下少安；洪洞古县，物阜人丰。官府遂于大槐树下设局移民，百姓俱在老鸹窝③边背井离乡。一步三回头，老鸹亦落泪。移民持续百年，号哭响彻云霄。吾村先祖者王公处士，亦次当行。其恋乡之情，汾水为之恸悲。遥想先祖初来乍到，明月山下棘榛丛深；狼行野岭，虎啸泉涧；蓬断草枯，凛若霜晨。地阔天长，先祖不知归路；山重水复，王公

---

① 频山：即我村后之明月山，古称"频山"。
② 频水：即顺阳河，流经我村，古称"频河"。
③ 老鸹窝：明代移民初，在山西洪洞县汾河岸边的大槐树下，有广济寺。官府于此设局，主管移民事宜，大槐树上有老鸹窝。今之明朝移民村庄，多植青槐，以为纪念。

刀耕火种。（先祖）植青槐以怀乡，垦田地以泽后。历经岁月沧桑，绵延瓜瓞后世。其承天景命之心，吾辈岂能忘怀？

爰思今朝，六百载如云烟过，先祖逝而后嗣兴。一水绕村，两山夹岸；逮逢盛世，沐浴清化。黄发歌于山，垂髫乐于水。新村平旷，屋舍俨然。登明月山巅，瞰三秦于日下，指终南在云间；立顺阳河畔，闻涛声于耳际，观果林铺绿野。风生石洞，云出山根。盛夏避暑地，养生野菜园。

吾尝闻之，求木之长者，必固其根本；欲流之远者，必浚其泉源。王公千里迁徙，落土富邑东北。若萦念其德义，当拜祭于祖堂。今者乡人耆儒汇聚明月山下、顺阳河畔，集资建祠，香烛献情，实乃饮水思源之举，功在当代，利在千秋。

几世风云如流水，三代古槐同根生。王家后世之兴盛，先祖有望矣！

一赋未尽，四韵成诵：

> 洪洞由来为故土，
> 富邑从此是新家。
> 王公音容今何在？
> 更看古槐发新芽！

故园赋

壬辰商秋，九月既望，余归故里。白云出岫，红霞隐峦。向晚，余携大丫，信步频河①。一水如带，潺潺而流。水清冽，见底石。倦鸟归巢，红柿缀枝。仰望崖上故园，老树昏鸦，人影绰绰。漫步河滩，野烟四起，孤鸟嘶鸣，于吾心有戚戚焉。遂逐水登坡，漫游故园。

迎面入目者，昔日麦场也。芳草萋萋，乱鸟嘤嘤。人匿其中，无踪可寻。静而卧者，碌碡也；展翅鸟者，树根也；深幽洞者，古井也。余近以井，俯身窥之，黑且幽深。投之以石，洞然有声，良久乃止。村巷静卧，鸡犬默立；环堵萧然，不蔽风日。未几，暮云既归，灵坡②岩瞑；薄雾初升，频河水清；断碑横地，牛矢③覆其上；残垣孤仁，乱草以遮面。

至北巷，有黄发者三人。衔烟吐雾，兼话桑麻。中有老妪，貌亲神清。余近之，高声称尊，彼目瞪口呆，面有惊色，似不识余也。俯身近耳一唤，方朗声大笑，唤吾乳名，口洞开。援余家中小坐，濯洗杯盏，斟茶续水。一时香气袅袅，果柿甜蜜，欣欣然，气极烈也。念及世事多变，老村败落，潸然泣下，帕布尽湿。

---

① 频河：村前之河。
② 灵坡：老村后山坡，先祖葬地。
③ 矢：通"屎"。

无何，余等辞别，老妪执留，牵袖不松，蹒跚于门外村巷，扶拐翘望。顾之，亦愀然而悲也，眼目潮热。移目望远，乱鸦腾空，盘桓树顶；暮气如幔，挟裹南梁。伫立河岸，风如鼓磬，不闻水声。昔日浊浪拍岸，如崩崖裂石、风雨夜至之景者，已多年不经见焉。当是时也，人欢马叫，一家盖屋，百人搭手；一户菜香，尽村吸吮。先人疏洞凿石，谓之"凉水泉"者，枯而匿隐。山泉飞瀑，长林古木，振之以清风，照之以明月者，俱往矣！男丁往市，打工糊口；女子结缡①，远嫁他乡。村巷渐空矣。

呜呼！频水静流，逝者如斯。荣者衣锦还乡，此人情之所许，今昔之所同也。盖余当年，科举不第，名落孙山，困厄闾里，牧羊放牛，以故远走他乡，另谋稻粮。乡土之离，尔来二十有一年矣，唯徒增马齿，早生华发；富贵于我，万无因缘。哀吾生之艰辛，叹岁月如白驹。今者高霞孤映，明月独举；青槐蔽荫，白云谁侣？户绝无归，石径荒凉；望林峦而有失，顾草木而如丧。临风陨涕，魂归何处？愧且悲矣！

——壬辰十月十八

---

① 结缡：缡，古代女子系在身前的佩巾。结缡，系上佩巾。指女子出嫁。

第二辑

旧物里的时光

老 屋

老屋建造于公元一九七五年冬天。

老屋，是相对于我们弟兄几个来说的。我们已经不在那里居住了，它是父亲盖的房子，院墙上的荒草密密麻麻笼罩了整个墙顶，一根很粗的柳木顶在已经倾斜的南墙上，大约确实是摇摇欲坠了。

老屋建造的工期持续了近一个月。

老屋的筹建工作却有好几年之久。

盖这座老屋之前，父亲和三叔共住在一个院子，同进出一个前门，一条天井一分为二，两家各占一边，各有三四间厦房。

在我的记忆里，父亲和三叔都是老实巴交的农民，而母亲和三娘则有着断不清的官司，不是母亲说三娘偷了我家案下面的炭，就是三娘说她家面瓮里少了面粉，然后是门口的柴被人烧了灶火，起初是嘟囔，然后是骂街，到最后发展到一个撕一个的头发，从院子里拉扯到巷道，又在门口的粪堆边滚打纠缠，围观者众且夹杂着笑声和喊声。

父亲和三叔从生产队劳动回来，往往顾不得掸去身上的灰土，先要参与到劝架当中，各自厉声呵斥着自己的人回家，费力拉扯，总算暂时告一段落，继而是各自屋里传出的哭声和骂声。三娘说三叔瓷得跟瓮棱一样，母亲骂父亲是老实疙瘩一个，说别人偷完家里的东西都不知道，她再也不出门劳动了，要看管家里的东西，以防别人偷，又说奶奶生的儿子个个都是瓷货——过的是啥日子啊。

奶奶坐在前门口的小凳子上，眯着眼晒太阳，她的脸上毫无表情，似木刻一般，那时候，我知道她的耳朵还没有聋，她可能什么都听见了，什么也没有说。

若干年过去了，在母亲旷日持久的叫骂声里，父亲终于下定决心搬出来，另外盖一座屋子。

父亲开始做盖房子的准备工作，从地里劳作回来，他隔三岔五都会扛着一块石头——那都是山上或河里比较成型的条石，可以用来铺天井的台阶，到时候稍微再用錾子打一下就行。时间长了，门口竟一大堆石头。夏天的晚上，大人在门口乘凉，我不敢去黑乎乎的屋子，只好在那青石板上躺着，竟然睡着了，以至于翻身滚下来掉在枣刺堆里，哇哇哭叫。

冬天，农活少一些，父亲每天上山割条子，早上在夹袄里揣上两个蒸馍就出发了，下午太阳落山的时候，背回一捆黄瓜条子或荆条。一个冬天下来，门口已经攒下一堆条子，像山——那是将来编房上的荆笆用的。

盖房子是要砌墙的，而砌墙的材料是土坯，俗称"胡基"，一座屋子，两对檐五间房，至少需要二十摞胡基，做土坯就是"打胡基"，这在农村是一个很苦的活，除了力气，还要有一定技巧，上高中的哥哥成了父亲的帮手，初冬的每个星期天都被叫去挖土。

这些都还是不用花钱的东西，接下来要准备的就是木料，这是盖一座屋子的主要关键材料，奶奶分给父亲几棵大杨树，说是父亲自己可以去地里伐，将来做屋子的大梁或檩条，而母亲抱怨奶奶偏心，说这些树都不好而且少，根本不够用的，撺掇父亲再多要，他就瞪了眼，然后坐在门前抽烟，不吱声。

父亲决定挑上柿子去四十里地外的煤矿上去卖，这样就可以攒下一些钱买木头。

家里当时有五棵柿子树的，每年秋后可以摘下几十担柿子，放在家里，慢慢就变软了，晚上一家人齐动手，拣软的柿子挑出来，用湿抹布一一擦过，第二天，鸡叫过第二遍，他就和村里几个人结伙出发了，一路只换肩不歇步，五个小时就赶到矿区了。

没有秤，论个卖，一担柿子能卖八九块钱。有一次卖了十一块钱，父亲到晚上九点才回到家，一进门就说卖得好，掩饰不住兴奋的心情。放下担子，直奔进屋，把棉袄里的钱全倒出来，哗啦一声，满炕白花花一片硬币，母亲关上门，不让我进去，我在窗外偷看，他和母亲低头在煤油灯下数钱，一分、二分、五分的硬币各放一堆，硬币熠熠的白光映在父亲那脏而且黑的脸上，一直数了一个时辰。数完了，父亲找了两张报纸，将那些硬币卷成几根圆柱形的长棒，放在柜子的最下边，再用几个包袱压得严严实实，然后锁上一把大锁，叮咛不要谁知道，这才走出房门去吃饭。

一间房需要十五根小腿粗的椽，且不说大梁木檩，大约需要一百多块钱的，全屋下来需要五百多块钱，卖的柿子还要用于日常支出，一个冬天下来，是远远不够的。那时，村上有林场，好多人盖房子的木头都是晚上在林场断断续续偷来的，母亲说别人都去偷了，劝父亲也去偷，遭到他的严厉斥责，母亲也不再提及此事。

三年过去了，前门口堆放的伐下的大树日渐干透，远山的灌木草丛渐渐失去青绿，干枯的枝叶在风中摇曳，风中有些许寒意——冬天来了，进入一年里的农闲时间，父亲要盖房了！

母亲带着一包年上接的点心，走了七八里地，去拜访一个神婆，说是择一黄道吉日，父亲是不信那些东西的，也反对母亲搞那些神鬼之事，这一次竟没有说什么。

那一晚，父亲取出祖父母的神位，点上香，恭敬地拜了又拜，说是这么大的事情，要给先人言传的。

那一晚，他很兴奋，说了一夜话，前朝古代的。

动工的那天终于来到了，父亲拿出藏了多日的一串鞭炮——一串一百头的全红鞭！那是母亲三毛钱在集上买的，点了，声音短暂而清脆，树上的麻雀惊得扑棱棱飞到远处，我和几个孩子在地上争抢落下的零星小鞭炮，不知被谁扯破了裤子，那晚，在家挨了一顿暴打。

村上的青壮年基本都来了，每个人自带工具，烤过火，温了双手，在泥瓦匠的指挥下，开始忙碌起来，抱胡基、和泥、挑水，我也没有闲着，被分配去河里捡薄石片，要给地基的石缝里填垫。

父亲没有多余的钱买砖，只能在墙基下面砌三层砖——这是那时盖房子最少的层数了，家底殷实一些的，一般都是五层，甚至七层！然后才是砌土坯。请的瓦工抱怨砖太少，难做活，他就讪讪地笑说将就，将就些。

六天以后，要上梁了，来的人更多了——这天的生活要好一些的！随便帮一下忙，都要吃饭的，父亲前一天在集上割了二斤肥猪肉，本家的几个婶娘都来帮厨。大锅支起来了，火苗嘶嘶地舔着锅底，姐姐揉着熏得睁不开的眼睛，不停地往里边填柴，肉香随风飘了很远。

中午十二点，做好的整体大梁由十几个人抬到场，母亲赶快绑上了红布，三十几个人绳拉肩扛，总算把大梁立上墙头，父亲却和母亲争执起来，原来是要从梁上往下用铁壶倒水的，壶里要放钱，母亲抱怨他人太老实，放了二分的硬币，要换成一分的，他说大家都出了力，让下边的人捡去吧。

冰冷的水夹着几十个硬币哗哗地落下来，底下已经乱成一团，喊声，笑声，破棉袄的撕裂声皆有，一向不苟言笑的父亲，脸上的灰土也随着笑声抖落下来。

第二年的初夏，我们全家人搬进了新屋子。

父亲原来是反对在门口放石头的，说是那样方便了村里的妇女，没事坐在门口说长道短惹是非，坚决不允许，自己也不在门口站立停留，但在搬进新房后，他却一反常态地在门前放了两块青石板，门两边一边一个，用烂砖在底下垫实了，稳稳当当。吃过饭，他总会坐在青石板上，点上一袋旱烟，脱了布鞋，哪哪地在石板上敲打，倒去里边的沙土或小石子，一股尘土就会在空中升起，遮了他青黑的脸，见有人走过来，老远就打招呼，兴奋中夹带着一丝羞怯。

新庄基地坐落在村子的边上，原来是个深坑，因为垫土的工程量太大，没人愿意要这片地，父亲有他的小算盘：这里有一棵大柿子树，也不知是什么时候什么人种的，参天而繁茂无比，遇上大年，能摘七八担柿子，卖不少钱的。他因此而很高兴，直说其他人不灵醒。

每年的初夏，院里的柿子树像一柄巨大的伞，遮挡了火热的太阳。淡黄的柿子花夹杂在树叶里，整个院子似乎清新了许多。

碰到天旱的年景，柿子花就大量地落下来，给地上铺一层，父亲抓起一把柿子花，连声叹气，很是心痛——这意味着秋后的柿子不会结得很多，要少卖钱的，但也没有办法，天旱的时候，人吃水都成了问题，又怎么会有水浇树呢。

不知不觉，我们已经在新房里住了五年。

因为钱不够，先前的前门只是在土墙上挖了一个半圆形的洞，中间一扇柴扉，当地人称"笆笆门"，父亲看到别人家都换上了气派的前门，于是决定另外盖一座前门房。

换一个前门的工程量也是很不小的，需要砖瓦木头等一系列材料，好在哥哥开始教书，能给家里一些补贴。父亲从地里伐了一棵桐树，解了板，前门装起来了。

为了省钱，父亲从亲戚那里要了一瓶汽油，姐夫从矿上带回几块沥青，父亲将沥青泡在汽油里——这就是黑漆了。无色的桐木板很快变成了黑漆漆的前门，父亲的一个心愿终于满足了。

但在其后的几年里，家里事情不断，先是死了羊，丢了牛，又一年冬天弟弟遭遇了车祸，再后来，我晚上掉进了深沟，踝骨骨折。家中不但一贫如洗，而且债台高筑，父亲的身体也每况愈下，劳动能力已大不如前，即使闲暇下来，大白天也很少在门口的青石板上坐了，偶尔在夏天的夜晚，他一个人才在门口抽烟乘凉，远远地看到有人走过来，赶快就回家了。

他似乎不想看到村里的人。

母亲又一次揣着一包白砂糖，拖着沉重的腿去找神婆，神婆说院子里的柿子树是祸根，家里有"柿"即是"有事"，这是多年以来家里经常出事的原因，吩咐赶快砍掉。母亲急匆匆回到家，对父亲说了，他低着头，一声不吭，然后点上一锅旱烟，围着柿子树转了又转。

太阳光从柿子树叶的缝隙里射下来，映在他青灰的脸上，板结而凝重，他什么也没说，弓着腰又踱出前门，坐在青石板上继续抽烟，门外传来沙哑的咳嗽声。

三天以后，那棵不知生长了多少年的柿子树轰然倒下了！

此后的几年里，父亲的身体并没有好转，终于有一天，他像那棵苍老的柿子树一样倒下了，无法行走，只能躺在炕上。

——父亲去世了。

好多年过去了，老屋冷清了许多，他像一个风烛残年的老人，静静地坐在河岸边，凝望着干涸的小河，似乎在努力回忆曾经的青春和辉煌。我费力地打开锈迹斑斑的门锁——院里的荒草竟有一人多高，敞开的牛圈里，孤独的石槽横卧在地上，狗尾巴草蓬勃地挤满了整个石槽，一只受惊的小松鼠快速蹿上土墙，消失在宽大的墙缝里。进到二门里，天井里满是房檐上掉下的青瓦片，斑驳的墙皮像是挂着的父亲的老棉袄，唯有墙角的一堆农具，让人禁不住想起麦收秋种的火热和忙碌——现在，恬静而安详，是冬眠的麦苗，更像是劳作之后歇息着的父亲！

忽然想起柳宗元的文章，"寂寥无人，凄神寒骨，悄怆幽邃"。心中不免悲凉起来，是啊，老屋的兴衰变迁，就是父亲大半生的历史，他去了，老屋犹在，他并没有远走，他一直在看着我们，老屋便是父亲。

老屋，是我一生的精神家园。

铁匠铺

铁匠铺子已经消失了三十多年。

铁匠铺位于村子城墙外的北边一座土埝下边，是一面窑洞，和村里的饲养室隔壁。热闹的时候，打铁的叮当声和牛哞哞的叫声混杂在一起，两股声音从各自的窑里传出来时，那声音就在土窑门口的上空交汇，在土窑顶上的半崖里，又与红嘴黑鸦的叫声混合在一起，嘈杂无章，但给寂静的山村带来活力。那些红嘴的黑鸦，我们叫作"红嘴鸦"。不知道它的学名，只是浑身乌黑如缎，在太阳下熠熠闪光；尖尖的喙楚楚血红，叫声响亮，但与乌鸦不同，不那么瘆人。它们习惯了打铁的叮当声，并不害怕那激烈的响动和间或从窑门口里蹿出的火星，多年里一直栖息在铁匠铺子上面的崖缝。

村里起先并没有会打铁的人。铁匠铺的老者，是一个留着山羊胡子的老汉，姓王，不过是河南逃荒来的。他身材高大，腰板直挺，秃顶，脸膛红黑，一撮胡子生硬地挂在下颌。即使在猛烈的打铁过程里，我也未曾见过那撮胡子的摆动。在我看来，那俨然就是一把钢刷子。

据说老铁匠原来是国民党汉阳兵工厂的工人，能造真枪，这让我想起黑白的老电影里那些"汉阳造"步枪，打一枪装一颗子儿。老铁匠带了两个徒弟，聪明的铁娃和老实的铁锤。他们打制并且修补农具。铁锨镬头斧头砍刀，牲口的挽具缰绳等与农业有关与生活有关的铁制器具。

老铁匠手艺高，做工细，他还能打狼夹子。打的农具用起来顺手也很结实。在那个年代里，村里没有人手中的铁制农具不是老铁匠的手艺。

对于铁匠铺的尤深记忆，来源于小时候的寒假。寒假里，我们的主要任务，是赶在大年初一之前制一把属于自己的"木头枪"。一把上好的木头枪，是年上在走亲串友中向任何同龄的伙伴炫耀的资本之一，而铁匠铺子里，有钢锯、锤子、锉刀、钳子、錾子等，这些东西是"造枪"的重要工具。寒冷的假日里，铁匠铺里炉火通红，热气腾腾，温暖而忙碌。我们在家里找好一小块木头，来这里用钢锯锯好手枪的外形，安装好枪管和扳机。有些极具匠心的伙伴，更会将木头枪用家里剩下的油漆漆得黑光闪亮。别在腰间的时候是很神气的，冷不丁拔将出来，对着胆小的孩子大喝一声："别动，我是八路军游击队长李向阳!"在其他孩子惊惧的眼神之中，我们的虚荣心大获满足。

铁匠铺子的火炉旁，深深地扎着一个柳木墩子，半人高，墩子上放一个铁砧子，烧红的铁块总是被老铁匠用一把长长的铁钳夹出来放在上面，铁娃和铁锤分站两边，一人手里提一把八磅大锤，上下翻飞，将火红的铁块锤打得星光四射。他们的前身从头到脚戴着牛皮做的护具：上身从脖子直护到脚踝，脚面上另外绑一块牛皮护裤，苫满整个脚面。老铁匠亲自拉风箱，那风箱的两根拉杆很长。老铁匠坐在一个高高的凳子上，拉杆拽出来的时候，他的头竭力地向后拗过去，拗过去，几乎要碰到窑壁；拉杆向前送去的时候，老铁匠的腰深深地躬下去。有时也会将左手中的铁钳伸进炉火，夹起盖在铁块上的小小的土盖子，看看铁块的颜色是否可以出炉锤打了。他极少说话，目光冷峻森严。猛然地，他就会将风箱的两根拉杆"啪嗒"一声按进去，身子直立起来，右手提起小锤，在砧子边伸出来的平臂上猛敲一锤，左手便将火红的铁块用长把的铁钳夹了出来。铁块嘶嘶地喷射着火星，等候多时的铁娃和铁锤已经将大锤提在手里了，老铁匠再敲一声小锤，两把大锤就依次抢打起来。老铁匠左手不停地翻转，火星四射如注，碰在牛皮护身上纷纷落下。他们脸色严峻，神情专注，老铁匠的脸在火光中更加的黑红。铁块的颜色渐渐暗淡下去，掉下来的也不再是火星而是黑灰的铁渣。老铁匠的小锤在砧子边上连击两下，铁娃和铁锤手里的大锤放下了，他俩的嘴里呼呼地喘气，满头大汗。

弟弟自幼体弱多病，那年冬天，母亲去了老铁匠家，给弟弟拜了干爷。她说，铁匠命硬。

多年以后，我还能想起老铁匠那张黝黑冷峻的面孔。他不亲自动手了，但腰板依旧笔直，手背在身后，两条绑腿打得结结实实。他一言不发地站在砧子旁边，看着铁娃和铁锤打铁。有时候，他会从口袋里掏出一片皱皱的烟叶，撕平展了，铺在腿面上，慢慢地卷起来，凑到火炉前吸燃。快收工的时候，老铁匠会给窑门口的水盆里添满水，天空里那些棉絮般的云朵就倒映在水里了。老铁匠将一块铁放在炉火里烧红，放进水盆，水里立刻冒出热烈的蒸汽，铁块很快就燃烧掉了那些云朵。铁娃和铁锤的黑手伸进水里，他们洗去一天的疲劳，说一声师傅回吧，老铁匠缓缓地站起来，跟在他俩的身后，背起手，慢慢地走回家去。

铁匠铺是在生产队解散的那一年散伙的。那时候，老铁匠正躺在家里的土炕上。他走不动了。铁锤去了他家，告诉了铁匠铺子要解散的消息。老铁匠的眼睛始终没有睁开，他平静地说，知道了。铁娃不是打铁的人，你把家具收留好。

老铁匠活了八十一岁。

数年后，铁匠铺子的那面窑塌了。窑门口长满了荒草，半崖里那几丛灌木荡然无存，红嘴鸦也不知道飞到哪里去了。铁娃改学了泥瓦工，后来在城里的建筑工地包工，是村里第一个盖楼房的人。铁锤保存了那些打铁的家具，农闲的时候在自己家里做铁活，挣一点加工费。后来，种地的人很少来打铁锨镂头，村里也没有了牛和骡子，自然不用缰绳，更没有人来做铁活了。铁锤的媳妇得了大病，铁锤借了人好多钱，却没有保住媳妇的命。铁锤卖了家里所有值钱的东西，眼睛最后落在师傅留下的那些打铁的工具上，他的心里一阵哆嗦。那天下午，他去了师傅的墓地，给师傅说了自己的难处，坐了很久。回到家里，铁锤将那些打铁的工具卖给一个收废铁的人，自己一个人背着被褥，出门打工去了。

村里教过书的老先生给去世的老铁匠写过一副对联，我至今还记得："半间火烤烟熏屋，一位千锤百炼人"。

公 坟

老坟场在村后的山上。一片荒坡，浓密的野草里夹杂着乱石，十几棵高低不一的柏树，绿绿地立在那里。没有一尊墓碑。那片土地之下，酣睡着村中早年逝去的老者们。他们是熟透的果子，从树上就坠落下来了，并且永久地睡在这片山坡上。各自有自己的墓穴，宛如生前自己的家，头枕北山，脚蹬南崖。酣睡的时间不等，却都安静了，没有了往日的争多论少。除每年的大年初一和清明节有上坟的人来以外，其他时间，他们是寂寞孤独的，只有一只只雉鸡野狐在这里出没，将后世繁华与吵闹的信息带给他们。

村人对于这老坟场有一个名字：公坟。公坟埋葬的，是曾经成过家而死去的村人。没有成过家而横死（意外去世）的人，是不能埋在这老坟的，因为大多年轻，死后会变成强大的鬼，其魂灵往往使阳世之人不得安生，于是就被葬埋在僻背的阴坡地里。没有成家，意味着他们的人生之路还没有走完。年少的时候，我一个人放羊走过那些僻背的阴坡地时，常常发根直立，身后总觉有沙沙的响声，就疑心那些魂灵跟踪而来，要问我话，惊惧中回过头来，却只是风拖着从树上落下来的叶子在地上行走。后来一想，也可能是他们的魂从土里走出来了——他们家的麦子也快熟了，他们可能是来看长势的，疑心他们家的庄稼该收割了。

阴阳两界，厚土间隔，地上是阳间，地下是阴界。我明白为什么埋于地下的人会有泥塑的童男玉女做伴了，他们要说话，也害怕孤独和黑暗，于是有清油灯在那黑暗的地下静静地燃烧着。他们在土地之下，依然如生前一般日出而作，日落而息，男耕女织，娓娓交谈。夜晚游弋而飘忽的磷火的蓝光，照耀着他们行走的山路。他们是一直在路上向前走着的。

先祖王公是第一个长眠在这里的人。大明洪武年间，王公被移民的潮水挟裹着来到这里，将一棵青槐栽在崖边，就此垦疆拓土了。相传王公是处士。处士者，隐居而不愿为官之人，想来王公应该是很有骨气的文人了，不然何以不愿做官？他的迁徙，恐有被发配之意——朝廷给他留了一条活命，但却要背井离乡，远涉黄河，来到这虎狼出没、棘榛丛深的荒野之地，天地为愁，草木泣悲。在当年拓山为田、掘泉饮渴的那些日子，他是否也仪态萧然地把酒临风，忘却宠辱，登高舒啸，临河赋诗？

记忆里，大年初一，是上坟人最多的时候。远近外出的人也大都陆续回乡，老坟地在那一天里总是热闹非凡。去老坟的山路上，那些孤零零站立的酸枣树，没有叶子，却有零星的干瘪黑红的酸枣挂在带刺的枝条间。我们总是对这些充满兴趣，伸了手去摘，以酸溜溜的感觉填补平日里寡淡贫瘠的口味。那即将到来的祭奠先祖的过程，于我并不觉得有什么重要。杂乱的坟地里，那些奔跑的野狐，已被纷至沓来的人群吓得不见了踪影，只是偶尔在鞭炮的炸响和纷飞的纸灰中，乱草堆里会飞出一两只漂亮至极的雉鸡来，将两只翅膀扇动得呼呼作响，留下在风中摇摆的白草梢儿，遽然就消失在瓦蓝的天穹里。跪在坟前磕头作揖的，是安静的父辈们。那些如我一般大的少年，已在坟堆旁的坡上追撵惊慌奔跑的野兔去了。先人对于幼小的我们来说，只是一个久远的传说，远比不得追赶一只野兔的兴趣。

父辈们磕完头，缓缓地站起来，弯下腰，将两只手合拢，那一揖是从膝盖下如海底捞月般打起来的，由下到上，直至鼻尖，完成一个令我感到可笑而又不解的虔诚动作。他们的脸上写满了静谧和肃穆。完了，并不掸去裤子膝盖处沾着的草叶和土灰，只是背起手来，默默地站立在那里，将一双眼睛流露出的目光，直送过柏树的枝叶间，并且凝望良久。我疑心他们完成了一次从古到今的心灵之旅，那些故去的先人的音容笑貌，熟悉的，不熟悉的，认识的，不认识的，似乎统统在他们的脑海里浮现了一遍。而后，他们拿起手中的锨，将坟堆周围被野兔或者田鼠打下的洞口一一堵上，又挖一条浅浅的水沟，将可能流下的雨水引向别处；整理好我们胡乱扔进火纸堆里的祭品，起身，走向下一个我们不知道的麻黄丛前，作一个揖，跪下来，焚香化钱，又重复那些虔诚的动作。

清明，是一年里第二次祭奠先祖的日子。麦苗抽节，艾蒿发芽，山野间初现青绿。路旁的酸枣叶子小而嫩黄，还未长大，自然没有枣儿了。土埝的边上，却总有羊奶奶（一种草，根甜可食）和野蒜。春天里，这是难得的野食。土是松的，只须用手去刨，羊奶奶的根就出来了，如弯曲的手指，甜而多汁；野蒜的圆圆的根，却辣得要命，就流下泪来。领头的父辈们再三叮咛，走在地里，小心不要踩了返青拔节的麦苗。与大年初一相比，人少了许多，过完年外出打工的人，回来的只是少数。老坟地里，鞭炮的响声和烧纸钱的烟雾便也淡了不少。除过那些依旧青绿的柏树，坟头上多了长钱——是用雪白的粉连纸剪的，错落而赘长，挑在一根竹棍上轻盈地摆动。人离开了老坟地，竹棍便插在坟头上了，那一挂长长的纸钱，在春风微熏下的野草间翻飞，留待先人们慢慢享用。

这几年里，大年初一和清明节，老坟地里的人日渐稀少。晚些故去的那些老人，都被他们的后辈葬埋在自己就近的地里了。日子过得好的，也渐渐挖掘了由他们一辈上溯三代的先人的骨殖，选一个吉日，和自己的父母埋在请阴阳先生看好的地方。那些散布在各处的新的坟地里，也有一两个高大华贵的墓碑，青石勒字，琉璃苫顶。我的父辈中年

龄最长的六叔是多年里上坟的领队，他在自己的家门前等到快十二点
了，家族里的人还未到齐。后辈们已经悄悄地分了先人，只上自家的
坟，五服之内，都已经聚不齐人了。六叔长叹一声，低着头，带着我和
两个侄子，默默地走向老坟地。

　　我跟在六叔的身后，跪下来，将那一揖打得缓慢长久，忽然就极其
的虔诚起来，一如当年的他们。那一刻，我感觉我的脸上，也写满了肃
穆与庄严。几个年幼的侄男，在焚香烧纸钱的当口，大喊大叫着跑到山
上去了。他们已经很少上山，对于山上的石头，感觉很是稀奇。

　　先祖王公的坟茔，早已被夷为平地，不见踪影。我追问了几个村中
的老者，没人能说得清楚具体位置，只说在右边的那片坡地里。我大概
选了一个位置，面朝北方，将两根香燃起，作一个揖，插在土中。化过
纸钱，一阵风吹来，那些纸灰很快就被风刮走了。我回过头去，只见那
两根香静静地立在土中，隐约可见两个淡红的火星——它将会慢慢地燃
尽，也将不复存在了。

凉水泉

老村后面的山崖下，有一眼泉，名曰"凉水泉"。

凉水泉是当年村人唯一可饮用的水源。泉的历史，应该可以追溯到先祖从山西洪洞移民来此。早先的泉，其实是一个碗大的小坑。泉的上空，一块突兀而出的大石，如巨鹰停悬半空，令人汗悸，但几十年里却安稳不倒。巨石下面的几处石头缝里，有水滴答而下，汇成指头粗的一股流出来，在一块凹下去的青石板上，聚成一个浅浅的小水潭。泉水清泠泠，夏季饮之瘆牙。雨季里，泉水就会大一点。村人吃水，便是拿瓢从青石板上经年累月舀下去的那个浅坑里，将汇聚起来的水再舀进桶里挑回家。连续舀上几瓢以后，就没有水了，得等好一会。滴水多的时候，一担水半个小时就可以舀满；滴水少的时候，一担水要等一个多小时。因为要舀水，所以每家每户都要自带一个水瓢。好的是铁瓢，手把处有个弯钩，挑水回家的时候，瓢就挂在水担钩搭上，一路叮当作响。没有铁瓢的人家，就切一半自家坡地里或崖畔上长老了的葫芦做水瓢，但没有一路叮叮当当的响声。

我那时便很羡慕别人家的铁瓢。

天旱的时候，尽管水不停地滴，但要等满一桶水，却需要很长时间。忙碌的麦收时节，大人是没有时间在这里等水的，他们还要劳作，等水就成了我们小孩的一项任务。那时候有忙假（学生放假回家帮忙收麦子，两周时间）。天还没亮，我就挑上两个空桶，和村里的其他小孩子一起排队等水。高低不一的水桶，蜿蜒好长一段，如我们在操场排队，却没有拥挤和插队。间或，一个人看水，其他人轮换着在河里捉青蛙，逮空中飞来飞去的蜻蜓。玩到起兴处，却有人喊："水舀满了，快来挑啊！"

等水汇聚的时候，我蹲在凹下去的石板跟前，静静地听着滴答的声音，看着躺在水里的葫芦瓢，就想起历史课本里古代司南的插图来。

那一次，我一个人蹲在泉边等水，一条黑背白底的大蛇蜿蜒而来，静静地盘卧在泉边的一处阴凉地里，唬得我扔下桶跑回家里。婆说，那是龙王，不怕，他保佑水哩。

凉水泉的水，即使在连续大旱的年景里也没有断过，只是小一些。

现在，村人已经不吃凉水泉的水了，等不及那滴答的水。他们买山外机井里的水。有人专门买了橡胶水包，用拖拉机拉，一包水五十元，然后放进自家屋院的水窖里，用的时候，再开水泵抽上来，说是自来水。

凉水泉的水依旧缓缓地滴着。

昔日的凉水泉周围，如今已长满杂草，看不见那块青石板上的小坑，它被崖上掉下的土渣完全覆盖了。水却顽强地从泉边的那些草丛里渗流出来。这里的草比别处更加苍绿茂密。

几个皓首华发的留守老人，坐在老村斑驳的土墙下晒太阳。头顶是一片澄明洁净的蓝天；陷落的两颊不停地嗫嚅，似在诉说曾经的沧桑，凉水泉也和他们一样老了。儿女们长大了，跑得很远，即使他们不回来，母亲泉的乳汁也依旧默默地分泌着。如果哪一天，孩子们饥渴了，她仍然会毫不犹豫地撩起衣襟，将她干瘪的乳头放进他们的嘴里。

她不在意尘世对她的淡忘。

皂角树下

四十年前出生的老村人，都知道皂角树下指什么地方。曾经的多年里，它是老村的一个地理名词：皂角树下。

那时候，皂角树很大很安详地立在老村城墙北边一块空旷的地方，种树者不可考据，老一辈人亦语焉不详。以它几搂粗的围径和铺天盖地的树荫来看，至少经历了数百年的风霜雨雪，俨然就是老村的一口人了。

皂角树的身子并不很高，却极粗壮。巨大的树冠将那一片空旷的地方罩得严严实实。炎炎的夏日里，皂角树下几乎是没有阳光的；抬起头来的时候，只能看到绿绿的皂荚在树枝的空隙里微微飘荡。没有人能爬上这身子并不很高的皂角树——它的脖颈处那一堆尖利的皂角刺，足以让村里最淘气最具野心的孩子望而生畏。

春风从南边的山口吹进来的时候，皂角树是最后一棵发芽的树。因为生长得缓慢，它的嫩芽总是跟在河边那些杨树柳树的叶子后面姗姗来迟。不铺张，不舞动，默默地紧贴着灰黑的大股枝一点一点钻出来。初出的嫩芽并不鲜绿，乌中发紫，发青，像香椿芽，但它的嫩芽也能吃。在开水中焯过，滤去水分，切碎，伴以盐醋菜油，苦苦的，很可口，村人年年吃。一到春天，就有人捎着长长的竿子来钩摘这些小小的嫩芽了。人多的时候，树下站一大堆，个个拉伸了脖颈向空中张望，手里的竿子碰来挤去。很多时候，落下的皂角芽就不知是谁的竿子钩下来的了，站着看的人却乘机低了头捡拾，争吵不免发生。

皂角树的北边，是生产队饲养室的窑洞。夏日里，皂角树下的阴凉地里，伫立着好几个狮头长身的拴马桩，那些长腿的头牲和短腿的牛就拴在那里，在树下乘凉，歇息之后，攒下来的力气将用于山坡上那些田地的耕作。我常常在吃过饭后还没到上山放羊的余暇时间里，围在树下乘凉的牛身边薅毛。将那些牛毛攥在手心里，一边揉搓一边吐唾沫，最后团成一个很瓷实的"乒乓球"，在地上能弹起很高。胆子大的，从骡子的尾巴上拔一根长毛，拴在竹竿的顶上，套皂角树上的知了。那些树梢上还未熟透变黑的皂角，在妇女们的棒槌下变作翻飞的白沫，随风飘向河的下游。回家的时候，她们的头发上还散发着皂角的气味。

即使长时间的大雨劈头盖脸而来，皂角树下边，也永远是干的。印象里，我没有见过雨水能透过繁密的树叶落在地上，那些牛，自然也就不用拉回饲养室的窑洞了。周围的雨点哗哗而下的时候，树下总是一片静谧，树叶消去了那些声音。靠着皂角树身的一圈青石板上，乘凉的人谈笑如旧。忙碌的时候，皂角树下的青石板上是没有人坐的，他们离它而去，将干瘦的身体当作另一棵树木，移植在那些远近的坡田里。但阔大的皂角树却随时愿意接纳和陪伴那些内心孤独的人。微风过处，头顶上会传来叶子沙沙的声音，将孤独者的苦闷冲刷一净；夜里，那些纷乱的树叶像农妇手中的筛子，泼洒下一地的碎银，影影绰绰，时亮时暗，泻出一种空明的梦境来。

皂角树下是村子的中心。谁和谁有了矛盾，占理的一方总要拽着对方去皂角树下说，另一方则死死抵抗，不想去那里丢人现眼；有人丢了东西找不到，也要去皂角树下叫骂，好让全村人听到声音，为自己鸣不平或者自己心里盼望偷东西的人发烧害病。我见过海娃他妈在皂角树下骂人，骂了一天。骂一句，跳起来拍一下自己的屁股，响声惊得皂角树上的老鸹扑簌簌乱飞，像打碎的黑锅片从空中砸下来。她的准备工作很足，来时端着一大盆凉开水放在树下的青石板上。骂渴了喝水，喝足了再骂，骂了整整一天。第二天，她的心情好多了，见人又嘻嘻哈哈，跟没事一样。

因为皂角树的遮风避雨，一声悠扬的吆喝响起来的时候，那些爆米花的，焊盆钉锅的小炉匠，用自行车推着一个玻璃框子卖针头线脑的，插着红布条子劁猪阉羊的，都在这皂角树下歇息摆摊。村人通过他们喷溅的唾沫星子想象着山外精彩的世事；女人们围着玻璃框子，看着发卡、红头绳和雪花膏，眼里露出艳羡的目光；孩子们则死死地盯着那些花花绿绿的豆豆糖流口水。而于孩子们最大的欢乐，是爆米花的摊子摆在皂角树下的时候。那个干瘦驼背的中年男子（不知是哪个村里的人），总在每年的收秋之后，用他那辆缺铃少闸的破自行车推着爆米花机子来到树下，一声吆喝，所有的孩子如风一样围拢而来。他们是极其熟练的童工，知道如何从自行车上往下卸那些东西，并且会以极快的速度，将爆米花机的架子安放平稳，接上风箱和炉子中间的通风管子；早有人占据了拉风箱的位置，坐在那里随时准备呼啦啦拉风箱的杆子。小小的风箱，风力十足，将炉火吹得红艳如血。所有的劳动，只为换取每一次爆锅之后的香喷喷的一把爆米花。要爆玉米花的人，出一毛钱，再从自家厨房的案板底下掏三两块拳头大的块炭就行。米花机的压力表坏了，他用鼻子掌握火候。因为不停地贴近锅闻气味，他的脸上鼻子上全是黑，只剩下一口的黄牙。他背着手指挥，像一个连长，所有的工序都由我们来进行，他只完成关键的最后一爆。一声大喊："好了！"孩子们呼啦一下就捂着耳朵跑开了，只留下他一人脚踏手扳，"嗵"一声，白花花的爆米花就出来了，一股热气弥漫着升上皂角树。每爆一次，总会有许多落在地上的玉米花，孩子们在他的脚下抢作一团。没有抢到的孩子哇哇乱哭，他会讪讪地对着玉米的主人笑笑，黑手就伸到人家的袋子里抓一把出来，分给没有抢到的孩子。

那时候的钱短，母亲从来没有给过我一毛钱去爆米花，她舍不得。

年近四十的振风还是个光棍，无儿无女，每一次爆米花的人来，他却都要爆一锅，将所有的爆米花全部散发给我们，就卷起空袋子，背着手，嘴里唱着乱弹回家，像过了一回大喜事。他后来收留了一个带着孩子要饭的女人，成了家。

皂角树最终消失于一九八五年的冬天。我住校上高中，一星期回家背一次馍。那个星期六的下午，上了河坡，却没有看见树冠，我觉得有点不对，几乎是认为自己走错了地方，但这分明就是村子啊。来到皂角树位置的时候，巨大的树坑代替了巨大的树冠，周围一片刺眼的亮堂。知道了是村上发不出小学民办老师的工资，皂角树被顶了一个人的工资。他叫来自己的叔侄弟兄，用了好几天时间，将那棵皂角树砍伐了，卖了钱。

最初的皂角树，一定是一颗黑豆般的皂荚籽在地下的黄土里熬过了难耐的寂寞与孤独嬗变而来。它是私人的一棵树，但它终于随着主人的后人加入了农业社，归了公家，命运便掌握在代表公家的队长手中，而它最终也被具备话语权的人判了死刑，这不啻一个悲剧。

已经七十八岁的振风老汉，说话却还利索，我在老村碰到了他。给他发一根烟，他吸起来，嘴里喊小孙子叫他婆回来给我烧水泡茶，孙子说不知道她人在哪儿，振风老汉眼睛就睁得跟麻钱一样大了，气呼呼地说，肯定在皂角树下跟人拉呱闲话哩，叫去！孙子问皂角树在哪里，振风老汉的眼皮子耷拉下来："唉，也是的——娃是不知道皂角树了。"

河 坡

河坡是去往老村的必经之路。坡上没有多少土，净是石头子儿。

山里的路，站在河岸看对岸，伸手可及；可要到跟前，转一个弯子就是几里地，得一锅烟的工夫。常走山路的人，即使在大街上，也一眼就可以看出来：上身向前拽着，步子大，抬脚高。小步，碎步都不行，石头子儿绊脚。

上高中之前，几乎没有出过山。挖药材，捉蝎子，砍柴割草，都在山里。出了山，走在平坦一些的土路上，我的脚有点不适应——没有小石子硌土布鞋的底儿，总觉得不踏实，踩下去虚飘飘地发软。

但我终究也是习惯了。听人说到柏油路，不知那路是什么样子。想必黑乎乎地泛着油光，如屋里天井沿上被屁股磨光的青石板，可以在上面睡觉吧。在一个晚自习的时间，我和一个和我一样没见过柏油路的山里的学生，悄悄借了一个同学的自行车，我们去看柏油路。

柏油路在学校南边十几里外的地方。我坐在后座上，能觉出土路的起伏和颠簸。伸长了脖子，从他的肩头望前去，终于看到一条黑色的带子延伸过来。月亮上来了，远远近近的村野里，升腾起淡淡的薄雾；那条黑色的柏油路，在水一样的月光下泛着亮亮的光。路上少有车辆和行人。我听到了自行车链条"嘖嘖"的声音，那一刻的感觉美妙极了。后来的多年里，我便经常行走在光溜溜的柏油路上。那条村人晚送夕阳，夜迎素月，弯曲而蓁莽荒秽的河坡，却渐行渐远了。

但它终没有在我的脑子里消失，竟时时地显出它的弯曲的形状来。在梦里，也在疲累之后短暂的歇息里。

河坡一上一下，最终在河的流水处交汇连接。离河坡几十米远的上游，流水刷出一潭，微风鼓浪，水石相搏，洞然有声。夏日里，一片片白花花的屁股在浣衣女人们的叫骂声中飘在水里。小姑娘是不敢看的，别过脸盯着河坡边的草叶发呆，这更激发了他们的勇气，将水花溅进她们晾晒在石板上的花衣服里，那一颗颗被水浸湿的头和芭蕉扇大的白屁股倏地就沉入潭底，半天不见动静。

发山水的时候，有门板棺板漂浮在水面上，打着旋儿，与断绳树枝衰草纠缠在一起。水阻断了路，人们站在河坡上叹息落泪，不为交通的断阻，只为漂浮在水面的门板的主人，那些后山的住家。

那时候的潭边，是有几棵柳树的。柳叶在炽热的阳光里缱绻地午睡，知了不知疲倦地叫，涎水便掉在地上，化作一股看不见的蒸汽，消失在蒸腾的烈焰中去了。河坡的路上，有上下的人，扛了镢头或锄头在走。他们并不着急，只是慢悠悠地走，嘴里还噙着烟锅嘴儿。咔咔的咳嗽声随着人的步子，在河坡上蹒跚。

孩子们总是喜欢雪，不知道冷。一夜的雪，覆盖了上下河坡的路，他们不停地在坡上滑下来，将河坡的路滑成坚硬的冰溜子，然后不怀好意地坐在河岸，等着看热闹。最终看到的只是他们的同类跌个屁股蹾，没有一个成年人上当。他们走惯了山路，很有经验，脚踩在冻结实的石块上，一步一个窝儿，从河坡的边上上下，一如平常的轻松。

站在河岸边，劲风振衣，寒气渗骨。当年的潭水不见踪影，它已经被上游采石厂倾倒在河里的石渣填埋平了，一片荒草兀自在那里茂盛着；河里冷清静谧，没有吃草的牛羊，没有戏水的孩童。迷蒙的烟雾里，我似乎看到毛驴驮着苫了红盖头的新娘，从河坡上颤巍巍地走下来，唢呐的声音回荡在河谷里；牵着骡子驮炭的男人背了手，唱着曲子，手里的缰绳软软地搭在肩上，身后的骡子仰起头打着响鼻；夜里的刀客飞奔在这河坡的路上，老村的城墙上遽然响起尖厉的牛角号声；父辈们挑了担子一闪一闪地上坡，背着麦子的我弯着腰下坡，脸上的汗珠滴在脚下的石子堆里。出门打工的儿子回过头来的时候，河岸边树下的一缕白发在空中散乱地飘飞。

　　河坡的路，冷静地躺在那里，已经好几百年。由窄到宽，从可容一人行走，到拖拉机进村，它见证了老村沧桑的历史。如今，两旁的荒草重新交织起来，远芳侵古道，它又变窄了。老村的人越来越少，上下河坡的人也越来越少了。但在漆黑的夜里，留守的那些行走于河坡的老人，他们熟悉路上的每一颗石头子儿，从来没有被崎岖的山路绊倒过，他们仍旧一步一个脚印，稳稳地上下河坡。

　　走在这河坡的时候，我弓着腰，身体就被无形的手向前拽着了——它是一直拽着我的。一步一步，坚实地走向老村。世上本没有路，走的人多了，也便成了路；老村本没有这河坡的路，住的人多了，也便有了这路；倘没有当年的这条弯弯的山路，就没有老村里一些人以后的直路。

　　那里有熟悉的气息，我确乎闻到了。

陵 坡

陵坡，是老村后的那面山坡。陵坡缓缓地伸向村子崖下的河水中，由山顶看下来，老村就在陵坡的怀抱中了。

"陵坡"是一代代村人口口相传的名字。翻过地方志，亦没有陵坡这个地理名词。它不是一座名山，也并不高大。从山脚登到山顶，也就二十分钟的时间。山顶不尖，是几块高低不等的青石板，石板之间的缝隙长满了荒草荆棘。中间一片青石板上，有三四个深深的马蹄印，和一个纺锤形的状如女子外阴的小坑。童年的我，与村中的伙伴们经常上山挖药材，夏季雨后的好多天里，灌满雨水的马蹄印是我们止渴的陶碗，但没有人会将嘴对着那个形似外阴的小坑。他们说，那里边的水是"金女人"的尿水。

站在陵坡山顶向东北方向远望，隔着并不宽阔的顺阳河，是一条名叫"车辐峪"的狭长沟谷，那个沟底的石板上有形似车辙的印痕。一次去那儿砍柴，我见到了两道"车辙"。有这样一个传说：一个美丽的金女人，驾着一辆马拉的金车，从车辐峪里出来，不意激流汹涌的河水挡了去路，情急之下，女人在马屁股上连抽三鞭，金马受惊，发出飞跃檀溪的怒吼，一跃而过，落在陵坡山顶的青石板上。金马的蹄子深深地嵌进石板，留下了几个蹄印。车上的女人，亦被颠落下来，一屁股坐在石板上，留下了那个标志性别的深坑。

在村子的爷庙里上到三年级时，我对这个神奇的传说开始了不屑和怀疑。女人和马车彻底被我抛弃在河水中了。我们将羊赶进深谷，轻浮地将脚尖挤进那些小坑；躺在石板上，大口呼吸呼啸的山风；将泼洒在山顶的阳光裹进粗布夹袄里取暖。也有人一边坏笑，一边用手拨拉金女人留下的坑边长出的一撮细茸的蓑草。那时候是有狼的，它们汇成一群，信步于远处的山梁上，将六七张尖而短的嘴伸向天空，发出呜呜的叫声。狼对我们没有兴趣，山里有的是羊鹿，狼的食物是充足的。我们也不惊惧，只是在回了家，将羊赶进圈里，在残余的一段城墙上玩耍的时候，仰头会看到狼群悠闲地踱到那片石板上，长长的尾巴扫来扫去，嘴里呜呜咽咽地唱歌，好像在嗅我们留下的气息。

年过三十的石山，因为家贫而迟迟娶不到媳妇。他的寡母几乎愁瞎了一双眼睛。精力旺盛的石山最期盼的事情，就是村子里谁家娶媳妇，可以连闹三天洞房。在油灯昏黄的新房里，他一次次将手伸进新娘的衣衫，于滑腻凹凸的世界信步游弋，在世俗允许的范围内，肆无忌惮地燃烧土炕上孤独翻腾残余的烈焰。在本村长时间没有娶亲的日子里，他会跑好几里地，到周边别的村子闹房。他还发明了繁多的闹房手法，每次出去，都会带一根绳子，随时准备捆绑不听话的新娘，一时名声大噪，令那些尚未结婚的准新娘谈虎色变。黑天的夜里，他的母亲如果连叫几声而没有人答应，就会长叹一声："野鬼，又去闹房了！"然闹房终究不能止渴。在新郎的眼皮底下，行使民俗世风赋予他的"公权"，与新娘肌肤亲近，只会加剧他的焦渴。

一个夏日的黄昏，我和一帮放羊的伙伴，将羊儿赶拢起来即将回家的时候，老远看到，石山裸了屁股趴在山顶的青石板上，在一阵呼哨声和哄笑声里，我们看到了他鼓胀的沾满草叶的下体。几年以后，石山成了疯子，随他死去的母亲，被村人植入黄土。他的坟茔，在陵坡的北坡，那是未成家者在冥国的家园，是一片没有人间烟火的孤寂之地。

据说，有一队人马抬着轿子，里边坐着一个道台，眼看山形走势，脚移八步莲花，在村子南边山口一路向北。突然，道台喝令停下："此地有大官人，吾等不可轻慢!"一行人下马，毕恭毕敬，碎步行走。及至二地里外，见村东残崖悬空，道台仰天长叹："此人一身文韬武略，颇有风骨，不料一脚踩空，已泯然众人矣!"言毕，复上轿。众人亦复上马，一路扬长北去。

我村先祖王公的墓地，就在陵坡的山脚之下，老村的后面。乾隆三十七年（1772）所立的墓碑如今尚在。石碑正中上方有字："先祖王公处士配任孺人之墓碑"。处士者，不愿为官而隐居之人。因为那个道台的传说，我一直固执地疑心，道台所说的官人，就是先祖王公。先祖之前的家谱，因为年代久远，不知散落何处，无从查找。由碑文可知，先祖自明洪武年间从山西洪洞移民这里，瓜瓞绵绵，至今已不知几世几代。这块石碑，在"文革"当中，被有心的村人藏埋于地下。现在得以拨开乌云，重见天日。不能不说是一件幸事。

站在陵坡山顶，鸟瞰老村，一水如带，于村前崖下迤逦而去。老村背靠陵坡，面向河流，面南背北，暗合"坐满超空"的风水之说。通村之路仅有一条，一夫当关，万夫莫开，响马刀客几难进村作乱，许多老人为此津津乐道。几百年过去了，当年的城墙荡然无存，城外碧瓦飞甍的庙宇已经拆除一尽，庙门前的池塘被夷为一片平地。西风残照之下，一片衰草离披。先祖当年看中的这块风水宝地，只剩下几处孤立的、不连续的残破瓦房。五百多口人的老村，现在只剩下几户老弱病残留守，年轻人都搬到了河对岸的新村，因为那里交通发达，便于出行。看来所谓风水之说，也是不断变化的，只是人为了自身方便自圆其说罢了。

想起金马车，金女人，道台下轿的传说，我忽然明白：这不正是财富、美色和权力的象征吗？芸芸众生，在年复一年、日复一日地将日头从东山背到西山的过程中，始终向往繁花似锦的生活，但富贵对于他们，却是可望而不可即的浮云。在挨过一个又一个的暗夜之后，迸发出了那些美好的灵感。这些燃烧于舌尖上的臆想，给了他们快乐的意淫，陪伴他们熬过了漫漫长夜，也给他们在这个贫瘠的山沟活下去的希冀。当年有身穿百衲，自称是法门寺住持的僧人云游而来，说陵坡山下埋着一个金人，六十年后就会像孙猴子一样蹦出来。有人拿出家中仅有的，珍藏弥久的一点白米细面热情款待，但他只要钱，不要粮食，说背不动，令那些意欲得到金人具体埋藏位置的人纷纷举债解囊。后来，一个"布施"最多的人，一次次在暗夜里扛着镢头，在空若有洞的地方奋力开挖，却被一团飘忽的磷火吓得半死，一时传为笑柄。

　　那片踩上去空洞的地方，想必是一节地下的溶洞。北山的石头，富含碳酸钙镁等的盐类物质，属质地坚硬的石灰岩构造。如果一条地下的暗河流过那里，亦不过是一件极其正常的事情。当年舍弃浮华，执意隐居的王公，掘泉饮渴，采果御饥，叩石垦壤，钻窑造屋，朝闻涛声，暮听虎吟，那是怎样的一种修为？如果先祖听到了他身后那些离奇的传说，看到了抡圆的镢头在石缝间飞溅出来的火花，不知他老人家的心情能否平静？

　　几百年来，演绎在陵坡山下的那些传说，以及夜晚乱葬坟堆的幽幽磷火，俱成一缕轻烟，随风飘散。但我坚信，陵坡是有"灵"的——先祖一直隐居在这里。也许因为他的陵寝，才有了"陵坡"之名。

沙 坪

沙坪在老村东边的崖畔，是一片平旷的台地。

春天的黄昏里，三婆提着笼，在沙坪的麦地里拔草。一簇簇的米蒿，顶着淡黄的小花，在风中摇摆。三婆拔了米蒿，糌绿面吃。她家的奶山羊，拖着一条铁缰绳，低头在小路边吃草。三婆怕枣刺划破了羊的奶子，用她穿过的旧衣裳，给羊做了奶罩。羊一走，缰绳叮叮当当地响，肥硕的奶子就忽忽悠悠地摆动。三婆的脸，像一张揉皱的牛皮纸。那只老山羊，是她的银行。

老早里，沙坪是有一座庙的。关老爷坐在里头，腰挺得直直的，红脸膛，心不正的人都不敢瞅他哩。三婆说他的眼睛，深得像一口井。

祖国山河一片红的年代，一群年轻人的脸上洋溢着兴奋，他们抡起老镢头，扒了关帝庙。领头的是铁山。瓦当和青砖滚进沙坪下的河水里，扬起一团烟尘。高啄的檐牙，粗壮的檩条，都在熊熊的烈焰里，化作一片焦土，肥了沙坪的麦地。

那一年，我还没有出生，不知道那些事。

三婆说，关老爷的头滚到河里，一连几天，水都是红的。后晌里，河水齐茬就断了。

关帝庙的旁边，立着一块石碑，碑文记载了建庙的前因后果。扳倒的碑子断成了三节，字迹漫漶不清。依稀可以看出，是道光六年（1826），村人集资建造的，上面有捐款人的名字和银两数目。

三婆攒下卖羊奶的钱，雇了村里的泥瓦匠，在沙坪地边盖了一间小房。每月的初一和十五，三婆颤巍巍的身影，就出现在那里。房子的小窗子里，就会飘出一股幽幽的檀香。弥月不雨，人以为忧的日子，三婆领着一帮老婆婆，在小房子里焚香化钱，跪地求雨。

铁山说，屁用都没有！龙生一子顶乾坤，一窝猪娃拱墙根。

三婆的两个儿子，都死在煤矿上了。

多年以后，铁山承包了村上的磨面机，那块石碑，被他垫在磨面机下面。一天下午，正在给人磨面的铁山，头痛欲裂，遍地打滚，村里的先生老汉望闻问切，把脉观舌，终不得病因。铁山娘怀里揣了一封点心，天不明就急急出了门，请问后山的吴神婆。

吴神婆抱着一把宜兴麻壶，眯了眼，对着壶嘴儿吱吱地吸。一脸高古，深不可测。铁山娘怯生生地问了话。神婆说，回去熬一锅向日葵秆儿，要在墙根放过三年的；煮两条地龙，要一公一母，喝汁子。铁山娘挖出来一堆蚯蚓，横竖看不出公母，胡乱逮了两只煮进锅里。三天过去，铁山依旧头痛不止。铁山娘跪在吴神婆脚底下磕烂了额颅。吴神婆放下麻壶，跟了铁山娘，看了磨面坊，又转到沙坪地里，丢下一句话：挖了那块碑子！庙里的东西，用不得。

铁山娘将吴神婆送出老远。回来的路上，碰到上山采草药的先生老汉，就问他蚯蚓公母的事情。先生老汉淡然一笑：我只知道地龙要在老屋的青瓦上焙干碾碎服用，没听过要煮了喝。以后再要用一公一母的蚯蚓，你抓一堆放在地上看，两条缠在一起不分开的，就是。铁山娘红了脸。

那一年的夏天，沙坪的地里，麦子黄蜡蜡一片。三婆的羊挣脱了缰绳，跑进了铁山的麦地，铁山从凉水泉挑水回来，红了眼睛，放下水桶，抢起扁担扫向那只衰老的山羊，羊的一条后腿就悬在空中了。三婆从河里洗衣回来，抱了羊的腿流眼泪。铁山要三婆赔麦子，三婆说你不认得我的羊？铁山瞪着白多黑少的眼珠说，我只认得我地里的麦子！三婆说，等麦熟好了，你去地里割，得多少割多少。

铁山说，我现在就要！

三婆说，你吃桑葚等不到黑？！

三婆把铁山领到家里：娃，拿升子从麦囤里舀吧，得多少舀多少。

铁山说，我只舀一升，我不是爱占人便宜的人。

三婆说，你把升子舀满，我一个人，也吃不了多少。

也是的，铁山说。给升子里又掬了两把，堆得高高的，喜滋滋出了三婆家门。

沙坪地边的麦场里，铁山套着老牛，老牛拉着碌碡，在场里一圈一圈地转。干透的麦秆发出脆生生的响声，铁山沉浸在丰收的喜悦中。铁山的二小子，裤裆下夹着一根玉米秆，在麦场的老井边玩"骑马马"。三婆背着一捆麦子，摇摇晃晃地走进麦场，就见铁山的二小子一头栽进老井了。三婆扔了麦捆，跌跌撞撞地跑过去。麦场里的人呼啦一下围了老井，七手八脚救出了二小子。三婆的手紧紧按住二小子的屁眼，不让出气。二小子睁开眼，一泡屎拉在三婆手上。

三婆高兴地说，我娃有救了！

那一晚，铁山媳妇怀里揣了一包白糖，四下看看，踅进了三婆家的门。

三婆说，拿回去，给二小子喝吧，娃长身子哩——有心了，叫铁山给沙坪庙里上两炷香！

三婆死了。一个风雨的夜里，那座再也没人进去的小房子，倒塌了。

木瓜沟

木瓜沟注定是一个有故事的地方。

时令已是晚秋。北山的秋天，在霜降之后，由火红和深黄，逐渐转向萧索的暗灰。这条位于老村西边的小沟，因半崖里有几丛木瓜而得名。眼前的木瓜沟，萋萋的荒草，通向幽暗的沟底。生长缓慢的木瓜的藤蔓，已被周遭繁茂的酸枣树遮挡得不见踪影。中秋时节火红的酸枣，现在，变成散漫、干瘪、褐红的星点，凌乱地飘浮在西边半崖的杂草上面。多年以前的夏季里，那些远远看去如核桃大的绿意盎然的木瓜，不见踪影，似乎藏匿了一般。

木瓜沟的晚秋，酸枣的叶子、果实，都是褐红的。干死的树叶，也是褐红的。

木瓜的青春已经死去。比它更早死去的，还有埋在木瓜沟的一条曾经鲜活的生命。

那是光绪二十七年（1901）的事了。算起来，他是咱本家哩，按辈分，你应该叫他老老爷的。他不好好过日子，没有媳妇，在驮炭的路上，丢下骡子，人却不见了影子——几年都不见。后来，他被官府的人押了回来，说是跟了"硬肚子"的队伍，和朝廷作对。押解的清兵，头戴花翎，背上绣着"兵""勇"。

那一年的秋天，也是这个时候。河里没水，干的。官府把全村人集合起来，站在河道里看。他戴着木枷，被反绑了两手，刀斧手跟在身后。官府的人说，他是在山东被抓住的，现在，押解回乡，就地正法。他还笑，不害怕。兵勇上去扇了他几十个耳光，他的脸就像木瓜沟畔的柿子树叶一样红了。

六爷嚅动的嘴停了下来。他装起一锅旱烟，用拇指按紧，却点不着火。有风，我说。六爷不说话，手指一直在抖。

官府的人说，叫大家看看，他的肚子到底有多硬，还刀枪不入！后来，一把鬼头刀刺进了他的肚子。脚下的石头，成了红色。

夕阳远去。木瓜沟里升起了一层雾霭。六爷并不确定，我的那位老爷的尸骨，到底葬埋在木瓜沟的哪一处地方。

雾霭掩盖了曾经的一切。

那些年里，老鹰总是在木瓜沟的上空盘旋。它闻到了那股血腥。放羊的时候，我曾看到一只硕大的老鹰，箭一般俯冲下来，用两只利爪，将一只正在刨窝的野兔揽入怀抱，消失在辽远的天幕中；木瓜沟西北的山顶，一群苍灰的狼扬起头，对着空中长吼；夜里，猫头鹰在木瓜沟的半崖里发出阵阵啼哭般的哀号。人们说，他给村子带来了血光之灾。以后的那些年里，刀客总是来偷袭村庄，将杨老五绑在柱子上，抢走了几碗烟土和两根金条，一路呼啸着扬长而去。

村子里是不应该出他这么一个人的，六爷说。人老几辈，都安安分分地种庄稼，吃不饱，也不该跑出去作乱啊。村人本是不想收尸的，几天之后，却也没有狼来吃他，不知谁就埋了他。就在这木瓜沟里。

一百多年过去了，没有人来为他焚香化钱。一个尚未成家的男人，一个横死的孤魂野鬼，一直静静地躺在木瓜沟里。他是"犯上作乱"的土匪，他的骨殖只能与沟里的野狐为伍，不能进入自然死亡的村人的公坟。如此闭塞的山村，又何以走出去一位闯荡江湖的武人，和远在山东平原县的朱红灯们发生联系，并成为他们当中的一员？面对麻木围观的人群，他的脸上是否绽放过夏瑜笑话阿义可怜的表情？倘若他没有死，也许，他会和当地的于右任他们一起，成为当时的革命党人。祠堂里，也许会有一位重量级的人物，被后人当作炫耀的谈资。

但我却是一个庸人，不能为他设计造化。时间的流逝，早已洗涤了他脚下被鲜血染红的石头上的旧迹，仅使留下淡红的血迹，渲染了木瓜沟的树叶，留下一地褐红。木瓜沟上空盘旋的老鹰，大约厌倦了这种孤独无援的守望，如今悄然消隐，不见了踪影。

沟畔的柿叶，血红如火。风吹过，发出哗哗的声响，那是唱给他的唯一的赞歌。

死娃沟

坐在面向河沿的门口乘凉，死娃沟是能看到的。它在村西边的半崖里，有一条小路，从崖下的河里通向这条窄小的沟，从沟里再向上爬，就能进入村子。这是一条进村的捷径，胆大的人，常常也从这里进村。

死娃沟，顾名思义，就是扔死娃的河沟了。三婆常给人接生，碰到生下来的阴阳人或者残缺不全的，三婆的手硬，便在尿盆里溺死，提了死娃，就在这河沿上扔下来，说，娃，不是你三婆心硬，是老天爷不叫你来这世上遭罪。狼，快来吃了娃，别叫娃受罪！

三婆回去，洗了手，转身便走，主家拿出一包白糖或点心，三婆是不接的。若生个带把的，三婆不等主人说话，就说，给娃拾掇十天那天，记着早早叫我坐席，我忘性大。

狼是经常光顾这死娃沟的。过不了一天，这里什么也没有，只有深深的草，将窄小的沟填得满满的，看不见沟底。

没有狼来的时候，三婆就坐在沟沿上等，等到狼来了，看到狼叼走了娃，三婆这才回家。

三婆六十七岁的那一年给猪割草，失足摔下死娃沟。村人说，三婆没活下高寿，是她造的孽多了。

村人都来吊孝，六婆司礼，在灵前主持妇女们祭奠。那些妇女嘻嘻哈哈地说，三婆心硬得很，引魂幡怕是把她引不到天堂了，多亏了那些死娃，比金童玉女顶用。六婆说，把娃埋在那里，看见死娃沟，你会一辈子牵肠挂肚的；狼吃了娃，你也就没有念想了；整天在沟沿上走过去，也不害咋，你就好好地活了。

吊丧的人没哭，六婆却唏唏嘘嘘地哭了。

六婆的媳妇要生了，六婆正在厨房里蒸馍，顾不得洗手，跑出门去找三婆，到三婆门口，才想起三婆已经走了好多年了，又折回来，在院里转圈圈。媳妇在房里叫唤得声嘶力竭，六婆正了胆，进房子，连拉带扯，总算将带把的孙子放在炕上了。

听到风声，屋子里便围拢了好多人，她们却不说话，互相挤眼睛。六婆知道了，这孙子半死不活的，还是个傻瓜。

众人说，赶紧扔死娃沟吧，快去，留下了，是一辈子的祸害。

媳妇大哭，六婆红了眼睛，不吭气。她找了个鞋盒子，将孙子放进去，盖了盖子，两手端着，一步一步向死娃沟走去。

六婆没有扔，她走进深深的草丛，将鞋盒先放在一边，用两只手，在地上刨了一个坑，将鞋盒放了进去，再苫些草叶，一步三回头。

太阳落山的时候，六爷从地里回来，他放下镢头，急急地就跑向死娃沟，坐在沟沿上发瓷，旱烟一锅接一锅地抽。抽完了，他对着沟底说，你要是我孙子，就哭一声，我知道你还活着，我把你端回去。

一阵风吹来，沟底传来小孩的哭声，六爷扔掉烟锅，磕头绊脑地扑向沟底。

我的这个傻兄弟已经十九岁，六爷起名"刨坑"，我每次回老家，他都扑扑咧咧地跑过来傻笑，笑着笑着，一股尿水就顺着裤腿流下来。

村里死了人，吹鼓手就咿咿呀呀地吹，还是那首秦腔曲牌《柳青娘》，多少年了，一直没变过。那些吹手的两腮，鼓得圆圆的，如饱满的茄子。

每当这时候，总能看到刨坑。他痴痴地站在门道里，等着坐席吃肉。

古 井

三爷醒来的时候，木格子窗外的天空布满了疙疙瘩瘩的黑云。

他是被雷声惊醒的。雷声的余音，像人推着空碾子急急地跑。三爷披起夹袄，攥着一把扫帚，赶向河坡，打扫坡路上的羊粪蛋儿，牛屎。那里有一口深水井，是贮存雨水的。

这是三爷自己的工作。没有人愿意和他争抢。他干了好多年了。

三爷极瘦，身轻如叶。他没有任何的劳作之外的技艺，诸如会一点木工活，泥瓦活，或是用高粱穗子扎绑扫帚的活路，他只会闷着头抢镢头挖地，上山砍柴。麦场边，河坡上的几口水井里，每年总要掉下去好多桶，身轻的三爷是下井捞桶的不二人选。三爷捞桶，没有报酬，只是可以抿几口烧酒。他喜欢喝几盅，但他买不起。每次经过河南边的代销点门口，三爷都要狠狠地吸几口气，直到将大坛子口漏出的高粱酒气全部吸进嘴里，他才慢悠悠地走回家。

三爷会绾"猪蹄环"。将粗麻绳绾两个环，套进大腿根，腰里再缠一圈，挂一个长把铁钩子。三爷两手攥紧了麻绳，掉下水桶的两个人手摇辘轳，将三爷缓缓地放入井口。三爷像一片树叶落下去，忽忽悠悠地进入一个黑魆魆的世界。

四五丈深的水井，三爷到底的时候，辘轳上面蛇一般缠绕的井绳渐渐绽放殆尽，井下的三爷也随之变成绳头尽处的一个黑点。井口上的人拿着一面小镜子，将阳光反射下去。三爷的眼前呈现出一片碎银，晃得他眼睛发花。三爷站在井底突出的一块石头上，挥动手中的铁钩子，在水底缓慢地打摸。有时候，他感到铁钩子碰到了水桶，听到了撞击声，但滑溜溜的桶却又漂游到别处去了。三爷的声音从井底传上来，发出嗡嗡的回声，上面人听不清，就大声喊。三爷终于什么也听不见，只是低头一圈一圈地抡着铁钩。

井口的石板晒得烫人。三爷在下面发抖。三个时辰过去，三爷捞上来四个桶。辘轳上重新缠起一堆蟒蛇一样的井绳，三爷的光头从井口浮上来。他嘴唇乌青，两股战战，细瘦的小腿像一根在风地里摇摆的包谷秆儿。三爷接过烧酒瓶子，咕咚咚灌下去，脖子上的喉结突出成一个石头子儿。三爷坐下来歇息，夏季炙热的阳光使他慢慢暖和起来，身子活泛了，如一条冬眠初醒的老虫子，嘴就嚅动了："还有三个桶在井里哩，我歇一会下去。"将太阳的温暖收集在身的三爷重新焕发出生动的活力，他攥紧麻绳，在辘轳吱吱扭扭的声音里，像第二片树叶落下井去。

三爷终于没有捞出井下所有的水桶。还有一个桶藏匿在某个阴暗的地方，不肯出来。三爷的脸上显出沮丧的神情。他有些羞愧。桶的主人拧紧了酒瓶盖子，一手提了水桶，一手提了酒瓶，喜滋滋离开井台。没有捞到桶的人也失望地回家了。三爷慢吞吞地收卷起自己的麻绳。他像一个战败的士兵，低下头来，缓缓地走回家。

有人叫三爷捞桶的时候，三爷感到莫大的幸福。提着捞上来的水桶走过村巷，三爷的腰杆挺得很直，脸上写满了得意。

五十年前，三老爷将一担一担的黄土，倒在麦收之后的场里。他坐在场里，用棒槌一下一下打碎小土块，拣去小石子和草叶子，再用筛子筛过，然后和泥。三老爷拉着一头牛，在泥里来回转圈。牛脚下的泥越来越黏。三老爷下到井底里，将和好的泥在手心拍成片片，一片一片贴在打好的井壁上。三老爷右手攥着一把尖尖的木锥，将那些泥片一下一下地钉在井壁上。这道工序，叫作"钉井"。黄泥可以防止水渗漏。三老爷用四十多天时间，钉完了麦场边的那口井。三老爷说，这口井，万古千年都能用。

三老爷死了。

三爷也老了。

去老井打水的人越来越少了。老井上的辘轳也不见了，只剩下一个大石头，那上面有一眼窟窿，是安辘轳时留下的。人们都在自己的院子里打了井，浅浅的，井下有潜水泵，抽水。

三爷渐渐被人忘记了。

一年无雨，家家院里的水井干枯了。人们提着桶，奔向麦场边的老井。

三爷搬了一把破藤椅，坐在井边。山阿寥寂，石径荒凉，河坡上的风呜呜地响。三爷浸泡在夕阳里，夕阳围裹了三爷。他的眼睛像深深的水井。老井边的石头上长满了绿茸茸的苔藓，草苫盖了井口，他们好一会找不见井口。三爷拨开草，颤巍巍地挪开井口盖的石板。

藤椅吱吱扭扭地响，三爷听见了辘轳的声音。他的嘴张开来，一线清水从嘴角慢慢地流下来，掉在井台边的草叶上，草叶泛着清幽幽的光。井边的草儿又绿了。

井边的草儿一直绿着。

碓 窝

　　碓窝，是老早用石头做成的舂米或其它谷类粮食的用具。地域不同，碓窝的材质有异。三秦大地，南山多砂石，碓窝就多是砂石做成；北山多青石，碓窝就用青石来做。四四方方的一块石头，中间凿进去一个深圆的窝儿，用来盛糙米。精致一点的，四周有鲤鱼戏水、青莲浮萍的图案。因为长年累月地使用，青石碓窝的表面，被人的汗手摩挲得青黑滑溜，温润如玉。

　　那时候，村里的每一条巷子，至少有一个碓窝，静静地坐在某个人家的门口。家道好的，碓窝立在门口房檐下的石阶上。妇人手持碓椎，将一声声的撞击传向远处。声音和着主人站在门口有一搭没一搭的闲言碎语，和着屋檐里雨水的滴答，起承转合，错落有致。润湿的玉米粒儿，不时如顽皮的孩童般从碓窝里蹦出来，或钻入旁边的柴草堆里不见踪影，或就直挺挺躺在碓窝旁边引来屋檐下栖息的鸟儿。不等舂的人捡拾，早有嘴快的鸟儿衔起，倏忽就遁入大树那繁密的叶子里去了。

　　露野的碓窝，雨天里总是蓄满一池清水，如一汪毛眼静静地看着天空，静谧，沉稳。它的身子已经深深地嵌入土地中了。雨水填满了圆窝，又顺着四周缓慢地淌下来，将它洗得油光锃亮。一俟天空青碧，碓窝里就又发出"咚咚"的撞击声。碓窝里总是用水湿润好的玉米粒儿，青油烤干的红辣椒，脆干的花椒壳子。在渭北，它最忙碌的时候，是在每年的腊月，行将"喝五豆"的前几天。五豆，生之于土，碎之于石，经由碓窝舂出，饱含土的滋润，携带着手工的温热。那时候，婆总是在腊月初五的前两天里淘好玉米。泡胀了，滤去水分，倒在门前擦干净的碓窝里，坐个小木凳子，手里提着沉重的碓椎，一声接一声地砸进碓窝，那声音听起来缓慢而有力；头上的手帕，随着碓椎的起落在风中飘展，显露出脑后纱泡罩着的大大的发髻来。间或，有光溜溜的玉米粒儿从碓窝里飞溅出来，躲进旁边的柴草堆里，婆就摸索着去捡拾，在围裙上蹭去浮土，再放进去。碓椎沉闷的声音便又一声接一声地在屋后的土崖间回荡。

有鸟儿飞过来，围在碓窝旁边。婆看着它们小小的嘴在地上啄食溅出的玉米粒，婆就停下手来，默默地看着它们。在我辽远的记忆里，那双目光充满了安详，沉静，似已饱经沧桑，波澜不惊。

碓窝碓椎，阴阳相生。自从有了种植五谷的历史，就有了碓窝的历史。它与土地一样，默默无言地承载着人类生息繁衍的重任，忍受着漫漫无期的击打。无论白天黑夜，它始终默默地守在那些柴扉土墙的身旁。它也从不嫌弃那些草屋茅舍的低矮和荒陋，以至于在长年的风雨侵蚀中，它显得粗陋不堪：四周蒙上了一层土垢；身子被谁家顽皮的孩子打碎了一角。但是，它将一生承受的锤炼，都悄无声息地融进了那个深深的圆窝。含蓄，内敛，包容，浑厚。

"秋日新沾影，寒江旧落声。柴扉临野碓，半得捣香粳。"杜甫的诗，描绘了那些已经远去的场景——碓窝终于沉寂了。游走于老村的时候，我没有看到一个碓窝，哪怕只是一个打碎的残品。我不知道它去了哪里。它只是暂时隐遁了吗，它还会回来吗？——它永远也不可能回来了！

但是，那些"咚咚"的声音，终于不时地回响在我的耳际了，震得我心里隐隐作痛。

马 灯

马灯应该是个舶来品。南方出海打鱼的人将马灯挂在桅杆上。那时候的马灯不叫马灯，称作"桅灯"。我的脑海里就升腾起一幅遥远的图画，那些车辚辚，马萧萧的队伍，在茫茫的黑夜里行进，没有人知道他们去干什么。他们或许是官府押解物资的队伍，或许是被贬出京城的官人及家眷。马是不用马灯来照明的，它们有"夜眼"，但驾驭马车的人却需要照明，他们便将马灯悬挂在车辕上，在漆黑的夜里走过一个又一个驿站或者地理不明的荒郊野外。不肯停息下来，只是为了尽快赶到目的地，完成使命之后，他们才可能放下心来，熄灭马灯的光焰，睡去一身的疲惫。

我不知道马灯什么时候流传至渭北。儿时的记忆里，它最早蹲在生产队饲养室门口的石磨上。那是晴天的夜晚，没有电灯的瓦房茅舍，黑暗统治着每一处角落。劳累了一天的人们陆续走出家门，围坐在石磨四周，所有的眼睛，都奔了那漫溚昏黄的灯光而去。队长的脸写满热情，马灯的光影里飞溅着他口中喷出的唾沫星子，夹杂着刚刚学来的口号语录。他的慷慨激昂并没有引起大家高涨的热情，社员们的肚子还瘪着。马灯昏黄的光芒，映着他们渴望光明和饱满的瘦脸。他们能围着马灯坐在一起，是对徒有四壁的家里那漫长黑夜的恐惧，是对光明的希冀和期盼。

　　马灯后来进入了好多人的家院，是在各户有了自己的"一亩三分地"之后。马灯是夜间生产劳作照明的光源。夏收之后的麦场里，马灯高高地悬挂在场边的一根杆子上。光影弥漫了周围不大面积的空间，木锨扬起的麦子在空中散乱地飞舞，细碎的麦秸随风飘落在马灯的罩子上。偶尔有从风中分离出来的麦粒打在灯罩上，发出乒乒乓乓的声音。间或，父亲会停下手中的木锨，仰头看看昏黑的天空中是否有风吹过。手拿扫帚的我坐在一边，能从马灯光影的反射下看见那些蹦跳到别处的麦粒。它们小小的身体，竟能在地上投下阴影。那些阴影暴露出它们的所在，我会在起身扫落麦堆的时候，走出很远，用手中的扫帚将它们"赶回"应该待的地方。但是，过一会儿，我又会从另一个不易窥视的角度看见那些淘气的麦粒，落在了它们不该落的地方——是马灯的光亮暴露了它们顽皮的行踪，如此反复。那些曾经的黑夜，我不但听见了麦粒打在马灯上的声音，而且听到了麦粒落在草帽上的声音。父亲并不躲避那些麦粒的敲击，相反，他喜欢听那清脆的声音，那是他能感受到而且看得见的一种充实。风向在变换，父亲马灯下的身影也在麦场里不时地左右移动。没有风的时间，我们会坐下来歇息，等候。马灯照耀下的地上就会投下两个沉默的影子。因为要等待适于扬场的好风，我们有时会一夜守在麦场，相对无言，直到天亮。

　　在渭北，马灯是举行葬礼过程中不可或缺的"道具"。等待下葬的日子里，手提马灯的领路人，带着长长的身穿孝服的子孙一字排列的队伍，游走在老村巷和先人的古墓之间。请先人，请抬灵柩的乡人。繁冗的礼仪，仅在白天是不可能完成的。夜里，马灯如豆的光焰会飘移在山梁上。龟子呜呜咽咽地吹，声音在空旷的山梁上飘飞，在沟底的高崖间回荡。走完一生之路的亡人，他（她）的灵魂再一次跟着马灯在路上行进——这是他最后一次在人生舞台的行走了。提灯的人低头行路，一言不发，满脸肃穆。马灯的光辉，是亡人生命里最后一丝充满活气的光焰，这光焰照亮那些故去之人生前走过的每一条小路，也将引领他

（她）前往冥间报到。即使在白天，领路人的手中也一直提着那盏马灯，虽然在大白天看不清如豆的光影，但他从来不曾放下。马灯与人都有使命，不敢懈怠。跟着手提马灯的领路人，我走过了故去的父辈他们最后一次走过的山路。

我记得那些日子。那时候，我是一直被那盏马灯领着向前走的。

乡野的晚上，手电代替了马灯，光影专注而强烈，但它只适于单纯行走的照明。在需要持续光源的时候，马灯昏黄而并不明亮的灯光，依然是重要的。它的光晕成片状扩散开来，浑厚，温暖，热情。在空旷的田野，在冰冷的墓地，马灯的光焰绽放了很久，直至最后一盏灯火熄灭在沉沉的暮气之中。

一个小雨淅沥的下午，朋友从他家的后院里提出两盏马灯，一新一旧。新的似乎还依稀闪烁着镀锌的光彩，旧的一身灰尘，锈迹斑斑。他让我挑选。一刹那间，杜拉斯的那段话闪现在我的脑海："我认识你，永远记得你。那时候，你还年轻，人人都说你美……我觉得现在的你比年轻的时候更美，与你那时的面貌相比，我更爱你现在备受摧残的面容。"

那盏"备受摧残"的马灯，成为我的书架上一位古老的新客。晚上，我熄灭台灯，擦亮马灯的玻璃罩子。我点亮了它。它就飘忽地游走在夜晚的巷道和田地里了。最后，它高高地定格在一面斑驳的土墙上，墙面所有或深或浅的裂缝，都被马灯的光影温暖地填充，土墙因此而显示出一种饱满实在的景象……

碾 子

　　记忆里，我最后一次推碾子的情景，滞留在三十年前，村子北边大皂角树下的一块空地上。每年的秋收之后，家家户户收获了坡地里那些瘦小的玉米棒子，剥下来，晾晒于院落或者门口，然后晒干，在碾子上磨成糁子。那是村人整个冬天的早饭。

　　那时候，冬日的早晨，碾子的周围就会聚拢半村的人。个个手端一碗稠糊糊的玉米糁子，碗上面漂一堆萝卜叶子腌的酸菜，以碾子为中心，或蹲或站，一边吃，一边晒太阳。如有两三人挤在一块窃窃私语而环顾左右，其内容必定是谁昨晚偷进了谁家的门，或者谁家男人翻了邻家寡妇的墙头。碗里的玉米糁，更是碾子的一大功劳。晒干的玉米，用水淘过，堆在碾扇上面，随着碾子的转动，玉米缓缓地从碾扇的眼里流下去。碾子的齿口间发出霍霍的响声，如空中滚过的闷雷。磨碎后的糁子围着碾子的一圈，从碾扇的缝隙里徐徐落下，堆积在光滑的青石圆盘上。推碾子的人嘴里哼着秦腔乱弹，弓着腰，身子前拽，像走山路，整个过程缓慢而悠闲。唱声的停止，意味着青石盘上的糁子堆满了，需要收装，一人张开口袋，一人用小簸箕装，装完了，继续推磨。

　　碾子最早是用来磨面的，只是我没有见识过了（我老家至今还有一台罗面柜）。村里的老人说，碾子磨出的面粉好吃，擀的面条也筋道，耐嚼。这其实是有道理的，低速研磨，低温加工，不会破坏小麦中的营养物质，所以碾子磨出的面粉应该最大限度地保留了小麦的各种营养成分。从科学角度讲，低速研磨的特点，又保持了面粉的分子结构。老人说，记得那时候煮面，碾子面粉的面汤，颜色是浅黄的，后来机器面粉的面汤颜色发白，不好喝。渭北人尤喜吃面，吃完喝汤，讲究"原汤化原食"，他们的舌尖自然知道好坏。由此说来，碾子面粉保留了小麦的原汁原味，用碾子面粉制作的各种面食自然应该口感柔韧、麦香浓郁、营养价值高了。只是人们已经失去了这份耐心，在磨面机高速的旋转中，铁的辊子磨出的面粉热得烫手，需要晾凉才能收入瓦瓮，要不就会发烧坏掉。便捷和快速，是人类一直追求的目标，自然，人们也就享受不到原始的口味了。

在渭北一带，至今，人们不说磨面，说"碾面"。

碾子后来被人的发明所代替。电闸一开，一袋子玉米十几分钟就变成了糁子；半个小时，就可以磨完一百斤麦子。碾子被冷落在皂角树下，上面落满了灰尘。皂角树上落下的鸟屎也星星点点地糊满了碾扇。常有小孩立在上面撒尿，尿水顺着上面的漏眼流下去。顽童一边尿，一边低了头，弯腰看尿从碾子的缝隙里往下流，就有大人老远厉声呵斥，小孩立刻收进小鸡鸡，箭一般逃窜。后来，没有人再向站在碾子上撒尿的孩子叫喊了，他们老了。孩子们尿完了，高兴地摆弄小鸡鸡。尿水从碾子的齿缝里淌下来。

年上，我给远在深山的三姑拜年，她拿出一袋玉米糁，说是用碾子推出来的，香，特意给我留的。她们村子只有几户人家，没有碾米的机子，要吃玉米糁子，得翻沟去几里地外的大村。三姑腿疼，跑不动，碾子就在门口，她就慢慢地用碾子来推。她还活在过去的时光里。三姑说，时间长了，碾子的齿就会磨平，要用錾子重新錾出纹齿，村里的老石匠早就过世了，再没有人会錾碾齿了。

前段时间，我打电话嘱咐兄弟，将老村里扔在荒野的两个碾扇拉回来，放在新村的门口了。我想将那一段历史保存下来。

碾子上有两个铁环，最早是牲畜来拉的。驴子戴了按眼，一圈一圈地走。后来没人养牲畜了，插两根棍子，人推，碾子就一圈圈地转动，往复，单调。人老几辈，生命的延续，不正是缓缓转动的碾子吗？

马头笼子

马头笼，是一种木制或竹编的手提小笼，因形似马头而得名。渭北并不是竹子的宜生之地，竹编的马头小笼，想来应该是"舶来品"了。马头笼是走亲戚提礼品的工具，主要装水果花馍等不宜受挤压的礼物。它形似长方体，上大下小，有盖，漆着黑色或枣红的桐油漆，外面绘有花鸟虫鱼等图案。记忆中，我见过的马头竹笼，好多地方的漆已经脱落，露出斑驳发黄的色气。因为经常盛装桃子苹果的缘故，即使一个空的马头笼子静静地放在桌上，仍有微微的果香入鼻而来。马头笼以黑色居多，也有不上漆的原始颜色。竹编的纹理整齐，木质的凝重沉稳，给人一种古色古香的感觉。

村里似乎只有那么几个马头笼子，互相借来借去。每年的农历七月初七前，是马头笼子最繁忙的时候。定了亲的婆家人，在结婚前的三年里，每年要给女方家送"七月七"。前两年是"小送"，量少，简单，主要是维持一种良好的关系，可能也有以此观察情况的意思在内，以防有变。结婚的前一年，要"大送"，这一次极为隆重，是媒婆代表男方去向女方要人的。要商定婚期，就要用到盛得多又体面的马头笼子了，马头笼里装的是鲜红的桃子。早在桃子还没有成熟的时候，男方家就去附近的桃园定好了桃子，这桃子是孝敬给"王母娘娘"的，七七四十九个。桃子要阳坡树上摘下的，色好，鲜艳；要选个大的，大方，体面；不能有虫眼或伤疤。桃子的好坏关系到娘家母亲的心情，甚至关系到能否要到人。除了"寿桃"，还要配以黄澄澄酥脆或者绵软的花杏（林檎），一个一个小心地放入马头笼子里，盖严盖子，再用一面大红布（俗称"龟子红"）将笼子包严实了。"大送"的前一天，婆家人要将媒婆或红爷请到家，摊煎饼，烙油馍，好生招呼。媒婆或红爷饱餐一顿，喜滋滋擦去嘴角的油腻，将那一笼的寿桃提将回去，放在小孩子不能够到的地方。第二天，媒婆或红爷穿戴一新，手提红布包裹的马头笼子，便昂扬地上路了。逶迤的山路上，弯曲的河道里，便有满脸喜色能说会道善于察言观色很有耐心不急不躁的媒婆或红爷在路上行走，犹如胳臂上挽着一团红云。俗语"是媒不是媒，都得跑三回"。碰到熟人，就老远喜色招呼，大声应和，要让全村人都知道，她（他）今天要去完成一桩大事——去女方家求个婚期，期望女方家能早早给人，不耽误年轻人的日子。一般这一次去了，当年的冬天，男女双方便要结婚了。女方家人早在门口迎接，喜喜地将一笼的寿桃收取了。这桃子要给全村人散发的，借以向村人告知，女儿今年要出嫁了。自然，媳妇娘家也有煎饼油馍伺候，媒婆或红爷吃得嘴角流油，却也不忘使命，察言观色地就要人了。回来的时候，马头笼里装的是女子亲手做的布鞋。媒婆返回到村口，早有妇女中的"好事者"一起围拢上去，揭开马头笼盖，争相瞧看女子的手艺，指指点点。碰到好的手艺，羡慕不已，连声称赞；若是做的鞋子丑陋粗糙，也不言语，放回笼子，嘴一撇转身便走。女方家给人了，迎亲的队伍一来，女子的妈哭得稀里哗啦眼红似桃，不肯出来见人，倒是父亲傻乎乎大大方方招呼来人。一阵闹腾嬉戏之后，女子娘家门口冷清下来，长短不一的哭声就从家里传出来，直听得周围眼软有女的妇人掉泪珠。

在渭北，无论逢年过节、敬神祭祖、婚丧嫁娶、生儿育女，甚至亲朋往来，大都要相互馈赠花馍。蒸花馍的主家屋里，集中了村里所有做花馍的好手，围拢在梨木大案前，其乐融融。几十双巧手，在案子上忙碌。花鸟虫鱼，飞禽走兽，时令果蔬，各具情态。男女订婚时，男方要给女方蒸一对鱼，鱼身上盛开一朵莲花，象征男方母亲期望自家未来的儿媳有如鱼儿一般灵巧，像莲花那么纯洁，也希望未来的媳妇生育力如鱼般旺盛；女方送给男方的是一对威风凛凛的老虎，意味丈母娘期望未来的女婿虎虎生威。小孩满月时，娘家还要送白面蒸的项圈，保佑外孙健康长大；孩子周岁时，要送"虎馍"，让老虎护卫孩子健康不得病。每当这个时候，马头笼子便大显身手了。蒸好的花馍盛在笼子里，盖上盖子，一来防风干，二来不受挤压变形。提了马头笼子，便是怀抱了美好的祝愿；走在路上，心情轻松如云，跨步格外高远。

几十年过去了，那些游走在乡间路上的媒婆和红爷渐渐老去，也没有人给孩子早早定亲了。村子里鲜有少年姑娘。他们都在外打工，好多自己找了朋友，回到家乡，连订带娶，俗称"一砖砸"，要结婚了，一次性给多少彩礼，直截了当，女婿与丈母娘直接砍价。抛却含蓄，直奔主题，自然也没有人再送"七月七"了。走亲访友的人们，不是提个塑料袋，就是背了皮包，马头笼子失去了它的使用价值。多年以前，在六婆家，我竟意外地看到了它落寞的身影。一个落满灰尘的马头笼子，默默地待在屋子的一角。不见了竹编的盖子，灰尘笼罩了它曾经光鲜的桐油漆的皮肤。笼子里放着六婆从地里挖回的一堆洋芋。

在那些艰苦的年代里，马头笼子送去了人们饱含温情的祝福。现在，我们生活在一个追求结果的年代，而当人们得到了期望的结果的时候，却总是想起那些近乎繁冗但却饱含温馨的过程。马头笼子的青春年华，连同它承载的那些美好的祈愿和丰富的民俗文化，如今已经随风飘散，但那些美好的愿景，依然深深地印在人们的心里，久久挥之不去。

食 笋

我再一次见到了食笋的身影。

红漆雕花的食笋，静静地隐在终南五台山下，关中民俗博物院一座渭北民居的西厢房里。这座原在渭北澄城的孙家大院，整体迁建于此。民居门口的山墙上，镶嵌着一方古朴优美的莲花砖雕。小小的游鱼，大约戏于莲叶之间久矣，此刻慵懒地沉入浅底，一动不动。莲的叶子有些倦怠，叶边微微卷起，画面就有了极强的立体感。盛放着新娘嫁妆的食笋，带着新人的羞赧，亦不愿轻易示人，躲在安静的一隅。食笋的肩臂上，绑着一块火红的绸子，一团热烈的红艳，包裹了冰冷的铁环。那个铁环，在出嫁的路上，会与扁担上的铁钩相互摩擦，一路吱吱作响。那声音就像是一只老鼠，啮噬着新娘半是期盼半是恐惧的心。食笋有三层，最上面盖着盖子。盖子的中心和四角，有黑色的雕花。三层格子里，依次码放着崭新的男人的粗布鞋袜，对襟褂子；新娘锃亮的铜镜，檀木梳子和香气扑鼻的妆奁，还有她的红裹肚。裹肚里夹着一块折叠整齐的手绢，那是母亲给她准备的，用来向新郎的家人证明女儿的纯洁无瑕。那一晚，将有点点"红梅"，缀染薄绢。娘家一世的高洁风骨，就寄托于这片洁白的手绢了。这个日子前的一年时间里，她怀抱笸篮，昼穿金线，夜伴青灯，所有与她出嫁有关的女红，全都随着迤逦的迎亲队伍，走向那个她从来不曾去过的深宅大院。她将由一个出水芙蓉的少女，在梦一般的流年之中，为人妻，为人母，信奉三纲五常，出入举案齐眉。无情的岁月，会洗去她姣美面容上的一层铅华，她将携手那个未曾见面的男人，历尽沧桑，一起老去。

即将出嫁的女子，如砖雕上的那条沉在水底的小鱼，羞怯地坐在一角。一片艳红的布顶在头上，看不清她的庐山面目。但我猜想，她一定年方二八，肌凝白雪，眉画远山；闭月羞花，沉鱼落雁。食笼的格子里，她的红裹肚上，绣着一朵绿莹莹的莲花。莲子清如水。她的芳名，叫作"莲儿"。

食笼，是早先渭北女子出嫁，或故去的亲戚举办葬礼时，盛放女红及丧葬食物祭品的器物。外观方形，箱式，因为体积较大，需由两人抬起行走。三层组装的格子，可以分开取下，并依次摞起。那些嫁妆和祭礼，分门别类，码放整齐，避免了因相互挤压而褶皱变形。食笼的箱体外侧，有一根连接的木骨架，由下而上，包围一圈，延伸于食笼顶上，高出盖子一尺有余，中间铆有铁环。装好嫁妆，盖好木盖，中间的铁环，被扁担上的钩子钩住，两人抬起，随着出嫁的队伍，伴着唢呐的音韵，袅袅行进在乡间的小道上。红男绿女，逶迤如蛇，那是怎样的一道风景？扁担呼呼扇扇，嘎吱作响，花轿里的新娘，一颗羞怯的心，亦随着食笼的起伏，一上一下，忐忑地走向她满怀憧憬，又一无所知的世界。

那是一个风雪的腊月。莲儿坐在烧得烫人的土炕上。她闭着眼睛，母亲两手绷着一根绳子，在莲儿的脸上挦（xián）着细小的汗毛。这道工序，渭北叫作"挦脸"，也叫"开脸"，这是即将出嫁的新娘最重要的美容项目之一。母亲是村里最会挦脸的人，手中的那根绳子，不知挦过多少张美丽的面庞。这一次，是她的莲儿。她挦得很细。细细的绳子将那些肉眼看不见的汗毛卷进去，绳子弹起的瞬间，汗毛被拔下来。有时候，莲儿会因为痛而蹙一下眉。母亲挦完脸，又用一块破碎的青花瓷片，将莲儿腋下的汗毛和脖颈处残余的汗毛——刮净。虽然已经有了刀片，但她不用。汗毛碰了铁器，会长得更快更密，用瓷片刮，就不容易再长了。这块青花瓷片，是母亲的母亲传下来的，母亲一直将它藏在炕桌的小抽屉里。

母亲牵着莲儿的手，走进厨房。面向锅台，莲儿给灶王爷磕了三个头。透过红布，莲儿感到灶膛里的一团火光正在熊熊燃烧。鞭炮齐鸣，唢呐响起，莲儿被两个族里的妇女搀扶出门，坐上花轿。上轿的那一刻，莲儿回过头去，她看不清什么，但她分明听见了母亲一声长长的哭叫，莲儿的眼泪湿了脸颊。积雪的地上，抬轿人的脚下发出嘎吱嘎吱的声音。两个村中憨朴的男人，摇摇晃晃地抬着食箩，下坡，过河，上坡。食箩随着他们摇晃的脚步，在空中一摇一摆，梳妆盒里的小物件丁零作响。莲儿坐在轿里，偷偷掀开头上的红布，她看见前边远处，红漆莹莹，镂空雕花的食箩，在阳光下的雪地里闪着离合的神光。因为一路要被妇人们挡住，揭开盖子，翻看女红，耽搁时间，所以，在送亲的队伍还未出发的时候，食箩就最先出门了。尚未出村，就遇到挡路的妇女，抬食箩人的脸上，却并无愠色，喜滋滋站在一边，乐得歇息片刻，亦不忘与那些中年妇人调笑。女人专心赏阅女红，不提防一只咸手已经伸向她的屁股。女人一句"摸你娘的老腿"，如一只兔子跳开，脸上却有春风般的滋润。听着那些妇女对于女红的赞美，莲儿的心里泛过一丝甜蜜。

多年以后，莲儿总会想起风雪的腊月，那个红烛摇曳的夜晚。曲终人散，月上林梢，心急的男人，一层层褪去她华丽的外衣。红裹肚上，那朵绿莹莹的莲花，在红烛的光焰里楚楚动人。她满脸羞怯，偷看一眼紧闭的门窗，然后，轻启朱唇，吹熄红烛，将自己卷进那面百鸟朝凤的大红被子，有一丝恐惧，亦有一丝期待。窗缝里挤进的一线青光跌在她的脸上，她紧闭双眼，在一阵喘息和呻吟里，开始了一生漫长的孕育。

莲儿如门口那棵身体中空的古槐一样，渐渐衰老。她的脸上，布满沟壑，斑驳如墙；她的双手，筋脉毕露，枯瘦如柴。一个晨曦初露的早晨，莲儿并没有像往常一样，黎明即起，洒扫清除，而是长眠不醒——她走了。带着安详，平和，如耗尽最后一滴油的青灯，在簌簌的风中，飘忽，摇曳，直至熄灭。七天之后的黎明时分，萧萧的秋风，将莲儿门口那棵树上的一片片槐叶抖落下来，撒落一地枯黄。莲儿的灵棺，就躺在那一地的枯黄中了。灵前的青灯忽忽闪闪，青黄的灯焰在风中飘摆不定，但却始终没有熄灭。

一台摆满花馍的食笸，放在村子巷口，那是莲的女儿的婆家送来的祭礼。高高的油塔，肥胖而白的大花卷，纸糊的棉衣棉被，都摆放在莲儿灵柩前的桌子上了。一声炮响，长长的送葬队伍一路蜿蜒而去，直至村子的老坟地；鼓乐喧天，撕裂的哭声穿越了云霄，随风飘落在村下的河谷。食笸里的那些祭品，是供莲儿在冥间享用的，这些丰盛的"大餐"，将使她在黑暗的世界里，不惮于饥饿和寒冷，仍旧延续一颗永不老去的魂灵。这颗魂灵，安详，沉静，一直回望着她当年坐着花轿来时的那条小路……

现在，红漆雕花的食笸，默默地隐居在这个民居的厢房。它已退出历史的舞台。它将自己辉煌的青春，奉献给了那些如当年的莲儿一样青春涌动的女人。此刻，它更像一位垂暮的老人，心如止水，波澜不惊。

食笸，讲述了那些过去的故事。

汽灯

　　咝咝的如响尾蛇般发散的声音里，汽灯释放出令人炫目的光亮。在那个无电的黑暗年代，山村没有汽灯，听到那个声音的机会自然是极少的，总是在皮影戏班来村的时候。汽灯，是用来给四根木柱搭起的简易戏台照明的。确切地说，是映衬白色的幕布上那些打杀的武将，或者坐在一把太师椅上咿咿呀呀唱做的"佘太君"们的，以便台下的人看得分明。

　　那时候，电影本来就少看皮影戏也是一件极奢侈的事情。皮影戏班是当地一个村子的家庭组合"戏团"。父亲是一个民间老艺人，挑扦子，同时老生、大净、老旦俱能唱做；他的儿子和儿媳，唱小生和小旦。除过专门挑扦子的老父亲，其他人的手里又都忙活着一件乐器。儿子的大腿面上压一把板胡，小腿上绑着竹板。媳妇手里拿着枣木梆子，关键处，在一旁挂着的铜锣上"当"的一声敲起。父亲两手并用，将两个从对白到打斗的人物挑动起来，贴着白布打杀。一人执枪，一人持钺，铜锣与铙钹齐发；刀光剑影，声震四野。打到热火处，两个皮影儿在空中跳起，互换位置，锣声又一阵紧似一阵，直到一人倒下再也不起。锣敲过之后，女人一手极快地上去按住锣面，余音骤然停歇。台下的人在汽灯的光亮里瞪圆了眼睛盯着幕布，嘴巴大张，久久不合。

　　我的所有关于汽灯的记忆，都与皮影有关。在山村，汽灯只是一团外来的光亮，它是一个稀客。我一直不明白，那个小小的白色的纱罩，何以就能发散出照亮一个麦场的光芒？好奇心终于在八叔结婚的那天得到满足。八叔在县城做事，结婚那天晚上，他拿出一盏汽灯，添了煤油，用气筒给灯座的储油罐里打气。有好奇的人想上前摸一把汽灯，八叔说会爆炸的，不敢摸！伸手的人赶快缩回来，还痴痴地看手指在否。他说，汽灯贵得很，摸坏了赔不起。灯挂上房梁的时候，蓬荜生辉，光亮无比，仰头看汽灯的人比看新媳妇的人还多。

活泼的小孩子们不愿听那咿咿呀呀地唱做。汽灯发出的光亮，才是我们围拢在打麦场的真实原因。在大团炽烈的光亮里，尽可以恣意欢跑，纵情呐喊。离开屋里豆苗一般的煤油灯的昏黄之处，光明的吸引显然起了决定性的作用。它可以使人的心也亮堂起来，尽管那些光亮是外来的、短暂的。外来的文明总是离闭塞的山村遥遥远远，如今竟然伸手可及。我们围拢在戏台周围的空地上，不啻是在玩耍，更是在庆祝这外来的光明，我们知道它是短暂而且不可挽留的，于是抓紧有限的时间，以期在它的光影里能多待一会儿。

后来的一次皮影戏，是村子里祈雨的老太太们凑钱邀请的草台班子给龙王爷唱戏。戏台搭在河岸边的麦场里。那个黄昏，一抹荒烟搂着山腰，山头已经吐出月儿了。汽灯还未点起，混乱中却被人偷了纱罩，唱戏的人没了办法，临时借了村里一盏马灯照明。那一晚的戏，唱得黑灯瞎火。苏三戴着木枷子慢悠悠地走，凄凄哀哀地唱，祈雨的老太太们念完经文，便坐在台子底下看着苏三抹眼泪。后来的日子里，雨终于没有落下。铁娃的奶奶是祈雨的带头人，她说，丢了纱罩，戏没有唱好，龙王爷不高兴，就不给雨了。她不知道，是她的孙子铁娃偷了纱罩。铁娃偷偷给我说，奶奶眼睛不好，他想把汽灯上的纱罩安在他家的煤油灯上，煤油灯就能跟汽灯一样亮，奶奶就能看见穿针了。

走进小雁塔公园，恰有一个灯具展在公园举行，我再一次见到了汽灯。无须发光，周围已明亮如昼——大厅里射灯的光亮淹没了它的周身。看得出来，这是一盏几乎没有怎么使用过的汽灯，仅仅只是一件赚人眼球的道具，崭新整洁，散发不出一点震撼人心的沧桑。它只是一个钩沉历史的符号了。这个符号，却使我回到了最初的那个坐标原点。这盏汽灯，像一把沉重的锤子，砸在了我的心灵上。如今的它，已经没有什么用途，但在曾经的那个年代，它扮演了至关重要的角色。它不仅照亮了我的童年，而且使我对山外的文明世界充满了向往。面前的这盏汽灯，使我记忆里那片几近荒芜和羸弱的田地，刹那间变得饱满而充实了。

锋利的剃刀

疙瘩爷的口袋，一年四季装着一把锋利的剃头刀。

疙瘩爷没上过学，却识得半点文字。上工劳动的歇息时间，疙瘩爷会从宽大的粗布腰带里抽出一本皱巴巴的、前无开头、后无结尾的《隋唐演义》，唾沫飞溅地给大家讲秦琼卖马，程咬金抡斧头的故事。他记性不好，有时会把程咬金的事情安在李元霸身上，甚至将岳云大战金灵子的故事串进瓦岗寨子。大家却都激动，叫好，拍手。疙瘩爷的唾沫就溅得更厉害了。讲到激动处，疙瘩爷的眼睛睁得像牛眼。那一次，他又给大家讲《隋唐》，公社下派的工作组领导老于冷笑一声："你能说了狗屁！连朝代都弄不清！"疙瘩爷低了头，眼睛倏忽就黯淡下来。他讪讪地说："还是公家人知道多！于同志说得对哩——我——我说得不对。"

疙瘩爷当年也是有大名的：王大发。他的脑后有一个突出的鼓包，浑圆，褐红，晶亮。太阳下面，鼓包就像一滴水珠凝结在石头上。可他一辈子都没有发起来，更谈不上"大发"了，村人也都忘了他的大名，都叫他王疙瘩。王疙瘩在村里辈分高，人就叫他"疙瘩爷"。

疙瘩爷最喜欢的事情，是给村里的男人们剃头。

疙瘩爷剃头的本事，是在自己头上练出来的。他从河坡的炭渣堆里，拾了一片豁豁牙牙的破镜子，时常对了镜子给自己剃头。脑后照不到的地方，就用手摸索头发的茬口高低。榆树皮般的手，却能感知哪儿剃好了，哪儿没剃平整。疙瘩爷说，剃头刀子是小时候他爷留给他的。疙瘩爷的爷，当年扛着一条板凳，走村串户给人剃头。剃刀的木把上，铆着三颗金光闪闪的梅花铜钉。刀子合起来的时候，刀刃恰好收在木把窄细的缝里。时间一长，木把被疙瘩爷的黑手攥得乌黑油亮。这把刀，疙瘩爷是常装在身上的，外带一块"洋矸石"（磨刀石，质地较细腻），用牛皮纸包好，脖子上搭一块脏兮兮的毛巾，就是疙瘩爷剃头的全部家当了。因了这些装备，疙瘩爷剃头的勇气十足。夏天的午后，人们都在家歇息睡觉，他却揣着剃刀，早早在村中心的那棵皂角树下等候。那里是他的"战场"。他坐在树下的石头上，嘴里抽着旱烟，眼睛却盯着周围的来人。他像一个埋伏的战士，静静地等待着机会的到来。他会像收割地里的庄稼一样，将那些他认为已经长得很长的头发，用他的剃头刀子割下来。他说，头发就像地里的草，不除了，地就不轻省，人一样，剃了头，就精神多了。

疙瘩爷碰到村里的大人碎娃，就先看头发长不，直盯得人头皮发麻。他一边说着头发就是长了么，一边就将手塞进口袋里摸索。大人乐呵呵地说好好，剃吧，一边就招呼疙瘩爷落座，喝茶。要是小孩，不爱剃头的，就逃。一边跑，还一边朝后看，摸自己的头，似乎那头发已经不在头上，被疙瘩爷的刀子当草割去了。

疙瘩爷剃头，自然是一种义务劳动，但他乐此不疲。每次给人剃头之前，他都要说："剃头洗脚，胜似吃药。"然疙瘩爷给人剃头次数多，自己洗脚的次数却很少。有一次，疙瘩爷背着一捆干柴过河，一脚掉进冰冷的泥水里。回到家里，四婆逼着他洗脚换鞋，他就只洗了那只掉进水里的脚。四婆骂他，他说，那个脚又没脏么，洗啥哩？费水！四婆说，他一年四季在家里就不洗脚的，脚后跟像河里的砂石，晚上睡觉一蹬腿，能划破床上的单子！疙瘩爷不吭声，只是低了头，笑眯眯地抽烟。

疙瘩爷剃头，讲究刀子要快。刀子快，人不受罪，他说。所以中间要篦刀的，剃到一半，疙瘩爷就说刀子不快了，等一下！他手下的头就会歪着，眯缝着眼等他篦刀。他坐在石头上，脱了鞋子，赤脚，取下脖子上搭的毛巾，蘸了水，一头夹在脚指头中间，左手拉紧另一头，右手持刀在毛巾上来回划拉。说声快了，将毛巾扔上脖子，继续专心剃头。农村中老年人，皆剃光头，一来轻快，二来因缺水而洗头方便，所以疙瘩爷所剃之头皆为光头。完后，疙瘩爷就从墙上抠一疙瘩黄土，捏碎，揉面，在人头上抹，像揉一个球。疙瘩爷说，土是最好的东西，干净。土糊了毛缝眼，日头爷晒起来了，头皮不蜇。

疙瘩爷一生最为豪迈的事情，是给老于剃过头。

那一年夏天，疙瘩爷偷了生产队的西瓜给孙子吃，被看西瓜的人逮了个正着。晚上，疙瘩爷吊着两手，靠墙站着接受老于审问。三个小时过去了，疙瘩爷始终不承认偷，说他是细细地挑呢，就挑了一个最小的瓜，给孙子尝一下。他不要大的，他说那就糟蹋了西瓜。孙子一直要吃的，他一口都没沾，只把孙子吃过的瓜皮啃了。他说孙子嘴小，啃不干净。老于要疙瘩爷充分认识到事件的严重性和当前阶级斗争的重要性。疙瘩爷打死也不说偷，说偷是龟孙子才干的事情，他怎么能是龟孙子呢？

老于很疲惫，连连打呵欠。已经后半夜了，眼皮直往下耷拉，两手就抱了头，不说话。突然，老于睁开眼睛，直直地盯着疙瘩爷，疙瘩爷吓得大气不敢出，不知老于又要出什么怪招。老于看看外面，轻声问他："王疙瘩，人都说你剃头剃得好？"

疙瘩爷的眼睛陡然就睁大了："就是的，就是的哩！你甭看刘胡子在集上开剃头铺子，他剃的头，能叫头么？我就不服气他哩！"

老于思索了一下，说："你回去取剃头刀子，给我剃个头。"

"不用，不用！刀子一直就在身上哩。"疙瘩爷两眼放光，手就伸进口袋，往外掏。

疙瘩爷的剃刀其实一直保持着锋利无比的状态，犹如一把所向披靡的战剑，随时准备出鞘。疙瘩爷定了定神，眼睛看着老于的头。他有一丝紧张，但很快就镇定下来。他长长地吸进一口气，又慢慢地吐出来。他掏出刀子，左手大拇指在寒光闪闪的刀刃上刮了几下，"没麻达，快得很！"老于的脸上滑过一丝不易觉察的笑意，但很快就收回去了。老于坐在凳子上，手里拿着毛巾，闭了眼睛，以备头上滴下的水珠迷糊了眼睛。疙瘩爷对面站定了，表情严肃。两脚分开，与肩同宽；收腹，提臀，沉肩；两腿半蹲马步，胳膊肘落低，上身微微前倾，左手五指张开，用指肚按了老于的头皮。老于的头饱满，柔软，完全不像村里那些老头的皮那样干涩而松弛。他感觉这就是他从西瓜地里抱出的那个西瓜，光滑，细腻，心里充满了激动，希望和期待，又像太极拳的起势一般，表情庄严肃穆。疙瘩爷右手持刀，静于空中，却不动，偏头，眯眼观瞄，似乎在欣赏他夜里挑好的那个西瓜。随后喊一声：别动！左手便按紧了老于的头皮，然后下刀于百会。"刺啦"一声，一刀就长长地拉到天门。随着手起刀落，两片厚厚的嘴唇，一张一翕，有节奏地鼓劲。老于的头发，就粘在刀口上，越聚越多。疙瘩爷扬起手，在空中划过一道漂亮的弧线。一抖，头发像一片树叶，飘然落在地上。

老于青色的头皮，在灯下渐渐显出光亮。疙瘩爷放下剃刀，两手按住老于的头，左右轻轻摇晃几下，两个大拇指就嵌在太阳穴上，其余手指在头上弹敲，像他夜里在西瓜地挑西瓜。两个中指钩在老于脖子后的风池穴上，挤压的拇指和中指一并用劲。老于嘴里"咝"一声吸气，又徐徐呼出，整个毛孔都张开了。他索性闭着眼睛，手搭在旁边的桌子上，几个指头轻轻地在上面弹敲，嘴里哼着曲子。

"我爷当年可是远近有名的剃头匠哩，他没钱开铺子，就转村。他那套家具，我还留着哩！我也没钱开铺子，就想和我爷一样转乡，可队长说那是走资本主义的路，不准我干。"疙瘩爷一边剃，一边说。

老于握了疙瘩爷的手："好，剃得好！"疙瘩爷觉得那手既软又绵，像一团棉花。他舍不得放开。

老于面有愠色。他抽出手，重新坐回高凳子上，点一根烟，吐出一个烟圈，严肃地说："王疙瘩，记着，不要向任何人说给我剃头的事情！"

疙瘩爷一愣，钉在地上。眼睛看着老于。

老于冷冷地说："记住了？"

"记——记住了。"

"还没给头上抹土哩。"疙瘩爷灵醒过来，觉得少了一道工序，伸出手就要在墙上抠。

老于狠狠地瞪了疙瘩爷一眼，从桌上取过一盒痱子粉。老于的眼睛，刺得疙瘩爷缩小了一半。

"回去写一份检讨，明天在社员会上念！"

七十三岁的那一年，疙瘩爷突然就倒下了。他在山上挖柴时摔了一跤，村人七手八脚将疙瘩爷抬回家。四婆踱着小脚，来到跟前。疙瘩爷的眼睛睁开了，却半天说不出话来。

"怕是不行了。"四婆捂了眼睛。

"你有啥丢心不下的？说。"

"我——我——给老——老于——剃过头哩！"

疙瘩爷的两个儿子面面相觑，想不起来老于是谁。

"怕是原先队里工作组的老于吧？——人家老于的头，能叫你剃？"四婆不信。

两行清泪顺着疙瘩爷的脸颊流下来。一粒眼屎被冲出来，挂在脸上，像他吃饭时撒在桌上的米粒。

"好，好，我信，我信哩！人都说你剃的头好——老于好像也说过哩。"四婆向周围人挤眼睛。

疙瘩爷的脸上露出一丝笑容。

他像一个瞌睡了的孩子，眼睛慢慢地合上了。

手 绢

在键盘上敲下"手绢"这个词语，是因为我在地铁里，见到了一个仍在使用手绢的老者。他坐在我的对面。清亮的鼻涕，凝结在红红的鼻尖，摇摇欲坠。有时候，会拉成长长的、亮晶晶的一股细线，而他却浑然不知。于是，他不时被旁边的老伴提醒。他动作迟缓，笨拙，僵硬。有好几次，细线下端搭在衣服上，断开。显然，他擦拭清涕的频率，在老伴看来有点低了。

经年不见的手绢，就这样意外地闯入了我的眼帘。

最早见到手绢，在幼时。土布做的衣服，土布做的手绢。手绢的四边，嵌织着两道粗粗的青线，作为装饰。在渭北，手绢既是订婚的信物，也是参加婚礼的亲戚向施礼的一对新人还礼的用品。那时候订个娃娃亲，男女都要带个手绢，见面交换。如果一方不肯给手绢，便是看不上对方了。我的一位童年朋友，20世纪80年代初，十二岁，父母给定了"娃娃亲"。他手里紧紧攥着一块手绢，满手是汗。在见面的地方，他不敢看女孩的脸，快速将手绢塞进女孩手中；女孩也背过身去，将手绢塞到他手心里。因为羞涩和紧张，他们就这样草草完成了一生中最重要的一件大事，前后用时不超过两分钟。女孩是光脸还是麻子，他根本不知道。三年以后，几个村的孩子合在一个学校上学，他和她为一件小事打架，事情闹到各自的家长那里，他才知道，她是他未来的媳妇。

陕西八大怪里，就有"帕帕头上戴"一说。农村老妪，头上多顶一方手帕（手绢），在后面绾个结。有风的时候，头上的手绢轻盈地飘舞。擦鼻涕，揩汗水，遮尘土，保体温，多有用途。手绢源于何时，我却不清楚。大概人们学会了织布，就有了手绢吧。记忆里，我从来没有使用过手绢。一方面，母亲觉得给我一方手绢是奢侈了我，另外，我自己本不是一个喜欢装手绢的人。我觉得一个男人，手里捏着一方手绢，轻轻地将鼻子裹在里头，轻柔地挤按，复装回口袋的动作，极具女性化，是"小男人"。于是，从心里抵触手绢这个在我看来"有点小资"的东西。小的时候，倘若流鼻涕，出汗，都是用手一抹，一甩了事。于是，我的衣服的袖口和裤子两侧，经常油乎乎的一片，时间长了，变得僵硬、厚实，泛着蜡一般的光泽。

婆（祖母）却很是细致。那时，她年事已高，口袋里的手绢，常常就不见了。于是，婆在手绢的一角，塞进一团棉花，用线绕几圈，缠在胸前的疙瘩钮子上，吊起来，就不会丢了。青布的大襟衫子，圆圆的小疙瘩下面，一方菱形下坠的白手绢，使她看起来庄重而慈祥。她坐在糜子地的树下，赶吆来吃糜子颗的鸟儿们。我给她送饭去的时候，远远就能看到她身上缀着的白手绢。

后来，商店有了的确良布做的手绢，轻薄，小巧，印着各种彩色的图案。婚礼宴席上回礼的手绢，就变成化纤的了，没有人再去织土布做手绢。而手绢也不是还礼的唯一东西了，重要的是礼金。因为关系亲疏不同，现金亦不等。面额大的，摊开来，显眼地晃动一下，新人喜喜地收了；面额小的，叠成一团，羞答答快速地塞到新人手里。手绢虽也在使用，但只是一种习俗的象征性延续了。我见过将收到的一沓花花绿绿的手绢扔在墙角的情形。收到的礼金，会装在随身背的小皮包里，形影不离。

订婚用的手绢，早被时光流逝的强风刮得无影无踪。代替它的是金戒指、金耳环、金项链，俗谓"三金"，但无关乎社保。常见网络及电视新闻里，有翩翩少年，怀抱九百九十九朵玫瑰，扑通一声跪在女生宿舍楼下的水泥地板上，狂呼"×××，我爱你，一万年不变!"喊到声嘶力竭，跪到凉月独举。舍内的女孩，掩面而泣，感动得泪如雨下，浑身发抖。周围的女生，个个热泪盈眶，羡慕得要死要活。最终白头偕老的能有几对呢？等不到七年，一年就开始浑身发痒了。他们的婚姻，如婚礼宴席上揩嘴的餐纸一般轻薄，很快就随风飘逝，消失在茫茫风尘之中。

手绢终于离我们远去了。即使在商店里，也很少看到它的身影。它被一沓精致小巧的纸取代。压花，有各种纹饰，有一股芳香。女儿在网上给我订购了一个皮包，说我背的包质劣且落伍，很丢人的。并在我的新包里，装进几块方形的餐纸，上面印满了韩文，我看不懂，但我已经乐于使用。我亦追求舒适、便捷。我已经被同化了。

一个一次性的时代已经来临。坐在餐馆里，方便、快捷的同时，脚下却是满地的白花花的纸团。人们一直在追求替代品。一次性餐具，一次性感情，还有什么不能是一次性的呢？在宾馆那些雪白的床单上，演绎了多少一次性的关系？暧昧的灯光之下，激烈的肉搏之后，谁还能认识谁呢？

手绢，可能是人类找到的第一个可以替代的东西了。以后，还会有更多的一次性的东西，就像纸替代手绢那样，在不知不觉中出现在人们的眼前。只是那些遍地飞跑的纸团，也许就是倒下的大树的一片片叶子。

两位老者走出地铁，登上了缓缓上升的电梯。跟在他们身后，看着两个苍老的、相互搀扶的背影，我想，当年的他俩，也许经历过互换手绢的情景，那是怎样的一种可笑、羞涩和不安？但是，他们却相濡以沫地走完了一生的沧桑。我的那位童年的伙伴，以及背身和他互换手绢的妻子，也一直过着男耕女织、相敬如宾的田园生活。尽管辛苦，他们却从来没有红过一次脸，携手在那个山里默默地过着简单的生活。

昔日洁白如雪的手绢，变得色彩斑斓，最终，被生活遗弃，淘汰。

还有哪些东西是不会被替代，而能永久地保存在我们的记忆当中呢?

犁

秋雨停歇的午后，柔弱的阳光渐渐驱散了笼罩村庄的雾气。

我已进入老屋的院子里了。多年没有人住的老屋，如今衰败破落。南边大片的墙皮脱落下来，在墙根下垒积起一大堆土。北墙下的那棵椿树，这么多年来，也长粗了不少。靠近地面的树身上，因为多日秋雨的浸淋，爬满了绿茸茸的青苔。树根周围的地上，竟冒出几棵蘑菇，张着小小的灰黑的伞，遮挡了他们羞怯的面孔，似乎不大情愿看到我的出现。

西南墙顶上的草丛里，透过来一道阳光，院子里洒下一片金黄。草叶上仍旧是湿漉漉的。父亲当年用过的那一把木犁，静静地靠在墙根下。犁的身子上缠满了打碗花的枝蔓，如木犁突然发芽长叶，活过来一般。

面对这西风残照、衰草离披中的院落，看着那一把木犁，我恍如走进了父亲昏黄的心境。

记忆里，父亲一直想有一把真正属于自己的犁。

20世纪80年代初，生产队解体了。队上所有的地，分片到户，原来生产队的农具，犁耧耙耢，不能满足一户分得一件，村上便让社员自己联系左邻右舍的人家，八户一个耧，七户一个犁。这样下来，队上所有的大件农具便以小组为单位了。农闲的时候，倒不显得，一到农忙或种麦，便免不了发生矛盾。有人就将属于自己组的农具借给了外组的人，甚至邻村自己的亲戚，而本组的人需要使用的时候却用不上。父亲便很是郁闷。都是乡里乡亲，木讷的他，也说不出口来，就想自己置办一套农具。而一把犁，便是农具中的农具了。

一把上好的木犁，最好的材料是核桃木，木质坚硬，又不是很重。做成犁，结实耐用，也有油气，光滑利落，不易腐朽。人扶犁时稳当顺手，牛拉起来也轻快省力。但那时候，村子里并没有一棵大的核桃树，要找一根能做犁的核桃木，绝非易事。

每到农闲时节，父亲就腰紧麻绳，手提镰刀，深入后山三五十里，一方面割条子编笼，另一个心思，就是想盯识一根"犁丫子"（做犁的原木）。一个好的犁丫子，除了粗细均匀，还要有一定的弧度，有犁的大势，这就非一根大股枝不可。好不容易找到一棵大核桃树，看来看去，并不一定有合适的犁丫子。有一次进山，父亲看上一个，树主心知他是要做犁的，说出的价钱，吓他出了一身冷汗，回家叹息了好几天。

两年时间过去了，父亲做一把犁的心思一直没死。他一直在山里的那些村落周围转悠，跑遍了山沟野洼，以至于好几次被人家当贼赶出村子，甚至被突然冲出的狗咬破了裤子，幸好没有伤到皮肉，有惊无险。

终于在一个大雨的下午，湿淋淋的他，扛回来一根核桃木。他是去山里割条子时盯识到的，那家主人被他的诚心打动，也看出来他是一个忠厚老实的庄户人，理解他那份心思，并没有难为他，竟很爽快地答应了，还借给他斧头和锯子，让他自己上树去砍。树很湿滑，父亲冒着雨攀爬上去，将那根核桃木锯下来，走了四十多里山路扛回来。进得门来，他已经浑身泥水，那根木头上也沾满了泥巴。看得出来他一路摔了不少的跤。顾不得吃饭，父亲就将那根核桃木上的泥水洗净擦干，靠在屋檐下的墙角，不停地左看右瞅，并用手来回地抚几下，眼睛里透射出虔诚恭敬的神情。似乎那一根核桃木，已经是一位驰骋田野凯旋的将军了。

找到了犁丫子，麦也种了两个月了，核桃木也干透了，临村的侯木匠却闲不下来。父亲叫了好几回，总说忙，没时间。眼看他背着手在村子转悠，只说活多得很，排不过来。父亲很是纳闷。六爷说，侯木匠是方大园里远近闻名的擗犁把式，你不巴结人家，牛年马月给你做？再说了，手艺人总是要扳扯拿捏一下的，显得自己手艺高啊。父亲似乎明白过来，咬着牙花两毛八分钱买了一包"大雁塔"烟，晚上去了侯木匠家，侯木匠才答应三天后来做。

那天一大早，父亲就起来了，在院子里点起一堆柴火，烧好了一壶茶，桌子上摆着比平时丰盛的饭菜，只等侯木匠来。眼看太阳老高，侯木匠才背着几样工具，慢悠悠进了门。可能是经常眯眼瞄直线的缘故，他一个眼睛大，一个眼睛小，一个耳朵后边夹着半截铅笔，一个耳朵后面夹一根纸烟。吃过饭，侯木匠仔细看过犁丫子，又直直地看着父亲的脸，说能找到这么好的犁丫子不容易，但却并不动工，只是坐在凳子上死死盯着那根核桃木抽烟。一根还没吸完，再取一根，用手捻出前边的烟丝，接上吸。父亲急得转来转去，却不好说什么，只能等。

侯木匠一连吸完三根续接的纸烟，将烟屁股狠狠地摔在地上，脱去上衣，只穿一件夹袄，两手一搓，给手心吐几口唾沫，抡起他那把锃亮的宽刃斧子，一片寒光，便上下翻飞。左砍右削，地上很快堆起大小不一的木屑，犁的雏形也显出来了。侯木匠将"犁"支在地上，用眼睛瞄一会，擗一会，说声"好！"就将犁放倒在地上，又坐下抽烟，眼见他头上冒汗，呼哧喘气，却并不喝水。父亲趁空扶起躺在地上的犁，也学着侯木匠的样子瞄，侯木匠说等一会再用刮刀刮，现在你能看出来个啥？父亲做着犁地的姿势，一脸欣喜，连说好着哩，好得很！

约莫用了一大晌的工夫，侯木匠用他那把锋利的刮刀，将犁刮得很亮堂了。光滑的犁身在冬日的阳光下泛着亮光。他将犁靠在院里北墙下的那个椿树上，又点起一根烟，眯缝着大小不等的两只眼睛，歪着头，像看着自己的孩子，一直盯着犁。眼中完全没有了平日里的狡黠和机灵，变得慈祥，静谧，满足。

父亲取出年上剩下的一点烧酒，倒满一杯，敬给侯木匠，侯木匠毫不客气地端起来，一口气吸得净光，又将酒杯倒过来，滴酒不洒，感叹酒是粮食做的，浪费不得。等不到父亲倒酒，侯木匠自斟自饮，将瓶子里剩下的那一点"关中大曲"喝得光净。起身要走，父亲怯怯地说等柿子卖了就结工钱，侯木匠也不言语，一摇三摆出了门。回头说，下个月要给儿子娶媳妇，等着用钱哩。又叮咛不要把犁借给不爱惜的人使唤。那是一把好犁！

父亲千恩万谢，将侯木匠送出很远。

这一把犁，跟着父亲，走过了三十个春秋。翻过了东坡西梁上我家所有的土地。犁的手把，因为常年被汗手把摸，变得油光滑润。每年种了麦子，犁也就歇息下来。父亲总会将犁身上的泥土揩擦得干干净净，它便默默地栖身在这屋檐下的墙角。

后来，犁因为牛的离去而永远地歇息下来了。农机不能到的山地，已经退耕还林，耕作的农事便日渐稀少。父亲把牛的缰绳交到山里另一个农人的手中，牛在哞哞的叫声里被牵走了。那一把犁，父亲不肯给人的。他依旧在地里转悠，直到躺下，再也不能起来。而眼前的这把犁，也已经没有了往日驰骋田野的洒脱奔放——它也进入垂暮之年了，身上裂了一条缝。它可能从来没有说过什么言语，它所有的心思，都在那些土地里，和父亲絮絮叨叨地说过了。

天空还是一片湛蓝，院墙上的阳光慢慢隐去了，院子里幽暗下来。我看到夕阳下父亲的脊背，还有我家那条瘦骨嶙峋的牛的脊背了，竟一样的黢黑。两个进入暮年的生命，一个拉犁，一个扶犁，奋力地翻动着脚下坚硬的土地。那些翻起来的土块，如水面上哗哗的波浪，在父亲和牛的脚下涌滚。父亲和牛的脚印，犁的脚印，都深深地陷入松软的土地中了。

槐

童年的记忆里,十里八乡的那些荒村陋巷,家家门口,可见槐树。高低迥异,大小不一。春天里,槐芽抽发,远闻有一股香气弥漫,来到树下,一吸鼻子,似乎还有点臭。截然不同的两种气味兼于一身,能纵横吸纳,恐怕只有这槐树了。

炎夏时节,门口槐荫扑散下来,是乘凉的好去处。院内也槐影临窗,扑簌有声。农人是很少于白天在树下乘凉的,时间都在地里消去了。大白天在树下坐着的,俱是耄耋老者或身体欠佳的人。他们或目光呆滞地瞭望远处,或低头默思自己的前世今生。晚间坐在槐树下的青石板上,牛饮清汤,呼呼噜噜出大声的,都是解甲而归的农夫——大槐树的主人,或者邻人。那时,山头吐月,清光四射;天空皎洁,四野俱寂。他们是卸去套绳的老牛,此时松软而乏困,也只有此刻才能消受这难得的清静与清凉。偶有为秋收麦种的时月节气或门前粪堆挡了路而争论斗嘴的,也是相怡一乐。第二天路上见面,照样你问我答,一团和气。

没有"鱼衔花影去,风送竹响来"的宜人之景,对辛苦的庄稼人来说,坐在这槐树下歇息片刻,已经足够了。

小时候,我也随大人坐在门前的槐树下,不是乘凉,而是害怕屋内的漆黑,不敢睡去,就在树下乱窜。偶有树上掉下的绿虫子钻进脖子里，便惊得毛骨悚然。但逢清明，却欢喜得不得了，因为门口的槐树下，是荡秋千的好地方。槐树的一个大股枝，平行地伸向高空，记不清是谁拴了粗绳在上面，绳子下固定一块木板，好坐人。那几天里，槐树下浪声笑语不绝。三婆是荡秋千的好手，胆大。或站或坐，不必他人在身后推掀，自发其力。头上的白手帕就在空中飘下，如一片树叶，袅然而落。荡至极高处，树叶碰面，她故意尖叫几声，树下人以为她害怕，其实脸上毫无惧色，只是满足与快乐。

那棵槐树，却不是我家的。主人已杀伐了它，不知去向，树坑平旷，长满一片荒草。崖畔的那棵古槐已死，新生的后代也蓬蓬勃勃。我于是生出许多非分之想，觉得槐树虽不能言语，但也是有生老病死，荣枯轮回的。

槐树生长缓慢，木质坚硬，是做架子车辕的最好材料。长一棵大槐树不容易，农人自是爱惜，树皮绝不许羊啃牛噬。妇女们织好了白粗布，就上树采槐芽，砸碎染布。那时，槐花将开而未开，状如米粒，绿中泛黄，是纯天然的染剂。李时珍说，槐米煎炸水煮，亦可食之，味道鲜美，可惜我没有吃过，但穿过槐米染的衣衫，身上总有一股清香。现在也有染料，记得曾经去西大街都城隍庙买过一回。染过的衣服穿在身上，一出汗，有一股矾气，不好闻。

故乡人迷信。院子里不能有柿子树，"柿"与"事"谐音；门前不能有梨树，"梨"与"离"谐音。于是家家门前屋后就栽榆树，心中向往年年有余。我却从来没见哪家有过余头，倒是整天捉襟见肘，拮据不堪。有一年开学，父亲为我一块五毛钱的学费，借过五家，方凑得一块钱。

这几年，闲暇时间，也在周围转悠，一些号称山川形胜的地方，但见几堆人工拉来的石头堆砌，围一汪死水，臭烘烘，兴致就大减了。那几日在老家，清晨出门，踱至崖畔，东方既白，山如黛，雾似乳，空气里既无尘埃，又无炊烟，我深深吸一口气，顿觉心旷神怡。白乐天诗云："晚来天气好，散步中门前"，这清晨，比之晚上，岂无闲情？

邻人的院子里传来喁喁絮语，有小孩出得门来，痴痴看我，不识我，我亦不认识。两天时间里，深刻体会到"耳畔频闻故人死，眼前但见少年多"的情形。门口的一棵槐树，是弟弟遵我之意，从别处移栽而来的，身形偏小，树冠却已蔚然而成。风吹过，朝露垂滴，煞是清爽。

从老村回来，痛惜年少时相见的那些大槐树，如今不见踪影，打问，大的已被砍伐殆尽，小一点能装上车的，被卖给城市里的房地产开发商了。再无人新栽幼树，因其生长缓慢，又不再做农具的缘故。想起我看到的小区里那些被锯了头、只长一头"乱发"的槐树，是否也有我小时候攀爬过的那些树？

"槐"与"怀"谐音，我希望门前有槐，莫非也已迷信起来？

窗外秋雨绵绵，心中辄生思绪，爰笔以为记。

柏 树

在我以前的好几篇文字里，都提到过柏树，但却都是零碎的残片，如树上跌落的叶子。我就觉得，没有一个整篇的文字，来记录它常年的青绿，以及它默默的存在，是对柏树的不敬。

我于是惶恐不安。

柏树，是故乡的山上，很普通，也很多的一种树。枝叶密实，多长在悬崖或山坡上。没有人去修剪它，呵护它，一直就那么生长着，却从来不见死去或枯干，我就很奇怪。

对于柏树，我的最早的记忆，是来自五老爷的死去。

那一天的傍晚，我还在五爷家门口的碌碡上骑着玩，五婆慌慌地跑出来，呼喊着正在巷子口蹲着吸烟的五爷，说五老爷不行了。五爷急急地站起来，把还没掸灭的烟杆插进裤腰，就向屋里跑。我和几个伙伴，也跟在后面跑进去。

五老爷已经咽了气。

一阵杂乱的或长或短的哭声过后，六爷来了。他平静地说，派人去东坡折柏朵吧。

一个多时辰过去，折柏朵的人回来了，背了重重的一捆，放在院子里。我闻到一股清香，就到了柏朵跟前，那上面还带着玉米粒大的柏籽，绿绿的，扎手。

天已全黑。我从人缝里挤进去，看到五老爷静静地躺在棺材里。他的身体的四周，塞满了刚折回来的柏朵，屋里也弥漫着柏树枝叶的香气。

我就知道了，人死后是要用柏朵来围垫身子四周的。至于为什么，我不知道。

到了我能放羊的年龄，见到的柏树更多了。

那些柏树，近看，是稀疏的；从远处看，是浓浓的青绿，长在我放羊的山坡的对面。那是一面悬崖，草儿很少，只有青黑的石头，和柏树做伴。看不见土，柏树就长在石头缝里。

我说，是谁把柏树种在悬崖上的？爷说，是鸟噙的种子落到石头缝里，长出来的。

那得有多少鸟儿来种？爷说，人老几辈，才能长出来。

那得好多年啊！爷说，他也不知道，他小的时候，树也这么大。

我就知道，这面悬崖上的柏树，已经长了好多年，好多年。

种这些柏树的鸟儿，很多？

很多！那是好多代鸟儿做下的事情。

柏树最多的地方，是东边的那面山坡。一大片柏树林，是长在土里的。

那面山坡，是宋元时期的古战场。那些柏树的下面，有汉人，也有金人，蒙古人。

他们死了，就埋在那面山坡地下。那些柏树，也不是人种的。父亲说，没有人会栽柏树的，除过坟头上。

而这些柏树地下，也是坟啊，为什么不是人栽种的，却长得如此繁密？

父亲说，那些柏树，是死去的人的魂灵。人会死，魂不会死的，魂一直在。

我明白了，那些在夜里闪动的蓝色的火苗，是死去的人怕冷，用自己的骨头来取暖。

土是温暖的。在白天，那些魂灵也是温暖的，他们能看到活着的人依旧在劳作，也便温馨而安然；寂冷的夜里，他们怕了孤单，便在坡上的草丛里，点起飘逸的火焰，给远在千里的家人报去平安。

这一片黄土，能让他们安然入眠。

我明白了，为什么柏木是上好的棺木。

也知道，为什么要给死去的人的身子周围垫柏朵。

五老爷的坟上，柏树已经很粗很高，繁密的枝叶伸向天空。

爷的坟头，柏树的叶子在风中摇曳，在很冷的冬天，它依旧青葱。

父亲的坟上，两棵柏树，在几丛冬青的围拢中，寂然挺立。

微风里摆动的枝条，是他们撒种山坡的手臂，依旧有力。

砍 刀

老屋院里木格子窗的台沿上，是砍刀栖息的地方。

那时候，它像一个壮汉躺在那里。黝黑的身背向外，骨架宽厚，气质深沉。尽管刃口向里，将那道寒光收敛了起来，但它健硕的体形，硬朗的线条，依然传递出一股凛然的气质。

砍刀诞生在冬日午后，一个火光四溅的时刻。

父亲走进了那面窑洞——铁匠铺。窑洞外的地上，横着一口石槽，石槽里放着形状不一的铁块。老铁匠背着手，围着石槽转悠。他从石槽里取出一块铁，看了又看。之后，一把长长的铁钳紧紧地夹了铁块。铁块躺在火炉里，风箱啪啦啪啦地响。老铁匠不说话。一撮山羊胡子，有如铁丝，枝枝直立。红色的火——起先是一股焰，如蓝绸，从炉子里蹿出来，随后化作一股青烟飘向窑顶。铁块冒着哧哧的火星，被老铁匠的铁钳从炉膛里夹出来。站在一旁的徒弟，身体像一把张开的弓，辐射出跃跃欲试的气势。大锤从他的背后抡起，在空中划过一道圆弧。砧子上响起一片叮叮当当的声音。臃肿的铁块逐渐拉长，颜色也渐渐暗淡下去。徒弟的胸部呼呼起伏，像有一只兔子在胸膛里奔跑。重新进入炉膛的铁条，又一次红亮起来，它再次躺在砧子上接受锤炼。飞溅的火星掉在地上，变成青色的细小的碎片。老铁匠将铁板顺着长边锤打折叠过来，夹进一块钢条。他从窑壁上抠下一撮黄土，用力捏碎，撒进夹着钢条的一端。弓再一次张开——徒弟的大锤如雨点落下来，钢条与铁板融为一体，天衣无缝。夹着钢条的一端渐渐变薄，砍刀的雏形呼之欲出。老铁匠将铁钳夹着的砍刀浸入水盆，"刺啦"一声，一股热气瞬间从盆里喷涌出来，氤氲了整个窑洞，周围的空气也变得热烈饱满。潮热的水雾笼罩了老铁匠和父亲，看不清他们的脸。老铁匠提起铁钳，将砍刀高举在空中，仔细端详。砍刀淌下的水珠滴在水盆里，清脆有声。老铁匠松开铁钳，砍刀"噗"的一声掉在一边的土地上。"好了！"老铁匠说。他坐在凳子上，缓缓取出烟叶，在腿上慢慢卷起。父亲的脸上洋溢着兴奋和期待，他似乎看到了砍刀驰骋山野的矫健身姿。

父亲腰里系着牛皮绳，一把明晃晃的砍刀提在手里。他行走在山路上。脚下磕绊的石子被踢出很远。

砍刀的声音是清脆的。它正值青年，有着过人的膂力。盘根错节的灌木完全不能抵挡它的勇气。伴随着咔咔的砍剁的声音，那些粗细不一的股枝在空中纷乱地跳跃，最后都落在地上，架在草丛。空中的老鹰，被激越的声音所激励，将一双羽翼大大地撕展开来，平铺在苍蓝的天域，像一片轻盈的树叶，飘荡，滑翔。远处一只野兔，探出头颅，小心地张望。它看到了砍刀矫捷的身姿在空中划过的亮光。它撒开两腿，一路狂奔，消失在一片乱草之中，看不见任何踪影，只留下干枯颤动的草叶。微弱的鸟鸣之声，在峡谷的悬崖间被霍霍的砍刀镇压吞噬，之后，那些鸣声像风中的灯焰，齐齐熄灭。孤寂的山野里，只留下砍刀咔咔的声音和父亲吁吁地喘气声。

一夜风雪，山岭俱白。当老屋门口的两棵桐树之间架起高高的一堆柴火时，父亲披着棉袄，站在门前，手中的烟锅在冷风中冒出一股热气。我家门口的柴堆高过巷子里任何一家的柴堆。父亲眯了眼睛，以一种沉静却又张扬的神情凝望着高高的柴堆。几只麻雀在柴堆上啾啾地叫着，它们寻找枝条上那些干枯了的野果的籽粒。在它们活泼的弹跳中，股枝上的雪片纷纷迸落，在阳光下闪耀着晶莹的光芒。

大年三十的鞭炮声，在远近的村巷里噼啪响起。父亲拿起扫帚，将门口的牛屎鸡粪扫拢，门口的雪地上延伸出一条弯曲的小路。砍刀的使命刚刚开始，它在木墩上上下飞舞，股枝将地上的白雪弹起。短小的柴火一截截进出老远。砍刀的刃口有了豁牙。顽强的股枝与砍刀激烈交锋，最后都有了伤情。柴火带着满身的伤痕在灶膛和炕洞里化作青雾，从屋顶的烟囱里袅袅飘出，融化在蓝天里。

砍刀困乏了，它回到木格子的窗台上休憩。

父亲坐在院子的木凳上吸着旱烟，他的嗓子发出咔咔的咳嗽声。父亲在青石上掸过烟锅，取下砍刀。磨石上发出沙沙的声音。父亲将水撩在磨石上。水冲走了铁屑，砍刀恢复了光亮，那些小小的豁牙不见了。父亲用一块粗布揩净砍刀上的水珠，将它工整地放在窗台上。

空中再次飘起雪花的时候，父亲取出先人的牌位，仔细擦净上面的浮灰，放在大方桌的正中。两炷檀香在桌上的香炉里燃起。屋内的泥炉，也飘出一团热烈的红火。八字铁壶里一片沸腾。湿的柴火沤出的烟雾里，夹杂着砖茶的清香。父亲弯下腰，鼓起两腮，将一口冷气吹进炉膛，潮湿的柴火腾起一股青烟，随即变作一股红火，从炉眼里蹿出。火苗拥抱了八字壶。茶水溢出来，浇在火上，噗噗地冒出热气。父亲端起茶杯，咽下一口热茶，眼睛盯着天井上空的雪花，喃喃自语地说："明年能收一料好麦了！"

砍刀咔咔的声音，驱散了那个寒冷的冬天。

凌厉的砍刀风光不再，父亲也在炕上躺过了第八个年头。他的人生进入迟暮，如石火风灯，命在须臾。砍刀沉默在和他一窗之隔的台沿上，形影相照，默然无语。砍刀生满了铁锈，木把不知什么时候也已经脱落，留下一个空空的黑洞。它的宽厚的身体，经过多年的砍剁和磨砺，只剩下窄窄的一道瘦骨嶙峋的背影。它落寞静寂，整日沉睡在木格子的窗台上。当阳光从窗子旁边的树叶里穿透过来的时候，它的身上落下花斑的碎影，却再也没有闪闪的寒光映照出来。

父亲去世多年。我问遍家人，竟没有一个人知道砍刀哪里去了。

即将走出老屋的时候，院子的阳光昏黄稀薄。墙头上的草叶随风摆动。清凉的空气里，依稀传来砍刀咔咔的砍剁之声。

惊惧中，我回过头去，破旧的窗台上，却只有厚厚的一层尘土。

院子里一片静寂。

蓑 衣

我被雷声炸醒之前，那件破旧的蓑衣在风雨中剧烈地摆动；一顶草帽下的烟火明明灭灭；风将蓑衣如絮的下摆翻卷上去，遮住了一张沧桑褶皱的脸。风雨如晦，披着蓑衣的身影坐在地边的柿子树下，一动不动。

雨停歇了，雷声也平静下来。我拧过头去，墙壁上并无挂着的蓑衣。

我不知道父亲身披的那件蓑衣是什么时候买的。我见到它的时候已经残破，只剩下上半部分。搭在半腰的蓑衣下摆，像一条弯曲的黄土斜坡逶迤在他的背上。父亲披着的时候，它像一片风中摇曳的旧土布门帘，随着迈动的步伐，一下一下扇打着他的脊背。我由别人家长长的、能完全遮盖身体的蓑衣推断，父亲的这件蓑衣应该用了很多年——蓑衣先于我进入这个贫穷的家庭，并且将它青春蓬勃的年华都在风雨里磨砺殆尽，只剩下半截黄中泛黑的残体，依然在每一场风雨中上山下坡。它不会说话，但它的经历父亲知道，我家的那头老黄牛也知道。

那是一场瓢泼大雨。由山雨欲来云漫天的前兆，父亲知道哪一片地能浇上山水了。山坡上散落着羊群遗落的粪蛋蛋。父亲嘱我用镢头从地边挖下一道长长的浅沟，雨降落下来，高处山坡上的水会夹带着羊屎蛋儿流进地里——那水是很肥的。大雨中，我高挽裤腿，赤脚，披着一片塑料布，父亲披着蓑衣。羊屎蛋儿蹦跳着挤在一股浑浊的黄水里被冲进田地，父亲和我站在地边的柿子树下，他的眼睛盯着那些在水中跳动漂浮的粪蛋蛋，眼里布满温和与期待，一片茁壮密集的麦子似乎已在他面前的地里冉冉站立起来，向他挥手致意。

水很快漫平了整块土地。这是一片周边高中间低的田地，是父亲和我们弟兄三个用了三年时间，通过手中的铁锨翻出来的坡度。每次翻地的时候，都从地边开始起第一锨，经年之后，就成为能储存雨水的形状。父亲那半截的蓑衣上，水流已经成线状流淌，而我的耳旁，雨滴之声随即响成一片。水面的边缘已经和地边持平。我说，好了，可以了。父亲不置可否。随后，他将烟锅重重地掸在粗壮的柿子树上：地里干，还要渗些哩。但在此刻，平静的水面中间，忽然起了旋涡，那旋涡很快越来越大，水面漂浮的柴草杂物在急速地转着圈儿。父亲脸色大变。他飞奔过去，站在了旋涡中间，水很快漫到他的腰际，蓑衣的下摆在水里漂浮起来，像一把张开的芭蕉扇子。他将那件蓑衣脱下来塞进旋涡。我抱着提前背来的麦草，散落包围在他身体周围，他用脚一点一点踩进旋涡。水面重新平静，他慢慢抽出了蓑衣。父亲高举蓑衣，蓑衣变成了一片泥浆。他变成了一个泥人。

父亲斩断了坡上的水渠。水哗哗地向坡下的河里流去。他站在雨地里，手里提着蓑衣。蓑衣滴下的水渐渐变清，已经不再浑浊。他的光头，在雨水里闪闪发亮。

父亲抖落了蓑衣上残留的水珠，蓑衣高挂在院落的墙上。蓑草因为水的滋润，变得整洁光滑。一阵风吹来，蓑草发出欢快的声音。

秋天的一场细雨里，我赶着瘦骨嶙峋的老牛上山。我第一次披上那件蓑衣。翻开蓑衣，内里如渔网般布满环形的孔眼，光滑精致，透气保温，比塑料布舒服多了。我没有青箬笠。仅有的蓑衣亦破烂不堪，更无绿色，只好系紧脖子上的草绳，手里攥一根鞭杆，将一顶发黄破旧的草帽扣在头上。我的嘴里打着呼哨，要是再有一个遮挡脸面的尖顶斗笠，岂不是《四大名捕》里的铁手，行走江湖，驰骋山野？幽静无人的山坡上，老黄牛的身体被雨水冲洗成一面黄褐色的绸缎。牛抬起头来，喷出一个响鼻，尾巴甩出的雨水打出一圈弧线，与空中的微雨交织在一起。和风细雨，我亦无须归去，只在这片山坡上，静静地看牛吃草。

生活远没有"孤舟蓑笠翁，独钓寒江雪"的悠闲和滋润。艰难困苦，于我刚刚开始。

那个先前披着蓑衣的身体入土为安。母亲在地里竖起一根木棍。一个草人戴着帽子，披着那件破旧短小的蓑衣，在阳光和风雨中挥舞着并不存在的手臂。喳喳乱叫的雀儿在草人的头顶跳跃叫唤。它们啄走穈子和谷子尚未饱满的颗粒，也将蓑衣啄得面目全非，千疮百孔。望去犹如几缕破旧的布絮在风中摇曳。

一个阴雨连绵的日子，几天不思进食的老牛突然挣脱了缰绳，将挂在墙上的蓑衣吞进身体。之后，它闭着眼睛，不紧不慢地反刍，神情庄严肃穆，嘴角流下黏白的汁液和泡沫。

寒 衣

寒露刚刚过去。傍晚的秋雨敲打着屋顶的老瓦，叮叮当当地响，就像村西头的老婆婆看见天狗吃月亮时，一声接一声地敲她家的破盆子。天井上方的天空，是一片灰色的幕布。瓦松，我们叫作"酸溜溜"的，在雨中泛着亮灰色的光，冷肃地立在房顶。墙头的蒿草在风中跳舞。

母亲坐在土炕上嘟囔。寒气从窗棂的空隙渗进来，那个胖娃拔萝卜的剪纸窗花在风中乱摆。后来，她蜷在被子里喊冷，一声高过一声。

这样的天气，是我看书的绝佳机会。我拿着一本前无开始、后无结尾的《麦田里的守望者》，听着雨水滴在瓦瓮里的声音，走进属于我的小屋，属于我的文字世界。母亲是不大管我的，我因为玩耍过累睡死在谁家的粪堆上，或者迷失在哪面草坡的灌木丛里，她也知道我会如一条狗一样找到回家的路。

父亲不在家。他一定是去了哪一块麦地。他种下的麦子，还没有完全长出两对叶子，他放心不下，他要看着那些麦子在雨中蓬勃而出的样子。从每天的饭桌上，我知道他盼着这场雨已经一段时间了。对一场雨的期盼，对他来说绝不亚于吃上一碗白面条或者一块红烧肉。

母亲要我弄些烧炕的柴火。我装作没有听见，一声不吭。我知道这件事情最终会落到父亲头上。我等着他回来。母亲的叫喊变成了嘶吼，像一片乱石砸过来，书是看不成了。我磨磨蹭蹭提了老笼，拿了木杈。

我不知道在这样阴雨连绵的天气里，还有什么干柴火是可以煨热土炕的。它们应该都是湿的。那些潮湿的麦草。

父亲推开门，像一股风刮进来。他将那顶发黄的破草帽狠狠地拍在土墙上的木橛上，"麦叶子绿汪汪的！"他的声音有些抖，像一口凉水灌进了喉咙。母亲听到了脚步，她命令父亲去外面寻找干柴烧炕，她说冷。

父亲夹持着内心的兴奋出门。半小时后，他的头上滴着水珠，灰溜溜地回来："什么也没有的，干柴都在人家家里。"母亲从窗纸的破洞里扔出一句话：场西南角有一堆麦草，拿枣刺围着，彩凤家的，你刨些回来。父亲不言语，点起一锅旱烟，蹲在地上抽起来。最后，他走进牛圈隔壁的草棚，看着那一大堆铡好的雪白的短麦草，那是我家老黄牛一个冬天的草料。他回过头，眼睛像两颗破碎的葡萄。最后，汁液溅落在我身上。

三，三子，走，你给我看人。

我的心里涌起一股亢奋的热情，我感觉到了即将到来的刺激。我像一个战士，站在细雨霏霏的麦场里。荒芜的麦场长出了绿油油的麦青。我想起塞林格的那片麦田。彩凤家的麦垛像一个圆头圆脑的傻孩子立在场边，乌黑的枣刺给它戴了一个项圈。父亲小心翼翼地用木杈豁开一个缺口，他看看四周，又看看我，极快地用两只手拽着麦草，一把把雪白的麦草，像我家的白鸡在泥泞的地上雀跃觅食，于提前降临的夜幕里闪耀着炫目的光芒。我裹紧了夹袄，冷风还是从我的脖颈里灌进来，刺得我缩成一团。

父亲和我逃离麦场的时候，我在他的身后见识了他超乎往常的速度——那是他大老远看见一只羊跑进我家麦地时的情景。他像一只奔跑的兔子，肩上的那把木杈，是兔子长长的尾巴。我家屋顶的烟囱里随后冒出一股硕壮的蓝烟，直刺天际。

我们煮着红薯稀饭。父亲握着筷子的手瑟瑟发抖，他不能将一块红薯完整地送进嘴里，总是将沾在上面的汤汤水水洒在桌子上，惹来母亲的埋怨。

叫骂声从后院墙外翻跃进来的时候，父亲正在喝下碗里最后一口稀饭。叫骂贯穿了我家三代。彩凤跺脚的声音像用锤子打一堵土墙，震得后院的柴门簌簌作响。父亲放下老碗踅进后院。他竖起耳朵，将脸尽量地贴近土墙，想是要啃啮下墙上的一块土。

山梁上的高音喇叭传出贺老六高亢悲戚的唱词，像被秋雨淋湿，嘶哑，破碎。母亲酣然入睡，我没有听到父亲以往的呼噜声。

十字街头，寒衣和火纸在风中燃烧。熊熊的光焰将我烤得周身温暖。我看见父亲在麦场里奔跑的身影和火焰一起跳跃。我不是麦田里的守望者，我只是麦场里的望风者。岁月的洪流将那些沾在麦草上的污泥荡涤一尽。破碎的葡萄，土墙般斑驳的脸，在火纸的灰烬里渐渐隐没，直至消失。

草房子

　　四爷家的草房子上，没有长瓦松，黑魆魆的。那是常年的雨水淋湿，晒干，复淋湿，又晒干后的样子，像四婆搭晒在门口的老棉絮。阴雨天里，四爷的屋里散发出一股霉味。四婆坐在门口，抱着笸篮做针线活。她的嘴总是嘟囔。看到别人家的青瓦房，她心慌。

　　四爷会打胡基。他用一把老镢头，挑了胡基模（音 mú）子，嘴里哼着曲子在路上走。唱曲子的时候，四爷心里很美——那是有人要他打胡基了，付工钱的。四爷身子瘦小，灵活，走在路上，像地里一根随风摇摆的高粱秆儿。胡基模子"咔"的一声被他按定在青石板上的时候，四爷的嘴里咿咿呀呀地唱着不成腔调的曲子。他的手如甩水袖一般，抓起一把柴火灰，哗哗地撒进模子。装土，两脚踩上去，咚咚地弹跳，像土炕上的疙蚤。

　　四爷打胡基，有口诀："三锨六脚，十二个窝窝"；"会打不会摞，不如回家坐"。这些话，是在他坐下歇息，抽旱烟的时候，对看热闹的人说的。喜欢看四爷打胡基的人，其实是看他在上面蹦跳，听他乱侃海吹。他的蹦跳，轻重缓急错落有致，富有节奏和韵律感。四爷高高地提了锤（chui 四声）子，在装满土的胡基模子中心狠狠砸下两个大窝，浮土便如一片水珠四散开来，刷刷落在地上。四爷提起锤子，又在四边咚咚地砸够十个窝窝，脚后跟"砰"的一声将挡板磕开，一块四四方方的胡基就安静地躺在青石板上了。四爷的两只小臂紧贴着胡基，轻轻搬起。胡基在他两手紧紧的夹持下，稳稳当当地摞起一道高高的围墙，四层，半圆弧状。一道临时的墙壁渐渐长高，将他包裹在里面。看不到四爷的身影了。一股泥土的湿气，混杂着草叶的清气，氤氲在夕阳下的土壕里。他喜欢闻那个味道。夕阳将四爷瘦小的身子拉长变细，影子在那道新摞起的胡基墙上晃来晃去，像演皮影戏。

草房子的围墙，是四爷打的胡基摞起来的。房顶上的草，是"鸡娃草"——山上的一种长秆草，光滑，顺溜。四爷攥一把老镰刀上山，一把一把割，一捆一捆背回家，密密地铺在房顶，夏天不漏雨水。下雪了，四爷的草房子像一个胖大的白馍馍；夏天的大太阳也晒不透，阴凉透气。四爷说，冬暖夏凉，美哩！

四爷的儿子考上大学，在城里工作。四爷和四婆被接到城里。去的那天，四婆坐上小车，向邻居们灿烂地笑。她的脸像一朵满开的磨盘花。四爷出了楼道门，却进不了屋门。他看每一栋楼都一样，分不清东西南北，在院子里打转转；四婆在小区的垃圾堆里捡回来好多东西，家里的阳台上堆成了一座小山。儿媳一件件地扔出门外。扔一件，四婆的身子就缩小一下。

四爷不言语，默默地吸着旱烟。儿媳将窗子开大，让烟飞出去。

欢实的四爷病了。四爷要回老家。儿子说，回去谁照顾你。四爷说，有你妈哩。

走在山路上的四爷，像一只进山的羊羔，脚下生风，嘴里呜呜地乱唱。四婆说，你老傻了。四爷嘿嘿地笑：金窝银窝，不如草窝。

风夹带着山上的草籽，将远处的土刮到草房子上。草房子顶上长出了嫩绿的小草。四爷说，草就生草呢，有土，啥都能长出来。

四爷老了，身体一天不如一天。他坐在门口，瓷瓷地看着远处的山梁，嘴角流着涎水。

四爷躺在炕上。四婆给他喂饭。稀饭顺着嘴角流下来。

四婆抹一把眼泪：老尿，我给你说个谜，你猜。

四四方方一座城，城上立个龟子尿，半截锤子提手中，不跳不蹦不得行。你猜是啥。

四爷傻笑，枯瘦的黑手在谢顶的头上摩挲。

真是傻子——是你在打胡基哩。四婆哈哈大笑，眼泪又出来了。

四爷笑，眼泪也流下来了。

土　炕

　　渭北的冬天，向来寒冷刺骨，硕大的土炕，便给人以温暖。

　　麦苗眠冬、冰凌垂檐的冬日，乡间的土炕是农人日夜栖息的地方。热炕头上，男人对来年的希冀，在丝丝冒着的青烟里变幻出镰舞杈飞的丰收景象；女人，则在笸篮里刨捡对日月的憧憬；窗棂上的剪纸，影绰着鸡鸣狗叫、牛哞燕欢的场景，留着"苜蓿盖头"的小孩子，依旧不怕冷，叫嚷着要出去打落屋檐的冰凌来吃。

　　土炕是温暖的。它听过农人喜悦的切切交谈；看到过委屈的眼泪滴落；它曾经闻过炕桌上柿子酒的醇香，感受过酒曲子的悦耳和炕墙上报纸的墨香。它是农人在风雨飘摇和电闪雷鸣中温馨的港湾。

　　土炕是厚重的。它如一头静卧反刍的老牛，驮载着在炕沿屡跌屡长的少年经历沧桑，走向成熟；它看见过少妇揭去盖头后的羞涩和期待，感受过孕育的欢乐和分娩的痛苦。它能感知山野的草青草黄，谷穗的抽芽饱满。土炕的历史就是这一方农人的历史。

　　土炕是沉默的。它默默地走过千年，以一种博大和热烈的情怀承受身下柴草的炙烤，带给人温暖和温馨。它是泥土近身于人的另一种表现形式。散落在乡间塬堎下的土块，在农人的锤打过筛后，混入麦壳，在铁锨的翻搅和水的滋润中，变成松软而富有韧劲的泥，最后被方正的木模塑造出一块块整齐统一的"泥基"，晾晒在农闲下来的麦场里，经受日头爷的暴晒和风的干燥，日后便成为人身下结实的炕面。那些土泥又将这样的炕面以它的博大胸怀拥抱起来，一个炕就形成了。

刚刚盘起来的土炕是湿润而脆弱的，它需要连续三五天的大火烧烤，柴草便与它热烈拥抱并在激情四射中香消玉殒。土炕大汗淋漓随之干燥凝固，而来自山坡或农田的草儿在与土炕的媾和中，变换成灰，将自己的身体心甘情愿地焚烧殆尽，将温暖传递给身体上面的土炕。

土炕与农人是那样的息息相关，在玉米拔节的夜晚，田野里传来生命膨胀的节律。而在土炕的怀抱里，新的生命正在孕育。在喘息和呻吟中，土炕见证了天地交合，阴阳相生。泥土的气息搅和在生命产生的过程里，赋予了新生命顽强的禀性和结实的体格，他们将和山上的草儿一起，经受风雨的袭击和烈阳的烧烤。先在土炕上摔打扑跳，再走进田野，与泥土为伍，进而变得刚强淳朴，憨厚自然而不做作。走过几十年的风雨，他们一代代又回归这土炕，在全身与泥土的紧密接触中，感受着泥土的芬芳，呼吸着泥土的气息，重新走进土的怀抱。

如今的乡村，已经很少能见到土炕了。精致的席梦思床伫立在地板砖铺就的房间里，看不到屋顶上袅袅升起的烧炕的青烟，而远处田野里生命成长的微弱气息，被隔离在密不透风的高墙之外，屋内响起的是嘶哑的咳嗽和风烛残年的喘息。这些在泥土里成长起来的生命，依靠手中的拐杖，蹒跚在田野和土炕之间，传递着泥土的气息。土炕上生命诞生的过程不复重演，更多的生命产生在土炕之外的繁华所在，生命的产生变得简单随意，而新的生命却柔软脆弱，多愁善感，这是一种怎样的哀痛！

我想，那些嘶哑的咳嗽声，一定来自土炕，他们一定是睡在土炕上的！他们没有能力再用沉重的腿脚丈量犁沟的深浅，便用枯瘦的身体坚守着最后的精神领地——因为他们离不开土！

柿子醋

渭北沿山一带，多柿子树，树高叶大，四月开花。近鼻而嗅，黄白的小花，香甜中略带涩味。及至花落，小而青的果实便挂满枝头。八九月，漫山遍野的柿子，恍如繁星，惹人怜爱。

柿子，味甘，性寒。《本草纲目》言：主通耳鼻气，清心肺热，化痰止咳；治肠胃不足，止口干。而用柿子做的醋，不但味美诱人，且助消化，去死肌，杀三虫。

婆是擅长做柿子醋的。山上的草木由绿色变为青黄，柿子也就成熟了，如一团团火，在坡梁和沟畔点燃。用柿子夹子夹折柿子，难免有落在硬地上摔烂裂缝的，这样便不能久放了。婆就将它们一一捡拾起来，旋去柿子把，擦净沾在上面的土和草儿，积攒在一个大瓮里。来年的夏季，那瓮柿子便长毛发酸。婆用一根长长的"搅醋拐拐"用力地搅拌，一瓮的柿子便化为稠稠的柿子浆了。

麦收了，天气越来越热。父亲挑着两个大抬笼，将两大笼用铡刀铡短的新鲜干净的麦秸草挑回家里，婆便把麦草倒入大老瓮里，弓着腰，一遍一遍地翻搅，直到黏稠的柿子浆均匀地吸附在麦草上，又用手压瓷实，盖上厚厚的青石板盖子，再用剩余的麦秸草把大瓮围拢起来，以保温发酵，方才歇手。

做醋的日子是要等七八天的，要等到发酵好的麦草散发出阵阵清酸的味道来。婆抬出一个瓦瓮，放在高高的大方桌上，里边填满发酵好的麦草，另一个空的线瓮放在地上。高处的瓦瓮，在靠近瓦瓮底的壁上，有一个小小的圆孔，婆把一根高粱秆儿插在孔里，露出五六寸许，然后给瓦瓮里添水，水便顺着高粱秆渗流出来，一股细细的水线，在窗外透进的太阳下熠熠闪光。水滴在空瓦瓮里，清脆，如屋檐的滴水，引得瓦楞上的鸟儿常常伫立静听。

那时候，我放学回家的第一件事，就是放下书包，箭一般窜进厨房，偷偷吮吸高粱秆上淌下的，如一根线细的醋水。最初流下的，还不是真正意义上的醋，并不很酸，但却比山泉里的水有味儿。常常就因为急切和不小心，弄掉了那高粱秆，醋水便顺着瓦瓮的壁流淌在地上。婆听不见流水的声音，就拧着小脚进来看，连说可惜，赶快捡起高粱秆插进圆孔。我知道闯了祸，在婆转身叫骂的空儿，就一溜烟似的蹿出门去。

在做醋的那几天里，婆每天清晨起来的第一件事，就是把夜里流到瓦瓮里的醋水，用半个葫芦做成的瓢，再舀进高桌子上面盛着麦草的瓦瓮里。如此反复多天，高粱秆上淌下的便是清香味浓的真正的柿子醋了。而我偷偷地吮吸高粱秆的次数，也比以前多起来，醋水顺着我的下巴往下淌，就用手背一抹，再舔干净手背。那种感觉，直到如今，也难以名状。

婆一天天地老了，腿痛。村里的先生老汉说，柿子属木，木中生火，烧一锅醋，洗腿，能活血止痛。婆说，拿醋洗腿？柿子顶粮食呢，我舍不得。

那一年夏天，即将搭镰收割，婆走了，她没有吃上新麦。秋后的山野，柿子仍旧繁多，如霞似火地红。

从那一年起，我再也没有吮吸过那根高粱秆上流下的香甜的柿子醋了。

纺 车

我一觉醒来的时候，婆的身影映在糊满报纸的墙上。灯光昏黄，那些旧报纸也是昏黄的颜色。婆的身子挡住了煤油灯的光线，我的脸在阴影里。纺车嗡嗡的声音停歇下来。迷迷糊糊中，我看见婆在幽暗的灯影里将一根细线缠接在锭子上。她可能接了很长时间，因为我迟迟没有听到纺车再一次响起的声音。

母亲总是说我穿衣服费，是一头费缰绳的驴。这无疑会加大她浆线织布的劳动强度。但这些活路，最终会转嫁到婆的头上。婆没有儿子，父亲是婆过继来的，是她的侄儿。据说，我的大爷（婆的丈夫）在一个风雪交加的冬夜去老井旁打水，滑进深井里。婆也就从那时起守寡，直至老去。那一年，她三十六岁。

夏秋时节，婆每天坐在一棵冠盖巨大的柿子树下。她的任务，是赶走那些啄食糜子穗的麻雀。父亲在糜子地的中间竖起一个草人，但麻雀们早已看透那个"伎俩"。它们大胆地在糜子地里飞来飞去，甚至站在草人的头上喳喳鸣叫。母亲便指派婆去看守糜子。蹒跚的婆怎么能赶走它们呢。但她却老老实实地一直坚守在柿子树下。每天中午，我给她送去一碗饭吃。她也会将落下的青柿子捡拾起来，包在手帕里，等我来吃。我们没有过多的言语交流，她的面孔总是冷冷的。吃完饭，我将碗端回来交给母亲，再去学校。从柿子树下回来，转过一个弯坡，我回过头去的时候，是能看到她的。端端地坐在树下，只有头顶的帕布在风中飘动。

婆白天看守糜子地，晚上纺线。婆的纺车支在土炕北边两个柜子的底下。每天晚上，我在疯狂的玩耍之后回到屋里，婆已经将炕烧得很热。她没有任何的有趣的故事讲给我听，她也很少和我说话。我只是听着嗡嗡的声音沉沉睡去，第二天被婆叫起，背上书包上学。只有在婆的两个女儿——早已出嫁的姑——来到家的时候，才看到婆泪眼婆婆的眼睛。背过母亲，她们挤在婆的小屋里窃窃私语。我曾看见婆泪流满面。

婆的身体并不是很好，但她很整洁。一身粗布黑衣洗得极干净，黑色的绑腿缠得紧绷绷的。那都是她自己洗的。胸前的盘花纽扣上吊着一方手帕，随时准备擦拭流下的清涕，或挤按因为熬夜纺线而干涩酸痛的眼睛。那时候，大姐已经出嫁，陪婆睡觉的任务落在二姐的身上。也许因为我的无处安排，也被赶进婆阴暗的屋子里，和她们一起睡。我便看到了好多情景。比如，婆嗡嗡地摇着纺车，锭子上枣核形的穗子（线团）逐渐发胖，变圆，婆将穗子从锭子上取下来，用手将圆鼓鼓的穗子摩挲一会，再将另一根棉花捻子挂在锭子上，纺车继续嗡嗡地叫唤；土炕的陪墙上放一盏高脚的煤油灯，二姐在煤油灯上熏着剪纸。我喜欢奇异的东西，会偷偷地拿出二姐夹在一本《毛泽东选集》里的剪纸，左看右看，时常就弄坏了那些薄薄的剪纸。二姐发现之后，会将我引诱出来，避开婆的视线，狠狠地打。一边打，一边悻悻地骂："山上那么多狼，咋不把你吃了去啊？！"

那一年，岁暮天寒，彤云酿雪，开山修路的炮声隆隆响起。一块巨大的石头砸在房顶，将婆的屋子砸出一个透亮的窟窿，雪花从那个窟窿里飘落进来，消融在我的脖子里。石头落在炕上。那时候，婆正在纺线，石头没有砸到她，却砸坏了纺车。婆呜呜地哭，她说她不能没有纺车。她踮着小脚去找修路的单位，后来重新得到一辆纺车，嗡嗡的声音继续响起。但从那时候起，婆的神情却开始恍惚起来，她常常口出谵语，大小便失禁。屋子里总是散发出难闻的气味，而此时，二姐也已出嫁，只是我陪她睡觉了。我常常要搀她去后院的厕所。而她彻底地傻了，裤子滑落到地上，傻笑。我嫌难闻，总躲得远远的。

在一个晴朗的日子，家里人都去了地里，婆拄着一根棍子，摇晃着出了自己的屋子。她的吐字已不很清晰，手里提着一根绳子，费力地指着院门，示意我将那根绳子绑在院门的横框上。年幼的我，并不十分清楚她要干什么。我还不知道上吊是怎么回事，但在那些"闲书"里，我约略知道，她是要去死了。尽管因为她的冰冷的面孔，我并不十分喜欢她，但想起每日的热炕的温暖，青柿子的甜味，我还是夺过绳子，甩出老远。婆浑身哆嗦地看着我——她已经没有能力去死了。那一年闹地震，全家搬出，住在麦场里搭起的玉米秆棚子里。婆坚持不出家门。父亲强背起她，婆的两只小脚在空中乱蹬。她说死也要死在自己的屋子里。后来时间不长，她真死了。姑来我家的次数更少了。每次来的时候，却总是要捎带些纸钱，嘱咐我去婆的坟头点化。我恐惧坟地的遥远荒凉（狼在后面的山坡上呜呜地叫唤），将那些纸钱在半路点着了。婆是否收到？我不知道。大约看出我每次给婆送钱的犹豫，姑只好由我带路去。我站在一边，看着姑呜呜地哭，一声比一声长，声泪俱下，清涕满面，不停地说糊涂的妈啊，糊涂的妈啊，不明白的妈啊。我并不清楚，姑所说的糊涂是什么意思。后来渐渐长大，知道姑的意思：婆不必苦了自己，将自己的后半生与纺车结为一体。也许，她可以再次嫁人。可是，如果不成夜地纺线，她将如何与暴戾的母亲相处？

婆的少言寡语，是否是她后半生生活的影射？那辆纺车的手把被婆的手摩挲得光滑油腻。纺车的大轮缓慢地转动，带动冰冷的铁锭子吱吱地转，一根接一根的棉花捻子里引出长长的细线，那些细线逐渐缠满锭子——是婆将自己那颗已经冰冷的心慢慢地包裹起来？纺车是婆的影子，她和纺车说话。她将一生的话语都说给了那辆和她一样年迈的纺车。纺车给了她熬过一个又一个暗夜的力量，支撑她活了那么多年。

　　几十年过去了，麻黄布满了婆的坟头。那一片坟地的周围，遍布荆棘，杂草。下葬时放进墓庭的那盏清油灯早已熄灭。曾经过去的那些暗夜里，纺车役使了她；她亦欣然地，心甘情愿地接受了纺车对她的役使，这是怎样的一种人生况味？

清 明

春雨，在略带寒气的氤氲天幕里，渐渐拉开斜丝织就的网，将天地罩得一片阴郁。杨柳的枝条，便在这湿润的气氛里，绽放出沉睡一年的倦怠，吐绿扬花，飞絮飘叶。清明，也在这飘飞的絮叶里悄然而来了。

这几天有点冷，暂时还不敢脱去厚的衣服。野外的风似乎还要大一些，甚至能听见呜呜的声音。田间地头的绿色令人沉醉，大片的麦苗已经很高，中间夹杂着米蒿淡黄的小花，在风中掠过一波一波的绿浪。电杆上的燕子东张西望，叽叽喳喳地叫，不远处已经有人在上坟，烧纸钱的蓝烟刚刚升起，就很快被风吹散了。

"清明前后，点瓜种豆。"远近各处，农人在忙碌着平整土地，桃花林里穿梭着踏青赏花的游人。清明是农历二十四节气的第五个节气，"清明谷雨两相连，浸种耕田莫迟延"。古来如此，世代流传。在农人的眼里，清明是忙碌的开始，从这时起，田里的农活就一天比一天忙了。

小时候，清明前后几天，家里的农活是很忙的。地基本上都在山坡，没有水浇，收获靠天。为了填饱肚子，只能种些耐旱的农作物，像谷子、糜子之类的，但这都是收麦以后的事。清明前后，正是种南瓜和土豆的时节。地薄，不好好打粮食，南瓜土豆倒得多。父亲于是决定在西沟和东坡的两片地里种些南瓜和土豆。

父亲从山外的集市上买来南瓜籽，晚上再仔细地把粒大饱满的挑选出来。第二天一早，父亲挑一担大粪，我就跟他上地了。我先用锄头挖一个小坑，父亲倒进一舀大粪，这样沿着地边一圈，能挖几十个坑，等上半个多小时，坑里的粪水完全渗透了，再把南瓜籽放进去，盖上一层熟土，用脚轻轻踩踏几下。为预防天旱不出苗，一个坑要放三颗种子，等以后出苗了再拔去其它的小苗，留下一个健壮的继续生长。把南瓜种在地边的好处是不占地，中间还可以种其它作物；再者南瓜秧会自动吊下河沟，结的瓜也自然吊在河沟，想偷吃的人不容易看到。

土豆也是清明时节下种的，种子不用买，每年都会留些小一点的土豆做种子，但不能就那样下种，首先要把小土豆切开，一般一个切四五个小块，然后从炕洞里掏些草木灰来拌种，说是好出苗。我问原因，父亲也说不上来。直到我长大以后学了化学，才知道草木灰是很好的钾肥，想来大概是土豆嗜钾肥吧。

农人的清明是忙碌的，也是喜悦而欢快的。

"清明时节雨纷纷"，杜牧的一首诗，给人感觉自古以来的文人骚客似乎格外喜欢清明下雨，许是仕途不顺，借雨浇愁；或是久居长安，难得清新吧。总之给清明蒙上了一层阴晦之气。庄稼人更喜欢清明下雨，不过盼望的心思大不相同，农人冀雨，希望来年丰收，与风花雪月毫无瓜葛，一门心思要填饱肚子。

唐朝诗人韦庄的《丙辰年鄜州遇寒食城外醉吟》则描绘了一幅欢快的清明图："满街杨柳绿丝烟，画出清明二月天。好是隔帘花树动，女郎撩乱送秋千。"这样的场景已经很少见了，古人当时没有多少玩乐设施，只能在风和日丽的清明脱去棉衣，上树绑绳，体验惊心动魄的"空中杂技"。在我的记忆当中，孩提时代，老家门口有一棵高大的槐树，每年清明，男女老少轮流荡秋千，粗壮的牛皮绳高高地拴在树杈上面，下边绑一块木板，人坐在上边，前后有人奋力推送，荡得高了，上面的人花容失色，大声惊呼，地上的人拍手坏笑，乐在其中，一片笑声使人淡忘了当时的贫穷和饥饿。

　　然而清明对于人们的更大记忆，是祭奠先祖，缅怀亡灵。

　　宋人高翥有诗云："南北山头多墓田，清明祭扫各纷然。纸灰飞作白蝴蝶，泪血染成红杜鹃。日落狐狸眠冢上，夜归儿女笑灯前。人生有酒须当醉，一滴何曾到九泉？"我们暂且不去讨论作者的思想情绪，更多的是看到祭扫先人的隆重情景。清明祭祖，大概由晋公子重耳始，当年介子推背上老母，隐遁绵山，抱树而亡，肯定没有想到"春城无处不飞花，寒食东风御柳斜"的场景会延续几千年！

　　在儿时的记忆里，清明是过年以后第一个极隆重的节气，清明前一两天，父亲就买好麻纸，清明那天早早起来就在门口的青石板上拓钱，拿一枚五分硬币覆在麻纸上，再用一个小木块拍打，麻纸上就会留下一个一个的钱印，一摞纸要拓好长时间的。后来就拿十块钱的纸币来拓，用手拍打，我说那上面看不见钱的印记，父亲说婆和爷心里知道。

　　光麻纸钱是不够的，还要剪长钱，从集市的杂货店买来一张大白纸，父亲拓过钱，母亲细细地折叠，再用剪刀剪，展开，好长一串，因为太长，中间要绑上两圈纸，防止风吹散，然后再用一根竹棍挑起来，长长的纸钱就在风中轻轻地飘。除了纸钱，还得蒸"坟炊"——一种圆形的白蒸馍，上面有十字形面条，周围及顶上总共有五个圆圆的小疙瘩，母亲提前在里面放进一个核桃，在坟地下跪烧纸钱的时候这些小疙瘩是要掐下来放进去的——阴间的先祖也要吃的。麻纸钱烧完了，留下长钱不能烧，要插在坟头上，父亲说要婆和爷慢慢花。

　　年复一年的清明，父亲领着我们兄弟三人上坟烧纸。终于有一年他病倒了，再也没有能力翻过河沟给先祖送钱了！哥哥在青海当兵，上坟的重任落在我和弟弟的肩上。那一年的清明，天气阴晦，飞沙走石，似乎要下雨的样子，远处山梁上的狼在嚎叫，我和弟弟都有点害怕，弟弟说干脆不去了，半路烧吧，我犹豫了一下同意了，就这样，那年的纸钱在半山路上灰飞烟灭了！

　　几十年过去了，每每想起那年清明在半路上烧纸，我就很愧疚，想到婆那苍老的脸，粗糙而筋骨毕露的手，心里极怕她老人家骂我，为了安慰自己，这么多年的清明，晚上我都会在十字路口烧好多纸钱，面额也比过去大多了，算下来竟有好几千万！

想来老人家应该不会埋怨我了吧。

搅 团

现在的我，不需要吃搅团了，一来煤气灶上架个小锅，两个人，一个搅翻，一个死死按住小锅，终是做不出一锅满意的搅团来，不像早年农村的大锅镶在锅台里那样稳固，一个人手持擀面杖搅得翻江倒海，锅却稳如泰山；二来我从来不觉得搅团有多好吃，那个年月里，我吃了太多的搅团，所谓"吃伤了"。

总有一些饭局，一旦菜单上有搅团，点菜者连呼"搅团，搅团"，就来一碗。但我很少将筷子伸进搅团里，不管是"水围城"，还是凉拌，我都没有多少胃口。童年吃过的那些玉米面还少吗。

但那时的搅团，却也时时就映入脑海了。

每年的秋后，玉米收了，除了碾包谷糁，也磨成面粉。秋后到年上的那段时间，天天中午饭吃玉米面搅团。放学回家的路上，一想到搅团，心里就堵，想吃白面条，可我知道那是奢望。没有多少白面，那要留着过年蒸白馍，或者重要亲戚来家擀面。唯一可以安慰自己的，就是打搅团之后锅底粘的一层硬壳，类似现在的锅巴，我们称作"锅渣馇"。母亲铲将下来，我用手掰碎了，装在口袋里边走边吃，嘴里嘎嘣嘎嘣地响一路，直到学校。

上初中，路远，一天不回来，需要背馍，早上鸡叫起床，摸黑到厨房，揭开厚重的瓦盆盖子，取几个玉米面花卷装进书包就走了。晚上摸黑回到家里，母亲已在大杜梨木案上晾好了搅团，不用问，那是中午做好的，已经凝固成一片了。我自己爬上大案，取下菜刀，将搅团犁成长条，再切成小块，浇一点辣子水水——其实就是辣子和醋水，那就是"凉调搅团"了。哪一天母亲高兴了，会自己亲自切成小块，再切些山韭菜，绿辣子，萝卜叶子放在锅里，烧火煎热，这种吃法，叫"煎搅团"。星期天的中午，我会参与到打搅团的工作中。先用大火烧开一锅水，母亲一手向锅里撒玉米面，一手拿着擀面杖搅，感觉面粉撒得差不多了，就放下碗，两手握着擀面杖搅。我坐在灶台前的石墩上向灶膛里填麦秸，麦秸是不能集中在中心的，需要用小小的炭锨拨开，分散在灶膛四周，便于锅底均匀受热，不至于搅团粘在锅底。黄亮的火苗升起来，又分散向锅底的周围舔舐锅底，锅上升腾起浓厚的雾气，母亲贴着锅台，肥胖的身子不断抖动。长时间搅拌后，她会提起擀面杖，看淌下来的面水是否合适。她很有经验，会根据擀面杖上淌下的面水的稀稠判断搅团的软硬和生熟程度。

做一次搅团，能吃三天，凉调，热煎，就是不油炸。母亲先舀出一部分晾在案上，摊平，案上又会升起大团的热气。剩下的，一人一碗，辣子水水是早已和好的，只是辣，红，没油水，上面漂几片菜叶。辣子水水浸满了老碗，一疙瘩一疙瘩用筷子夹开，蘸了水水吃。端碗出门，墙根下满是血红的嘴，吸吸溜溜呵气。看着不冒热气，似乎凉了，咽下去，烧得眼冒金星，却无法吐出来，搅团已经滑进喉咙了，烧心也没办法，硬忍，一会就没事了。

大约觉得我们都厌烦了搅团，母亲和几个邻里合资，花三块钱买了一个"漏鱼锣"，谁家要打搅团，就相互借用。将打好的搅团舀进漏鱼锣，用筷子搅拌挤压，形似小鱼的搅团就从那些窟窿里流出来，滑进冷水里，用笊篱捞起，泼洒上辣子水水，搅匀了吃。不管变换多少花样，我始终对这种"哄上坡"的饭食缺乏热情，也许，与搅团里缺少现在的芝麻、香油、酱油等调料有关？

文豪杂粮食府，桃花源休闲山庄，东晋桃源，都有玉米面搅团，满足了好多人吃搅团的愿望，一盘子几十块钱，有那时半碗的量，却都说好得很，我一点都不觉得好。现在人们把搅团归到小吃里，可在那时，却是"大吃"。天天吃，能不是大吃？好多餐馆里，都在造一个食物的文化概念，贴在墙上，画在纸上。羊肉泡有，过桥米线有，却没见过搅团的。据说搅团是诸葛亮西岐屯兵时发明的吃法，我就恨他了，为什么不发明好吃的呢。害得我吃了那么多。

也许，现在加入很多调料的搅团，比起那时只有辣子醋水的搅团，要好吃很多。我抄起筷子，也夹过几块，掉在地上，竟摔不破，滑溜筋道，说是里面有食用胶。

苜蓿卷卷

那一年开春，婆提了笼，厮跟了几个老太，去西梁的那片坡地。那是村上的苜蓿地。苜蓿是给饲养室的牛种的。苜蓿地有人看守，婆见到看守的人回家吃饭了，婆要给全家人吃苜蓿。家里已经没有一颗麦子了。

婆的腿疼，她跪在坡地上。那几个老人，我也应该叫作婆的，都跪在地上。她们穿着黑粗布衫子，像落在地上的黑老鸹。笼已经满了，婆压瓷实，又撅。婆觉得额颅上冷冰冰的，有水流下，婆觉得天下雨了。她用沾满土的手抹一把脸，抬起头来。一只大灰狼蹲在她面前，长长的尾巴在地上扫来扫去，舌头上向下滴水——那是狼的涎水——涎水流在婆的额颅上。婆喊一声狼，提了笼，踮起小脚跑回来。

笼里的苜蓿一根都没少。

那一笼苜蓿蒸了麦饭，全家人吃了两顿。

婆坟头的麻黄，黄了绿，绿了黄，几十年过去了。

我想吃苜蓿卷卷，总是吃不上。没有多余的白面做。

寒食节，我和哥在县城街道的一家饭馆里吃苜蓿卷卷。一笼六个，十块钱。嫩绿的苜蓿散发着香气和热气，苜蓿卷卷散漫而可爱地躺在小小的蒸笼里。苜蓿的叶子从卷卷的边上露出来，露出来的还有粉条和零星的虾皮。我蘸了火红的辣子水水——辣子水水上漂着一层芝麻。我夹起一截苜蓿卷卷，就着大蒜，将整个卷卷凶恶地塞进嘴里。烫面的苜蓿卷卷松软可口，苜蓿的清香透过薄得发亮的面皮散发出来，我要不停地嘘气，才能避免烫嘴。

店里没多少人。一个服务员呆呆地看着我吃。我低下头，一嘴一个，狠狠地吃。我吃了三笼，添了两次辣子水水。

哥说，这家的苜蓿卷卷远近有名，他经常来吃。

我带走一笼。清明，我和哥去了婆的坟地。哥和侄子扛了五棵小柏树，给婆栽在坟地边上。天阴沉得厉害，远近的山梁黑沉沉一片。侄子点了鞭炮，我将坟炊上的疙瘩掐下来扔进火纸堆里。钱是几亿元的面额，烧了好些时间。我将带来的苜蓿卷卷扔进火里，苜蓿卷卷烤得焦黄，发出毕毕剥剥的声音，后来变成了黑色，和那些纸灰一样了。

那晚的雨很大。哥兴奋地说，柏树能活了。

我在心里骂了一句：狗日的苜蓿卷卷！

荞面饸饹

饸饹，古称"河漏"。元代农学家王祯在其《农书·荞麦》里说："北方山后，诸郡多种，去皮壳，磨而成面或做汤饼（即汤面）。"李时珍《本草纲目》载："荞麦降气宽肠，故能炼肠胃滓滞，而治泻痢、腹痛、上气之疾。"可怜的山民不识王祯和《本草》，只是觉得荞面饸饹吃了抵饥，长气力，好干农活而已。

在故乡，荞面饸饹主要是在夏天吃，多以凉调为主，麦面的仍然少，玉米面和荞面饸饹多些。后山不长麦子的薄地，长荞麦。夏秋交接，紫红的荞麦花盛开，煞是热烈。荞麦开花的那几天，父亲很是担心，荞麦的花儿，既怕雨淋，又怕暴晒，最好是阴沉天气，但这样的日子是很少的，所以荞麦有"十料九不收"的说法。父亲却年年种，大约也是因了荞麦适于生长在贫瘠之地。

那个年月里，荞面饸饹是我最爱吃的主食。

村上有一台饸饹床子，是王木匠做的。两根粗长的木头，下面的一根横在锅台上，中间挖一个窟窿，嵌进铁制的圆筒，下底是一个一个的小眼眼。两根粗长的木头一张一合，细长的饸饹便从那些密密的眼里流落下来。床子上坐两个人压，嘎吱嘎吱地响，梢头已被磨得油光锃亮。饸饹落在滚开的锅里，像柳树的须根在水里漂游。一家压饸饹，几家来搭手合作。端一盆自己在家和好醒匀了的面，一群妇女叽叽喳喳地说笑，饸饹一疙瘩一疙瘩晾在竹筛子里沥水。热闹的场面散尽之后，每人端着自己的饸饹回家，嗷嗷待哺的孩子和扛着镢头回家的男人，早坐在门口树下的青石板上等待一顿饕餮大餐。他们将喉咙里涌上来的唾沫都咽下去了，连树上的鸟儿也听见了嘴的咂吧声。

靠山吃山。山里人的菜，在山上。野地里有小蒜，山坡的蓑草底下有山韭菜，其味皆辣而悠长。挖了、摘了炒"葱花"，拌在饸饹里，佐以芥末（父亲在一片坡地种的），香辣无比。嘴里噙住几条饸饹，用力吸吮，细长柔滑的饸饹便如蛇的尾巴在空中乱摆，"哧溜"一声就打在脸上，酸醋溅进眼里，眼就睁不开了，索性闭住眼吃。吃完一碗，唇如血狼，红辣子、芥末渣子、韭菜叶子挂在脸上。缺水，不洗，用手一抹了事。六爷吃饸饹，不挑起来，他用筷子一圈一圈地在碗里打转转，直到在筷子上挽起一疙瘩，高举起来，张开破窑洞般的大嘴，就送进去了。他舍不得咽下去，藏在嘴里体验，嘴又微张，将两只染得血红的筷子夹在双唇中间，"吱"一声，筷子上的油水抿得干干净净，然后和我一样闭了眼睛，深深地吸一口气，从鼻孔里慢慢慢慢吐出来，这时的嘴，才开始咂吧。

因为荞面的"十料九不收"，玉米面也做饸饹。冬天压一大堆，放干了，像一圈一圈黄亮的钢丝。好几年的过年待客，竟没有了麦面，只是玉米面饸饹，不柔滑，扎喉咙，并不好吃。在水里泡软了，煎一锅汤，白菜叶子萝卜缨子，能有的菜都放进了。海吃，竟也吃得大汗淋漓。

这许多年里，所谓的荞面饸饹也总是在眼前晃悠，我知道那是色素染的，并无什么荞面，却也忍不住买过几回，极为难吃，从此不再吃了。

人高马大、虎背熊腰的我，一定是吃了很多荞面饸饹的缘故。而我也一直将那根饸饹含在嘴里，默默地咀嚼至今。

那是一根长长的，扯不断的饸饹。

大颗糁子

门口皂角树上的子规发出叫声的时候，我的眼睛慢慢地睁开。父亲踢踢踏踏的脚步，已经在院子里响成一片。随后，我听见镰刀在磨石上发出沙沙的声音。父亲开始喊我起床，而窗外的天空，依旧是灰蒙蒙的一片。他怕我误了割麦子。我却赖在炕上不起来。

尽管我知道第二天要早起，却并不想早睡。他们睡下了，我重新点起煤油灯，看那些厚墩墩的"闲书"，一晚上能看完一本。在停下来的风箱声之后，母亲开始吼叫。我懒散地起来，就闻到了一股玉米糁子的味道。风箱呼呼的声音彻底停歇下来，一股呛人的烟气从厨房门窗里蹿出来；母亲给灶膛里塞进一棵大树根，用慢火煮熬一锅的大颗玉米糁子。树根是湿的，那些潮湿的水分，会在热火的蒸腾中慢慢散去。延伸在灶膛外边的，长长的树根，会被一截一截地推进去，直至燃烧完毕，大约需要半天的时间。而那一大锅稀稀的玉米糁子，会变成全家人一天的饮水——母亲将熬好的汤水刮进瓦盆——谁渴了，随手拿起漂在上面的铁瓢，舀进瓷碗，咕咕地喝下去。

小而细碎的玉米糁子，是在冬天熬的。依旧是文火，熬成糊糊的黏稠的一锅，每人端起一碗，上面漂浮一堆腌在瓮缸里的萝卜叶子。我会坐在门口，就着阳光吃下去；耳边听着鸟叫，眼睛瞅着远处山外的公路，想象外面的世界是多么的精彩；看汽车扬起的灰土一点点消失在天际。

大颗糁子，只在石磨上碾碎，一遍就行。那是一颗颗完整的玉米被碾成的小块，用来熬汤止渴，是在夏天喝的。从割第一镰麦子，直到秋天，几乎天天的早晚饭，就是大颗的糁子汤。每天天不亮，风箱就呼呼地响起来，那是母亲烧的武火，夹杂她高声大气的呼叫。随后停歇，一棵树根被塞进灶膛。这锅汤水，当下是不能喝的，需到干完地里活回来。一棵树根烧完了，它就熟了。

那是我们一天的饭。

我一直厌倦那每天的大颗糁子汤，但我从来没有说出来。父亲做不了主，母亲脾气暴戾，我也不能改变什么，就只有默默地喝下去。又能吃什么呢？也许，世界上所有的乡村，那一口锅的下面，都在燃烧着一棵永远都烧不尽的树根。每当跟上父亲去挖树根的时候，我都在消极怠工。那一次，我抡起的镢头渐渐缓慢下来，后来，我说上个厕所，父亲说，就在自己地里拉吧，我不愿意。周围的地里，都有人在干活。父亲叹口气，抱怨我将肥水流进了外人的田地。

我扔了老镢头，钻在别人家的玉米地里，半天不出来。

父亲是以门口皂角树上子规的叫声来判断起床时间的。我摸到了这个规律。我悄悄捎了一根长长的杆子，试图将树上那一窝子规赶走，但我够不着，那窝实在是太高了。我用石头子打，石头落在邻家的屋瓦上，乒乒乓乓地响，我在慌乱中逃回家里。子规依然每天叫起，父亲准时起来。日复一日，年复一年。

多年以后，我突然又想喝大颗糁子了。我的锅里重新煮了大颗糁子，是在超市买的。没有树根，没有呛人的烟雾，糁子在煤气蓝焰的煎熬里翻滚。没有出现我所期盼的味道。

老屋已破败不堪，铁锁锈迹斑斑。门口的皂角树不是我家的，树已不知去向。在这个即将收割麦子的夏天，我独步残破的乡道，只看到远处上辈人的坟茔。

大颗糁子是需要树根来慢炖的，但我已经找不到根了。

皂角芽

吃皂角芽，记不清是哪一年的春天了，很早。婆从门后取出一个长长的木杆，木杆的手把磨得黑光，顶上安着一个铁挠钩，挠钩用绳子绑得死死的。婆举了木杆，站在皂角树下。开春的阳光，温暖中有些许刺眼。婆眯了眼睛，颤悠悠地将木杆伸进高大的皂角树枝间。婆转动手里的杆子，皂角的嫩芽就被挠钩拧折下来。雨后的皂角树身，青灰的树皮闪着亮光，那些才发上来的皂角嫩芽，很像香椿的芽子，老远却闻到一股苦味。

婆不让我上树，怕皂角树上的陈年老刺扎了我。我和一群孩子围着高大的皂角树玩。

婆站在门口的粪堆上，那样她才能够着。婆的身子瑟瑟地抖。皂角的嫩芽像小小的降落伞，随着风忽忽悠悠地落在粪堆上。我捡起一个，塞在嘴里嚼，苦得我赶快吐出来。

婆将落在地上的皂角芽子拾起来，裹在围裙里进了低矮的厨房。那些皂角芽被泡在水里。婆说要泡一夜，焯了才能吃。

第二天的清早，低桌上有了一道菜：皂芽。切得细碎的皂芽，已看不出嫩叶的模样了。婆给皂芽里滴了几滴菜籽油，调了柿子醋和辣椒。厨房里弥漫了酸味和一丝淡淡的苦味。我吃了很多。

吃完饭，婆给笼里放了我的脏衣服，从屋子里取出几根去年摘的老皂荚，提了棒槌，去河里洗衣服。

村里再也见不到一棵皂角树了。老的老了，砍了；小一些的，被城里来的人收走了。

在高层小区的院子里，大门口，我又见到了好几个皂角树，不很高大，似乎有几十年树龄的样子，身上还缠着草绳，树身上吊着塑料袋。皂角树在打点滴。皂角树的叶子也很繁盛，叶子上有一层灰土，但没有结皂荚。是雄株，是老村里雌株皂角树的儿子吗？但树下却没有了和我当年一样围着叫喊的声音。星期天里，有几个孩子从树下匆匆走过，他们的妈妈一手提着书包，一手紧紧地攥着孩子的手。

一个孩子指着皂角树问她的妈妈，那是什么树。年轻的妈妈说，是槐树。

山韭菜

山韭菜是野生的韭菜。山里人从来不把山上的可食之草唤作"野什么",它们都有正规的名字。他们给自己的孩子胡乱地起名,看到什么叫什么:石头,羊娃,铁锤,唯独对那些长在山上、可以入口的东西尊敬有加,一点都不马虎。山韭菜的前面加一个"山"字,注明它的原产地在山上——那是山的恩赐,给过他们活命的机会。

山韭菜隐匿在蓑草底下,不拨开那些细密的蓑草,眼睛是发现不了它的。山韭菜的叶子和蓑草的叶子极为相似,这让那些意欲尝鲜的山外人大为困惑。

上山"掐"韭菜。不说摘,也不说割。掐,是一个温热的极富手工意味的词语。手的食指和无名指置于韭菜后面,大拇指在前,不用多大力,轻轻一掐,韭菜褐红的根儿就在距离地面寸许的地方断开,剩余的土根留在山上,继续生发。山韭菜稠密的地方,一簇一簇长在那里,不用抬头寻找,可以连续地掐;要在稀疏的地方,掐一根再寻找一根,那是很慢的,要掐满一笼得很长时间。山里人掐韭菜,不专门去掐,没那么奢侈。放羊的时候,羊吃草,人掐韭菜,捎带的活路。

山里人的菜,全在山上。韭菜切短,配红辣椒三两截,红绿相间,美眼;濡盐、醋,入味。泼油生吃,辛辣味美,最为悠长。筷子在菜碗一边刨一个小坑,将夹起的韭菜在醋水里蘸饱,提起来又淋干,入口咀嚼，是一个细腻庄重的过程。每年的开春至秋后，山韭菜是桌上唯一长盛不衰的一道菜——没有钱买菜——没有哪一种菜能像山上的韭菜那样生生不息，每年迎接前来采食的山民。

两个蛋黄匍匐在一堆爆炒的韭菜上。服务员解释道：两个黄鹂鸣翠柳。韭菜是菜农在地里种的，叶子宽厚，味道自然没有山韭菜那样辛辣味长了，它的地气不足。我已多年不上山，山里原来韭菜最多的地方，灌木经过几十年的生长，已成茂密的深林，人根本无法进去。剩余在山里的人也不再以山韭菜为菜。想必那些葳草底下的韭菜，一岁一枯荣，再也不见与它亲密接触的人了。

餐桌对面的朋友说，韭菜是起阳草，这个年龄，应多食为妙，不然枉费残余的青春。我吃不出当年的味道来。我怀疑，不是韭菜的味道差了多少，而是我对它的感觉变了——在我远离当年的菜食匮乏之后，这是一件很正常的事情。因为我疏忽了当时产生好感的特定情境。沙漏细碎的流沙在我的手指间就那样走了，我的感知渐渐麻木，而当彼年的物事突然展现在眼前的时候，缺乏清泉流水、土屋破墙、山风吟啸的环境，口中如何能够再现当时的风味呢。

我说，你换一身布衣，栖居山林，餐风饮月。一个细雨霏霏的春夜，漂泊在城市的我前去看你，你给我炒一碗韭菜，以粗瓷大碗盛之，我们席地而坐，班荆道故，岂不有味？

我们同时吟诵：夜雨剪春韭，新炊间黄粱。两个酒盅激烈地碰击，酒水洒了一桌。

猪尿泡

　　天刚亮，我就从已经冰凉的土炕上起来了。我胡乱地穿好衣服，没有洗脸，匆匆向三伯家跑去。

　　今天是腊月二十六。生产队杀年猪。三妈说，今年一定一定叫三伯给我留一个猪尿泡。五个喂了一年的大肥猪，今天将产生五个猪尿泡。我们村子有几十个像我一样等待猪尿泡的孩子，这也意味着一个人得到猪尿泡的概率大约是十分之一。这个寒假里，五个猪尿泡最终"花落谁家"，是一场恶战。胆小自卑的我一直游离在人群之外，从来不敢和别人抢。三伯是生产队杀年猪的屠夫之一，但三伯割下来的猪尿泡，不是给了队长的儿子，就是给了会计的儿子。

　　三伯从来没给过我猪尿泡。

　　三妈的话令我勇气十足。我一脚踢开三伯家的柴门。身材高大的三伯两手提着裤腰，一边抖搂着残余的水滴，一边从牛圈里摇摆出来。三伯看都不看我一眼。他抠出一块眼屎，又将鼻涕摔在地上，抬起脚，手在鞋后跟上抹一把。杀猪刀，铁钩子，涩石，磨刀石。叮叮当当。我将两个铁钩子背在身上，雄赳赳地跟在三伯后面。身后传来三妈的声音：今年一定给娃一个尿泡，娃要了几年了你都没给！死鬼，把娃恓惶的！

　　大我两岁的王红卫，还有其他年龄不相上下的一干小哥儿们，早已站在皂角树下等我了——他们不相信今年我会有一个猪尿泡——他们要亲眼看着我吹上猪尿泡才信。

跟我走!

人群呼啦一下围拢过来。我将两个铁钩子提在手里,抖出叮叮当当的声音:看看,看看,啊!我又指指三伯手里那把闪着冷光的杀猪刀,看看,看看,啊!我手里的铁钩子在冷风里闪着寒光。我举得很高,用力摇动,清脆的声音刺得红卫他们后退了好几步。红卫恶狠狠地将两股黏稠的鼻涕吸进去。我看见红卫身子抖动了一下,打了一个冷嗝。我知道是他吸得太猛了,把鼻涕吸进了嗓子眼里,所以他才打冷战——我也那样吸过。红卫的黑粗布棉袄上的纽扣早已不知去向,他索性把两扇衣襟裹捻在一起,两只手缩进袖筒压住,跟在我身后。他的跨步,也和我一样格外高远。在去生产队猪圈的路上,我将两只铁钩不停地抖动,让它们发出更响的声音。铁钩在冬日早晨的阳光里闪出道道亮光。红卫起先跟在我后面,后来,他看到跟着的人越来越多,就将那些小孩呵斥到身后去了,然后对我友好地笑了笑,和我并成一排。为了和我一样挺起胸膛,他抽出了两只手。没有纽扣的黑棉袄,突然就绽开来,在呼呼的风中,两片衣襟张开,像一只跃跃欲飞的老鸹。

三伯手里那根前面有小弯钩的杆子准确地伸到一头肥猪的下巴底下。猪的喉咙发出低沉的叫声。猪一边屁股拖地朝后退却,一边却因为疼痛而不得不跟着杆子前进。三伯右手的刀子塞进了猪脖子,左手扔掉了那根杆子。三伯的刀插得很深,我甚至看不见了他的右手。一股股红的血水哗哗地流进猪脖子下的铁盆里,端盆人的两手瞬间变成了红色。三伯在猪后腿下面刻出一个小小的口子,将一根黑硬的橡胶管子塞了进去,用麻绳扎紧。他蹲下身子,咬着管子吹气,脸涨得通红。每鼓一次劲,两腮就像吹圆的猪肚子。后来,他的嘴唇变成了青紫,他还吹,还吹。再后来,猪变成了一个圆球,四条腿直直地指向天空。

两只铁钩分别钩在了猪的后腿上。三伯高声指挥着四个拉铁钩的人慢慢将猪滑进大铁锅。铁锅里的水冒着热气,锅下面的柴火熊熊燃烧。

干透的柴火发出毕毕剥剥的声音。风胡乱地吹，烟胡乱地摆。我围着大铁锅移动身子。我走到哪儿，烟就跟到哪儿。我的眼睛几乎快要睁不开了。但我不敢退缩，我害怕离猪最近的距离被其他人占领。尽管三妈已经给我许诺，但历史的经验教训我时刻铭记在心。我不敢怠慢。

三伯指挥人拉着铁钩子，将猪在大铁锅里翻过来倒过去。五六个人围拢在铁锅周围，他们嘴里喊着"一二"。每一次用力，都要将身子往后斜着，像拔河一般。三伯用手试了试，拔下一把猪毛，喊一声：好了！大伙停下来用袖子擦着头上的汗水。三伯拿起涩石，在猪身上哗哗地跐，猪毛一把把脱落。黑的猪，渐渐变得白白胖胖。三伯和其他人"嗨"一声，一起用力，将那头白胖的肥猪倒挂在了早已搭好的木架上。为了即将到来的时刻，我挤进去拨拉了一下指向天空的猪尾巴，练练自己的胆量。三伯用刀在猪白净的肚皮上刮来刮去，彻底刮净了猪身上的每一根汗毛。我知道下一步就要开膛破肚了，我梦寐以求的猪尿泡就要携带着一股腥骚的尿水喷薄而出了！我紧张地向身后看去，红卫紧紧地攥着我的棉袄下摆，脸上也和我一样紧张。

三伯的刀子在猪的肚皮上比画着。几年来看杀猪的经验告诉我，他在寻找一条最佳的中线。三伯深吸一口气，右手突然用力，一刀从猪肚子的两排乳头之间划拉下来，热气很快从那条豁口里升腾起来。因为用力过猛，三伯的胳膊肘退回的时候打在我的额头上，我忍着疼痛，踮起脚尖，想要看到那个尿泡。就在这时，一个人从我的身后挤进来，一只黑手直插进猪肚子里，他抓起一把热乎乎的板油，张开大嘴，呼啦一声就吸溜下去了。我看清是村里的哑巴，放下心来。我知道他不会和我争那个尿泡。

三伯推开哑巴，将刀背咬在嘴里。三伯的手伸进猪肚子，揪出沾着几丝血水的猪尿泡。尿泡被他举过头顶，尿水滴在我的头上。

"我——我在这！"我喊一声，声音怯怯的有些颤抖。三伯低下头，发现声源就在他的胳膊底下。他看了看我，脸上有些犹豫不决。我跳起来一把抓下他手里的猪尿泡，头也不回地跑了。

我听见了耳旁的风声，还有身后踢踢踏踏的脚步。红卫他们紧紧地跟着我跑。我们最后停歇在麦场的大麦秸垛下。我从裤子口袋里掏出昨晚从扫帚上截下的竹棍，插进尿泡，再用绳子绑紧。在我和三伯一样的鼓吹里，尿泡渐渐胀大。红卫自觉地维护秩序。他拨开围拢在我身子周围的人，强烈建议我将猪尿泡先在脚下的土地上趾几下，以便踩去多余的油脂好吹大。我拒绝了他"恶毒"的建议。我狠狠地瞪了他一眼。我一边吹，他一边讪讪地殷勤地用两只温热的手揉搓猪尿泡，不让尿泡在冷风中凝结缩小。

红卫的鼻涕又下来了。鼻涕沾在尿泡上，拉成一条长长的弯曲的线，在阳光下闪闪发亮。

吹大的猪尿泡被我拍来拍去。尿泡成为我一段时间里最好的朋友。我手里拎着猪尿泡在巷子里走来走去。我的脸上写满了胜利骄傲自满自足，总之世界上所有美好的表情。

我关上前门在院里玩猪尿泡的时候，宽大的门缝里总是挤进来脏兮兮的头。他们的眼睛闪着可怜的光芒。我根据他们平时对我的表现，按次序轮流把他们叫进来玩，然后放出去，再叫下一个进来。

红卫自告奋勇进来为我维护秩序。前几天不小心将我棉袄划烂一个小口子的家伙，将头从门缝塞进来。红卫很快跑上去，将那个睡得很扁的头推出门缝，关死门扇。

每天早上，红卫都会带着一把炒黄豆，一个豆沙包子，或者半块可能昨晚吃剩下的饼干来找我，以换取玩猪尿泡的机会。我知道，他能将吃剩下的半块饼干从昨晚留到现在给我，需要付出多大的努力啊。为了感谢他坚韧不拔拒绝美食的毅力，我一边吃着那半块饼干，一边很大方地将猪尿泡扔给他玩。红卫小心地问能否将猪尿泡带回家玩一会儿，我断然拒绝了他的非分之想。

我知道，如果将猪尿泡拿回家，他一定会在哥哥和妹妹之间炫耀，说是他从杀猪场上抢来的。

玩腻了的时候,我就会将猪尿泡挂在前门的铁环上。猪尿泡被风吹动,在门上发出砰砰的声音。一群孩子把我围拢在中间,眼睛羡慕地瞅着空中的尿泡。

爆米花

我们穿过麦场，走向河岸。天有点热，我手里的猪尿泡干裂破败，黏结成一团散发着恶臭的皮。我将它扔向河里。那块皮像一片枯黄的树叶飘落下去。

红卫将一块石头踢下河。石头在冰面上弹起，落下，滑出很远。他没有叫我，头也不回地走了。

我呆呆地坐在门口的碌碡上。当那辆老旧的自行车靠在皂角树上的时候，树下的土地上腾起了一股土雾。红卫一边向皂角树跑，一边大声地叫着老舅，老舅！那些小孩像一股浑浊的洪水漫流过去，围拢在自行车周围。红卫的老舅把一个黑咕隆咚的爆米花机放在地上，像电影里日本鬼子的小钢炮。其他小孩很熟练地解绳子，卸下小板凳、风箱、铁架子、小铁桶做的炉子。红卫的老舅支好铁架子，将爆米花机放上去，用一根铁管子把风箱和炉子连起来。他开始生火。小孩们早已从麦场里弄来麦秸。红卫兴奋而有经验地给每个人安排着活路。

爆一碗一毛钱。自备三小块炭。

我没有一毛钱。母亲舍不得那一碗玉米。我知道今天要吃到爆米花的唯一办法是讨好红卫，获得至少拉一次风箱的机会。每一次爆锅，都要给拉风箱烧火的人抓一把刚爆出的米花，放在面前的风箱盖子上。那些洁白的热乎乎的爆米花，很快就在风箱盖上粘一层灰土。拉风箱的人前仰后合，每向前弯一次腰，另一只手就能顺势从上面抓一颗爆米花，在嘴里嘎嘣嘎嘣地咬。一次只拿一颗，慢慢地品，否则等不到下一锅出来就吃完了。

红卫拒绝了我烧火的请求。他说人已经排满，只能等下次他老舅来了。

红卫的老舅看起来年龄不大，秃顶，跛足，缺了门牙，说话漏气。爆米花机的压力表坏了，他手转把柄，通过经验和发散的气味决定开锅时间。他的鼻子因为闻味而经常抵在锅上，变成黑漆漆的一片。他拿手抹脸，最后整个脸都是黑的，只露出几颗少得可怜的黄牙。

低头闻过多次之后，红卫的老舅喊一声好，所有人捂了耳朵跑远。他将一根套筒套进爆米花机盖子的尖嘴，左脚在地上踏实，右脚踩着爆米花机的大肚子。他的嘴咧向一边，咬牙，挤眼。巨大的响声伴着一道白光，在皂角树下撕展开来，地上的口袋由干瘪变得胖大饱满。在他提起机子的时候，总有一些爆米花遗落在地上，因此，每爆一次，便会有一场疯抢。在一堆朝天撅起的屁股之下，那些头碰来碰去，有人就捂了头一边喊疼，一边低头在地上刨。抢到的人噗噗吹气，去土，急不可耐地塞进嘴里。有人眼看抢不到，便用脚去踩，却踏了别人的手，就打起来，互相揪着衣领，却都不说话，顶牛。鼻涕都流过了嘴巴，没有人先吸一口。

红卫喜喜地站在一边。他身上的所有口袋都装满了爆米花。

我孤零零地看着他们。石三老汉来到了皂角树下。他端了一碗玉米，拿着三块炭。

石三老汉要我拉风箱，烧火。

一声巨响之后，满满一碗白亮亮的爆米花放在我面前。石三老汉一把一把从袋子里抓出爆米花，他像在河滩的地里撒麦种一样，将一袋子爆米花全撒在皂角树下。杂乱的人群在树下扬起一股尘土。

他唯一的儿子是个傻子，没有媳妇。

　　石三老汉笑眯眯地看着那群争抢爆米花的小孩。他的脸在冬日的阳光里泛着活活的色彩，完全没有了往日的阴冷和板结。

　　那是我极少看到的一张老脸：宁静，温暖，祥和。

年夜饭

母亲红光满面。她挽起袖子，大声地喊叫父亲去磨刀。她要用锋利的菜刀切割猪肉。肥的炼油，瘦的起下来，煮熟，切薄，苫在凉菜盘子的上面，招待年上的来客。

这是大年三十的下午。山梁上早已升起了乳白的雾气，树上的红嘴鸦叽叽喳喳，河里悠长的冰面上没有一个人影。远处的巷道里，谁家的门口闪着明灭的火光，从那里传来叮叮咣咣的敲打声。我知道是常来村里补锅箍桶的小炉匠。不知其名，身材高大，说话结巴；鼻子红而高挺。远处传来零星的鞭炮声——那是谁家的小孩燃放拆开的、细如麦秆的鞭炮。如三爷坐在生产队饲养室的门口，解下大腰带，将裤子脱至膝下，负暄扪虱时指尖发出的毕剥之声。

锅里煮着父亲从山外的集上割回的二斤猪肉。在这个一年当中仅有一次的煮肉时刻，我断不会离开家去疯跑的。但待在厨房，一面要受母亲的叱责，一面自己却也受不了那盖不严的木锅盖边散发出的肉香之惑。于是，索性，我坐在前门口。这是一个比较合适的位置：我可以盯着村子巷道里来回跑动的孩子们分散自己的注意力，也可以闻到从厨房里飘散出的并不成熟的渺茫的香味。后来学到朱自清的《荷塘月色》，当读到"微风过处，送来缕缕清香，如远处高楼上渺茫的歌声似的"一句话时，我彻底领悟了通感的修辞手法。

巷道尽处的火光渐渐熄灭。高大的身影站了起来，他收拾家当，开始撤退。在巷道里游走了四圈之后，我回到前门口，百无聊赖地坐在门口的碌碡上。猛然之间，一股强烈的肉香钻进我的鼻子，多年的直觉告诉我：锅盖揭开了！我跑进厨房的时候，母亲正眯着眼将一根筷子戳进肉里。锅里散发出的热气很快吞噬了她的整个脸庞。她切下一小片肉给我，我将那片肉伸进案上的那个黑釉盐盆子里，蘸上青稞盐，一点点地缓慢地送进嘴里。我没有咀嚼，只是含在嘴里。我不着急咽下去。

我走出了屋子。每年的大年三十，我只能吃到这一片肉。我不会再去傻等了。

和我一样的他们、我们，开始了在破烂的城墙之上、窑洞之内的藏猫游戏。远近的天地一片灰黑时，我们各自回到自己的家。父亲脱下棉袄，拎着一把老镢头走进了后院。他刨去地上的浮土，露出整齐有序的一堆苞谷秆儿。他抱走那些苞谷秆儿。深坑里白胖的萝卜挤成一堆，有的头上已经长出了淡黄的缨子。细长的萝卜丝从擦子下面吐出来。刀响火猛，厨房里烟气蒸腾。母亲将一块熔化的猪油泼进切好的白萝卜饺子馅里，热油激起一股生葱的味道。不用看，饺子馅里是绝对没有肉的。

一年里正式的晚饭只有这一次。就着昏黄的煤油灯焰，我端着一个豁豁牙牙的粗瓷老碗，大口咽下每一个饺子。我吃得很香，也很响，上下的牙齿发出猪吃食般的响动。

院子土墙上的有线广播里传来甜美洋气的普通话：刚才最后一响，是北京时间，20：00整。

鹰

　　早晨的太阳从东山后面探出脑袋的时候，起先是一个极圆的火球，但并不耀眼。那一刻，我直视着它，看它一点一点地向外跳跃。光线毫无察觉地射向我周围的山坡，熔化成一片泛着金色的海洋。我的那些羊儿们便在这温暖的海洋里缓慢地向前移动，嗅闻撕扯它们喜欢的野草，间或抬起头来咩咩地叫几声。我的目光迟缓而呆滞，对这些毫无感觉。——就在我赶着这几只羊来到山坡之前，母亲手里的荆条使我遍体鳞伤。前一晚，我拿着一本叫作《铁旋风》的长篇小说，将灯捻向下拽小，用一张旧报纸遮挡了射出窗格的光亮，看了整整一个晚上。天即将大亮的时候，不堪疲劳的我伸了个懒腰，将那个墨水瓶做的油灯打得人仰马翻。

　　远近的天空高旷寂寥。一夜沉睡的山坡，因为阳光的炙烤而散发出一股潮湿的草腥味。从山顶望下去，茂密的树木连成一片，村庄如同坠落地上的一片树叶，显得渺小而遥远。我暂时逃离了那里，避开了雨点般落下的荆条和母亲暴戾的咆哮。一只雉鸡嘎嘎地叫着在草丛里跳跃觅食。漂亮华丽的衣着引来了一只老鹰。老鹰展开黑色的翅膀在高空盘旋。雉鸡钻进了灌木丛，老鹰像一架黑色的飞机降落在不远处的石崖上。它将展开的大翅收起，矬成一块黑色的巨石蹲在那里，似乎在积蓄一场即将来临的厮杀所需要的能量。

十岁的我身体发抖。我不敢直视那架黑色的飞机，我怕它向我扑来。这座山上除过那几只羊，就剩下我一个人。恐惧像一股潮水袭遍全身，我裹紧夹袄将自己藏在深深的草丛之中，任凭大蚂蚁和蚊蝇在我的身体上爬行降落，一动不动。长久而单一的姿势终于令我腿脚发麻。我试探着一边弄出一些声响，一边看着黑鹰的反应。黑鹰似乎对我没有什么兴趣。它的头直视南方，好像在思考什么。更南的南方，是秦岭，离我十分的遥远。

那个中午，赶羊回家的我看到了外家的亲戚。母亲和了白面，开始擀面。我知趣地出了门，漫无目的地四处游荡。亲戚吃过白面条离家之后，母亲才会站在门口大声地喊我回家，吃我自己应该吃的东西，这是我早就知晓的戒律。

我坐在生产队饲养室门口的石头上。直射的阳光融化了稀稀落落升起的炊烟。除过树上知了的叫声，午饭的时间，这里空无一人。之后，陆续出来一些手端饭碗的人，他们坐在树下阴凉的地方，吸吸溜溜的吃饭声令我更觉饥肠辘辘。空旷的地上走来一只母鸡，她蹒跚着在地上寻觅可以填饱肚子的东西，身后跟着一群叽叽喳喳的小鸡。我呆呆地看着眼前的土地，地上忽然出现了断续飘游的阴影，一只黑鹰盘旋滑翔在头顶上方的天空。它没有扇动翅膀，却能长时间地飘游，在空中画着一个看不见的圆，一圈又一圈。母鸡看见了头顶上空的老鹰，她惊恐不安，嘎嘎地叫着，小小的头颅快速转动。她展开翅膀，地上扇起了一股尘土，四散的小鸡钻进了她的翅膀底下。正在高空画圆的老鹰张开锋利的爪子，箭一般地俯冲下来。搏斗掀起的尘土笼罩了老鹰和母鸡。在人们大声的呼喊和奔跑救助中，老鹰收起张开的爪子，扇动着乌云般的翅膀飞向天空。腾起的土雾卷扬着纷飞的鸡毛，在空中跳跃又落下。那只母鸡卧在地上一动不动，被冲散的小鸡们再一次聚拢在她的身体之下。

黑鹰飞走了。我死死地盯着那个越来越小的黑点，产生了一种奇异的想法：我希望黑鹰驮着我，飞向一个遥远的地方。

此后的几十年里，我只见过动物园的笼子里沉睡的猫头鹰，再也没有见过那种矫健的黑鹰。即使回到村里，我也很少上山了。昨天早上，在运动公园的湖畔，我意外地再一次看到了鹰。它没有像当年一样蹲在青石板上，而是矬在一个女人的肩上。那个略显发胖的女人披了一块麻袋片，在胸前用两根绳子系牢。她将一个橡胶小球扔出老远，小球蹦进了草坪。鹰飞起，她吹一声口哨，鹰再叼回来，如此反复。我不知道这是否就是人们所说的"熬鹰"。我的眼前显现出剽悍的柯尔克孜族人狩猎的场面。他们一手托鹰，一手扬鞭，马蹄与猎狗齐飞，秋水共长天一色。一声呼哨之后，饥饿的猎鹰被人揭去眼罩，箭一样腾空而起，向受惊的野兔猛扑而去。

跟在这个女人的身后，我试图近距离地观察童年时代见过的老鹰。这是一只羽毛灰色的苍鹰，体形较小，不似当年在山上看到的巨大的黑鹰。展翅飞过的苍鹰的背影，和从墙头上飞落的一只母鸡的姿势并没有什么两样。它的眼睛几无犀利的神气，甚而近乎有一种悲怜和哀戚。显然，这与山上的黑鹰和"熬鹰"是两个不同的概念。在这个连蛇和鳄鱼蜥蜴都可以作为宠物的时代，养一只鹰也许是再平常不过的一件事情。记起当年的五叔从山上捡回一只受伤的猫头鹰，将它养在一个笼子里，但它不吃不喝，最后活活饿死。我不知道这个女人以什么样的手法消磨了苍鹰的气节。因为陌生的矜持，我打消了上前与这个"熬鹰"的女人攀谈的念头，只在一旁呆呆地看着她肩头的苍鹰一次次地落下，飞起。

十二岁那年，实际经管我生活起居的二姐出嫁了，在母亲的高压下，我从头到脚的粗布衣衫依然由二姐纺线织布供给（据说当年的二姐因为学不会织布而被母亲打得头破血流），只是穿脏之后的衣服要我自己去洗了。在寒冷的冬天里，因为缺水和洗衣的不便，我的身上爬满了虱子。我在煤油灯下看"闲书"的晚上，又多了一个活路，那就是捉虱子。吃得肥胖的虱子能以极快的速度在衣缝之间一路狂奔。安静的晚上，伴着远处山崖上猫头鹰的哀叫，昏黄的油灯之下，响起一片毕毕剥剥的杀戮之声，指尖沾满的却是我的鲜血。我将用过的墨水瓶开发出另外一个用途：装虱。我不需要再身心疲劳地追杀那些虱子，而是将它们一一放入墨水瓶里拧紧盖子。第二天黎明，听到鸡叫三遍之后，我背起书包，带着几块冻成石头的一天的干粮，迎着凛冽的寒风，翻过河沟，去山外的学校上学。那些虱子，我会以隆重的水葬形式，将它们沉入河底。

母亲对儿女的粗放经管，客观上也许是一种"熬鹰"的手法。母亲的荆条、木棍和笤帚频频落下的时候，我从来没有发出过一声哭叫，也没有逃跑过。岁月的风霜，将母亲风蚀成她手里那把破旧的扇子，柔软平和。说起往事，她一再慨叹我是成活下来的五个子女里性子最"硬"的一个，需要重重地敲打。棍棒底下出孝子的古训，莫非与她的幼失怙恃有关？过去的那些日子里，父母与罹患癌症的二姐相继走进了冰冷的土地，二十多年的艰难求生，我遭遇两次灾难，身体关键部位有三处大型骨折，三根肌腱被钢板切断。貌似岿然的高大身躯里，其实隐藏了太多的暗礁。在逐渐走向知命的这几年里，体内的沉疴常常浮出水面，不时泛起。当年在山坡上遇见的那只雄鹰，并没有将我驮向遥远的彼岸。我一直在以故乡为圆心，以一百多公里为半径的地方无根无基地飘游。诚然，以我的性格，也不可能被豢养成一只墙头落下的母鸡般的黑鹰。

东去十几里地的黑鹰沟，是大将军王翦在故乡屯兵练武的地方。封闭训练两年之后，他从这里出发，踏赵伐楚，灭齐降燕，所谓"六王毕，四海一"。每年的春节前后，这里都会响起激越亢奋的鼓声。两千多年前扫荡六国的金戈铁马之声，犹如空旷的土地上一只展翅起飞的黑鹰，时时在耳旁响起，但却演化成为一种被称为非物质文化遗产的民间娱乐形式了；东南面的玉镜山前，前秦之王苻坚的离宫灰飞烟灭，只留山崖下一段冗长的平台。我站在当年放羊的山坡上，瞭望这个古老的遗迹，心想着那些传说，也曾期望有鹰一样的翅膀，游弋于时空之间，与古人隔空对话。那一刻，淝水河岸，千骑飞奔，百舸争流，耳旁响起鹤唳的风声。我的童年的幻想与少年时代天真的勇气，都随着前朝古代英雄的远去，成为滚滚东逝之水，折戟沉沙，永不再来。

据说母鹰会将羽翅尚未丰满的雏鹰推下山崖，苦练翱翔蓝天、搏击长空的本领。而且，训练有素的鹰狡诈而凶残，一般的猎人很难将它们击落。但是，聪明的猎人却用另一种鸟做诱饵，用网将它活捉，再以熬鹰的方法，将其训练成为捕猎的能手。从某种意义上说，母亲无疑是母鹰虔诚的模仿者。她锻炼了我的独立和倔强，却没有教给我狡诈和恶毒。我被人骗得一塌糊涂，血本无归；我以纯朴之心待人，背后却有刺耳的杂音。我没有被母亲"熬"成一只能够高飞并且捕到美食的雄鹰。我的骨子里有黑鹰的生猛和粗犷，但缺乏黑鹰的隐忍与顽强、凶残与狡诈。先人王翦和苻坚的故事终究是远去的传奇。我没有成为他们一样的雄鹰，没有驰骋疆场、合纵连横的本领，没有生出能让一片天空阴翳蔽日的翅膀。随着马齿的增生，业已心如止水，波澜不惊。

阿多尼斯说："孤独的男人只有一翼翅膀……你的童年是小村庄，可是，你走不出它的边际，无论你远行到何方。"少年时代的雄鹰在我的心中已经死去。我其实是一只疲惫不堪的鸡。某一天，我也将会倦鸟归林般卧在山坡上的那片土地之下，长眠不醒。

此生，鹰只是与我擦肩而过。

追寻一条河流的声音

我站在河岸边的时候，时令已是初夏。

河谷里吹来的风，有些许凉意，暂时还没有盛夏时节混着草的溽热蒸汽的味道，但这里并无任何声音——没有流水，也看不到过往于这条河的农人，河便这样静静地卧在山脚下，如一个沉睡的老人，在乏困中歇息。我没有打扰她，点起一根烟，坐在一块青石上，静静地吸。

周围的山，已经披上浓淡而有层次的绿衣，但他仍旧显得沉重而矜持庄严。我想问他，但终究没有开口。

我在静听一种声音，确切地说，在竭力地寻找一种声音，一个消失的声音。

然而，我一无所获。

它，去了哪里？

远处散淡的雾气里，柏树林的上空，一只老鹰在空中缓慢地盘旋。没有任何的叫声，只是静静地盘旋，盘旋。我的脑海里就浮现出八千多年前的场景，一群手持棍棒石块的先祖，在山风呼啸和狼嚎猿啼的丛林里，一路冲杀下来，将一头麋鹿围困在这河谷里，失群的麋鹿跳进河水，向对岸游去，很快消失在山坡上的柏树林里，人群望水兴叹，徒呼奈何地返回河岸边的草棚。烈焰熊熊的火堆上空，架烤着几只打来的山鸡，他们一边啃着骨头，一边端起陶罐，大口地喝着河里打来的水。清冽的水顺着他们的脖子直流到敞露的胸部。

荆榛丛生，蔚然深秀的山上，虎吼雷鸣，战马萧萧。一队人马追随初登王位的主子，在这山上射箭狩猎，饮马清河。马儿翕动的鼻翼，在清清的水里荡出圈圈涟漪，马的长长的尾巴在空中悠闲地扫动。主人诗兴大发，面对河水，高歌低吟。河岸边的青石崖上，苍劲的刻文和弯弓射箭的图画，似在诉说当年的壮观。

这一切，如一抔黄土，烟消云散；像一滴河水，消失殆尽。只是河岸边的新石器时代的遗址，依旧静静地见证着先民们刀耕火种的影像。

我是饮着这河水长大的，也曾在她的怀抱里自由地逐浪戏水，捉蛙逮蛇。那时候，她应该是一个风姿绰约的青春女子吧，整日里含笑迎人。她汩汩流淌的血液，饱含着对大山的依恋和眷念。

晨雾初起的日子，我和一帮伙伴赶着羊，依偎在她的怀抱里，听她唱歌，看她微笑。羊群在她的身边安逸祥和地啃着草儿。晨露如珠，在青青的草叶上滚动下来，滴在浑圆的石头上。

午后的阳光里，一群洗衣的村妇少女，臂挽着笼，从村子的坡上欢笑着走下来。青石板上，棒槌声声不绝，崖娃娃也跟着喋喋不休地唱和。皂角破碎后的沫儿漂浮在潭边的水面上。她们的欢声笑语，惊得潭边喝水的红嘴鸦，扑棱着翅膀箭一般蹿起，飞向山坡。不安分的我，捡起一块石头，砸向潭水，那些女人湿了身上的衣服，叫骂着追赶我，我却一个猛子扎进水里，留下晃动的一圈水波。

夕阳西下的傍晚，我跟着吆牛扛犁的父亲，从天边的一抹云霞里，走下东坡，来到这每日必过的河边。老牛低下头去，贪婪地吃着河边的青草。父亲也放下犁铧，挽起裤子，倒去粗布鞋里的土，坐在河边，把脚伸进水里，任清凉的河水抚摸。他俯身洗一把脸，然后点起一锅旱烟惬意地吸，我则在水里追赶浮游的蝌蚪。牛喝饱了水，仰起头，一股水从如帘般的脖颈上滚落地下。

山凹里，村庄上空升起的炊烟告诉我，婆已烧好了红薯稀饭，锅台的炉膛里，馍焦黄了皮儿，院子的桌子上，山韭菜的辣香飘出前门。我的肚子突然就饿了。

记忆里，她也曾经发怒咆哮，轰轰的响声震得河岸颤动，如一个被两岸的山崖辖制，却急切地渴望自由的女神，在蜿蜒曲折的河谷奋力挣扎，撕扯，撼摇岸柳，摧拔小草。村人站在河岸，惊悸地观望着水里漂浮的门板和巨浪里翻滚的羊儿，叹息山里的人家园不保，夜居无舍。男人默默吸烟，女人落泪叹啼。

她为何如此暴躁不安？

智者说，山上的树少了，存不住水。山想拥抱她，却滑落了。

风雨停息，她归于平静，痛苦深藏于心，笑容依旧灿烂。山风中，她重新展示出迷人的芳姿。潭水，是她的眸子；瀑布，是她的长发；旋儿，是她的酒窝；细流，是她的腰身。

这一切，都已过去了。

她的消失，令周围的一切生命暗淡无光，失去活力。

我站起来，缓缓地走下河岸，站在河床中心。四周的草儿已经很稀疏了，只有凌乱的石块，悄无声息地躺在这里。不见了那些柳树，和在柳树下挥镰割草的人。那个我曾经无数次浮上潜下的水潭，已经被后山的石料厂倒进河里的渣土，漫填得和周围一样平。远处一个大坑，可能是挖沙的人留下的。

忽然就起风了，如沉闷的鼓，呜呜咽咽地响。崖上的土掉下来了，眼睛里就进了沙子，我一时看不清周围的景况，只好侧起耳朵，在风中寻找那个逝去的、我曾经十分熟悉的声音。但仍旧只是呜呜，如夜里西边的山梁上猫头鹰的叫声，凄厉苍凉。

她去了哪里？她老了吗，不愿意让人看见她秀发消失、容颜颓衰的窘况？抑或是厌倦甚至愤怒于人们的玩亵和轻薄，在一个静谧的夜里，无声无息地隐遁？

　　她大约的确死了。呜呜的风声，只是她深藏于厚土之下的魂灵的哭声。

　　她青春的倩影，迷人的微笑，已永久地尘封于我的记忆中。

秋天的记忆

露从昨夜白。

渭北的山里，古来就有"白露种高山"的说法，意思是一过白露，山里背坡的地，就该种麦了，耽误不得，种得迟了，麦子刚出来两三个叶子，就要面临过早来到的霜冻的肃杀，麦苗就过不了冬，来年的收成便打了折扣，甚至颗粒无收。

最近的雨，却偏偏下在这个节骨眼上。昨晚，给弟弟打过电话，问起种麦的事，说不影响的，反正背坡的那些地，这几年也没种，栽了椒树，但也旱死了许多，秋季摘些花椒，能卖一点小钱，也没闲着。河滩里的两片地，却被前一向的洪水淹没，至今还是一片淤泥，连地畔子也盯不清，怕是赶不上种麦的最好时机了，实在不行，就撒些麦籽进去。

哥住在县城，我在西安，我们两家的地，包括故去的父母的地，现在由弟弟一人种着，算起来也不少，应在七八亩左右，搁在交通方便的平原，现在机械发达，有旋耕机自带播种机，很是方便，但在山区，好多地，机子是进不去的，没有路。即使进去了，也是零散的碎片，不适合机械操作，人工的劳动还是主要的。尽管我们不吃他打的粮食，但也放心不下种麦的事，每年的这个时候，仍是要询问一番的，竟成了一个习惯和约定。

对于离开家乡的人，故乡多是以父母的存在而存在的，回家，更是有一种责任在里面。不仅过节，还有收时种时，这在农村便是一年中极大的事情了。每次回去，其实是帮倒忙，家人要买比平常更丰盛一点的菜，还要去镇上割肉。去了地里，也是搭不了多少手的，多年的城市生活，早把先前的苦浪完了。然而，家人却总是很欣喜地忙前忙后，走的时候，苹果，花椒，柿子，木枣，柿子酿的醋灌在吃过的空油桶里，塑料袋封紧了口，早大包小包打理好了，比起回家带的超市里买的东西，多了几倍。

父母不在了，回家的时候便少了许多，随着年龄的增长，思乡的心思往往却也多了。最近几天，在梦里，忽然就出现先前山里繁多的生活场景：跟着父亲，吆着牛，背着犁上坡；或者雨后去摘半崖上吊着的南瓜，滑坡了，掉在河里；甚或在洪水里捞柴拾炭，又被水冲走，架在河边的石头上；在爷庙里朗声读书；冬天的寒气冻了钢笔里的墨水；老师抱了从山上挖来的干柴，点火为我们烤，却烧着了我的棉窝窝，看不见火星，只是鞋不停地冒烟，就给冒烟的地方吐唾沫，不起作用，就在地上摔打，烟还在向外冒，我就哭，父亲刚好从山泉里挑来了一担水，舀一瓢水泼，火终于熄灭，嘴里胡乱喊着，就醒了。妻怪怨我总是把手放在胸膛上睡觉，压着肺了，出不来气。

我清楚地记得，我没有把手在胸前，我知道，那是父亲要跟我说话。

他说，你不想再上学了，也行。出了这山，是活；在山里务农，也是活。不管干啥，人都要勤快的。你人高马大，天生了务农的身派，有劲，却不爱劳动，我也没办法，都想坐轿，谁来抬轿？

我说，你当了一辈子农民，也没活出来个眉眼，有啥意思？我虽然不想再复读了，但也不想待在山里过一辈子的！我要出去闯荡。

父亲深深地吸了一口旱烟，说，地总是踏实的，能活人哩！

我扔了手里的镢头，不再与他理论。

那一年的秋天，吆着家里那头瘦弱的黄牛，和父亲种了最后一次麦，远的、近的麦地里，留的是我最后一次脚印。

当民工，蹬三轮，卖小吃，干临时工，一切的一切，都像他说的，不踏实，有今没明，心总是虚的，不知道下一站在哪里。听说神木人开发，便背了用蛇皮袋装的铺盖，随着人流涌向沙漠，但却没人雇用，身上的钱花完了，晚上在沙堆里过夜，就连天上的星星也挤眉弄眼地嘲笑我。

我低着头，在一个晚上狼狈地潜回了家。

父亲说，你不在家的这段时间，我在西沟的山梁上，开了一片荒地，种了些花椒树，将来留给你。

我说，我不要，我不想再在土里刨了。

我又一次流浪到西安，想在这里找一片自己的天地，几个秋天过去了，我仍旧没有大的收获。

父亲倒下了，蜷缩在土炕上，一个小小的褥子，就覆盖了他全部的缩小的身躯。他费力地说，不管你要不要那片花椒林，还是看看去，小心别人家的羊吃了树的苗叶。

我去了西沟的那面坡地，顺着斜坡，整齐地挖着一个个深深的树坑。我知道，那是为了蓄收雨水。四周多是花椒树，小小的，在风中坚定地站着，中间还有些许桃树，杏树，苹果树苗，但大多都旱死了，成了枝枝细细的干柴，在萋萋的荒草堆里，显得孤立而无助。附近放羊的六爷说，没人管了，怕是要荒了。

父亲终于走了，那一片林子，确实荒芜了，重新长出了苗壮的草，在风中恣意地摇曳，父亲生前栽下的树苗，全部枯死了。

昨天晚上，我又梦见西沟的那片花椒林，那些树苗却都活了，苹果也红了，我摘了一个，咬了一口，又脆又甜。父亲坐在地头，抽着旱烟，喜滋滋地望着远处的山坡。

我醒来了，再也睡不着觉，一会儿，泪水湿了枕头。

龙柏记忆

面前的这杯茶是如此的明澈温馨，它其实就是我童年时期，每年的春季里，每天都必须咽下的野菜——龙柏芽。椭圆形的叶子飘落杯底，宛若静影沉璧，默默无语；而我百感交集，思绪万千……

那时候，每年青黄不接的春季，家里的麦囤几乎都是颗粒无存的。清明前后，无雨的黎明时分，睡眼惺忪的我都会听到窸窸窣窣的响动——那是早起的二姐在准备上山。她从厨房的瓦盆里取两个冷馍，带上两个粗布大口袋，去采摘龙柏芽叶。她需要走很长的一段山路，翻越两座山梁，才能到达龙柏生长的山坡。

黄昏，她背着饱满的两个大袋子回到家里。母亲会将当天摘回的芽叶浸泡在盛满水的大瓦盆里拔除苦味。第二天，将泡过一夜的芽叶一把把握干水分，在开水中焯过，加盐，再泼洒少许热油，就是一天三顿的佐菜。一个春季下来，我的嘴里充满了龙柏芽的味道。偶尔跟着父亲去一次山外十几里地的街镇，看到那些在平原地区才能见到的色泽艳丽的黄瓜、茄子、西红柿，我都要垂涎欲滴注目良久。那是需要拿钱去买的，而我们没有钱。山里没有机井，没有水浇，也就种不出来。

二姐总是比其他人摘的更多，一次采摘的龙柏芽能吃三天。母亲将那些过剩的芽叶焯过之后，晒干收藏起来，以备下次吃的时候，只用凉水泡开即可。母亲冷静地说，再摘几天，多攒些，吃到山里的洋槐花开，于是二姐的"工作"会持续很久，直至那些龙柏芽的花骨朵变成白花。

多年以后，罹患癌症的二姐在病痛中逝去。那些苦涩的记忆成为过去，我再也没有吃过龙柏芽菜了。即使春季里偶尔地回到故乡，也见不到上山采摘龙柏芽的人。而那早年的龙柏芽，已被开发为一种保健营养茶。据说渭北高原与陕北高原的过渡地带——我的故乡，是龙柏的天然生长地。网络搜索，这种深山生长的野生植物，学名"白鹃梅"，又名茧漆花、九活头、金瓜果等，是蔷薇科白鹃梅属灌木，适应性强，耐干旱瘠薄土壤。《本草纲目》记载：主益气、活血、滋养心肺。其花蕾和嫩叶不但均可食用，而且幼芽制成的茶，叶薄质轻，易溶于水，能有效改善便秘和睡眠不足的现象。龙柏芽较高的维生素 C 与其它微量元素，对人体有很好的营养作用。所以，民间从秦汉时期起，就一直有食用和泡茶的习惯。

南宋诗人刘俅对于龙柏有过这样的描述："清晨步上金鸡岭，极目满山茧漆花，雪蕊琼丝亦堪赏，樵童蚕妇带回家。"尽管诗意浓郁，末句仍旧落在"樵童蚕妇带回家"上，足见那些采摘龙柏芽的农夫对物质生活的希冀远超精神的享受。他们顾不上嘤嘤嗡嗡摇头晃脑地吟诗作赋。

没有上过一天学，甚至连自己名字都不会写的二姐，晚上吃过龙柏芽菜，也会在煤油灯下烟熏剪纸。那些过去的春天里，她费力地拨开荆棘，穿行在山坡那些洁白的龙柏花里，似乎并没有听她说过关于花的美丽。她关心的，大概是什么时候才能够摘满两个大袋子。彼时的我，自然也并不清楚龙柏的营养价值，只是将它作为填饱肚子的东西。即使在放羊的时候，偶尔见到一丛龙柏盛开的白花，内心也从未滋生过任何的诗情画意。

药王孙思邈的故乡，距离这龙柏繁盛的生长地不过十几里路。记得他在《备急千金要方》序言里有这样一句话："滋味既兴，疴瘵萌起。"

而今的我，虽不再需要以龙柏的芽叶填饱肚子，但却需要龙柏茶富含的黄酮类化合物来清除体内残留的毒物，这是一种滑稽的报应，还是上苍在提醒我，离开故乡的我与龙柏芽之间，已经相互隔绝得太久太久？这么多年里，二姐采摘龙柏的那面山坡，龙柏花开了又谢，谢了又开，它是在一直等待我的亲近和回归吗？那开满山坡的洁白花朵，是二姐刻意留给我的念想吗？

　　高挑的玻璃杯中，卷曲的绿叶慢慢舒展开来，跳跃，波动，旋转。我端起杯子，正要呷一口，忽然就停了下来：波动的水里倒映出黄昏的暮色，头顶火烧般的云霞映红了二姐汗涔涔的脸。她腾出一只胳膊，疲惫地推开院门，扔下口袋，径直扑到水瓮跟前，端起一瓢凉水，一饮而尽……

那些逝去的冬天

立冬十几天了，还未感觉到冷。天总是阴沉多雨，如蒙了灰色的幕布。太阳出来的时候，所有的人都在仰视。温暖的光洒在身上，脸上便显出喜悦来。有阳光的日子，却总是如此的少。只有那么几天时间，太阳从高楼的肩膀后面探出小脸儿，倏忽一下，又不见了。便疑心它是小时候的村子里，我家隔壁那个穿红棉袄的女孩，总是害羞。后来，她是躲在几株粗大的梧桐树后去了。再后来，树叶的背后，也不见了她的身影——她不知被哪个淘气的小男孩用雪团打湿了红棉袄，哭着跑回家去了。隔着四周那些高高的、灰色的墙，我看见了她的小脸，我就清晰地记得她的微笑了。

一

那时候，冬天的地上总是有雪，雪是晚上悄悄落下的，在人们的梦里。早上的巷子里，几乎没有什么人，偶尔从门里闪出一个人来，他的黑棉袄上总是沾着从墙上蹭的白土，嘴里呼呼地冒着热气，热气里夹杂着焯萝卜和泥炉火的呛味，将一片雪从墙头上搭着的干红薯蔓上呵落下来。门前椿树上的一只麻鸦雀飞起来了，落在墙头上干枯的红薯蔓里。麻鸦雀低了头，坚硬的喙忙碌地啄，将墙头上的积雪刷刷地刨落下来。

落下的雪挂在半墙里,那墙便像没有剪净毛的山羊的背脊,在灰暗中露出斑白的颜色来。麻鸦雀一直在刨,它的两只爪子便在空中扬起更多的雪渣子,雪渣在阳光下泛着亮光飞舞。它吃饱了,嘴里仍旧叼着几颗草籽或几只冻僵的虫子,健美的身体在空中划过一道弧线,飞回椿树上的巢里。它要贮藏起来,在大雪封山的日子里慢慢吃。

太阳最初是从东坡梁顶上的那片雪地里升起来的。那一阵,它的脸冻得通红,却并不怕冷。它对山梁上的积雪熟视无睹,依旧慢慢升腾,直至将大片的金黄的光芒射向我家门口。婆抱了我的棉袄棉裤,颤巍巍去了厨房,在灶口的火焰上烤得热乎乎,又卷成一团,抱在怀里,踱着小脚送到我房子里来了。我从炕上坐起来穿衣服,能看到窗外屋檐上的冰溜子,冷冷地挂在空中。我们叫作"酸溜溜"的瓦松,棵棵直立,有如小小的塔,在寒风中岿然不动。天井的上空,一群扑鸽没有排队,纷乱地飞过去,让我想起父亲扬场时抛在空中的一堆乱麦。

这是星期天的早晨,我不用在寒风里翻过河去那个小学校了。父亲让我下红薯窖取红薯,这是我们每天的早饭——红薯包谷糁稀饭的必备之物。我不太喜欢下去,总觉得那下面卧着冬眠的蛇。但我必须听话,下去。我踩着红薯窖壁两边的脚窝,一下一下往下挪。再踩两个脚窝就到底了,我跳下去。温暖包围着我,却也并没有什么蛇。我不急于将红薯很快地拾进笼子。一旦下来,我总是想在里边多待一会儿,这里面很暖和,还有一股泥土的腥味,我吹着口哨蹲在地上,安静地享受这短暂的温暖,并不觉得难闻。婆等着我拾上来的红薯煮饭,我必须得上来了。

红薯窖的旁边,长着一棵酸枣树,上面还残留着几颗干红的酸枣,我要吃它了。干红的枣儿却只有一层皮,里边空了,没有瓤肉,只剩一颗枣核,我仍然有滋有味地咀嚼着它,感受一丝酸甜。枣皮就粘在我的牙缝里,枣核我已吐出来了,喷在地上。我拿起墙角的镢头,挖了一个小坑,将它埋在那儿。我希望来年的春天里,这里再长出来几棵枣树——干脆就成一片枣林!那时候,我会有更多的枣儿吃,让村子里那些孩子，羡慕死我。

红薯稀饭是热乎的。婆揭开了粗瓷老坛子，一股浓重的酸气弥漫在低矮的厨房里。一个月前，婆就将剩余的秋天，一把揉进这些沥净水分的萝卜叶子里了，现在，它是我们全家人一个冬天的菜。婆将捞出的萝卜叶子剁碎，滴几滴菜籽油，调一大碗，每人就剜一疙瘩，堆在稀饭上。这饭须蹲在门口的南墙下吃，那儿有暖暖的阳光和热闹的人群。那些大声的嬉笑，被一双双筷子搅进各自的碗里，随着热气升腾，散发开来，飘出很远。

二

窄窄的巷道里，家家户户的门口，已经被打扫得留出一条出门的小路。那些雪，混着灰土，在巷子中间堆起一道矮矮的山梁。我们一群孩子要去河里滑冰了。三爷将两只手抄在袖筒里上河坡。眼前一堆热乎乎的牛粪，让他的两只眼睛闪出一股攫取的光。他让我看着那堆牛粪，不要让别的人拾了去，他回去取锨。我急着要去滑冰，又嫌臭，不肯给他看守，三爷叹一口气，说好吃的都喂狗了。他四下里看看，就捡起地上落下的两片桐树叶子，麻利地将那堆牛粪裹紧，夹在两片树叶中间，跑到自家的粪堆跟前去了。刘二爷嬉笑着说三爷拾了一辈子粪，也没把日子过起来。三爷的眼睛鼓成两颗铜铃，将一口唾沫吐在粪堆上：我生了一堆疙蚤，光知道在土里跳腾，没屙下龙种么！刘二爷干咳一声：你没听人说么，能在皇城根底下咽谷糠，也不在穷乡守粮仓啊。刘二爷的大儿子，在省城里，吃公家饭。

当太阳升在头顶的时候，我和一帮小孩子已经在河里滑冰多时了。这是冬天给我们带来的好处。一个人坐在一块薄薄的青石板上，后面的人用力一推，滑出去很远才停下来。然后轮换着坐、推。河面很宽，河水很浅，在冰上跳跃也没有事的，水与河底冻成一体了。没有人呵斥我们，也不用操心冰塌了淹死。隔壁的小女孩酸枣噘着小嘴不高兴。她想坐，却没人推她，因为她劲太小，把人推不远，便没人和她合作。她就站在河边哭，我们都笑。她一路哭着跑回去了，说要告诉三婆。她是三婆的孙女。

滑冰是在婆的叫声里无奈地结束的。婆的声音苍老而悠长，像一根长长的枯萎的豆荚蔓从崖畔悬吊下来。声音被风裹着，顺着河风飘下去很远，但我耳尖，还是听到了。她瘦小的身影如一根短小弯曲的树枝，插在崖畔的寒风里。我的头上已经冒出热气，干脆解开棉袄的疙瘩钮子，底下却没有衬衣，露出我身上黑黑的垢痂，我有点害羞，又裹紧了，快速跑上河坡，回家吃饭。

中午的饭，总是玉米面搅团。婆已将一锅的搅团晾在那块梨木案板上了。是刚刚晾上去的，一团热气还在案板的上空氤氲。我自己拿起菜刀，很熟练地将平展的搅团划成一些小方格，夹到碗里。辣子醋水汪汪的，呛得我打了几个喷嚏。我端了碗，跑向刘二爷家，却被三爷喊住，你屋搁不下你？人家吃面哩，给你吃呀不？我说我看二爷家的那座钟现在几点了。刘二爷家的大方桌上，有一尊座钟，玻璃罩子里面有一只高昂着头的大红公鸡，不停地嗒嗒地点头，点一下头，那根红红的指针就向前挪一下，我一直好奇而羡慕，不知道谁家的鸡怎么就跑进去了。

三爷搂着一个堆满包谷面片片的大老碗，蹲在门口的石磨上大声地吸溜。三婆端出来一碗葱花，给他碗里拨，三爷嫌少，嘴里嘟嘟囔囔。三婆说还有一大家子人呢，让你一个人吃完这一碗葱花不成？三爷叹息一声说，人家毛主席，怕是一顿饭就调咱一家子的葱花哩。刘二爷站在他家门口笑了：人家毛主席才不吃葱花哩，南方人吃米饭，不调葱花。他老人家一个月就要吃一回肉哩。

太阳消失在烧炕的烟雾里了。四周的天幕更低地垂下来。三爷坐在门口，咚咚地剁他从山上挖的干柴。他家的门口，干柴总是堆得天高一般。他只穿一件夹袄，腰里系着的大腰带将他裹成一块干枣儿。三婆让他把炕烧得热些，说后半夜总是凉。三爷头也不抬，翻了一下眼睛——你要干炒么？斧头深深地扎进柴墩子里，半天拔不出来。三婆将一盆恶水狠狠地泼到粪堆上说，老不死的，你一辈子也没说过一句人话！

春天，是父亲在我家后院的那片土里，一镢头就挖出来的。那片土下面苫着一层包谷秆儿，挪开包谷秆，一堆的白萝卜，像胖娃娃挤成一堆，叽叽喳喳的。个个的头上带着绿莹莹的缨子。要蒸年馍了，这些萝卜，将被切成丝，剁成馅，包包子。婆将屋里那些剩余的寒气都包进了包子里，放进热气腾腾的锅里了，房子里便弥漫了更多的温暖。当热乎乎的包子端出来的时候，窗格子上那些红蜡纸剪的胖娃娃，一直流着口水看着我。

三爷坐在门口的石头上，一双黑脚板淹泡在三婆焯过萝卜的一盆热水里。水烫，三爷的嘴里就嘶嘶地吸气。三婆说，萝卜水洗脚好，不皲裂子。

三

那一年快过年的时候，三爷走了。嘈杂的龟子（渭北方言：唢呐）声里，刘二爷一直站在三爷的灵堂前。亲戚们轮番在灵前磕头祭奠，刘二爷将那些人的头深深地按下去，又将浓而芳冽的酒倒在盅里，递给祭奠的人。嘴里不停地叮咛三爷的几个儿子：不要忘了给青油灯里添油；他胆小，甭让他摸黑；当年我俩一路天不明拉骡子去山里驮炭，后面有条大狼一直跟着，还是我赶跑狼的！记着黑来守着，不要叫他害怕。末了，刘二爷长叹一声：往后，再也没有人和我斗嘴了！言毕，老泪和着鼻涕，将他的那撮山羊胡子粘成了一股粗绳。

三爷的葬礼，在隆隆的炮声中拉开序幕。八口龟子的喇叭口，齐刷刷地对着天空，吹奏出凄凄哀哀的曲子，惊飞皂角树上一群的红嘴鸦，呼啦啦地飞向东坡的柏树林里。村里的青壮年，全都聚集在三婆家门口。队长喊一声"悬灵!"八个精壮的小伙子抬起三爷那披着红被面的灵柩,又轻轻地放在两条长木凳上。龟子的声音更猛烈地响起,锣鼓手也更卖力地敲打着铜锣和牛皮鼓。铜锣的声音,清脆激越,震得门口的楸树股枝哗啦啦地响。牛皮鼓的声音,如连续的闷雷,从天空碾过,由远而近,又由近及远,与铜锣的声音,龟子的声音,相互倾轧,反复交错,将楸树周围的空气,烘托得热烈而又庄严。

三爷的两个儿子,跌跌撞撞地走出门来。为首的老大头戴麻冠,身穿白孝衫,左手扶着头顶上的一个瓦盆,右手提一根缠着白纸的桐木棍子,两只眼睛红得像烂桃。他将桐木棍子放在地上,跪在三爷的灵柩前面,又"叭"的一声,将头顶的瓦盆摔烂在地上的火堆旁边,两条麻织的披肩就垂下来了,在火焰的扇动中摇摆。村子里家家户户的门前,燃起一堆堆的谷草。霎时,火光冲天,烟雾升腾。围观的妇女们,唏唏嘘嘘地抽着鼻子,又都揉了眼睛背过身去。三婆直直地坐在楸树下的石头上,闭了眼睛,如石像一般。

酸枣手里举着"玉女迎进逍遥宫"的泥塑玉女,她的哥哥怀抱"金童引上天台路"的泥塑童男,从屋里跑出来。金童玉女身上纸糊的花花绿绿的衣带,就被风吹落在地上了。队长又喊一声"起灵!"人群呼啦一下就乱了,却又都闪出一条路来,站在两旁。小伙子们将三爷灵柩下的木杠子高高抬起,火红的被面,便如在天空中飘浮的一片红云,被热烈的空气簇拥着,向前快速移动,人们的脚下就飞跑起来了。三婆的眼睛猛地张开,愣怔地盯着远处的河岸,大声说:"你老厖享福去了!"说完,又闭上眼睛,如前一般,端坐在楸树下的石头上,动也不动。但我分明看见,她的眼泪,顺着苍老的脸颊流下来,滴在她的衣襟上。

送葬的队伍,像一条长长的蛇,沿着白雪覆盖的山梁,一直蜿蜒上去。龟子声声不息,在柏树林子里穿行,将树梢上的雪震得扑簌簌落下来。

多年以后,东坡的那片乱葬坟里,刘二爷的坟茔,和三爷的坟头,相距不远。刘二爷的坟头上，两棵松树，青葱浓郁。三爷的坟顶，覆盖着一片麻黄。刘二爷的坟前，大片的芨芨草，发白干枯，在风中摆动，如他的胡子。他还在说话，他正和三爷斗嘴哩，要不，芨芨草为什么动呢。三爷的坟头上，两棵小柏树，没有动。他说不过刘二爷，干脆闭了嘴，不言传。

三爷的坟前有几颗橘子，那是酸枣放的。我见到她了，就想起三婆坐在太阳底下，干枯的手指，抓着一把篦梳，给她刮头上的虮子。她的头发深厚，篦梳就卡在头发里。三婆使劲地拉，她龇牙咧嘴，低着的头就一下一下地抬起来。我看到她如酸枣红的脸来。如今的酸枣，已经变成一颗滚圆的胖枣了。她请街道的裁缝，给三婆做了一件红棉袄，盘花纽扣，绲边镶绣。三婆还住在三爷盖的老房子里，没有和任何一个儿子在一起。那房子的顶上，瓦有空隙，夏天下雨的时候，渗如滴露。三婆穿着红棉袄，没牙的嘴张得老大，一直笑。她粗糙的手在棉袄上摩挲，发出细碎的声音来。酸枣说，她生了三个孩子，费事得很，不听话。两个都不上学了，在外地打工，老三成天也不好好学习，总是偷着去街道的网吧上网。

四

几十年过去了。那些曾经的、逝去的冬天，都被父辈他们泡进黝黑的铁壶里，溶化在那一汪熬得黑红的砖茶水中了。铁壶下的火堆，多年的冬天里，也一直吱吱地沤着青烟。那一股股的青烟，缓慢地飘向院墙外的天空去了。

那些山顶的积雪，白得耀眼，久久不肯消融。

那些冬天很寒冷，那些冬天也很温暖。

那一地的麦子

一

那一地的麦子，现在静静地躺在麦场里。虽然离开了土，但它的呼吸却并没有停止。细细的麦秆里，它的血液仍在缓慢地流动。

父亲说，麦在场里熟哩。

这些麦子，是我和父亲从山梁上的那些坡地里，一捆一捆背回来的。我的肩膀上，还留着麻绳勒下的深深的印痕。

那天，父亲早早地就去赶山外镇子上的四月八农忙会，买了两条新麻绳和一片荷叶包裹的甑糕。麻绳是背麦子的工具。山里的路，都是羊肠小道，架子车是走不成的，只能人背，我便在很小的时候，学会了捆麦子。

傍晚，一家人一边喝着大颗的玉米糁子熬的稀汤，一边听父亲安排收麦的事情。每年的这个时节，他都要不厌其烦地说。神情庄严肃穆，话也比平时稠了许多。因为兴奋，他的额头，在屋檐下昏黄的亮光处，显得更加黑红。他说，下午去杏树沟看了，那片阳坡的地，麦子已经能割了，看样子，比往年能多背两三捆哩。

父亲快速地喝完老碗里剩下的汤，起身点亮马灯，坐在院里，开始细致地磨镰刀。马灯昏黄的光，映在他头顶的柿子树叶上，又折射到越来越亮的镰刀上。那些镰刀，也是使用了多年的，有几个的中心部分，已经凹进去一条月牙形的弧线，但却没有一个生锈，它们都被父亲用一张牛皮纸紧紧地裹着，放在半墙上空的窑窝里。这些镰刀如憩息的勇士，个个摩拳擦掌，即将驰骋麦田。

柿子树的叶子，在微凉的风中簌簌地响动，镰刀也在磨石上发出有节奏的沙沙声。磨石上面的水，渐渐由清变黑。一把水浇上去，镰刀露出更加锃亮的刀锋。父亲用他的大拇指在镰刀上试了试，说利得很。因为磨刀用力，他的前额上，渗出细细的汗液，又汇聚成一滴，落在磨石上面，与灰黑的磨刀水混在一起，在镰刀上来回滚动。

那些镰刀的把儿，用一根绳子绑成一捆，放在屋檐下的木棚里，有六七把之多。我攀上梯子，取下那些镰刀把。父亲一把一把仔细地检查。他将镰刀的长把举向空中，做一个割麦子的动作，然后用力摇动，挑出有一点点松动的把儿，拔出中间的细杆，把那片荷叶包裹的甑糕打开，用筷子一块一块挑出，嵌进手把的洞里，又将细长的杆儿插进去，夯实，旋紧，在捶布石上蹾了又蹾，确认结实了，然后整齐有序地摆放在捶布石上，等待阴干。那片荷叶裹着的甑糕，全部被嵌进了镰刀把里。

两条新的麻绳，已经在水中泡过，柔韧，结实，挂在屋墙的钉子上，它们默默地等待着明天的"伟大使命"。

父亲把那片荷叶丢给我，嘱咐我早早睡觉，不要再看"闲书"了，明天一早割麦。

我看见他取出了墙角靠着的扫帚，扛在肩上。马灯的火苗依偎着他的身影，随他一起忽忽悠悠地出了前门。我知道，他去打扫麦场了。那些散落在梁峁沟畔的一片片麦子，是他的另外的儿子，我的兄弟。明天一早，他们将回归家园，与我团聚。

我尽量地伸长舌头，在荷叶表面细致地抹擦，待彻底舔干净了荷叶，又用舌头把嘴角的几个米粒卷进嘴里，回味着淡淡的清香，带着些许的遗憾和不足，回屋睡觉了。

二

约莫用了一个钟头的工夫，我和父亲，才到了杏树沟的那片麦地。

天已经大亮，只是阳光还没有照到这一片坡地。对面山顶上空的一片天，显然要比其他地方的上空明亮好多。我知道，那个山梁的背后，藏着一个火球，它即将从那里升起，只要它露出一点点头，我所在的这片麦地，将立刻洒满金色的光芒。

父亲照例先坐在地头，抽起旱烟。这么远的路，是要坐下歇息片刻的。

父亲一边抽烟，一边说，麦好像没熟好呢，昨天看还可以；现在看，还有些绿，仓促下镰，折收成哩。

我却是不愿意再跑一回的——既然来了，就割了算了。

他似乎根本就没有听我说话，围着地转了又转，把一棵麦穗攥在手心里，不停地揉搓，又把脱去皮壳的麦粒，送到嘴里咀嚼，直到嘴角淌下乳白的面汁来。最后，他决意先在高一点的地头割，这些地方不存水、旱，麦子熟得早，麦秆已经发白，割够两捆麦子了就回家；地势低的地方，蓄的雨水多些，麦子个子也高，麦秆儿金黄，是那种不是很熟到的颜色，再缓两天过来，一定就能割。

早晨的麦秆，因为有潮气，不是很脆，麦子在镰刀下的声音，便有些发木，而这样也很是费镰刀的。好在父亲背着一个破旧的水壶，也带着那块小小的磨石。那些水，除了解渴，更多的是用来在地头磨镰刃的。

地头那些低矮的麦子，因为缺乏营养，成为长不大的侏儒。个头短短的，麦穗也显得单薄而小气，我们叫"蝇子头"。但到了扬花的季节，它仍然是要开花结果的。野草，却汹涌地生长在麦行子里，比麦子还高大许多。有高高的开着紫红花的老刺蓟,甚至长着竹子般的粗节,傲视着这瘦小的麦子;还有枣刺丛,虽不是很高,但上面有刺,常常就扎了手。父亲在我前边低头割着麦子,他的身形瘦小,如那些麦子,但却移动得极快。

我就在这草里寻找着麦子。父亲一边割,一边叹息因为路远,来得少,荒芜了这片麦田,让村人耻笑。他的一声长叹,如见到因为分别太久,而没有给予更多疼爱的孩子,惋惜而怜悯。说明年无论如何,也要挑几担粪水沤在地头,好好上些肥料。说实话,这片料僵石底子的土地,无论如何,也是长不上来好麦子的。连畔的其他人的地,也是这样子,甚至还不如我家的麦子长势好。但父亲的脸上,明显有着坚毅之色,似乎他已经挑着一担水粪,鼓着脖子上的几缕青筋,弓着腰,正在竭力地爬着山坡,眼里满含着丰收在望的喜悦和满足。

我说,这么远的地,又很薄,不值得种。在外面随便干个事情,也能挣钱买到比这片地打得多得多的麦子。现在的麦子,又没有什么价钱,这个账,谁都能算来。

父亲始终不吭气。他已经割完了能割的、熟焦了的麦子,又将麻绳对折分开,铺在一个略斜的小坡上,把那些低矮的麦子,头对头掺在一起,整齐地摆放在麻绳上,也嘱咐我那样做,说不掉落成熟的麦粒。即使背在路上,摇落的麦粒,也会夹在中间,不会撒落在地上。另外,接起来也长一些,捆得多,也好背。

我只好不再说什么。我知道,他很固执,我已经不想再和他理论那些了。就快速地抱起一沓一沓的麦子,放在绳子上,压实了,勒紧,将两个绳头剩余的部分塞进麦捆子里,把镰刀也扎进麦捆上面。父亲让我坐在地上,将两个肩膀活动着嵌进绳子,他就在后面扶起麦捆,我两手拄在地上,向前一爬,就起身了。

我要给他扶麦捆,父亲说不用了,我背着麦子,不好扶,他自己能起来,让我先走。

　　快要走下一个斜坡的拐角，我回过头去，看到他已经坐在地上了，然而，他起身的过程很是费劲，已明显不如前多年那么灵活，显得笨拙而缓慢，手里还提着磨石和那个破旧的水壶。也看不见他的头，只是一捆麦子，一摇一摆地移动过来。

　　我将麦捆靠在山路边一块突出来的石头上，就势歇脚。父亲也已经赶上我了。火辣辣的阳光，从空中毫无遮拦地射下来，我头上的汗，已如雨而泻，布谷鸟的叫声响亮而清脆，更显出山沟的空旷。父亲把头奋力地抬起来，他的脸上，并没有那么多汗水，只是发出很亮的黑红色。这样的天气，竟让他的脸上始终洋溢着兴奋，连说晒得好，晒得好啊！中午能碾个好场。老天爷好好晒几天，再下场透雨，就能种谷子了。

　　经过七八次的歇脚，我终于把麦子背到了场里。

　　那捆麦子，是和我一起倒在麦场的。

第三辑

百味人生

夜访张家堡"人市"

一

张家堡，目前西安最大的自发劳务市场，被称为"人市"，每天黑压压的人群不但挤占了未央路与常青一路交界的人行道，而且一直延伸进常青一路内几百米远，过往行人只能侧身从这些期待找活的人的缝隙里艰难穿过。只要你露出找人的目光，呼啦啦就会有一群人围上来，问你要找什么人，干甚活路，你还未开口，其他人就为了争夺干活而争吵起来，甚至动手打架。

多年以前，这里并未有多少人聚拢，仅有少量的卸水泥的农民工在这里等待拉水泥的大货车，挣装卸费是他们的目的。这里是西铜公路的起止点，大多数拉水泥的车从北边来到这里。这些人的身上满是水泥灰，穿得很破烂，夜晚就蜷缩在路边睡觉，身上盖一件单薄的衣服，好一点的盖个黄军大衣，遇有水泥车过来，即挥动手里的破衣服拦车，货车停下来，他们会兴奋而争先恐后地跑上去扒在驾驶室的窗口和老板讨价还价，谈成了，露出脸上唯一的白牙灿烂地笑，然后两条细腿很麻利地攀上高高的车厢，三五个摇摇晃晃又说又笑地坐在高如小山的水泥袋上，随着车子渐渐远去的轰鸣声，他们会出现在这个工地上，或者那个水泥销售点，用尽量快的时间卸完一车水泥，数了票子，又会再次出现在这里，等待下一个拉水泥的车子到来。

这些水泥装卸工便是张家堡"人市"最早的发起者，而今由于散装水泥车的取代，他们失业了，就地转化成了找活干的民工。

城里和南郊城中村的渐渐消亡，使这些进城务工农民没有了栖息地，再加上政府的管制，昔日文艺路以餐馆食堂用工为主的劳务市场渐趋衰落，直至消亡，太华路的劳务市场也渐渐冷清，不见了那些扛着粉刷杆子的民工。随着北郊的快速开发，大量的棚户区拆迁和新的建筑工地都需要这些农民工，于是他们就奔向了北郊新的中心位置——张家堡。

张家堡的"人市"就这样繁荣昌盛起来。

天还没有亮堂，这里已经熙熙攘攘了，马路边的人行道、绿化带的隔离墩上便坐满了人。他们有的两手抱着粉刷的长杆子，齐刷刷成一排，有的在面前放着"水工""电工""油漆工"等的木牌子，有的手持冲击钻，有的提着八磅大锤，不用在木牌子上写字，人就知道是装修或拆房子的，他们手里的工具就是广告，这意味着他的特长或职业。

他们或站或坐，抽着两块钱一包的"金丝猴"烟，熟悉的老乡或熟人，三五人一堆，一边闲谝，一边虎视眈眈地盯着每一个来这里而且穿着体面的人，从来人的脸上寻找活路的踪迹。实在没有雇主来，他们就会打闹或说着荤黄的笑话，眼睛死死盯着走过的衣着暴露的女子的背影，直到消失在自己的视线之外。

每天十点以后，看上去人会少一些——有的人已经找到活路，跟上雇主去了，没有找到活的继续在这里等待。有的人干脆在墙角或树荫下玩起纸牌，还有人用草帽盖了脸，横七竖八地躺在地上睡觉，鼾声大得能吹起他鼻子下面的灰土。

夏天的中午，马路上的温度很高，沾满灰土的树叶蔫蔫地耷拉下来，树下也很热了，没有找到活的，就干脆回到自己在附近村子的租住屋里，意志坚定的人还痴守在树下，期待奇迹的到来。

下午三四点以后，这里的人又多起来，先前回家的人又出来等待雇主，人行道上多了摆地摊卖衣服的人和推着三轮车吆喝"浆水鱼鱼"或凉皮的小商贩。一条裤子十五元，一双黄胶鞋十块钱，一碗凉皮二点五元，这些都是卖给民工的，便宜，实惠。除了穿着朴素、脸色枯而黑的找活的女劳动力，那些三三两两走来走去、穿着艳丽一点的女子，好多便是附近的发廊妹，她们往往在傍晚出来招徕生意，有跟着她们去的，大多是长时间性饥饿而活路较好挣了几个辛苦钱的民工。

围绕这庞大的劳务市场，便产生了一个产业链，在这里，产业链各环节上的寄生者绝大多数都是进城求生的农村人。

我想起有个老表在这"人市"谋生，为了真实地再现这些民工的生活，我去找他，希望能从他那里了解更多的信息。

二

那天傍晚，我去了"人市"，经过艰难的寻找，我终于在人群里发现了他，他一个人默默地坐在地上抽烟，一天快完了，他也没找到活路，说不等了，邀我去他的住处去坐。

挤出人群，我跟在他身后，从窄窄的小巷子进去，两边高达四层的民房向中间挤压过来，露出一线天。他说他住在最高层，从黑漆漆的过道里拐来拐去，我气喘吁吁地进了他的屋子。

屋子大概有十二三平方米大，靠窗子用砖支了两个木板单人床，地上散乱地放着拖鞋、炒瓢和几个蔫了的西葫芦、黄瓜，一个脸盆里泡着脏衣服，说是停水了，没洗。

老表今年四十七岁，看上去却要大许多，稀稀拉拉的头发白了多半，佝偻而瘦小的身体，每天却手提大锤在这"人市"转悠。他的手出奇地大，与细细的手腕简直不相称，手背筋脉高鼓，像曲折的蚯蚓，指头的关节也很粗。我递给他一支烟，他不抽，说没劲，还是他的烟劲大，又笑说惯了吸好烟的毛病，怕是想买没钱哩。

我奇怪他一个人在西安，为什么放两张床，他说那张床是儿子的。原来孩子早就不上学了，说没人管，也不好好学，老师嫌影响全班成绩，整天批评。儿子也厌学了，就跟别人在外打工，又没有什么技术，活不好找，好不容易找个活干了一段时间，老板却跑了，也没要到钱，他只好带在身边。儿子却和他说不到一块，整天要自己去闯。他就找了个熟人，介绍到附近一个酒店给厨房专门杀鱼鳖，一个月七百元钱，晚上回来住。

我说不是嫂子在家吗，怎么不管他的学习，这么小就出来打工。他说孩子他妈也没文化，再说家里还有几头猪，再加上一亩多的苹果园和三亩麦地，老母亲瘫在炕上不能动弹，也很忙的，管不了孩子。

最近几年虽然粮食也涨价不少，但因为是旱地，地又少，成不了气候，只够家里人一年吃，猪价忽高忽低，养得少，成本也高，赚不了几个钱，只好农闲时间出来挣几个家里的零花钱。我问他一年下来能挣多少钱，他说能落几千块钱，没脾气。

一个月里大概能有二十天干活，下雨天来找人的就少一些，不是每天都有活干。除了粉刷，他也不能干其他技术含量高一点的活，干一天一般能挣一百多一点，这比起前几年的劳动力价格已经不错了。房租加上水电卫生费，一个月近二百元，要是有活干，就没时间做饭（雇主是不管饭的），就得买着吃，这样子买饭也得五百多元钱，小病在附近村子的黑诊所看，便宜方便。他笑说自己烟瘾大，一天得近两包金丝猴烟，一个月下来也在一百元多。这样子算下来，天天出来等活，运气好点，不胡乱花的情况下一个月能落下一千元。

他说如果没大事，一般不常回老家的，回去一趟来回也要六七十块钱呢。我说你小心嫂子跟人跑了。他说老了没人要，也不想了，没意思了。

老表之所以在这里出没，我分析没有更多的谋生手段是根本原因，没文化，没技术，就只能干一些体力活，而劳动力的价格即使再涨，也赶不上物价和其他工资的涨幅。

三

和老表说着话，他隔壁的人来串门，见有人，不敢进来，我说没事，闲谝，他就坐下了。

老表称他的邻居为"老张"，老张是山阳人，今年已经快六十岁了，和老表不同的是老张不在"人市"找活，他是推着三轮车炸菜盒的，来西安已经多年了。

老张一直想要个男孩，不承想一连三女，又舍不得送人，所以早早全家逃出老家躲避计划生育，在西安生下第四个孩子，终于是男孩，圆了老张的梦。

老张的生意一般，媳妇给他帮忙，年轻时的老张家里很穷，自己又有点小儿麻痹，所以直到快四十岁了，老张才娶了媳妇，现在媳妇给他在屋里和面帮忙。

去年的一次事情，直到现在还让老张叹息。

老张生意清淡，孩子上学又要比当地人多交钱，老张便寻思把媳妇腾出来，让她去"人市"找点活干。三月的一天早晨，媳妇和一个熟悉的老乡在"人市"等活，一个五十多岁的男子说他家在灞桥，有三亩麦子需要人锄，男子来开个面包车，媳妇和老乡就跟着坐上车了，她们也不熟悉灞桥，居然被人家一直拉到了山西，骗卖给人做老婆。老张好几天找不到人，已经没有信心了，但孩子哭着要娘，老张去派出所报案。公安部门用了近一个月时间，终于调查到山西，但要解救，需要好几千块钱，所里经费紧张，说要是老张能拿出这笔钱，就可以一块去山西把人解救出来。老张说他拿不出钱，拖了好几天，无奈孩子要娘，要不是孩子哭闹，他都不准备找了。

我吃惊老张居然有这样的想法，说话间，老张却显得很平静，看来生活的艰辛已经使他有点麻木。表面风平浪静的"人市"时时隐藏着骗局和凶险，而无法预知的生产安全事故，也时刻吞噬着每一个在这里寻求生机的苍生。

老张说，在楼下就有个甘肃人老秦，在"人市"找了个搞建筑的活，主家是附近城中村的居民，想在拆迁前再加盖两层，以便能多赔点钱，工程全包给一个小包工头，小包工头人手不够，就在"人市"找到了他们几个甘肃来的民工。这些小工队既无建筑资质，又没有任何生产安全保障，老秦去的第二天就出事了，上楼板的时候，电葫芦没安装稳当，整个架子和吊在半空的水泥楼板一起砸下来，老秦的腿当场就被砸断了。工友们七手八脚将老秦送到附近医院，包工头交了一千块钱后就不见人了，家人从老家赶来，主家说他把工程全包给了包工头，安全责任由工头负责，还拿出他和工头签的协议让人看，说他只知道工头是临潼人，他现在还找不到人，房子盖了一半人跑了，他的损失也没人承担。

无奈的老秦躺在医院里，医院每天催费，老秦以泪洗面，后来还是几个老乡凑钱交了住院费。我问老秦现在干什么，老张说还能干什么呢，还在"人市"啊，不过腿断了，落下残疾，现在摆地摊，卖点袜子什么的，城管一来，塑料单子一卷，全部收起，城管走了，又铺开吆喝。

我吸着烟，无话，升腾的烟雾在空中弥漫而弯曲，幻化成老秦因痛苦而扭曲蠕动的脸。个人文化知识、法律意识和社会综合能力的缺乏，使他们只能在这个混沌的环境里颠沛流离，而一旦有什么事情，以他们的能力，是难以处理的，也是整个家庭所难以承受的。

四

和老表相比，老曹要灵活机智很多。老曹是蓝田山里人，来这"人市"也好几年了。老曹最大的特长是心灵,看什么会什么,会瓦工、电工,下水也搞。老曹原来在大的建筑工地干活,听人说"人市"活价大,就来了,一干就是多年。

老曹的嘴会说,人也麻利,因为经历多,喜欢学,所以老曹会的东西很多,附近找人干活的,都知道老曹,老曹的活排得满满当当,有时还干不过来呢。

老曹现在只干两样活:夏季安装空调,冬季安装家用取暖小锅炉,俗称"土暖气"。

说起怎么走上这条路,老曹喝了一大口啤酒,咂了咂嘴,给我讲起他的经历。

五年前,那个夏季出奇地热,各个家电商场的空调销售非常火爆,但顾客买了空调,要等好多天才能上门安装,安装工缺,有人来"人市"招人,问到老曹跟前,老曹没安过空调,但他说搞过,先应下来,说过三天他去,在这三天时间里,老曹在一家空调专卖店里义务给安装工帮忙干活,很快掌握了方法,后来就成了一个家电商场固定的空调安装工。

夏季是空调销售旺季,老曹和他雇的一个小工一般不到一个小时就可安装一台空调,装一台空调给四十块钱,按一天装八台算,就是三百多元钱,老曹付给小工一天五十元,自己也有三百元进账。

老曹心细谨慎,安装过程中严格按正规程序走,高空作业从来不忘系上安全带,所以从来没出过事情。

冬天里,安装空调的活少了,老曹又去水暖市场,揽下安装家用取暖锅炉的活。他干过建筑工地的水工,所以很快进入角色。老曹手快麻利,和小工一天可以装两台"土暖气"炉子,按一台安装费二百元计算,一天就是四百元,减去付给小工的五十元,老曹每天进账也在三百多。

每年冬夏两季,老曹的收入是很可观的。到了春秋季节,老曹就在这"人市"零敲碎打地找活干,一年总是闲不下来。收入也好几万元,这令很多人羡慕。

老曹两个女儿，大女儿已经大学毕业，找到了一份不错的工作，二女儿上高中，老婆在家侍弄家务。他说女儿现在能养活她自己就行，不求给家里缴钱。老曹前几年盖了新房，是个两层小洋楼，他身体还壮实，还能干几年，还攒了一些钱，说留给自己养老。

老曹说钱是在苦楝树上结着，自己要想办法上去摘呢，只要人勤快脑子活络，生活也会好起来的，说着话，老曹的脸上显出满足的神情，与老表和老张的沉郁木讷判若天地。

不知不觉，我已经和他们谝了两个小时，看了表，已近九点，我说不打扰他们休息了，明天他们又要早早起来去干活的。老曹笑嘻嘻地说如果喜欢写，就常来，我这有好多故事哩。我说一定。临走，老曹给了我他的电话号码，说有什么需要帮忙干的活尽管吭气，我们就是朋友了，一定不要客气啊。

出了村子，走到常青路上，一辆拉土车呼啸而来，尖厉的喇叭声在仍然聚集成堆的人群里撕开一个口子，绝尘而去，那个口子又像水一样合上了。路两边满是地摊，吆喝声此起彼伏，租售碟片的小卖店里传出很大的音乐声，足浴店的霓虹灯一闪一闪，在这嘈杂而躁动的夜里，我在想，老表他们能睡着吗？

在这"人市"北边两三千米的地方，便是新的市府行政中心，据说将在今年十月正式开始对外办公，随着新的市政府的到来，"人市"很可能将不复存在，或者又要向别处迁移，因为他们现在居住的村子随时可能被拆迁，他们的"巢"将失去，但飞速发展的城市化进程又离不开这些离开故土奔向城市的农民工，明天的早晨，他们的早餐又会在哪里呢？

游走于城市和乡村之间

我是一个农民，却多年不去地里翻土施肥，收获耕种，但我还是一直吃着白的面粉。我甚至觉得，那些被我吃下的面里，有我的地里长出的麦子，尽管它已经粉身碎骨成了细末，却一直静悄悄地，甚至是偷偷地跟着我——它仍旧怕我饿着。

这样的跟随，将近二十多年。我甚至还在脏乱而繁华的菜市场里，看见过我的土地或者我的邻居的地里长出的菜叶子。它们也许没有被吃进我的口中，但也一定进了别的我周围人的肚子。我整天里和那些人打着交道，也就间接地看见它了，我知道它也一定是想我的。

我想过它吗？似乎没有。只是在需要以文字抒发我的所谓故土情结，欲换取功名利禄的时候，我可能才会想起它们，想起它以粗茶淡饭的形式养活了我结实的躯体，并使我端着这躯体在城市的水泥路上高昂或卑下地游走，一方面苟活着余下的生命，一方面梦想着挣一笔钱，回到当初的土地上，炫耀或者恣意地呼喊：我衣锦还乡了。

事实是，我仍然是这个喧嚣的城市里的一个农夫，所谓的衣锦还乡，也就成了一个空梦。因为，即使我被人说绝对不像农民而像一个大老板，也还是摆脱不了土里带来的一些习气。诸如，我大声地说话，招来呢喃碎语唇红齿白人的眼光的剐割；我吃饭的碗粗糙硕大而像盆，不嚼而咽且大声地吸溜；走在路上或者三五成堆聊天吞云吐雾时大声地放屁而不顾左右；我不喜欢用任何男用的化妆品或者香水，被妻子蹬下地说不洗澡不准上床睡觉；等等。我就知道，我很粗糙，如地里的玉米秆或者遗留在土里的一段树根，沾满土和碎石，永远也无法剔除干净变得有点品位而招人青睐或羡慕。

人们要识破我的身份其实很简单。多年里吃着含氟量很高的泉水以及烟熏造成的黄牙，和一口山里的土腔调，人们立即会将我和收获后散乱地扔在地边的玉米秆联系在一起。兴奋时憨憨地或旁若无人地仰天大笑，郁闷时一脸冰霜不理周围，如山顶上那片变幻无常的云，不会拐弯而直冲斜坡，遇冷凝结而劈头盖脸地下雨，浇得人浑身湿透，逃之夭夭。过后我便常常自责，为什么不能随众而喜悲、随遇而安宁？是石之顽地之坚的造化吗？还是如山中沟岸上的榆木疙瘩，没有纹理而不可雕刻？

我知道，我是一只乌鸡，乌在了骨子里。

在城市里行走，我其实是在它的表面浮游。在城市的街道上，那些豪华的车子呼啸而过，带过的风将我掀得远远的。我也进入过那些闪着霓虹灯的酒店和茶楼，那些拿着菜单和笔袋袋而来的小姑娘，我疑是邻家的孩子或者我的亲戚的后代，我试图从她们低声细气的问候中分辨是不是我的乡党和近邻，然而她们却是一口流利的普通话；我看不惯那些城里土生土长或者出身农村而发达于城市的朋友对小姑娘所谓服务不周的呵斥和调侃；我想象着她们穿着高跟鞋站立一天的累不亚于在地里捡拾落下的麦穗或者在山泉里挑一担水；我甚至想象她们的父母弟妹在家里等待她逢年过节带回的城里的好吃喝。出来后我总是感觉没吃够而一个人去寻找背街小巷的面馆，又觉得刚才进去的闪着彩灯的店堂，其实是河马张开的大嘴那红色的腭膛。它刚才吞噬了我，嫌我的身上有一股土腥气，又把我吐了出来。我尽力将自己压下去，却又再浮上来，如一棵浮萍随水而漂，无有定性，还是河里漂着的那些柴渣子，曾经靠过一些岸边，又被再来的洪水冲走，漂向不知名的岸边，就这样反复。于是，我想象我的乡村，我的土地，我知道，我仍然是她的丑丑的孩子，她是不会嫌弃我的。

回乡的次数总是很多的。我不需要如去见一位名人或要人那样刻意地打扮和修饰，简单就上路了。车窗外的树，如飞快跑过的一群野兔子，眨眼就不见了。电线上的鸟儿快速地就惊飞向远处——它肯定是报告消息去了，说我回来了。我不能让班车停下来而去和路上拱背而行的父辈们打招呼，只是探出头看他们行路的样子。他们背着从集上买回的东西，沉甸甸的，如我当年用绳子捆了地边散乱的玉米秆在山路上行走。买回的东西够用一阵的，玉米秆给我带来温暖，使我在寒冷的冬天享受烙炕的灼热和舒坦。

一些时候，我会扎一个势，开着朋友的车子，在回乡的路上行走。近乡了，我不敢呼啸，放慢车速，摇下窗子，尽力在沿路寻找熟悉的老者的身影，将他们扶上车，他们憨笑甚至认不出我了，却会很虔诚地把我发给他的烟在手里端详后小心地夹在耳朵背后，说回屋好好吸，又说他身上有土，怕要弄脏我的车哩，说着话却又将脚缓慢地挪上来，脸上的喜气久久不散。我知道，这次坐车的经历，他会逢人说上好多天。那根烟，也会在乡人的围观和艳羡中慢慢地燃烧完而不是自己吸完。

我看见了远处山梁上我的那片地。它很明显，地边巨大的柿子树是它的标志。现在，那里生长着一片苹果树，没有果实和树叶，枝丫斜出，在风中艰难地给来年积蓄力量，我能想象出它果实累累时的辉煌。山里人的种植技术落后，果子的外观不好，看起来如长了麻子的人脸，但吃起来很甜，糖多黏手，如被人帮助却从来不说谢字的山里人。

邻家的小狗跑过来了，摇着小尾巴在我的脚后跟舔闻，它知道我身上有这里的一股土气，它闻到了，又欢喜而飞快地跑了。

这样游走于城市和乡村之间的生活，我已持续多年，还将继续多

年。有一天，我将不再这样过着乡村与城市的两栖生活了。那时，我会
坐在门口的石头上瞭望远处，山下那条路上，可能会驶来一辆车子——
许是孩子们回来了？

温馨的夏夜

吃过晚饭，奇热，我正准备坐在电脑前敲文章，妻过来拽我去超市买东西，看我无动于衷，就说很长时间我也没有陪她转了，我无话可说，只好跟在后面出门。

超市其实离家很近，慢悠悠步行，十五分钟即能到。妻走得很慢，似乎并不急于购物，还不时地左顾右盼，期望和熟人打招呼，脸上洋溢着兴奋和满足。

到超市门口，我的头就大起来，如织的人流里，红男绿女，黄发垂髫，进进出出。老年夫妻相互搀扶，中年男女挽臂牵手，小情人勾肩搭背，一手握着冰激凌，另一只手在彼此的背上摩挲，有无限的蜜意。更有手提肩背者，脸上流着汗，也流淌着欢愉，好似超市有无穷的魅力在吸引着他们。我一向不喜热闹，偏爱独处而一个人享受宁静，妻说我是个"异人"。我说坐在门口广场的遮阳伞下等她，妻知道我的习惯，也知道勉强无用，就径自进去了。

超市的出入口，摆了十几张桌子，每张桌子上面撑了遮阳伞，三三两两的人围着伞下的桌子喝着饮料。更多的是年轻人，男女成对，脸凑得很近，或耳语，或喧哗，或手臂环了对方的脖子痴痴地笑，年龄大一点的，则手摇扇子，默然观望，一脸的惬意与休闲。

我买了一瓶冰镇的矿泉水，寻了一个空的桌子坐下，慢慢享用这瓶水赐予我的"免费小坐"。瓶里的冰水消融得很慢，我将凉凉的水瓶贴在脸上，感受着冰凉与周围热气蒸腾的反差，忽然就觉得自己原来是置身于这满目温馨的天伦之外的。

在我思想的时候，一个瘦小而穿戴干净的老太太走了过来，看样子应该有七十多岁，花白的头发梳得很整齐，手里提着一个大大的黑色塑料袋，她对我微笑着，怯生生地看了我一眼，就在对面坐下了。

一对年老的夫妻出来了，老头走在前边，一只手拨开出口的帘子，另一只手搀着蹒跚的老伴。老太太整个人出了帘子，老头就双手搀了老伴，几乎是抱着老太太下了台阶——老头是倒退着下台阶的，这样便于搀扶老太太下来。

通过我眼睛的余光，我能感觉到老太太在专心地望着那两个老人，眼里饱含着一份温馨。

我的目光从远处的人流中收回来，落在老太太身上。

老人感觉到我在看她，游离的目光也收了回来，一边低头揉着眼睛，说风把沙子吹进了眼睛，一边像是自言自语地说："男人都不喜欢进商店的，呵呵。"

我没有感觉到有风吹过，也没有搭话，老太太又说了："你在等人吧？"

我"嗯"了一声，透过桌下塑料袋口的缝隙，我看见里面是一些空的饮料瓶子，意识到老太太可能是在等我喝完手里的水而捡拾瓶子。

看着老人的装束，以我的感觉，她不像是一个专门捡破烂的人，我忽然就有了和她攀谈的兴趣。

老人见我答话，脸上活泛起来，"你在等你媳妇，我看到她进超市了，你媳妇真漂亮啊！"

我笑了："你这么大年龄了，还出来捡水瓶啊？多累？"

"唉，一个人要是待在屋子里，会待出毛病的，不如出来走走，在这还能和人说说话，但总不能光傻看吧，地上这么多瓶子，捡了，还能换点钱，地上也干净多了，多好！"

"儿女不给您生活费吗？"

"儿女都在外地啊，他们很孝顺的，经常给我钱，我也有退休工资，花不完。"

我没有说话。

"我那死老头子走了，呵呵，当年他也不喜欢和我去商店，就在门口等，呵呵，男人都一样啊！看你们多幸福的！真好！"

我终于明白了，老太太出来，其实是为了和人说说话的，捡拾多少瓶子，是无所谓的。

"那您怎么不和他们一块生活呢？"

"我在他们那待过的，他们也忙啊，每天也不着家，都有事做，再说，在他们那儿，我也没多少熟人说话。"

我无言以对，是啊，在这个喧嚣的城市里，这样的老人应该还有很多，他们衣食无忧却独守"空巢"，家里的静寂使她们一遍又一遍地跪在地上擦着长期无人踩踏的洁净的地板，末了，又走出户外，寻找喧闹和热火。人，本来就是群居的动物，而在此刻，屋里锅碗瓢盆的磕碰，夕阳下牵手步街的身影，却成了一种难以追求的奢望！

妻出来了，手里提着一捆轻飘飘的卫生纸，后面是熙攘的人流，我忽然明白了，这些进出超市的男女，他们消费的不是金钱，而是生活的温馨！

我起身向老者告辞，快步迎上去，接过妻手里的东西，挽了她的胳臂，妻看了我一眼，笑了。快要转弯了，我回头望去，老太太依旧安静地坐在那里望着我们，我看不清她的眼睛了，但我相信，那眼神一定包含了一份浓浓的温馨。

庄稼人的名字

以前的农村，生产力水平低下，人生活清苦而艰难，没有能力克服自然带来的困难，只好把希望寄托在孩子的名字上。想通过名字，祈求有水可饮，有福可享，有饭可吃，于是孩子的名字便五花八门，颇有特色。

水是农业的第一要素，而在山区或旱塬，人畜饮水都很困难，庄稼更是靠天，即使命里"五行"不缺水，也要以水为名。有户人家，连生四丁，老大起名"雨水"，老二"存水"，老三"喝水"，老四"省水"，细想，很有章法次序：天旱少雨，于是盼望老天爷下雨，下了雨，水才能存起来，也就有水喝了，但雨水少，所以要节省着用，不敢浪费一点的，故老四起名"省水"。

无水令人恐惧焦虑，水多则为灾害。四水之邻爱占小便宜，自家门口的粪堆攒大了，一直延伸到四水家门口。四水妈可不是好惹的。那天邻居又在门口侍弄他家的粪堆，四水妈正在厨房和面，听到门口有动土之声，两个面手还未洗，一溜风似的就从门里刮出来，和邻居理论起来。邻居只顾低头干活，不理她，四水妈大喝一声：雨水存水喝水省水出来！四水拥出门来齐刷刷站一排，虎眼圆睁，合成一股滚滚洪流，就要冲垮邻居。四水妈底气十足，两手叉腰："雨水存水喝水这三个我不要了，豁出去跟你拼人命！留下省水将来葬埋老娘，你敢吗？"邻居马上蔫下来了，卷旗收兵，关起门叹息：三朵南瓜花不顶人家一大股子泥水啊！

邻居三女，依次取名麦花、兰花、金花，这在农村里，已是很好的女孩名字，在城里，人家怕是嫌俗气了呢。

民以食为天，粮食自然是庄户人的底气了，家里有粮心不慌，这是千年老话，斩钉截铁。但家有粮食而且能吃到来年麦子收割的，寥寥无几家，于是孩子的名字里全是粮食了。你听听：换粮，有粮，余粮，存粮，满粮，加粮，占粮，从没有粮食吃而用钱或其他东西去换，到有了粮食还想余一点存起来，直到再加一点，又想多占些，好似心里没底，实是饿怕了。

那时候医疗卫生条件差，死亡率高，随便一个发烧，就可能夺走一个稚嫩的小生命。于是孩子生下来，脖子上要戴"长命百岁"锁的。更要在取名上费些心思，想着孩子既要能好好活下来，又要有福气，所以村村有叫"长命""有福""福来"的。

农村人一直认为名字贱了好存活，所以，以家畜或家禽为名，便很多：鸡娃、猫娃、狗娃、马娃、狼娃、牛娃、羊娃、虎娃、豹娃，凡此等等，不一而足。名字起了，也长大了，因为营养不良，虎娃长得瘦小，豹娃也不大，他们常年在山里砍柴背水，腰早就弯了，细长的脖子挑着个瘦脑袋，羊娃放羊，牛娃放牛，各司其职，各负其责，到老也无官名字。看来，贱名只管活下来有条命，不管以后的富贵。

即使名字起得很贱，也不能保证生存下来。于是，直截了当向老天爷说明白，也是一个办法。有家人生四男，可谓人丁兴旺，无奈老大一生下来就气息虚弱，命悬一线，母亲请来了神婆，神婆做了两手准备，先烧黄表纸驱走缠在娃身上的鬼，然后低头眯眼口中念念有词，猛然抬头，喝一声"拴住！"这孩子就叫"拴住"了，意思她的法力定在娃身上，以后谁也别想把娃弄走。后来有了老二，也是身体不好，整天病恹恹，神婆又来，起名"拉住"，居然活了！两年以后，老三又至，依旧虚弱不堪，这一次，神婆下了狠心："钉住"，想想看，钉在这里，小鬼能拿走他吗？

生了老四，神婆已死，法力不再，四张嘴已让老两口愁得肠子挽成一疙瘩了，久病出良医，自己也学会了起名，但再也不敢生了，老四叫"停生"。

成年了，老大老二老三皆在土里刨，唯有老四，跃出农门，一路飙升，官至副县长。"停生"自然不好听了，改名"庆生"，一字之差，命运天壤，信不？

煤油灯时代，没有电，家里房子低而且黑，人盼望光明，希望告别黑暗。三丁之家，老大起名"天明"，老二"天亮"，老三"天光"，同在一片蓝天下，又是同义词，足见人对光明的渴望！

过去农村人多地多，体力活自然就多，人想要男孩，实为劳力考虑，别无他想。有家人连生六女，前三个白生生可爱，取名"粉侠""粉娥""粉丽"，从老四起，个个黑而且丑且笨，简直不像一母所生。父母笃信物极必反的道理，幻想将来女大十八变，越变越好看，遂给老四取名"瓜女"，老五更黑，干脆叫"黑瓜"，老六最丑，黑而瓜已经不能完全反映她的真实写照，母亲看着发愁，信口就叫"八怪"，直到上小学三年级，八怪有了羞耻之心，说同学笑话她，回家哭闹要改名，奶奶说就叫"引弟"吧，果然老生姜辣！三年后，八怪有了弟弟，母亲的马拉松生育到此结束。

八九张嘴要吃饭啊，山区，女孩干农活毕竟不得劲，父母辛苦罢了，村人笑话一窝女，不顶用，故人前人后低头走路，见人老远就避，好像矮人三辈。然三十年河东，三十年河西，每年秋收麦种时节，三个女婿都有拖拉机，来一辆足够了，何况三辆。那年收麦子，家家忙乎，六女之老父却坐在门口皂角树下喝茶吸烟，老婆子在家摊煎饼烙油馍，根本就不去地里，看着那些汗流浃背的乡亲在炎阳下劳作，老汉的脸上像开了花——谁说女子不如男呢。

如今的农村，再也听不到母亲喊"羊娃吃饭了""狼娃回来——"，孩子少了，也金贵了，名字不是"鹏飞""国栋"，便是"张静""董瑾"，非气昂昂，亦文绉绉，意味深远，清雅隽永，务农当官皆宜，怕是做了省长，也不用改名了！

骂街者

吃过晌午饭，翠英匆匆撂下碗筷，将洗碗的任务扔给正在低头刨饭的长根，径自端着一瓢凉水，泼泼洒洒地出了门。

凉水是用来润嗓子的。这是她第三天在同一时间同一地点骂街。同一时间，是下午两点多。在乡村，这个时间段，是端着饭碗的人们出来吃饭的时间；同一地点，是村中间的大槐树下，那里是村庄的中心地带。一片浓郁的阴凉，将大太阳拒绝在遥远的高处。巨大的树身周围，是一圈比较规则的方条形石头，石头是温凉的，坐上去舒服妥帖，村人常坐在那里"开会"。因为久坐的缘故，那些石头被磨得光滑洁净，特别是雨后的石面，看上去就像黑色的绸缎。端着碗一边吃饭，一边"开会"是村人最惬意不过的事情。人们需要一个交流的场所和机会。在这里，翠英内心所有的愤懑和积怨，都可以淋漓尽致地发泄出来。木讷的长根，不听话的孩子，长势不如别人的庄稼，只育不肥的牛羊，都会是她郁闷爆发的理由。今天，她认为，那个"挨千刀"的——剥去她家树皮的人——肯定也坐在这里。只有在这里骂，他才会内心恐惧，直到某一天他断子绝孙或者早早地去见阎王。

慷慨激越处，翠英的嗓子如悬泉瀑布，高亢明亮；低吟处，如泣如诉，似初春冰河，细流涓涓。在停顿喝水的间隙，她抬起泪眼，接受怜悯者的问询和安慰。她能从不同人的问询语气里，以敏锐的洞察力，判断出黑暗中给她带来物质和精神损失的肇事者到底是哪一个人。也只有在这里，她才能忘掉不谙风情的长根和油灯下的内心孤寂。

翠英不仅骂，有时还制作小人。下雨天，她找来一块布头，提起剪子左铰右剪，七拼八凑，大致像她过去给牛娃做小衣裳，裁剪出一个小衣服的雏形，填充一些从去年的棉裤上撕下来的烂棉花，然后一针一线地缝制。她做得很细心，像她没结婚时给未曾见面的长根纳鞋底——那上面还绣着"鱼水情深"四个字呢。不多长时间，一个丑恶的小人就四仰八叉地躺在桌子上。翠英用牛娃扔掉的一支破钢笔，蘸上墨水，给小人画上眼眉和嘴巴，鼻子。当然，她心目中有小人的真实的形象。她的画功显然不到位，或者，是她有意将小人画得相当的丑陋。然后，她用一根粗长的大针连续不断地戳击小人，嘴里念念有词。

翠英家的母牛几乎每年都下一个小牛犊。牛娃的名字，便来源于母牛生下的牛犊。穷困的年代，一头牛就是一份不菲的家产。那一年，铁柱家的公牛"骗"了她。在经过三次的交配之后，翠英是眼看着铁柱帮助公牛，将水淋淋的鞭子扶进自家母牛身子的，满以为母牛会再一次为她家建功立业，不想却是空怀。她心疼为母牛怀孕而多拌的麸皮，更心疼亲手交给铁柱的配种钱，那一年，她同样是端着一瓢凉水，把铁柱的祖宗三代骂了好几遍。铁柱急了，说你没看见我家公牛出的大力么，把我牛差点都挣死了！你信不信，我给你一次就能配上？！翠英二话不说，三下五除二脱去裤子，就像剥一根生葱，然后转过身去。铁柱的父亲冷冷地瞅了一眼那两坨白得刺眼的肉，操起一块砖头砸向反身逃跑的铁柱："你先人把屎吃得多了？！"

骂街者不只翠英，还有翠花，翠娥，翠仙……骂街者多以女人为主。男人们碰到损坏自己利益者，多拳脚相加。倘若目标对象不明朗，则愤愤然高声骂几句，然后了事，断不会骂街，更不会像翠英那样端着水连骂三天三夜不歇气。他们既在乎自己作为男人的"光辉形象"，除了武力，便是隐忍。又似乎有他们自己的消解和交流方式。槐树底下的条石上，女人是从来不能坐的，那是男人们的领地。他们在那里可以说自己能搬起碌碡，也吹嘘自己能把女人整成一堆稀泥。

骂街不仅限于黑暗中被人捅一刀的窝火，还有猜疑和嫉妒。长根并不是一个能讨女人喜欢的男人，然而，当翠英碰到他帮助隔壁的寡妇月季牵驴的时候，还是忍不住在那个晚上将长根的耳朵扯得老长。长根一边讪讪地笑，一边就要长驱直入。翠英愤愤地打开他的手："你只会端人端出?! 犍牛都知道闻母牛，你就不知道疼人，把人啃啃?!"向隔壁努努嘴："去吧，她等你哩，都流成河啦！"

"月季"在日后的很长一段时间，被翠英的长针扎得遍体鳞伤。她甚至散播月季在晚上跑进驴圈，和自己家的驴子亲热的故事。"知道月季为啥不养牛要养叫驴吗?! 她……"

长根没有挣大钱的本事，翠英必须小心谨慎地花销每一分钱。三年前，她的一头小猪娃被牛三阉死了，她心疼地哭了。牛三是邻村的阉匠。天气晴朗的日子，牛三会骑着他那辆没铃没闸的破自行车走街串巷。他不用吆喝，车把上插着一根直立的铁丝，铁丝上飘扬着一段血红的绸布。在张扬的风里，那条红红的布条猎猎摆动，随风摆动的，还有他张扬的头——阉一头猪娃五毛钱呢。牛三身体健壮，据说都是吃了他割下来的羊蛋猪蛋的结果。牛三很少失手。那一次，翠英家的猪娃一阵嚎叫之后，被牛三这个刽子手掏去了睾丸。它像一个做了错事的孩子，蜷缩在墙角，浑身瑟瑟发抖。

第二天，猪娃死了。

这一次，翠英没有再去大槐树下，而是将瓢里的凉水端到牛三门口。她坐在牛三门口的碌碡上，一把鼻涕一把泪。亮晃晃的太阳下面，碌碡的侧面被她的鼻涕抹得闪着一团光亮。

除过给长根和儿子做饭，翠英也参加劳动，只是，她没有更多交流的圈子。她只是骂牛三，却只字不提叫牛三赔钱的话题。她的叫骂，更像是一种自话自说的交流和宣泄。她以自己喜欢的方式与人沟通。只有在那些高声的叫骂或者窃窃的私语里，她的存在感才能体现出来。

五十多年里，村子里的牛羊鸡崽都不见了踪影。衰老的翠英，再也不用担心她家的鸡将蛋下在别人家的鸡窝，也不用担心谁家的牛羊啃掉自家的玉米叶子和树皮。她早已不种庄稼，地都被收走了。偌大的院子，只剩下她一个人——长根早已死去，儿子们分房另过，孙子在南方或者省城里打工或者做着小本生意。她想养些鸡，孙子说脏，也没地方养。那些一眼能看到里边的柴扉，都换成了大红的铁门，却都闭得紧紧的。就连想在门口碰到谁从自家地里拔回几根葱，她想要一根炒葱花，也没有。只要她要，他（她）一定会给的——吃他（她）家的，是夸长得好呢。但是，没有人再种哪怕一棵菜叶。没有任何人和她发生一丁点关系。她忽然觉得空落落的，有些心慌。

那个黄昏，坐在门口的翠英，像一根被中午的大太阳晒得发蔫的玉米秆。她想起一边骑着破自行车一边哼唱的健壮的牛三，他死了；想起茅房后面玉米秆缝隙里那一双偷看的谁的眼睛；想起铁柱在两头牛叠加在一起时看她的诡异的脸。她希望有一只鸡飞过自家的墙头，把蛋下在隔壁的家里，然后，她去要蛋，人家不给，她努力地和人家吵架。

她很想和人家吵架。她喜欢和人吵架。

翠英摇摇晃晃地站起身子，在巷子中间转了一圈，又转了一圈，从每一个紧闭的红漆大铁门缝里看进去。她什么也没有看到。那些被高墙和铁门包裹的院子里空落落的，什么也没有。没有架子车，没有牛，没有羊，没有一把镢头或者铁锨。突然，她发疯似的大喊大叫起来："狗日的把门都锁得紧紧的，屋里有你妈的屄哩？怕人看？！"

她反身回家，端出一个盛满茶水的大玻璃杯，开始再一次润嗓子……

夜饮记

日暮，余置薄酒一瓶、卤猪蹄若干，独饮孤灯。

三杯入肚，思所见所历之不快事，心绪良多。

忽有鹤发苍颜之智者，飘然坐于前曰："汝本田夫野老，大可穷居乡野，登高望远；采山可茹，钓水可食，何以舍本逐末，与世偃仰？"

余答曰："故里清泉断流，茂树不再。为谋稻粮，抛阡陌于身后，逐繁华于古都。"

智者曰："今满城飞花，粉白黛绿，曲眉丰颊者，争妍取怜，汝羡乎？鄙乎？"

余嗫嚅："亦羡之，亦鄙之。"

智者笑曰："汝辈用心躁也，是故心浮气盛！汝记之：松柏之姿，经霜犹茂；蒲柳之质，望秋先零。"

余愧，亡以应。

智者复正色曰："怀抱利器者，必有动时。恨枝无叶，莫怨日偏。草木无声，风挠而鸣；平水无声，风荡而鸣，人之言亦然。若汝歌而有思，哭而有怀，虽烂死沙泥，亦不足惜！汝辈宜虚以受人，勤以励己，则其所修，如泉始达耳！行文亦如悬河泻水，注而不竭。君不见虚有其表者众矣？虽煊赫一时，而久于世者几人欤？摇尾乞怜而得风唤雨，非有志者也！"

　言毕，智者遁。未几，凉风掠窗以入。

　余释然。遂大快朵颐，执杯痛饮，不表。

桰头·牛

桰头，又称"牛桰头"，顾名思义，是架在牛的脖子上，紧扣于牛肩胛骨上的木制器具，形呈"V"字。桰头的两端，钻木成孔，便于穿绳拉犁。要选择这样的一个东西，牛的役使者——人——需要有一双慧眼，要能在树木繁多的枝丫间识得一个适于做桰头的树杈。切割、打磨以至光滑。要符合"牛体力学"。牛在生下来的三五个月之后，它的嘴将离开母牛悬吊在肚子下的松软干瘪的奶头，在一阵弹跳乱蹦之后被强行安上桰头。长长的拽绳，现在，只是拴着一个轻飘飘的破布鞋拖在地上，后面扬起的尘土让小牛兴奋不已，它在欢快和亢奋中更加卖力地奔跑，以为这是一场有趣的游戏。人是很有智慧的灵长类动物，他是世界的统领，他知道一头牛何时能适应桰头的挤压和勒嵌只是一个时间问题，一天，或者两晌。于是，牛在奔跑中领略被役使的欢快和放浪。它不知道，这只是它一生多舛命运的前奏曲。接下来的岁月里，它将温驯地适应沉重的木犁那永无休止的牵扯和拖拉，将那些从酏毛底下蒸腾出来的汗水滴进土地，但是，它的汗水，永远也不会再循环进它的身体了。它死后不能葬于土地，它的血肉将要进入人的肠胃。被大快朵颐之后，再一次为肉食者提供能量。它的皮穿在人的脚上，反射出耀眼的光亮，将跟在牛后半截的人刺得缩小下去；它的皮裹在人的身上，挎在人的肩上，显示着人的雍容和华贵；它的皮再一次被合成一股坚韧的绳子，套在那副已经磨得光滑无比的槅头上——这槅头却是架在牛的儿子的脖子上了，继续，重复，日复一日地拖拉。在田里，在路上。

田野是牛的舞台，它一望无垠。牛机械的行走显得漫漫无期，永无到达的那一天。舞台上牛的卖力表演，源于槅头这个始作俑者。它是人类智慧的发明。人为他的这个发明得意无比，暗自窃笑。

槅头是坚硬的，冰冷的。它吸收了牛的汗水和油脂，吸取了公牛和母牛的阳气与阴气，它高高在上地骑跨在牛的脖子上，在牛鼻子喷出的热气里欣赏着田野四季的风光。槅头吮吸着清晨第一滴露水，指划着天边最后一朵云霞。槅头骑在牛脖子上的时候，它看到了路边的树木，那是它的母亲。它从树身上降生，如今它坐拥牛柔软的脖颈，感觉光鲜无比。夜幕降临的时候，牛在黑暗的圈舍里反刍着白天吃下去的野草，这也是牛的工作。牛需要养精蓄锐，它知道第二天的行程更远了。丈量土地的步伐，是要这反复的反刍来增加能量的。它不敢懈怠。

此刻的槅头，慵懒地斜靠在墙角。它能听见牛反刍的声音。它兴奋地意淫。它想起了牛柔软的脖子。槅头变得更加坚硬强壮。它等待着黎明的到来，它期待骑跨着的摩擦给它带来更多的快感。

牛没有等到再一次进入田野啃食路边野草的机会，它被牵进了屠宰厂。它失去了与土地亲近的那个阳光明丽的早晨，它没有嗅到晨露的清香和草叶的美汁。它的肠胃被混合饲料填得满满当当。它也没有体验到与它耳鬓厮磨的人类那锐利的屠刀的奋力一击——它希望最后一次亲近人类，那是它一直以来期望的一种死法。它只是被装进铁条笼罩的卡车，夜晚奔走在城市的大街。它看到了高架桥上恢弘的彩灯，玻璃幕墙上闪耀的蓝光，小巷里折射的粉红色的欲火。它想到张衡的《西京赋》："商旅联槅，隐隐展展"，但那不是它终生相伴的槅头，是西京的繁华；它看到的是天下承平，王侯逾侈。最后，它被驱赶到用冰冷的铁栏杆焊接成的屠宰线上。窄窄的小道，像它走过的山上的任意一条小路。这么多年里，它披星戴月，日出而作，日落而息，没有翻下那条深沟，却在这里被秒杀了。

它的有些同类，死在另一个荒草丛生的宰厂里。那里远离人烟，狼狗把守着黑漆的铁门，院子里有水泥砌的水池，池水的表面，漂着一层枯黄的落叶。一群苍蝇逐水而戏，嘤嘤嗡嗡地唱歌。牛明白了，这是为它即将升天而唱的赞歌。它嚎叫，退缩，但它终被赶进了水池，高压水枪击向它的身体。它感到了急速的膨胀。在"哞"的一声惨叫里，它失去了知觉。那些进入身体的水，被封闭针快速地凝固在体内，再也没有渗流出来。水随着鲜红的牛肉，进入人的肠胃。它记得，那是一间繁华无比的包间，壁纸辉煌，地毯柔软；旋转的桌面上空垂吊着一盏巨大的水晶灯。中有美女，眉画远山，肌凝白雪。每个人的脸上洋溢着笑容。推杯换盏中，所有灿烂的笑容含情脉脉地投向坐在主座的人。牛依稀看到了一堆大嘴和尖利的牙齿。之后，它的皮紧裹了那些或臃肿或曼妙的身体，在阳光下闪着高傲的离合的神光。臃肿的身体，得到牛鞭的滋润，瞬间力大无比，曼妙的胴体发出母牛耕田的叫声，但她流的不是汗水。

牛含泪而笑。它终于明白，人其实并不比它聪明。他们恐惧，烦躁。他们喜吃饕餮大餐，只是为了掩饰内心的不安和惊惧。他们要及时行乐。他们害怕有一天像它一样。牛想起了楄头，那个终日不语的伙伴，它情愿被它骑在脖子上恣意地摩擦，它觉得楄头其实和它一样可怜。但是，楄头也不见了。它被塞进灶膛，在熊熊的火焰里化为灰烬，毕毕剥剥地响，由于牛的油脂和汗水的浸淫而燃烧得干净彻底，直至灰飞烟灭。牛先走了一百步，楄头接着走了五十步。但楄头却在笑，仍旧只是灿烂地笑。

一个鸡皮鹤发的老农坐在田埂上，眼前是一片荒芜的土地，他在叹息。他看到了牛的影子，牛的沉重的蹄声由远而近，最终消失在土里。他看见了楄头，楄头却不在牛的脖子上。

楄头一直在他的脖子上，但他浑然不觉。他从来就没有看见过脖子上的楄头。

先生老汉

村后有坡，坐北朝南，荒草野蔓，荆棘纵横，风凄露下，走磷飞萤。

至若晨曦初露，或夕阳将落，常有两三牧童樵叟，歌吟而上下穿梭于此，惊草丛之山鸡，洞穴之野兔。冢高低错落，耕者长眠于此，今静享人间未有之息，甚乏，熟睡之。不见风，冢上之衰草，忽微摆动，是其鼾声嘘气而致？抑或其不绝之魂灵忧后人之生计？

眠于地下之村人，生前多由"先生老汉"号脉开方，去病疗疾。

先生者，不知其名，人称"先生老汉"。仍记得，七十有加，身着玄色棉袄，足蹬黑底皂靴，两条绑腿紧而密实。一黑色细绳，绑石头镜片于鼻梁，虬须飘髯，精神矍铄。村人言其少多疾病，九岁而慈父见背，拜山后一孤老为干大（注：渭北方言，意"干爹"），干大好古精医，常于山中采药，及家炮制。忧无续者，教其识文断字并岐黄之术。多年里，日嘱其母伺其汤药，辄食山中首乌，未尝废离。

及至弱冠，先生竟身轻体健，日行山岭野村，已能独立行医，识脉之洪弦滑涩，虚实离分。干大死，遗言曰："夫脉者，医之大业也，既不深究其道，何以为医者哉？！"又云："脉理精微，非言可尽，心中了了，指下难明。非一时一日可精，人命危浅，朝不虑夕，汝应忘怀得失，以此自终，万勿轻浮！"先生含泪叩谢，并以柏木棺椁厚葬，守孝七日，方离。

先生年过不惑，声名远及八乡。田父野老，妊妇老妪，皆惠而赞之。病愈，鸡蛋挂面以奉，先生力拒而不受。顾其家，环堵萧然，不蔽风日，箪瓢屡空。此间佳话，一时纷然。

有外村一暴发包工头，家财万贯，名闻四野，朝歌晚笙。家中老父孑然一身，生活维艰，竟弃而不顾。及逝，操办百宴，声言人皆来食，续十天而不竭，震乡里。工头儿时，其父邀先生为其去疾，今感先生恩，命人驱车请坐上席，先生拂袖拒之，愤然闭门逐客，客愧然退。

经年之后，工头病，使人请诊于先生，先生称病拒之，来人叩首长跪不起，先生背包而出，闭目坐车中，身板直而卷烟冉，凛凛然有仙风道骨。至其家，极尽其折腾之能事，药引要地龙公母成对，又须三百年以上屋顶青瓦焙之，工头无从寻起，窘，求先生，先生索钱千余，诺求。数月余，其人死，送葬者寥，孝子长跪巷口不起，无人起灵柩！冷清至极。

村有人，心小而多事，常与邻里争多论少，经年多病，已入膏肓，遂请先生。先生闭目，一手执卷烟，一手号脉，良久，起身疾走，脚下生风。家人异之，紧追于门外，牵先生衣襟求问，先生背手疾走不停，言七字：少三日，多则七日。再问，不答。

过七日，一抔新土现于山丘。

先生七十，愈闲静少言，不羡荣利，寿，村人自发祝，门庭若市。有好事者问当年为工头看病事，先生答曰："行医济世，岂图财？"好事者惑，村长一旁答曰："所得钱，皆遗村小学。"又奇："怎不见碑上署名？"先生曰："何须铭？"村长颔首而笑。

隆冬，大雪，山岭皆白，先生驾鹤西去，葬者云集，绵延几里，号声震云。

邻人咸来，相扫其屋，家中竟萧然！土墙上，一人体经络图，黄且黑；手抄蝇头小楷中医配方及禁忌成堆，无一锦旗牌匾。

众喟然。

听 风

风声很大的时候，我醒来了。窗外不是很黑，甚至有些灰白得发亮。风不知疲倦地吹。

没有了睡意，想起来写东西，却怕影响家人的休息，便又倒下，静听风声。

风如潮水。一浪高过一浪，一浪接着一浪。每一个浪潮的间隙，有大约几秒钟，甚至几分钟的能量积蓄的时间。风是一位很有耐心的冲锋的战士，在积攒了足够的力量之后，挟裹着巨大的声势滚过院落。起先是在平地上冲锋陷阵的，那声音便沉闷而有力，如喉咙里喘着气的马，听不见他的嘶鸣和咆哮，只是在闷头狂奔；没有任何的障碍，他便势如破竹地穿行在空旷的地面。我听见了他豪壮的气势。气势的力量使谁家门口简易的棚子顿时倒塌。风声夹杂着空的易拉罐乒乒乓乓的声音在地面滚过，之后，是一声长长的呜咽，如哨子，如一根粗细不一的绳子在空中乱舞，绳子带动了地面的纸片刷刷地响。那呜咽的声音由低到高，又由高到低，在震动着的窗户外的空中呈跳跃之势。我想象着那形状——那是一只暴怒的长着许多只脚的蜈蚣在狂喊。

忽然，就听见猫的叫声了，弱弱的，在风的浪潮的间隙。如婴孩的哭，或细长如丝，或尖厉短促。在巨大的风声碾过院落的空地的时候，那细长或短促的声音便消失了。不，我想，它没有消失，只是被风声暂时覆盖，它感到压抑，或者被挤压扁了。也许，在某个小小的一隅，有一只叫春的猫，于这孤清的夜里传达她压抑的情感；也许，是两只热烈的猫，在这风声狂暴的夜晚，旁若无人地孕育新的生命。那被闷雷般的风声碾过的院落的某个角落，这一场曼妙热烈的爱情听起来似乎撕心裂肺令人心悸。也许，那是两只从来没有孕育过生命的年轻的躯体，他们如风般积攒的爱情的力量在释放的时候才显得如此炽烈，并在笨拙和慌乱中完成爱之初体验。

风在继续，狂奔在继续，呜咽也在继续。风的力量是巨大的，持久的，他要碾碎所有阻碍他的东西，生命或非生命的。但是，猫的叫声并没有因为风的强大而退缩。在风摧枯拉朽的气焰里，在风呜咽的悲鸣里，在风因为用力过久而需要歇息的空隙里，猫的叫声是微弱的，渺小的，但却始终没有停止。也许，只有在这风声狂怒的夜里，他们才敢如此地放肆生命的延续和诞生。他们是不负责任的人们抛弃了的生命，终日栖息在下水道或者草丛里，在垃圾堆里觅食饮水，苟延残喘。

天地玄黄，没有红烛摇曳，帷幔凌风，但生命的延续注定要在这风的世界撕开一个小小的口子，找到属于他们的透气孔。

风声在继续，叫声在继续。他们只知道孕育的欢乐，却不晓分娩的痛苦和生存环境的恶劣，竟要顽强地延续生命！

水盆羊肉

大热的天，总也挡不住爱吃的人的火热情绪，特别是在晚上，烟熏火燎的露天烤肉摊上，空调开放的大厅套间里，总是堆满吆三喝五、推杯换盏的食客。在西安的大街小巷，要看早上火爆的吃的场面，除了上班前一段时间的早点摊子，那就要数水盆羊肉馆了。

水盆羊肉，有别于清真的羊肉泡馍，亦无须香菜粉丝等佐料。既是水盆，当然汤多。正宗的水盆羊肉，应该是选用黑山羊的肉，其肉质细密绵厚，往往是沉在碗底的，约莫三四片，常常煮得飞花稀烂，入口嫩酥。汤是清亮的最好，这与厨师的手艺密切相关。好厨师做的水盆羊肉，不但肉烂汤清，鲜嫩爽适，而且味道悠长；做得不好，汤色发混，调料咬合不均，色香味就欠佳，倒食客胃口，吃一次，下次人可能就不来了。

据说水盆羊肉的调料多达几十种，除了常用的花椒、桂皮、生姜等，还有丁香、草果、白芷等中药材。具体配方，那属于商业秘密，外人是不能知道的。羊肉性温味甘，入脾胃，达心肾，补血精，助元阳，生肌健力，御抵风寒，自然应为冬令大补。然三秦大地，炎炎夏日里，随处可见"水盆羊肉"的牌子，或堂皇地高挂于一些闹市大街；或歪歪扭扭四个大字写在一块门板上，矗立于尘土飞扬的乡间路边；或干脆什么牌子也没有，门前支一口大锅，锅里吱吱冒着热气，一大锅的羊肉，远远地便飘过一股羊膻味。吃的人汗流浃背，从背后看去，一个一个的头埋在大碗里，只见后脖颈上闪着汗光的肉在蠕动，听得见吸吸溜溜的一片喝汤声。蒜皮在风扇下乱飞，满地便飞花片片，蔚为壮观。

这种反季节的吃法，我想可能和四川的火锅大致相同吧。大热的夏天，川人对火锅也是情有独钟，脚下的地板上，到处是油腻的，走来令人战战兢兢。他们不用什么油碗，直接从锅里捞出来，放在面前的吃碟里，就开始吞咽了。与我们这的火锅有区别，区别就是吃法简单，大概是源于重庆的朝天门码头，那个挑着担儿的火锅鼻祖的简单设施吧。秦人的水盆羊肉，吃法也是简单，一老碗汤水带几小片肉，两个烧饼。一碗水盆端上来，食客先拿起黑而粗的筷子，"哗啦"一声翻江倒海，肉汤在碗里打旋儿，肉片就在旋涡里浮将上来。若肉少，嘴里就嘟嘟囔囔；肉多，则喜眉笑眼，连说不错不错。馍也不需要像清真羊肉泡那样掰得很碎，直接大块泡进碗里，一会儿就膨胀漂浮起来。想吃辣，剜一勺油泼辣子，再大刀阔斧一搅，立刻汤红油亮，筷子也就沾满泡沫了，半截子是油水，就将筷子紧紧地夹在两片厚嘴唇中间，"吱"一声如拉响锯，便光洁了；又在桌子上"当"的一声蹾齐，就着生蒜便吃。蒜是不提前剥皮的，倘若撕一小片餐纸，将剥得赤条条的蒜瓣一字儿摆在上面，就显得小资了，那往往是少数的穿白衬衣打领带的人的优雅动作。大多数的人，一手执筷，一手拇指与食指捏了蒜瓣的小尾巴，先豪迈地一口咬掉蒜头上的棱角，舌头只一卷一舒，便将蒜瓣咬成一朵盛开的莲花，蒜皮也自然张开一圈。偶有些许小皮儿粘在嘴唇上，"噗"一声吹一口气，蒜皮便尽飞远处，也许粘在别人的腿上了，管它哩！嘴唇一抿，兀自便光洁了去。如羊吃枣刺，一树的叶子全吞下去，竟无一刺扎了嘴舌。

记忆里，第一次吃水盆羊肉，是跟着父亲去十几里地外的公社粮站缴公购粮。前一天的晚上，父亲说明天跟他一块去，顺便吃一回羊肉。我兴奋得一夜未睡，一直凝心那羊肉。第二天一早，我不用父亲叫，就早早起来了。十五岁的我，仗着不小的块头，和亢奋的心情，一个人将装满麦子的大口袋挨个扛出门，放倒在架子车里，一路昂扬地拉到粮站。到粮站的时候，天还没有亮，我们就在门口排队等候，直到天大亮，粮站的门才开。交完麦子，已是中午，在烈日的烘烤中，我们疲惫地走进街道的老食堂。

那一碗水盆羊肉，是三毛五分钱，肉三毛，馍五分，父亲要了一份，一分两碗，他只吃了一片肉。我却吃得酣畅淋漓，风生水起，如过年一般。那碗羊肉的清香，通过我的嘴，在学校里飘扬了好长一段时间。

后来上高中，学校就在老食堂不远处。每每放学，经过老食堂的门口，我都要奋力地张大两个鼻孔，美美地吸气，期望更多的羊肉味被一丝不剩地吸进鼻子，然后闭了眼，感受肉的芬芳与清香。有好几次，我甚至张大了嘴巴，不由自主地空嚼，猛地就又羞愧起来，四下看看是否有人笑话我。然令我吃惊的是，我看见好几个人，也如我一般，呆呆地立在门口，突出的眼球死死盯着提瓢舀汤的人。他们嶙峋突兀的喉结，在细长的脖子上，上下蠕动，又都张大了嘴，眼睛似闭似睁，只听得牙齿嘎嘣嘎嘣地响——古人所谓"屠门大嚼"，真的不余欺也！

最近的几年里，在西安，我也吃过好多家的水盆羊肉，有蒲城的，有澄城的，虽然加了好多的调料，总觉得味道不是很地道。东门外的老孙家，也带上了水盆，但供应的是糖蒜和辣子酱，没有生蒜和油泼辣子的生猛和倔劲；发现了方新村的一家，后来又搬走了，又跟到文景路去吃，肉少，刚刚温热了牙，没了。便常常怀念起老食堂的水盆羊肉来。

前段时间，回老家，去了老同的电器商场，老同问，想吃啥？我说回来了，肯定是老家的水盆么！老同说没麻达，不过咱街道的水盆不行，难吃得很，干脆去蒲城吧？比咱门口这美得多，一碗能顶你西安三碗的肉。我说太远了，就在这凑合吧，又耽误你挣钱呢。

老同说，挣锤子钱哩！门一锁，走！"日"的一声，车屁股冒出一股黑烟，冲出了街道。

我爱吃面

我一直是爱吃面的。妻子说，一天不吃面，能把你饿死么！我说，饿不死，但哪天没吃面，总觉得好像没有吃饭。

小时候，一碗面对我的诱惑，始终不能抵御。这也源于生活的艰苦而造成的面粉的缺乏。山里人的饭碗，总是稀汤寡水。一年到头，农业社分的那点麦子，是极少有白面吃的。磨面的时候，总是要等到有人先磨，好填塞了磨面机的大肚子；磨完了，又要将磨面机肚子里的旮旯犄角打扫得干干净净。中午一顿饭，不是黑面擀的短节节，就是玉米面片儿。少量的白面粉，是留下来蒸年馍用的。偶尔吃一两顿白面条，那一定是家里来了重要的亲戚，不是母亲娘家的侄子，就是姨家的儿女们，也是等人家吃完了，剩了一点，我才有吃的机会。若是姑家来人，母亲是不擀白面的。

于是，对于白面的渴望，与对那些客人的反感交织在一起。我想吃面，却不想见到那些说话居高而临下的人；而没有那些人来，平日里，是不可能有白面吃的，这样就很是难受。但我能将心里的渴望藏起很深，任何人也看不出来。每当他们吃白面的时候，我就出了门去玩，没有人叫我，我不回去。也许，我本来就是吃黑面的命。

有那么一天，是午饭时间，我起先是坐在门口的槐树下的，眼睛呆呆地望着被槐叶割碎的那些亮光发瓷。但随风飘来的一股葱花的味道，顽强地窜入我的鼻子。它像一个被堵在地洞内的老鼠，在我的心里撕咬碰撞，冲击着我好不容易建立起来的那点脆弱的心理防线，身子便不由自主了，随着那葱花的油香，在巷子里荡来荡去，像一匹逐肉而奔的饿狼。终于，在巷子东头，我看到了二爷。二爷家的劳力多，每年夏收后能分好多麦子，所以二爷吃白面的时候要多一些。现在，二爷正高高地端着一个耀州烧的青瓷老碗，边走边吃。他用一双筷子，将面条高高地挑起，一张嘴努力地向前鼓出，宛如一个小小的圆洞。那圆洞正对着挑在空中的面条嘶嘶地吹气，舌头也不时地伸出来，擦抹着嘴角的辣子，如蛇吐信子。面条里的辣子调得红如鸡血，如一面小而艳红的旗帜，随着他晃动的身体，在筷子上摇摇摆摆。他在巷子里转悠，却并不立即去吃，而是左右搜寻着可能射来的羡慕的眼光。我瞪了他一眼，咽了一口唾沫，转身走开了。

巷子的西头，六爷坐在一棵皂角树下，头埋在一个大碗里。我老远就听见他大声地吸溜。走近了，六爷抬起头来，笑呵呵地问我吃了没有，我没有吭声。六爷的碗里，是一堆黑面条。黑面没有筋丝，擀不成细长的面条，便都是些短节节，但六爷依旧吃得轰轰烈烈。他拿起筷子，在碗里当当当地刨着，将碗的四周，刮擦得一干二净，最后都收拢在碗底，再拿筷子有力地夹起来，像在麦场里用木杈挑起一捆麦子，对着那口訇然中开的大嘴，全部塞了进去，两腮便鼓如青蛙。又"吱"的一声，将碗底的辣子水水吸得光净，碗竟如洗过一般。

六爷将空碗放在一旁的碌碡上，抹一把沾满辣子的嘴，说，如果天天都能吃上一碗白面，就受活死了。

能吃上白面的日子，是在人和地的摸爬滚打、相拥相泣中，悄然来到人间的。地，却不值钱了。人吃上了雪白的面，地却被无情地抛弃在身后。遍地的面馆，将面的生母，遗忘于乡野的荒草之中。地不会说话，但清楚自己已不能承受生命之繁重。我亦如一粒尘土，随风飘落于这繁华竞逐中，在嘈杂的应酬中，也人模狗样地出入过不少楼堂馆所，豪饮鲸吞过我不曾吃过的诸多美味。但是，对于一碗面的热情，并没有丝毫的减少，相反，仍旧只是觉得吃一碗面，方能饱了肚子，踏实而不心慌。

　　大街小巷的饭馆，多如繁星。在一张张铁皮包裹的案板上，一团面被捶打揉捏，声震屋檐。在手撕刀削中，竟变出万千花样来，相对我闻香逐走在村中巷道的当年，是不可想象的事情。而一碗面里的佐料，岂是当年二爷碗里仅有的辣子葱花醋水可比！西红柿鸡蛋、木耳红油、大块牛肉。即使最简单的一碗棍棍面，也有半碗的青菜豆芽青辣椒。面条也可以先捞出来，用水透过，再小瓢爆炒。可以肉炒之，也可以蛋炒之。做面的师傅，将一盆的面，盘若卧蛇，在头顶绕匝，于空中划弧。宽者如裤带，言"杨凌蘸水"；细者如发丝，是"兰州拉面"，据说拿一苗针来，可以其为线，自针屁眼穿过。面条凌空跳跃，锅下火星四溅；落入火锅中，似白龙翻腾；盛于瓷盘里，更油香喷鼻。看门口"闻香止步，知味停车"的牌子，诚如斯言也。

　　面馆多，缘于三秦大地，自古便是天下粮仓，麦子遍地。秦人便以面食为主。在"以食为天"的岁月里，更是积累了繁多的面食做法。耀州的咸汤面，户县的摆汤面，陕北的羊肉面，岐山的臊子面，凡此种种，不一而足。尤以岐山臊子面名气多多。走州过县，在这西京城里，已成连锁，遍布大街。其面薄、筋、光；其汤煎、稀、汪，辣得人吸吸溜溜，吃得人热汗涔涔，却不舍不弃，手握两根筷子，如扫一片秋叶。我每每路过那些面馆，总要探头张望，逡巡不前，鼻翕而口张，若咀嚼状。肚子饥了，就去吃；若是不饥，也记下店名和方位，以便下次来这里办什么事情，也好有个吃面的地方。

　　不管是哪一种面，不管什么高汤，也不管佐料如何的丰富，总是手工擀的面好吃。冰凉的机器，始终代替不了温热的手工，那其中有一种不可名状的东西在里面。黄的土，产出白的面，这是一种怎样的质变？无人能说得清楚。厚重无言的泥土，被柔水抚摸，以温馨的爱意，产出这白生生苗条可人的尤物，分明是大地给予人的恩赐啊。所以，我永远不能忘记，婆在吃过的面碗里，舀半碗的面汤，一边慢慢地转着碗，一边用筷子将碗壁附着的葱花辣子刮刷得净光，然后一滴不剩地喝完那半碗的面汤，锅里剩下的面汤，再用来和面蒸馍；父亲捡起掉在地上的面条，在清水里涮干净，再送入口中。与其说他们怜惜自己劳作的艰辛，不如说有一颗虔诚的对于土地的感恩之心。

大的街道，那些高档的饭店，也有面吃，却不是贵，就是机器压的细面，没有嚼头，我吃不起，也不爱吃。于是便常常走进那些背街小巷的面馆。门前一口大锅，小伙子手托面团，手起刀落，片片如叶，直跌入滚锅中。或者两手如纺线一般，将连绵盘桓的一根面条，拉成白色的细线，飞流直下入沸水，疑是腾蛇乘雾来。须臾捞出，或佐以炸酱，或以油泼之。满桌大蒜，随取即食。吃饭的多是下苦人，粗瓷大碗，面量充足，喝汤就蒜，煞是满足。我吃一口面，喝一口汤，置身其中，恍然如坐在村口的皂角树下，再也不用仰望二爷那面迎风飘摆的"旗帜"了。人生至此，夫复何求？

前几日，一个朋友打电话说，他把母亲从老家接来了，捎了两袋面。还有老人家自己酿的一桶粮食醋，一捆屋前种的大葱，中午，母亲要给他擀面吃，问我来不，顺便给我拿一袋。我说一定去咥一顿。当年我经常去他家，他的父亲在煤矿下井，不常回来。隔三岔五，我就去他家，和他一起，不是出羊圈，就是给家里拉土，自然没少吃过他母亲擀的面条。面白味香，入口滑筋，如老人家当年织布机上的白线一般。那一碗面，我吃得豪情奔放，滋润了好几天。

妻说，大热的天，跑那么远吃一碗面，能有多香？

我说，你不懂。

破烂的人生

我住的地方，是一个没有合法手续的小区，简言之，小产权房。九十户，院子呈正方形，四周均是上下两层的房子，内有卫生间和室内楼梯。这本来是附近的村子给村民盖的，设计初衷为商住两用，市场却因种种原因，没有兴起，便成了出租屋。院子西边是一个农贸市场。租住在东边院子的人，大多在西边的市场做各种生意，蔬菜瓜果，服装鞋帽，电子产品，无所不有。市场和院子相通无阻。

院子与市场的连接处，有一堵墙，墙西是市场的垃圾堆，墙东是大院的垃圾堆。当两个垃圾堆大如小山的时候，便有农用车来拉，伴着浓烈的臭气，垃圾车冒着黑烟从院子中间穿过，那些菜叶碎纸常常撒落满地。

这两个垃圾堆，吸引了许多拾破烂的人，他们的人生故事，也和垃圾堆里的破烂一样，纷繁复杂，各式各样。

一、棉花

棉花今年五十多岁。我认识她，是在多年以前。那时候，我在市场南边的村子暂住，她和我在一个院子里。她的男人杜三本来个子就低，又是个罗锅，腿脚也不利索，不知是腿先天有病，还是后天受伤，走路连瘸带拐，一副扑扑趔趔将要随时摔倒的样子，看着人难受。棉花是外县人，听说年轻时，夜晚独自走路，被人强奸，受了刺激，精神恍惚，消息传遍乡间，所以一直没有人来提亲。杜三三十好几，家里穷，娶不上媳妇，便学了补鞋的手艺，靠着一双手，竟也盖起了一座新屋。有人将杜三说给棉花的父亲，这门亲事成了。

杜三携着棉花，将补鞋的手艺和棉花给他生的两个小子带到了城市，这里穿皮鞋的人毕竟多，钱好挣些。杜三在市场摆了补鞋的摊子，兼换拉链配钥匙，小日子倒也过得安稳。

两个小子渐渐长大，却没有一个好好学习。放学了，直接就去了村子里的黑网吧，吃饭时间也不回来。杜三从早到晚都在市场补鞋，没有时间去找他们，即便孩子晚上回家，他也看不懂写的作业，因为他也没有上过学。孩子常常拿已经写过的作业来糊弄他。棉花每天扯了嗓门在村里喊着儿子的名字，却没有答应声，尖厉的声音令周围人捂耳朵。白天倒也无所谓，往往大半夜里，她依旧在院子里巷子里大喊大叫，便招来人的谩骂和训斥，棉花没有正常人的应对方式，也还嘴，就被人打得鼻青脸肿，说影响了他们休息。

两个孩子的衣服又黑又脏，又不好好学习，老师便懒得理，班里那些当地的孩子也欺负他们。孩子似乎不喜欢去学校，这样便荒废了学习，杜三也没有更多的钱交他们的借读费，两个孩子早早就辍学了。老大去城里食堂打工，老二天天游荡。几年后，杜三病了，是癌症，几年来攒的一点钱不够一次手术费，况且又是晚期，杜三就在不长的时间里撒手而去，丧葬的费用，还是其他补鞋的伙伴这个三百，那个二百，集体凑的。留下疯癫的没有任何收入来源的棉花，因交不起房租，也被那家房东撵出了门。

救了棉花命的，便是这垃圾堆。她在垃圾堆里找寻食物，这里有好多的白菜叶子，还有卖鸡鸭鱼肉的人扔掉的下水。别的拾破烂的人，手里都有一个很短的铁耙子，棉花没有，她就用手刨。夏天里，她一来到垃圾堆，那里的苍蝇轰的一声，如一片黑云腾起，给她让出一条路，棉花便低了头，在里面专心地找寻自己要的东西。碰到拉垃圾的车来，她就远远地躲起来，因为她经常把那些垃圾刨得很大一片，乱糟糟的，需要人家再收集整理，便遭到打骂，她可能害怕了。

棉花以后到底住在哪里，我不知道。但我每天都能见到她的身影，她会很准时地来到这里。除了捡能吃的东西，也拾纸板铁丝饮料瓶，这些是能卖钱的。她依旧用手在刨，与以前不同的是刨完了，又用手一把把堆起，手里也多了一把捡来的烂扫帚，把垃圾堆起很高，又把周围打扫得干干净净才离开。

天气一天天地冷起来，棉花的身影照旧在垃圾堆旁出现。她的双手，在湿漉漉的脏水里由白而红，如她捡拾的被人扔掉的红萝卜。孩子不见踪影，她也不再大呼小叫了，静静地捡拾她要的东西。最近十几天来，我没有再见到她的影子，是去了别的啥地方，还是病了？如果病了，谁会来照顾她？如果没有生病，她又能去哪里呢？哪里是她的天堂般的生活？

棉花因那次意外的遭遇，而变成一个异于正常人的人，过着非正常人的生活。没有人注意到她的存在，她一如那垃圾堆里的破菜烂叶，已被世俗的温暖的风刮向暗淡的角落，独自飘零，直至腐烂，最后销声匿迹。

二、黄昏之恋

去年夏天的一个下午，这里的垃圾堆旁，来了一个老头，弓着腰，穿着朴素整齐，只是瘦小一些。看他弯腰刨的时候，如一块干核桃在垃圾堆里缓慢地滚动。

这个老头除了在垃圾堆捡拾，还低声吆喝："谁有那个饮料瓶，铝盒盒？"声音极低，似乎没有吃饱饭，或者嗓子不好，总之，只有在他身旁，才能听到在说什么。听人说，他是附近国营大厂的退休工人，老婆早死了，二儿子从农村来接了他的班。他本来是可以回老家的农村住的，但大儿子说他让老二接了班，就跟老二过日子去，他就来到这里和老二住在一起。老人孤独，便和一个孤寡老太来往着，并经常把那老太领到家里来。儿子反对他们的事情，把老太撵出来了。说这样子的话，他们小两口要养活两个人，死了又要葬埋一个外人，负担重；又说他人傻，去银行领工资不会签字，也记不住密码，又不会抽号，领的工资却总被那老太花，就拿了他的工资卡，说需要钱的时候问他们要。老头却常常没钱买东西，孙子又经常缠着要钱买零食，便出来拾破烂卖点钱。

每天的早晨，老头都会来到这里。有时候，他的袋子已经很沉，似乎在别处拾到了很多的东西，便用一根棍子挑着，很吃力地走。院里的几只小狗跟在他身后乱叫，他也不理，也许知道狗只是叫，不会咬他，所以很镇定地低头走路，一边低声地在嗓子眼里叽喝着那没有人能够听见的话。

一天中午，我又一次见到了这个老头。他和一个老太用棍子抬着鼓鼓囊囊的蛇皮袋子，又说又笑地晃悠过来。老太穿一件褐色短袖，倒也精神，只是头发已经花白。老头把蛇皮袋和手里的塑料水瓶放在墙角，和老太一起在垃圾堆里刨起来，直到确定再也找不到能捡拾的东西了，两人便坐在墙的一角，呼呼地喘气。老头拧开水瓶，递给老太，老太说她不渴，让老头喝。老头说水不多了，等一会渴了再喝。就和老太聊天。老头说你还是来我家吧，你老不来，我心慌。老太说我不去，你儿媳妇凶得很，我怕。老头不言语，取水瓶要喝水，却碰翻了没有拧紧盖子的瓶子，水倒完了。老头叹一声气，老太就起身，说去买两个冰棍吃。老头连说不渴不渴，老太还是去了。

老太拿来了两根冰棍，又坐下，剥了一根冰棍的纸，递给老头，老头接了，含在嘴里，两边的腮深陷进去，形成两个小坑，一鼓一鼓地蠕动。老太说，慢慢吃，小心把牙瘆了。

　　吃完了冰棍，两人起身，老头用绳子拴了袋子，和老太抬着鼓鼓的袋子步履蹒跚地走了。

　　此后的日子，老头仍然不时地来到这里拾破烂，却不见了老太。听人说，老太是灞河东边一个村子的人，被儿子找到硬拽回去了，说她都那么大年龄了，在外丢人现眼，村人都笑话他，让他在人前抬不起头来。老头便一个人又挑着那个大大的蛇皮袋子，步子却比先前沉重了许多。

　　一个早晨，我在马路边"老年健康理疗中心"的门口，看到了那个老头，他没有和其他老年人一起排队等候，只是静静地坐在马路牙子边，身边竖着一根棍子，没有蛇皮袋在身旁。穿着藏蓝西服、戴着胸牌的姑娘热情地搀着那些老人上台阶，嘴里大爷阿姨亲昵地叫着，那些老人的脸上挂着喜气，排队等候体验免费理疗。他们有退休金，但可能缺少温馨，在这里，那些小姑娘和小伙子的甜言蜜语，让老人的心温暖而活泛。在免费体验的背后，是要买那些保健品的，那些老人有钱花，老头却没有，所以没人叫他，他只有很落寞地看的份。

　　一股风吹来，卷起地上的黄叶，旋起老高，弥漫了老头瘦小的身影。清洁工挥着长长的扫帚，示意老头让开。老头扶着树缓慢地站起来，拄着棍子走了。

　　以后很长的一段时间，我都没有再见到那个老头，听说被儿子送回了乡下的老家。

　　老人为自己的儿子创造了完满的生活，自己的后半生，却残缺不全了。夕阳西下，是残破的冷寂和无尽的寥落。黄昏的生命，也将在不长的岁月里走完他暗淡的余生。黄昏之恋，一场空梦。

南五台记游

南五台，古称"太乙山"，中国著名的佛教圣地之一。天下修道，终南第一。《关中通志》载："南山神秀之区，惟长安南五台为最。"乱翻《古文观止》，偶见苏轼《凌虚台记》有言："四方之山，莫高于终南。"大约为了区别耀县的北五台山，人们将这秦岭山里的观音、文殊、清凉、灵应、舍身五个终南山峰，唤作"南五台"。

昨日，长安大雨，将山洗得浓绿滴翠。抬头望去，但见群峰巍峨，石阶逼仄，沿路童稚欢歌，伛偻提携。我体形肥硕，须侧身斜放大脚，方能踩实了台阶。拧腰转胯，不但多了一份辛苦，更是笨鸟单飞，滞于人后。所幸心性不急，沿途频歇。一路老树繁荫，奇花乱草，香茵扑鼻，不觉神爽气清，竟也忘了涔汗淋漓之苦。有妇人浑圆如枣，腋下夹着大把高香，在我前头，口喘大气，揩汗攀登。壮硕的腰身，左右拉拽，将两根粗腿艰难地向上拔起，就见脊背湿了一片，花衫子紧紧地粘在肉上。

歇息石阶，见一着黄衫、打浅灰绑腿、蹬圆口布鞋的僧人。身长，脸瘦，两根长棍交叉绑架着一个竹背篓，顶在肩上，迤逦而至。背篓之中，下为土豆，上为白菜。腰不弓，背直挺，一步一步，坚实稳当，拾级而登。僧人渐远，打问经营滑道的人，始知亦有挑夫给山上的商店背东西，挣脚钱，每斤五毛。想那僧人应该背了五六十斤不止，换算下来，也不过三十块脚钱，倘若在我，就打开功德箱，付挑夫脚钱了，不该出此蛮力的。他已跳出三界，不在五行，大约体力之苦，亦是锤炼身心，磨砺意志吧。

站在主峰顶上的观音台边，极目南望，巴山隐约可见，始知山外有山。茫茫秦岭，隐者数千，而我只看到满眼的葱绿，他们隐遁哪里？不见古人，更不见老住持释宽印法师。一处寺庙门口，有企业赞助的牌匾，写作者赫然落款，是当代名人的书法。龙飞凤舞，极尽铺张。企业的名头新近油漆过，流光溢彩，煞是夺目，旁边漫漶不清的古碑字文，黯然失色。

紫竹林边，一水如帛，清莹秀澈；若铿鸣，似琴调，漫流于平台石阶。一时顿生诗意，无奈生性愚钝，呆坐良久，竟吟不出半句清绝的诗韵来。黑虎殿的前门两边，有"古寺无灯凭月照，山门不锁待云封"的对联，拙朴清静，嵌于墙里。如此才华，不知何人所写，何人勒石。想起李太白与崔颢，就觉那些在一旁留墨的当代书家，勇气可嘉。

夕阳在山，人影散乱。吃过半山腰农家的浆水鱼鱼，煎饼卷野菜，又见僧人下山。他背着一个空布袋，身形矫健，脚下生风。我已疲惫不堪，不觉心生艳羡。

他已放下背负之物，自然轻松了。

卖瓜者言

周日集市，熙熙攘攘，若宋之清明上河。有卖甜瓜者，以车屯之，堆而如山，旁置剖开之瓜，声言甚甜，引人目光，人争鬻之。

吾过，闻其声，亦趋而近，卖瓜人喜而手刃一块，呼余尝，顿感香气扑鼻，沁人肺腑，遂贸得三斤，喜而归。

既还家，呼妻品食，妻问价几何，余答"五元"，妻惊，言余不惠而被宰，吾不服，言极甜。妻冷笑不语，取一瓜，洗而切之，塞于吾口。既尝，索然如白水，皆无先前之甜香。吾惊而询妻，言样品非卖品！品种不类，价异之，余呆立一旁，默然无语。

妻愤而言："吾尝购之，仅三元！今多而上市，汝竟五元，实呆傻！退之！"吾难，思一大丈夫焉何以对！然惧内，遂提瓜郁郁出门。

之市，远见卖瓜者神情灿然，如前招呼过往行人。余徘徊良久，惴惴而前，怪而问之曰："若所市于人者，皆为入口之物，何以淡然无味，不似样瓜？汝欺吾何？！"

卖者笑曰："吾业是有年矣，吾赖是以食吾躯，吾售之，人取之，两厢情投，未尝有言，而独不足子所乎？世之为欺者不寡矣，而独我也乎？吾子未之思也。今有腕戴劳力士，开豪车者，旁坐美人，其腹便便，官者上报水分，下扣应得，言出国考察，实旅游山水，寻访异域美色。台上长篇宏论，荧屏口若桃花，真言几许哉？果能授孙吴之略耶？

商者偷漏税款，隐己之收入，出入楼堂馆所，笙歌艳舞，员工尽流血汗，攀高塔以求薪；为警者撑伞以护黑恶，刑讯逼供良民，坐收娱乐红利，盗起而不知御；为官者中饱私囊，酣睡温柔之乡，民困而不知救，吏奸而不知禁，坐縻廪粟而不知耻；矿难轰然，老板绝尘而离，身后白骨累累，主管扯皮，言之无人伤亡，山里孤儿寡母，呼号而不应！君不见城市日新月异乎？然黎民苦矣，先前拆迁之许诺，时化泡影，开发商之喽啰，遂手提棍棒，驱民流离失所，老妪鳏寡，手举白幅，拦路挡车者何？红地毯上，星光灿烂，背后之糜烂，甚于吾弃之腐瓜！余悲矣，观其坐高堂，开豪车，醉醇醴而饫肥鲜者，非人大代表，即政协委员，孰不巍巍乎可畏，赫赫乎可象也，其人前之言，几多属实？又何往而不欺世盗名，愚弄民众也哉？今子是之不察，而以察吾瓜！"

予亡以应。退而思其言，偕类东方生滑稽之流。岂其愤世疾邪者耶？而托于瓜以讽耶？

落难文人的悲悯情怀

韩愈和柳宗元是唐朝古文运动的主要作家，更是我国古代有相当影响的文学大家。虽然两人在政治上的意见存在很大分歧，但他们却交情深厚，惺惺相惜。韩愈对柳宗元的文学才华更是极为推崇，高度赞赏。柳宗元的一生，沉多浮少，历尽坎坷。他的诸多文字，不仅仅停留在寄情山水，东皋舒啸，而是饱含对民间疾苦的大声呼吁。韩愈的《柳子厚墓志铭》，更是向人们讲述了一个发生在柳宗元身上的感人至深的故事。

唐宪宗元和年间，柳宗元因参与王叔文和韦执宜的政治改革，被遣出朝廷，就任永州司马。后又被御旨调回京城，再派发柳州（今广西柳江县）任刺史一职。诗人刘禹锡亦在发配之列，应赴播州（今贵州遵义以西）就任刺史。当时的刘禹锡，家中尚有老母无人照顾，就上书朝廷，言其困难之处，朝廷不听，命刘禹锡带母亲一起去播州。柳宗元闻听这个消息，大哭说："播州，非人所居，而梦得（刘禹锡字梦得）亲在堂。吾不忍梦得之穷，无辞以白其大人；况万无母子俱往之理。"意思说，播州当时地处蛮荒，不是人居住的地方，何况梦得又有母亲大人，我不忍心梦得被逼到绝路，无法报告母亲大人；而且万万没有母子二人一起前去的道理。于是，柳宗元准备上书皇帝，情愿拿柳州换播州，并说如果因此而获罪，至死也不遗憾。正好赶上有人把梦得的事报告皇帝，于是，梦得改任连州（今广东连县，条件比播州好些）刺史。

在这里，韩愈用了一大段的议论，来评价柳宗元的仁厚之心："呜呼！士穷乃见节义。今夫平居里巷相慕悦，酒食游戏相征逐，诩诩强笑语以相取下，握手出肝肺相示，指天日涕泣，誓生死不相背负，真若可信。一旦临小利害，仅如毛发比，反眼若不相识；落陷阱，不一引手救，反挤之又下石焉者，皆是也。此宜禽兽夷狄所不忍为，而其人自视以为得计。闻子厚之风，亦可以少愧矣。"在当时自身已经难保的情形下，柳宗元提出情愿去播州以受艰苦，而保全刘禹锡母子同堂，实在令人感动！

韩愈的这篇《柳子厚墓志铭》，并没有像一般的铭文那样，一味为故去的人歌功颂德，而是从柳宗元当时所处的客观现实出发，剖析了他一生命运起伏的原委。韩愈长柳宗元七岁，以一位同道兄长的身份，对柳宗元年轻时的锋芒过露，在文中也有委婉的批评和抱憾。

年少的柳宗元，"博学宏辞，俊杰廉悍，议论证据今古，出入经史百子，踔厉风发，率常屈其座人"。因为年轻而才华横溢，柳宗元不顾及个人得失，以为以己之力，功名事业可以轻易取得，却不料屡屡被贬官治罪于远古蛮荒之地。被贬之后，又没有有力量有地位的人推举引荐，以至于穷死僻壤，令人唏嘘。韩愈在文中说，如果子厚在任时，能谨慎从事，约束自己，自然不会屡屡被贬。我在想：倘若柳宗元当时真如韩愈规劝的那样去做，我们现在还能读到《捕蛇者说》这样呼吁民生疾苦的激扬文字吗？

柳宗元于元和十四年（819）逝于被贬之地，终年四十七岁。在第二年的七月，其灵柩才被运回他的故乡，安葬在祖先墓旁。去世时，柳宗元的儿女尚小，均在幼年，最小的儿子还未出生。灵柩送回的费用，是河东观察使裴行立所出；而把他安葬在祖坟上这件事，是他的表弟卢遵出资来完成的。一个苦难的为民请命的文人，死后竟是如此的凄凉！

这时的刘禹锡，可能并不知道柳宗元的命运归宿。据我查证，这个时间，刘禹锡也应该在被贬的边远地方苦苦求索。刘禹锡被贬达二十二

　年之久，当他重新回到东都洛阳时，柳宗元已去世多年。

　　此刻，我们只能在故纸堆里，去寻觅并且感受古代仁人志士的悲悯情怀。在当今浮躁喧嚣的世俗世界里，他们的身影，已渐去渐远，不复重现了。

观《秦腔后记》杂谈

无意中，打开电脑，在"中国散文网"上看到根据贾老师的随笔《秦腔后记》创作的纪录片，且由贾老师自己用商州方言来朗诵画外音，就好像又听到了村里那些商州人说话，颇觉亲切，顿时浑身所有的毛缝眼全张开了，竟不觉闷热。

老家的村子里，有好几户人家来自商州，据说是一路乞讨，在这儿立脚下来的。他们在村子后边的荒山坡上打了几面窑住下来，自己开荒种些坡地。村人多姓王，这些商州人的姓却五花八门，宁，阮，甘，阚，都是我很少听过的。

听父亲说，商州苦焦得很。石头多，土少，庄稼几乎是长在石头缝里，甚至听说是把别处的土挑来铺在石板上种，一遇洪水，冲刷殆尽。那几家人因为集中住在一起，所以保留了他们家乡的语言，比如把"哥"念作"guo"。在我的印象里，那些男人黑而瘦小，脚腕子很细，但小腿却异常粗大。他们在山上背柴，你若从后面走，看不见人身，仅见棒槌似的小腿，从小山堆似的柴下露出来。他们人虽瘦小，力气却大，又吃得苦，比村人要勤劳许多。脑子也活络，村人称他们为"南山猴"。农忙种地，农闲上山割荆条，编架子车上的笆笆，用长把镰刀在半埝里割枣树枝，做糖条编糖，拿到集上去换钱。他们编的笼很圆，我家的笼都是他们编的。每年秋后农闲，就上山挖苍术（一种中药材）。窑前门口，晾晒得黑压压一片，远远就闻见一股芳香，气味喷人。

他们不只苦硬，其中有些人文化很高，这是我在他们分了地，搬迁到大村后知道的。碰上天下连阴雨，父亲就请了甘青山来家里编笼。他手里一边拧着荆条，一边把个《杨家将》说得头头是道，跟收音机里后来放的刘兰芳的评书一模一样。甘青山的大儿子后来跟了村里的铁匠老王学打铁，成了好把式。阚明亮经常给村里的红白喜事写对子，笔走龙蛇，像山腾飞，这令我羡慕不已，回到家里，就把炭锨塞到灶膛里刮锅底的烟墨，用水调和，又折来扫帚上的小竹棍，绑上海绵，在门口母亲捶布的青石板上胡写乱画。

去年春节回老家，我又见到阚明亮老人了，年近八十，耳朵背些，腿脚却灵便得很，走路不输年轻人。他的字在方圆一带有名。和他聊，说有一年，五一剧团来公社演出，那是公社庆祝新建成的戏台竣工，流传说李爱琴带队，那个露天的场子就聚集了上万人来看戏，都是奔李爱琴来的。公社领导指明要阚明亮来写字，他就写了"热烈欢迎五一剧团来我公社演出"的巨大横幅，也帮忙跑龙套打杂。有个年轻演员说这烂地方居然有人写这么好的字，他站在一边没有吭气，李爱琴就瞪了那小伙子一眼："啥地方都有人哩，穷地方咋了？！"年轻人赶紧闭了嘴。

甘青山的小儿子名叫武郎，比我高一级，因为路远，而且常有狼在河里出没，我们村里几个学生便结伴去上学。他不知从哪弄来一本长篇小说《铁道游击队》，书页子都卷起了，前无开始，后无结尾。怕老师没收，不敢带到学校，就放在家里，每天晚上在煤油灯下偷看，第二天给我们在路上讲。早上鸡叫三遍后，他就准时打我家的门，叫我起床，我们几个一边向七八里地外的初中学校走，一边听他讲书，一本书能讲一学期，都是在路上说的，讲得很细致。我至今都记得他每天早上一边抠眼角屎，一边问我们：昨天从学校回来讲到哪里了。我说讲到芳林嫂提着篮子准备出门侦察敌情，他就说好，就从这开始。——芳林嫂提上篮子，在镜子里耀了耀自己，打分了一下就出门了。我说应该是"打扮"吧。他说对，打扮。过几天又说"打分"。

阮玲玲和我在一班，她不像她的父辈们那么黑，极水灵，会唱《商洛道情》，说跟她妈学的。小时候我们一起打闹，甚至抱成一团在草坡上摔跤翻滚，但上了初中，却互相都不说话了。我们放学回家，她走得很快，不和我们一起，两根长辫子搭在肩上，随着她的步子颤动。有时候听着武郎讲小说，看着玲玲的后背，竟不知他说到哪里了。

初中毕业后，她就再没上学，后来早早嫁了人，以后再也没见过。

看贾老师的《秦腔后记》，知道他的家乡不像我村里那些商州人的故乡那般清苦，有水有山有稻田。我没有去过丹江，只在想象里觉得是个出人的地方。前几年去过一次镇安，看那县城沿河两岸摆开，山势巍峨，青树满坡，不似我们那里黄土多，树少水缺，就想起方英文先生了，字里行间，活泛水灵，有很浓的文气却怪趣十足，你叹为观止，却学不得要领。我常常疑心他们受了太多"三言二拍"的熏陶，于是就找来看阅，到最后，看人家的语言古灵精怪，自己的却半白半古，成了四不像，连自己本来的话都不会说了，就害怕得很，才觉得那是千万学不来的。秦岭山的地气绝非虚名，大秦岭，不一般。

二十多年前，看到贾老师的《商州初录》，其中有一段老汉在家里藏钱的细节描写，至今记得——换了几个地方，终于觉得安全了，歇息下来，就像犁了二亩地的老牛，卸了套绳，松软，乏困，无力，真正是好！没有在农村生活过，而且跟在牛屁股后面拾过粪的人，是万万写不出来的。

我就在想：没有了农村，还会出大作家吗？总觉得水泥钢筋里造不出作家，或者说雄浑深厚的作家。我们用石头和黏土做了水泥，但这个制作过程是化学变化，不是物理变化，不但成分变了，而且铺盖在深厚的土地上，绝了土地的呼吸，自己便隔了土地，地气又怎么传上来呢？于是又有人奔走百里千里，钻入深山，甚而潜进去经年不归，但终究是吸收了浅表的地气的一点皮毛罢了，写不出旷世之作的。于是又慨叹自己忙于社会事务，没有时间来写，实则是自己割断了连接土地的脐带，失却了原生态的营养，又大口地消费着被污染的精神食粮，江郎才尽是应该的，心不诚，则不灵。

童年在北山放羊，羊低头吃草，我就搬起石头，寻底下的蝎子来捉，想换点零花钱，但往往被母亲教导，说卖了钱缴学费、买本子，便没了积极性，常常偷懒，坐在山顶的石头上向南瞭望。天气好的时候，就看见南山的轮廓，清晰地勾画在天际。多年前，第一次零距离亲近南山，才发现南山与北山大不同，南山险峻，平地起山，沣峪口下一马平川，而山是从平地上直竖起来，直接就树木苍翠，水流潺潺，且清且急。不像北山，一路慢上，先塬后山，以土为表，其后才是山。树木一会浓郁，一会又稀少，有时竟变为荒岭，只在山尖看见石头峰，便寻思与气候有关。南湿而北干，南山以石为主，所以水清，北山以土为主，有水也浊。莫非黄土高原那些作家的雄浑与浑浊的水有关？因了黄土的积淀和混浊的水的濯洗吗？而南山的水清，那些作家的文字，便如怪石立在清灵的河水里了？如贾平凹、方英文？呵呵，不得而知。

我的家乡，位于八百里秦川北尽头，说属关中平原，却进了山，说是高原，却显示出低丘的模样，努力一下，还能听到陈忠实老师舒缓冷静的叙述。接不上高原的地气，成了寂静岭，是个过渡地带。那么，能做到路遥的苍凉和陈老师的沉雄厚重吗？或者什么也学不到，流于皮毛？庆幸的是，一直披着农民的皮，不敢剥，实际上也剥不掉的，就像贾老师在出棣花街时说"我终于把身上的农民皮剥了！"后来又发现是剥不掉的，还得捂紧了，生怕被城市的风刮掉去了。真庆幸他一直把农民皮穿在身上，要不，就不是大家了。

喜欢一直把农民皮披在身上的朋友，不妨看看《秦腔后记》纪录片。

临街的窗

我的"蜗居",临街而立,自然有一扇临街的窗。

茫无思路的时候,我就站在这窗子跟前,眺望远处。

现在是 14:30,夏日里,一天中最高温的时间段。

隔着玻璃,我能看见远处的平房顶上,两个头戴草帽的人,合力抻着一条绳子,从楼下往上吊着一桶桶烧热的沥青,他们在修补漏雨的屋面。平房下的空地上,一个粗手大脚的女人,头上顶着一块湿毛巾,用力地搅拌着锅里黑乎乎热气蒸腾的沥青。她用一把铁瓢,将锅里的热沥青舀进桶,摇摆着提到平房下,接过上面递下的绳子,拴好,再将空的桶提向火炉旁,周而复始。火炉的旁边,停着一辆农用三轮车,车厢蒙着一块脏兮兮的草绿色帆布。那个车厢,应该是他们夜晚的宿舍。他们是一支流动的队伍,可能来自安徽的某个乡村,一行多人,好几辆车子,白天的时候,悠悠地开着,车子里放着流行歌曲,夜晚,就停在拐角小巷,在夏蚊成雷、烘烤如炉的车厢里,酣然入梦。

平房的东边,是大片的断垣残壁——那是拆迁中的一栋楼房。钢筋从瓦砾土堆里露出一截。男人拽着一头,奋力地撕扯,试图拉出来,却怎么也拉不出来。大堆的水泥砖块上,坐着好几个妇女,亦是头顶湿毛巾,每个人的手里挥舞着一把斧头,砍削砖块上顽固的水泥砂浆。一片片土雾遂腾起在身体周围,与空中的热浪对峙,融合,并将她们围裹起来。我看不清她们的脸，却能清楚地看到空中蒸腾的烈焰，如一幅幕帘在摇曳。那些毛巾底下苦着的脸，肯定与雅芳或欧莱雅无关。

平房的南边，是一栋二十多层的高楼，刚刚建起，正在外装修中。小如黑点的人影，在架板上来往走动，能看见黄色的安全帽。

楼下的路上，没有悠闲散步的人；路边的小摊贩在伞下打瞌睡。一条黑脏的小狗，满身油污，吐着长长的舌头，卧在三轮车旁边，它不停地喘气。

热气湿透了衣衫，我索性赤了身，点一支烟，站在窗前瞭望。烟雾里，那些挥舞的斧头，上下起伏，似乎砸在我的身上，隐隐作痛。

那些在烈日下劳作的人，今天晚上，一定会在简易的工棚里呼呼大睡。睡梦里，人人都是平等的，但是，当太阳升起，生存的斗争重新开始时，人与人之间又是多么的不平等！

活着的意义

设想每一天都是你临终的前一天

你就会感谢那意外得到的时间

——贺拉斯

给先人上过坟，我坐在山梁上的一块地边歇息，能看到埝下面一个新的坟茔：黄土拢起的土堆，与周围绿莹莹的麦子形成鲜明的对比；土堆上面没有一棵草儿，只是几个花圈的骨架拥挤在一起；花圈的架子上，一些零散的白花在风中飘摆摇曳，似乎能听到沙沙的声音。

今天是清明节，山梁上到处是上坟的男人，但没有看到这新的土堆上来人。故乡的风俗里，新坟是要在清明的前一天（寒食节）来上的，想必是在昨天吧，他的儿子应该来过了，在这儿跪下来，化过纸钱，将一串爆响的鞭炮声聒噪在他的耳边，使他不惮于在这荒凉的野岭忍受黑夜的孤寂。

我认得这片地，知道这是马六叔的坟茔。他是和父亲一般年纪的一位老人，小名叫马六，他比父亲多活了这十来年。只是这一次清明回家，看到的竟是这一堆黄土了。听说他是两个月前去世的，走的时候，没有受一点罪，很干脆。晚上吃过饭，他说有点不舒服，他的老伴，我当年叫作兰姨的——将他扶靠在炕上歇息，他忽地坐起来，又躺下去，两手在空中不停地乱抓。兰姨说，他要走了，他在抓阎王爷的手。终于，他抓住了阎王爷伸过来的手，紧紧地攥着，他就走了。在故乡，对行将就木的人来说，没有躺在炕上受煎熬而顺利地死去，是一种幸福。那么，他也应该是"享福"的人了。

上坟来的时候，经过老村逼仄的小巷，在他家的门口，我看到了门楣上丧联的横批，三个菱形的方块白纸，上写"昊天罔×"，显然，后边的一个"极"字被风吹走了。他家的前门，还是我二十年前离开故乡时的那扇柴扉，那是他用山上割来的条子编的。

关于他的那些零散的记忆，便如耳边吹过的风儿，散乱地拂过我的脑海了。

他不是村里的王姓人。很小的时候，他跟上姐姐一路从山东逃荒要饭，过黄河，入陕。来到我村的时候，却只是他一个人，据说他们在要饭的半路上吃了一户人家的饱饭，姐姐便执意不肯再往前走了，做了施主家的媳妇。有人收留姐姐，却没有人愿意收留他，他就一个人继续向前走。某一天来到我们村的时候，五老爷看他可怜，就将他收留下来放羊。那时的他，大约应该是七八岁的样子，自己却并不知道自己的年龄，更别提出生年月了。他不识一个字，只知道他是山东人，具体哪个县，哪个市，浑然不晓。

多年以后，五老爷用两斗麦子给他换回一个媳妇——他现在的老伴儿兰姨。他如一棵草籽儿，就在这山村里生根发芽了。都在一条巷子里住，我那时没少在他们家吃饭。在外村上学的那几年里，星期六回家，有时候门上了锁，我坐在门口的碌碡上等父母回家的时候，兰姨就会叫我去他家吃饭。记忆里，那时的兰姨，身子像山上细溜的荸子条。她心灵手巧，尤擅女红，能剪各种窗花：花鸟虫鱼，胖娃拔萝卜，贴在小小的窗格子里，煞是好看。那时候，兰姨家总会来一些和她年龄相仿的男人，说是找马六闲谝，其实是冲着兰姨来的。他的几个儿女，都长得体体面面，清清爽爽，没一个像马六那样如干而黑瘦的枣核。有人说，那不全是马六的孩子。

马六叔一辈子只知道低头干农活，他甚至没有去过县城，没有坐过火车。记得有一次，一架飞机飞得很低，他要我捎上他家门后的长竹竿去戳，说一定能将那个飞机钩下来。我没有听他的话，他就很失落的样子。他不知道那么大的家伙，翅膀也不见扇动就能飞，一直想不通。他常常和兰姨在家里对骂，但他嘴笨，说不过兰姨。我有一次在门缝里看见他将兰姨压在院子里，给兰姨的身上扣了一个簸箕，用他放羊的鞭子在簸箕上抽打，嘴里一边狠狠地骂着。兰姨的头发乱了，躺在地上，一声不吭。

马六家有一头牛，我家也有一头牛，上高中的暑假，连续的阴雨天里，我们在山上放牛，他穿着蓑衣，戴一顶发黄变黑的草帽，像一只瘦小的鹰，矬在一块青石板上抽旱烟，一锅接一锅。烟锅的火星在雨点腾起的水雾里一闪一闪。抽烟的间隙，他用枯瘦的宛如鹰爪的手，在我肌肉发达的胸膛上来回拃几下，说再有一个银元厚就很好了，真是干农活的好材料！我那时可不愿意和他一样在这山沟里待下去，觉得他简直就是个傻子。我对他表现出了强烈的不屑和可怜，但他竟毫不知觉，自顾自地说着，显得极兴奋。他还说，能活下来就很好了，有吃有穿的，比要饭好多了。

他与世无争的一生，似乎都在验证他说过的话。他没有和村里任何人发生过争执，谁家的红白喜事，烧水守茶炉的活计，总是他来干。靠着墙根一溜排几十个热水壶，随时总有开水，这大约已经是他毋庸置疑的铁定的工作了。谈起村里有妇人想不开而跳崖入井的事情，他就瞪大了两只指甲缝大的眼睛，显出极大的不理解来：为啥要死哩？这不好得很么？

下山的路上，我碰到了兰姨，她已七十四岁，显出极端的衰老来：腰佝偻下去，眼睛浑黄发红。她拉了我的手，邀我去她家坐。说起马六叔的去世，她流下了眼泪，说没想到他走得干脆，丢下她一个人了，该咋办哩。说着话，她从厨房里端出了一大碗我当年喜欢吃的剁荞面来，里面几大块肥肉，是马六叔过七期的时候剩的。我硬着头皮吃下那些肥肉，她欣喜地笑了说，知道你的饭量大。她仍然以为，肥肉是最好的招待客人的食物。当年离开故乡求生存的我，在她眼里已经是一个客人了。

兰姨说，村里教过书的老先生给马六叔写了铭旌，上面的生辰八字是看阴阳的茂源老汉给捏弄的。以他的情况，是没有多少亲戚的，却也摆了二十桌酒席。我喝着茶水，想象着那热闹的场面：十几口龟子呜呜咽咽地吹打着，红红火火将他送上了那一道生前扶犁耕地的山梁。

兰姨红着眼睛说，这就够了么，一个要饭的叫花子，死得热闹哩！

兰姨和马六叔，因为五老爷伸出的温暖的手，他们的一生，便相依为命，互相依赖，又因为马六叔的猥琐和兰姨的奔放而互相仇恨，可到最后，他们谁也无法抛弃对方。当年的兰姨，是一棵蓬勃的茂草，散发着阵阵清香，吸引着痴迷的蜂蝶，那是自然的法则，他们谁也没有理由埋怨对方，没有谁对谁错。他们常年行走在羊肠子般的山道上，却也是走在宽阔的大路上了。

看着眼前的兰姨，我总无法将这如冬天的酸枣般干枯缩小的老妇人和年轻时那风花雪月的兰姨联系在一起，她们是如此的对比强烈，令我恍如隔世。是的，他们的身体已如这块贫瘠的土地里生长的一棵古树了。马六叔一直友好平和地对待这个世界，曾经的过去，我没有听他说过一句抱怨的话，他对苦难的承受能力，亦大大超出了我的想象；他有一段动荡艰辛漂泊不定的童年经历，但却顽强平静地走完了自己辛苦的一生。我想起余华说过的话：人是为了活着而活着，而不是为了活着之外的任何事物而活着。

马六叔的一生，是一种简单愚昧的生存方式的单调重复，还是经历过苦难之后对一切事物因为沉着淡定的理解而产生的一种超然呢？

感恩的延续

栖居城市多年，我回故乡的次数总是有限的。在那些短暂的回乡时间里，只要发现我的身影，村里那个叫作玉米的——铁生的媳妇，总要忙忙碌碌去地里摘些苹果或自家种的菜给我。她说，感谢我救了她的两个孩子。

那是多年以前的事了。我在离村十几里外的镇子上高中。

一个暑假的午后，突然雷雨大作，在山坡割草的我，赶紧背上草笼往回跑，走到河里的时候，看到有两个小孩居然还在大雨中玩耍，他们显然不知道处在这河里的危险。我背起草笼，一手抱一个孩子，艰难地跑回村子，一路摔了好几跤。我不知道这两个小孩是谁家的，问他们，也说不清父母的名字，但知道自己家的位置。顺着他们手指的方向，我将他俩抱进院门大开却没有人的家里。我知道了，这是玉米的家。他们的母亲是一个瘸着腿、相貌丑陋、连自己的名字都不会写的山里人。

站在村子的崖边，我看到汹涌的洪水冲泻下来，也就是说，如果不是我发现的话，他们也许早就被洪水卷走了。

在我将那两个小孩抱回来的山路上，没有碰到一个人。晚上，她来到我家，连声感激。我奇怪她怎么知道是我抱回了她的孩子，她的孩子并不认识我啊。她说，她猜的。因为我背过她的瞎眼父亲过河。

我又记起来，我上初三的时候，有一天和一帮放学回家的同学过河，河里的列石被前几天的洪水冲走了，我们只得脱下鞋袜，挽起裤腿过河。这时候，一个盲老头拄着拐杖颤巍巍站在我们身后发愁，他说他要过河看他的女儿玉米。他的身上很脏，散发着难闻的味道，我迟疑了一下，将他背过河去，又搀扶着他进了玉米的家。

我已经完全忘记了这件事。但玉米说，她记得死死的。她说，我不能忘了这事。

多年以后，玉米的两个孩子已经长成大小伙子了，而我回到故乡的时间很少，只是做短暂停留，很少看到他们的身影，听玉米说他们在外打工，也不容易。春节里，我没见到这哥俩。玉米说，太远，他俩今年都没回家。哥哥在一个装修公司上班，做高管；弟弟开了一家图书批发公司，生意很不错。我发现一个现象：村里其他在外打工的小伙子，搞得都不是很好，不停地换地儿，结果总是两手空空回来。

我问玉米，为什么他俩"混"得好？玉米说，我经常对他俩说，要心地好，对人要有感激的心；能帮人的时候不要朝后退；不管什么时候，你做了好事，也许别人暂时不知道，但后来总会有人知道的。老大起先在装修公司打杂，但他心眼实在，吃苦肯学，别人不愿意做的事情，他都去做，老板都看到了；老二开始给批发图书的老板打工，好多和他一起来的人都走了，老板以后又在另外一个城市开了分公司，老二现在就在那里做总经理。

玉米家盖了新房、装修得很好。玉米笑着说，这都是两个孩子弄的，她哪有钱。

玉米没有上过学，没有文化，但她却有一颗感恩的心，这颗心也影响了自己的孩子。这两个孩子很懂事，不管走到哪里，总是被人喜欢着。他们身上没有多年混迹城市而沾染的油滑浮躁习气，总是踏踏实实做自己的事情。他们得到了丰厚的回报，这回报是他们自己挣来的，不是天上掉下来的。

玉米拿出两包上好的茶叶，说是孩子从南方拿回来的，一定要给我这个当叔的人喝，我收下了茶叶，我不能拒绝。我知道，这不仅仅是茶叶，而是一份感恩之心。拒绝它，等于中断了感恩之心的传递。

如果我们都有一颗感恩的心，我们的路就会越走越宽。

根·树

裸露的根，静静地立在这里，已经好多年。曾经在它的头顶嬉笑，和它亲近，狎戏。根的枯瘦的表皮，斑驳的即将落下的松土，树根上奔跑的黑大的蚂蚁，都在向我叙说它的沉寂与落寞。它已经衰老。包裹树根的土，如今不知去向。现在，瘦骨嶙峋的它将最后的气息吐向空中，挣扎着扶持出头顶那些绿叶。在绿叶的间隙，我看见了几颗小小的果实，那是还未成熟的青涩的小柿子。三个月之后，它们将露出羞涩的红脸颊，以昭示根的生命还在延续。但确乎没有人会来重视它了。它的周围，是给苹果施肥、拉枝、喷药的忙碌的农人。即使秋天来临，也没有人来采摘成熟的柿子。满天的红星，会渐渐暗淡下去，腐烂在树上，成为已经少见的老鸹们争相啄食的美味。

没有人能说清是谁种植了这棵饱经沧桑的柿子树，以及更多的那些长在山崖沟畔的它的同类。它们走过了好几百年。"千年古树问老柿"，这是流传至今的一句话，由此看来，那些残存的老槐树，也没有它的寿长了。但它却不知道自己生命的来由。一旁锄地的振北老汉，将长长的烟杆在地边的石头上咔咔地弹过之后，吐出一口浓浓的青烟。弥漫的烟雾里，两张因长久无人和他对话而即将生锈的嘴唇缓缓开启。他淡淡地说，是人在软枣树上嫁接的。

软枣树是野生的。我的眼里就现出更多的场景来。那些一年到头打不下几颗粮食的人,手提砍刀,奔走在山野里,沟壑旁,他们不知从什么地方弄来柿子树的砧木,嫁接在那些幼小的软枣树上。几年之后,小树上结出的果实,再也不是小而黑的软枣了,而是大红的各种形状的柿子:尖柿、重台、鸡心黄、四盘、火晶。秋天里,点点繁星,将一座座山映得火烧火燎。火红的柿子与天边的红云续接成一片绮丽的霞光。霞光照亮了山野,也照亮了一颗颗焦灼的饿得发慌的心。一到秋天,人们的眼里就闪出一种攫取的光芒,他们将收获的玉米棒子掰下来,挂在房前屋后的桐树上,宛如一座金黄的宝塔。风干之后,金黄的宝塔渐渐低矮下去。阴雨天里,家家户户的屋子里传出咔嚓咔嚓的剥离声。剥下的玉米粒与黄豆、豌豆、大麦混合在一起,炒熟磨碎,成为一种麻色的粗糙的面粉,俗称"烤面"。再将放软的柿子揭去皮儿,与烤面搅拌均匀,成一种絮状的黏稠的可食之物。这种东西伴我度过了童年和少年时期,那种甜蜜,我至今记忆犹新。

在那些秋冬的时光里,只要家里没人,我每天放学回家的第一件事,就是扔下书包,搬来院子里放着的木梯,偷偷爬上放柿子的木棚,揭开上面苫着的谷草,拣已经软了的柿子。我每天只"偷"一两个,并且从远处挪来另外的柿子,填平凹下去的坑儿,再苫好谷草,快速制作一碗"烤面柿子酱"。那种大快朵颐的甜蜜,无法言喻。因为不敢偷取太多的柿子搅拌,我常常被干燥的烤面呛得喉咙发干,难以下咽。诚然,我是一个极具心机而且能抵制更多诱惑的人,不会接二连三地爬上阁楼。那些柿子,是父亲要挑上去四十里外煤矿的居民区换钱的,我不敢多吃。

多年以后,柿子渐渐淡出人们的视线。鲜红的颜色,再也不能激起人们的食欲。也没有人吃烤面了,豌豆和大麦也已经不见了踪影,没人看得起一担柿子的价值。柿子自生自落。冬天里,树上的柿子冻得通红发硬。没有叶子的点缀,只有繁星在阴晦的空中兀自鲜红,与啼血的杜鹃为伍,与寂静的大地低语。

根的周围，生出一丛新嫩的枝叶。我走近了它。挨挨挤挤的新叶的空隙里，竟有几颗小小的软枣，我认得它们。软枣的形状与柿子不同，小而圆的软枣，竟然重生了。孤老的根，不愿死去，它以自己的不朽之躯，焕发出第二春，将那遒劲的裸露在外的最后一丝力气，陡然地释放进灰茫茫的天空中去了。

望着振北老汉苍老的容颜，我想起他的儿子，我的高中同学王建社。那个傍晚，在操场北边土台子做的临时舞台上，他以一曲《绿叶对根的情意》，在"元旦"文艺晚会上博得阵阵掌声。那时，他穿着草绿色的军便服上衣，蓝色的筒裤。笔直的挺缝能用来削苹果。那身衣服，是他的父亲挑了一担柿子，用了整整一天时间在四十里外的煤矿上换来的。台下的我们，却是一袭的老粗布黑棉袄。他唱得声情并茂，一双雪白的线手套在暮色里发出圣洁高傲的光芒。

问起振北老汉，他说建社好几年都没回来了。他在南方做事，据说混得很不错，但我好多年已经没有见过他了。振北老汉不愿意把他的骨殖扔在那个空气潮湿得能拧出水的城市，建社也很少回来。现在，他一个人行走在田野里，山路上，只是，他不再挑上柿子去卖了。他已经走不动了。

> 不要问我到哪里去
> 我的心依着你
> 不要问我到哪里去
> 我的情牵着你
> 我是你的一片绿叶
> 我的根在你的土地
>
> 春风中告别了你
> 今天这方明天那里

不要问我到哪里去
我的心依着你

不要问我到哪里去
我的情牵着你
无论我停在哪片云彩
我的眼总是投向你
如果我在风中歌唱
那歌声也是为着你
唔，不要问我到哪里去
我的路上充满回忆
你也祝福我
我也祝福你
这是绿叶对根的情意

不要问我到哪里去
我的心依着你
不要问我到哪里去
我的情牵着你
无论我停在哪片云彩
我的眼总是投向你
如果我在风中歌唱
那歌声也是为着你
唔，不要问我到哪里去
我的路上充满回忆
你也祝福我
我也祝福你

这是绿叶对根的情意

不要问我到哪里去
我是你的一片绿叶
我的根在你的土地
这是绿叶对根的情意

不知这个柿子树下长大的孩子，我的同学建社，是否还能想起，他曾经唱过的这首迷倒了一大堆女同学的歌曲？

斗蚊记

时令至于三伏，酷热难耐，不承想比酷热更难耐的是蚊子的侵袭！

据说在人类出现以前就有了蚊子！可见人类对于蚊子，实在是个后来者也。既然这样子，蚊子要吸人的血，其实可能是在捍卫自己的生存权。

蚊子早于人类来到这个世界，却被人类发明的"枪手"残杀，生命受到威胁，于是激发了它们基因变异的积极性——你不见现在的蚊子越来越大吗，叮了人身上的红疙瘩也越来越大且很难消下去吗，它携带了什么新的病毒来咬你，你也不知道啊。

傍晚，我坐在门口乘凉，不到几分钟，就有一批蚊子来了。据说蚊子有一种特异的功能，就是在几十米之外的垃圾堆那儿就能闻到我身上的汗臭味，于是它们来了。起先我并不害怕，因为我的两只手也拍死了几只蚊子，我觉得一个高大的男人对付几只小蚊子不是一件困难的事情，但事实证明我的想法是错误的。

我两只手在空中乱拍乱抓，蚊子很麻利地躲开了。为了追赶蚊子，我只好站起来打，静坐乘凉变成了一项运动，而且我感觉这项运动的运动量其实一点都不小，不一会我满身大汗，更多的臭汗又吸引来更多的蚊子！它们不但咬我，而且竟然肆无忌惮地在我面前的低空成团成团地飞舞，甚至交配，以便生产更多的蚊子来报复我。我忍无可忍，又觉得这样跟在它们后面打实在是事倍功半，想出了一个主意。

我看到了门上插着的艾蒿，那是端午节买的，已经干枯，上面落满一层灰尘，我取将下来，耐心地将它拧成一股绳子。——小时候在农村，老汉们常常用它来点旱烟的，还可以熏赶蚊子，很有效啊。

点着了，袅袅的淡蓝色烟雾升起在空中，我心中一阵窃喜：可恶的蚊子啊，我看你怎么办！

令人意想不到的是，蚊子似乎对这样的烟雾并不在意，它们的飞行轨迹依然是在我的周围做圆周运动，翅膀的震动频率一点都不比以前差！我的后背硬生生还是起了几个疙瘩！

我已经出离愤怒了，加大了追打的力度，很快又打死了两个蚊子。伸开两只手掌，有淡淡的血迹，我在想，这血是我的，还是别人的？如果是别人的，那个人如果是一个艾滋病患者，这只蚊子又过来叮了我，岂不是要传染艾滋病给我？那我还有活路吗？

想到这里，我不寒而栗！

还是回家吧，乘个鸟凉！

房子显然要比外边热许多，我只好打开空调，关闭门窗，是凉快了。熄灯了，却有一只蚊子在我耳旁不停地嗡嗡，睡不着。

我打开灯寻找，却不知道它在哪里。躺下了，它却又来了。

我下决心要杀死这只可恶的蚊子！

又打开灯，瞪大了眼睛四下找寻，一点影子都没有。

我坐下来静静地等待它来叮我，以便伏击它，几十分钟过去了，它始终没有出现，以我的经验判断，它一定是潜伏在某个角落——或是墙角，或是衣柜的缝隙里，或是窗帘的褶皱里养精蓄锐，而且在耻笑我的愚蠢，好在我躺下时咬我一口，一报杀身之仇。

我不甘心失败，翻箱倒柜，找出一盒去年剩下的清凉油，揭开盖子放在枕头旁边，心想着它应该不会再来吧。

但它还是来了！像一架低空盘旋的飞机，在我的旁边做着各种不同姿势的空中特技，以很低的声音来炫耀着它的胜利！

以我的感觉，它始终没有叮我！因为我没有感觉身上痒。

我难以入眠，辗转反侧，我在想：它为什么不咬我呢？我想起看过的电视剧的画面，一群鬼子包围了一个人，每个人手里都端着一把枪，却不射击，一边狂笑，一边缩小包围圈，那是怎样的一种情景啊！

我明白了，这就是所谓"不战而屈人之兵"！

不咬你其实比咬你更恐怖啊。

聪明绝顶的蚊子啊，我实在佩服你的智力，竟然比人类的智慧高出许多！我终于明白蚊子为什么能生存下来，而且进化得如此强大！蚊子甚至早于恐龙生活在地球上，而人类却是姗姗来迟。蚊子叮了牛的身体，牛只是摇动尾巴以示抗议，而当人类受到蚊子骚扰的时候，聪明的人类发明了各种各样的药品和器械来杀灭蚊子，在与人类的斗争中，弱小的蚊子变得十分的强大了。

我彻底妥协了，我不再气喘吁吁、大汗淋漓地转悠，在悠扬的嗡嗡声中，我渐渐心平气和，也感觉凉快了许多。

终于入眠了。

大个子人

我赤脚身高 1.76 米，穿上鞋子也就再高个两厘米，却每每被人称作"大个子"，看来人是羡慕大个子啊。据说国人的大个子标准是 1.80 米以上，由此来看，我还不达标。

从小学到高中一年级，我都在第一排坐，皆因身高矮小所致，所以常常被人欺凌。上小学时有一次和一同学打闹，不慎撞翻了一个女同学的桌子，把她的文具书本弄得满地都是。这可不得了！女生长得五大三粗，高出我半头，本来我们两个男同学都是有责任的，可她不向那个子高的男同学问责，却来打我。我身材矮小，自然打不过她，生生被她压在身下动弹不得，周围的男生学生起哄大笑，我丢尽了颜面。从那时起，我就盼望着以后长得高大些，免受欺负。

上到高一了，我却还在第一排坐，但到高二，一年间呼啦啦蹿高了十几厘米，彻底被发配到后边去了，而其他人好像静止不动了，我一下子进入班里的"高人"行列。人是高了，但并未强壮起来，作为一名班干部，有壮士不服管，我批评他，人家攥了拳头要揍我，我看看人家的胳膊腿，不敢吱声，才明白人家看你是高而不壮，于是敢于大胆对抗。

我定下心来寻思，原来人要高而壮实，那才行。

但是，世上的事往往总不那么两全其美。在我看来，个子高的人大多都很单薄，细溜溜像根条子，甚至驼背，走路头低着，步子却迈得特别大，跨步也格外高远，像是要避开地上的石头块；上半身前倾，下半身在后面，好像拿上半身拽下半身似的。但因为一步顶一步，所以尽管步子缓，一般人却跟不上他——他一步顶别人两步啊。和大个子人一起走路，其他人直喊累。

小个子人在人群中容易被忽视，所以小个子人个个胸膛饱满，上身挺得高高的，全身精悍，似乎要自己拔高一截，以弥补身高的不足而被人轻视的局面。这些人腿短，所以走路像风，两条腿换得极快；他们四肢短小，吃下去的养分能很快送到四肢，所以胳膊腿粗壮发达，更显有力，我想举重教练选人的奥妙便在于此吧。小个子的灵活性高，故体操武术皆选小个子人，在这里大个子不吃香了。

大个子人往往手善，这从他和别人争斗当中就可以看出来。我在街道上看见过好几次打架，大个子被小个子打得还不了手。个子低的，站在地上手够不着，就跳起来打，一跳一蹦扇大个的脸，大个人两条长胳膊在空中只是抵挡，往往不还手，气得边上的人直喊尿包。

因为身高，大个子在行动中显得迟钝，特别是转身慢。看郑海霞打篮球，队友传来一球，球低，从郑海霞裆下面滚过，海霞只得很辛苦地转身再去追，可等她转过身来，对方球员已经捡起球上篮了，观众哄然大笑；再看散打，大个子半天不出拳，小个子却频频攻击，咄咄逼人，且敢于转身摆腿，大个子是不敢的，不说踢上别人，要是一脚踢空，自己也得摔跟头。重心高，不灵活。

生活中，大个子人一般思维缓慢，说不了谎。有两个人需要配合的谎言，即使小个子人再三使眼色，大个子依旧自说自话地露馅儿，事后总是被同伙指责，大个子只是挠头憨笑不吭声，样子很傻，气得同伙喊"傻大个"。但大个子人心眼实，人缘往往出奇的好，虽然在好多场合不会来事，却得人爱。所以碰到一个认识不久的大个子人，你想交他为朋友，尽管交，不要有任何顾虑。要是一帮人在沙漠里迷了路，剩下的水要选出一个人来保管，放心交给大个子吧，他不会偷喝了水。

生活总是掺杂了太多的不足在里面。个子长高了，意味着纵向速度高，但却忽视了横向的发展，所以大个子人往往胳膊腿细，像竹竿，像

树的枝条而不是树身，但枝条也是重要的风景啊，人也是爱看景的。人
不喜欢大个的老实憨厚不灵活，但人人却喜欢长成大个子。拿门面和内
容相比，看来人更喜欢门面啊。

城市化的树

中秋，回了一趟老家，感觉天高气爽，满目葱茏，但眼中的绿却多是还未成熟的玉米。路边的树很小，能见到的大树不多，特别是新村。听说常有收买大树的人来，出高价收那些槐树、皂荚树。一些人看到给钱不少，就卖给人家，那些人就从村里雇人挖，然后运走。

城市需要大树，需要营造人居环境，又不能很快长出来，就只好在农村来挖了。

岳家门口有一棵槐树，粗如胖人的腿，岳父说前几日有人来看上了，出五百元要买，没给，长个大树，不容易的。

这些树，进了城，农转非了，但要受些苦头的，被割了头和手，只留身子，脚下也绑了草绳，在大车厢里拥挤着，一路呻吟，便到了新的家乡，要和那些高楼大厦做伴生活了。但却不是所有的树都能成活的，也有被折腾死的，再也不能托生了。

那些卖到城里的大树，往往站立在高层小区的院子里，或者政府机关的新办公大楼外边，或者新的主干道隔离带上，在适应了城里的灰尘噪声和干旱后，稀疏的头发渐渐长出来，身上就被缠了闪着金光的布，用来做开盘庆典的"礼仪小姐"，预示着富贵和吉祥。到了圣诞节，也要在头上身上挂彩灯的。它们在城里的任务是很重的，便需要脚下不停地使劲吸收水分。它的脚腕上围一圈铁栅栏，下面扔满了烟头，水泥地下的水分却不是很足，水都流走了，这就使树长得清苦而缓慢，像断了奶的孩子，用奶粉，总是不如母乳喂养的好。

看到这些树，我便惊异于村子里那些树的生命力之强了！

我的山村里，青槐很多，几乎家家户户门口都有，粗细不一，皆旺盛而茁壮，开春时节，远远就闻到槐米的沁香。翠绿的槐米常被用来染粗布，穿上染了色的衣裳，人便显得清雅了许多，也有了活力。

在村子的河岸边，有一棵几个人不能合抱的槐树，树身中间已经朽空，因常年的雨水冲刷，槐树的根像暴突的龙爪，悬在半空。这棵树据说是先人为纪念从山西大槐树下移民过来栽的，这样说来，应在好几百年了！树冠高而浓密，有好几个鸟巢，住着各种鸟儿，一到晚上，叽叽喳喳回家，很是热闹。

一个夏天的早晨，村人发现大槐树被前一晚的雷电击中了，树头断在了河里，只剩下中空的树身，飞舞的龙爪却还在半空，村人悲戚不已。然而，第二年的春天，人们惊奇地发现，断了头的槐树又发出了嫩绿的枝叶！

走在城市的街道，我看见那些树身上伤痕累累，有的被缠了铁丝，有的脖子上架了粗粗的电缆，它的负担如此重啊，尽管还在打着吊瓶输营养液，却还是枝叶稀疏、满身的灰土。

清晨，去城市运动公园锻炼，看到几棵皂荚树，树身粗壮，枝条却很细。小时候，在村子里玩，上了多少树，就是不敢上皂荚树，那上面的老刺坚硬无比，令人望而生畏，即使在树下玩，也往往被落下的硬刺扎了脚，哭爹喊娘的。这几个皂荚树却很少长刺，树身光滑，不像山里的树，身子上疙疙瘩瘩的。细细的树梢上结了稀稀拉拉几个皂荚，又很小，像扁豆角，远没有小时候见过的皂荚大。树下穿着绿色工作服的人除草打药施肥，像是侍弄婴儿般，也不见果实累累，我想被人做了手脚，转基因了吧。

核桃树也是如此，核桃结得很少，且都在树梢上，但在山坡里，沟畔边，河沿上，却是很繁盛，在很低的树枝上也有不少果实，伸手可摘。

城市的树，是单个的，只见树，不见林，树与树之间距离远，中间也没有其他野花和小草的联系。树就没有了伙伴，也孤独了。它们来自五湖四海，四面八方，因陌生而不说话，互不干扰，一棵树死了，另一棵远远地看着，依然在风中默默站立，没有人知道它在想什么。

来到城里多年了，没有结出果子，怕是和城市化的树一样了。

树 神

周家庄要拆迁了——这里将来是一个小区，十八层高的楼，几个月之后就会威风凛凛地站在这里，它将居高临下，目空一切。

周老汉是周家庄的老户，他家门前矗立着一棵高大的槐树。周老汉说，他爷爷的爷爷的爷爷亲手栽下了这棵树，周老汉就像爱自己的孙子般护着这棵树。

挖掘机巨大的手臂在空中恣意地挥舞，像周大娘在锅里摊煎饼一样就抹平了高高低低的院墙，周家庄很快不见了，只留下大堆的瓦砾和砖块，周大娘抹着眼泪站在树下看着这一切。拆迁的人要伐这棵树，周老汉却抱了树不松手，那手像是长在了青槐的身上，变成黑青的树的筋脉，村长和拆迁的工头掰不开他的手，只好无奈地站在树下抽烟。

村长背过周老汉，向工头挤了挤眼睛，说算了，这棵树就留下吧。

这棵树的来历，周老汉给人讲了一辈子。说是明朝洪武年间，这里来了三家从山西洪洞大槐树下移民过来的人，其中就有他先人哩，树就是那时候栽下的，是纪念先人的。年轻人和他抬杠，说那样子的话，树早死了，还能长到现在？周老汉瞪眼吹胡子，脱了鞋要打人，小伙子就跑了。

周老汉说，五八年大炼钢铁，在这树下开过动员大会，我还是生产队长哩，那人山人海的；生产队在树下分过粮食，树就掌着秤，谁也别想捣鬼；树上挂过上工的钟，天一亮，我就来敲钟，那钟声能传几里路。

大槐树是周家庄的地理中心，就是周家庄的心脏了。树下边是一片大的空地，像碾麦子的场一样平坦。春天里，鸟儿在这槐树上早早地响亮地叫唤着，早起的村人将睡梦中的耕牛吆醒，扛上犁铧从这树下走向地头；夏天，周家庄的人在槐树下乘凉，那巨大的树冠苫了半个村子，树下边的软风像温柔的手，轻轻抚摸着每一个坐在树下的人；秋天来了，一辆辆架子车拉着金黄的玉米在树下走过，树下的石磨上磨着玉米糁子，石磨是周家庄人赖以存活的挚友，大槐树是石磨头顶的庇护神。

大槐树是周家庄的公堂，谁家丢了东西，最先是从大槐树下传出消息的，有叫骂声为证；邻里之间闹了矛盾，大槐树下是评理的地方，得理者就会拉了缺理者的胳膊往树下拖，说让人看看这人是啥人，弄的啥事；婆婆在家里受了媳妇的气，也会坐在这大槐树下给人学说，说者情绪激动，听者或气愤，或叹息，或劝慰。这一切，大槐树都听得清清楚楚，看得明明白白。

外村人来到周家庄，总要摸一把大槐树，说槐树是周家庄的定海神针，周家庄人就很神气。

周家庄人以大槐树为骄傲。

槐树边曾经有一座庙，早年破四旧拆了，周大娘敬佛信神，和村里一帮老太太把大槐树封了神。大槐树身子上空了一个小洞，周大娘就在小小的树洞里设了香台，每日早晚敬香，说灵验得很。天旱的时候，周大娘在这里祈雨；地震的时候，周大娘在这里祈福。春天里，槐花的青草味裹着檀香的清香，随风袅袅地飘得很远，飘到附近的村子，引来更多人敬香祈福。

周大娘说大槐树就是神，是树神哩。

周老汉信不过村长和工头，拉来了几根木头，在树下搭起棚子，就像他当年看瓜地一样驻扎在树下，晚上也不回家，让周大娘送饭吃，寸步不离槐树。

周老汉血压高，周大娘担心他的身体，怕他受风着凉，劝他回家歇息，周老汉一下就火了，旱烟锅在地上能戳出火星来："嫌麻烦别给我送饭了，给我蒸一锅馍撂这，慢慢吃！"周大娘气咻咻地走了。

周老汉的儿子媳妇都在外打工，老两口照看着孙子，那一晚，孙子突然就发烧了，周大娘慌了神，跑来叫周老汉，说要把孙子送到医院，周老汉迟疑着不动弹，周大娘说送到医院再回来看树也行，周老汉就走了，回头又看看树，心神不定。

医生开了两瓶吊针，周大娘担惊害怕，死活不让周老汉走。打完针天都亮了，孙子烧退了，周老汉急急地向大槐树走去。

地上光秃秃的，大槐树不见了！

周老汉得了脑出血，抢救无效，撇下周大娘走了。

有人说，那晚工头得到村长的消息，得知周老汉不在，打电话叫来一帮人挖了树。有人说，是村长和工头早就把树定卖给城里一个高档小区了，你没看连树根都不见了吗，一棵大槐树在城里卖好几千块钱呢，那些小区住的都是大老板，有大树的小区，他们才会在那买房呢。

周大娘把香台设在家了，她说树神不在了，死了的老头子就是树神。

酒 城

白天的城市，是忙碌的；夜晚的城市，则是躁动不安的。

酒城，便是躁动疯狂的一个火山口，闪闪的霓虹灯是挑逗的眼睛。

夜幕降临，华灯初上，便有车停靠在酒城的门前或者背后的小巷子里，他们是这酒城的消费者，衣着华贵或休闲洒脱，间有美女依偎挽臂，袅娜而入。

热性的酒，进入口红把守的两道血色地带，在闭眼回味后，上升，躁动便不可避免地在体内膨胀，再次张开的双目变得迷离渴盼。幽暗而喧哗的大厅，也有孤独饥渴的眼，在朦胧中探寻发出迷离之光的所在，以期被迎合或接纳。而这一切，在吧台周围的美丽的云看得很清楚。

那些云，不是一朵云，而是一堆云，她们是职业的陪酒女郎，酒量非一般人可比。在她们的眼里，那些散落在角角落落的男女，是这个如海一样的欲望都市里的浮游者，大鱼或者虾米，吃人者或者被吃者。现在，他们已经忘记一切，只是在超过人耳所能承受的喧哗声里重重地在桌子上敲打黑色的塑料碗或者拼命地摇头。那头如一直旋转的陀螺，不知摇了多长时间，而且可能一直摇下去。看不清脸——长发遮盖了黑暗中没有表情的苍白。

舞台上，一个肥胖的男人赤了上身，玩着他的绝活，似乎是硬气功，看得出他头上脸上的汗珠。他居然能模仿好几个著名歌手的嗓音！

在表演的间歇，胖子说有更绝的技艺要展示给大家，台下便有了尖叫，声嘶力竭，碗敲得更凶了。然而，胖子说有一个小小的要求，那就是每个人干下自己面前的酒，他才肯表演，自己带头先干了手中一直攥着的多半瓶酒。顷刻之间，台下一片嗞嗞的吸溜声响起。每个人就都举着空的酒瓶在空中乱舞。胖子对大家的配合很是感激，鞠躬致谢，放了酒瓶子，一个后倒如僵尸般摔下去，一手撑地，一手执话筒，两脚举空，头在地毯上旋转起来，嘴里唱起歌，呼哨声一片。紧接着，有穿着超短裙子的女子出来唱歌，嗓音不错，唱到兴处，下台来与前排就座的男人们互动。雪白的长腿，以高度劈叉的形式一下就搭在一个人的肩上，那人毫不退缩，而是熊抱不松。尖叫声和敲打声，像一波海浪跳起来。

他有些不知所措，木然地看着周围的人在疯狂。他没有来过这里，朋友是银行的部门经理，酒城的老板是信贷客户，贷款已经超期，朋友每隔一段时间来这里催还贷款，顺便在这里免费消费，他又被朋友邀请。只是觉得有些不安和慌乱，便取出一支烟，正要摸打火机，黑暗中，"叭"的一声，眼前腾起一只火苗，他吃了一惊，回头看，一个帅气的高个青年不知从哪窜了出来，弓腰为他点火，他顺势便吸了烟，小伙子无声地又消失在黑暗里。

他终于忍受不了那些狂躁声，那些表演在他看来是低俗不堪、没有什么艺术可言的。他走进了卫生间，那里依旧灯光昏暗。在适应了昏暗之后，他看清了墙上小小的一张名片：同志请拨打电话××××××××××，他不明白。短暂的下泄完毕，他有些许放松，正要洗手，旁边一直站立的小伙子递来香皂，他说谢谢，小伙子又递上毛巾，看着小伙子那张清秀的脸，他感到温暖而亲切。要出门的时候，小伙子以极快的速度从洗脸台上端起一个不锈钢的盘子，以微笑而期盼的眼光注视着他。他看清盘子里都是十元一张的人民币，他的脸上闪过一丝不快和迟疑，终于下定决心向外走去，在回头的一瞬，他感觉到小伙脸上的蔑视和鄙夷。

在他的要求下，朋友和他来到包间，这里再也听不到喧哗声了。大屏幕电视放着不知名的流行歌曲，他闭眼享受着这片刻的安宁，但这安宁还不到五分钟，便被轻柔的敲门声打断，进来的是一个年轻的女子，手里托着盘子，有红酒，有水果。女子将盘子轻放在茶几上，双膝跪地，用牙签挑了小块的西瓜，伸到每个人的嘴边。他示意女子出去，说我们自己慢用。女子很为难，说老板吩咐的，要好好照顾几位先生。他说那你站起来，不要跪。女子微笑着说这是我们的服务方式。他便不再说话。

夜已深，街上行人稀少，只有快速闪过的车子在马路上奔流。那些"夜莺"们三三两两地出来，招手打的，出租车很快消失在夜色里。城墙下，钟楼周围的偏僻小巷，或者更远一点的城中村，应该是她们的"家"，她们每天的早晨可能是从中午才开始的吧。她们是一群鸟，从这棵树飞到那棵树，没有固定的巢。

那些来酒城消费的红男绿女，可能好多也没有固定的巢吧？在这不易栖息的大森林里，他们是良禽吗？能否择木而栖？他们飞累了，需要放松休息，第二天，又该飞了。所有的消费者和服务者，都被一根看不见的线牢牢地拴着，在这根线的牵动下跳跃、挣扎、喘息。

酒城的霓虹灯，在每个夜里，依旧不知疲倦地闪烁。

茶 馆

坐在茶馆的时候，嗓子其实是不那么渴的，渴的是心。

幽幽的曲子，咯吱作响的藤椅，碧绿的竹子或树叶，是为逃逸或意欲回归自然的心情营造的。茶馆外的车水马龙和喧哗，会吞噬寻找清静的人的心。坐在这可以私语的优雅之所时，隔着玻璃窗子，那外面的世界，就被你抛在身后了。可以独享，也可以邀友促膝而谈，至少会有一段时间的超然物外。

没有冬日的火炉和纷飞的呛人烟灰，茶馆却也是温暖的。茶是上乘的冻顶乌龙或普洱，服务小姐的声音也是温润的。款款地走过来，如一股小风，只有脚下的鞋底在木地板上敲打着韵律。

既然渴的是心，而不是身体缺水，喝茶便不是喝茶了，而是一种交往的手法或者方式。选择茶馆，便是选择一个消闲的地方，一个可以身心放松地说话的地方。没有人会痴痴地看着你品茗谈话，连服务小姐也很识趣地放一壶开水后就离开，把安宁留给你和你的朋友，你不用担心隔墙有耳窗外有眼。放松了，禅茶一味，繁忙置后，宠辱皆忘，且享受这片刻的宁静和惬意。

茶馆的客人，往往是文人雅士或商贾捐客，他们需要谈论艺术或拉拢情谊，把不敢在书面上说出的对于那些名人以及作品的看法酣畅淋漓地像茶水一样倒出来，那些话会在其他朋友的茶杯里溅出水花来，引起共鸣或认可；商贾们喝茶是狂放的，往往以内行的身份说出茶的好坏，进而对水的温度和空调的温度提出批评。他们的喝茶只是一种铺陈，棋牌室的娱乐是主要项目，面前的一堆筹码代表了财富的暂时占有和后期转移。在这清静的地方，他们照样会沸反盈天，烟熏火燎地把生意场上的厮杀移植到这里来，在茶水的滋润里瞪大炯炯之光，等待对方出手，然后一招制敌。茶馆，是他们另外的战场。有时候，会故意输得很惨，让对方赢得酣畅热烈。赢的多半是官员或者对他的生意有着话语权的人，那其实是为了引蛇出洞而投给的一块肉而已。茶馆，是他杀戮的埋伏圈。那些四周绿绒绒的花草，把杀机深深地藏起来，幻化成美妙和温馨，花草便看到了一场又一场没有硝烟的厮杀。

茶馆里也有咖啡，有悠悠飘荡的吊篮。坐在吊篮里，一壶咖啡会将两颗炽热的心融在一起。这样的两颗心，可能是天各一方的短暂小聚；可能是长期在优雅却令人压抑的工作环境里拼杀而逐渐趋于一块的；可能是一颗诡异的心在垂钓另一颗寂寞的心；也可能是一颗假装寂寞的心在诱惑一颗不安分的心，以谋求收获利益。寂寞的心柔软而饥渴，在风雨飘摇的人生里，从岸上被甩到水中，长时间泡得冰凉战栗，渴望温暖、靠岸。诡异的心是从来不曾想过消融那颗冰凉的心的。他只是需要及时的乐趣，或者释放集聚的能量。这是温情狩猎的第一回合，以后的战场不知何处，也不知鹿死谁手。

清纯的茶叶，生长在清水出芙蓉的撩人之境，那里山清水秀。嫩绿的叶子，被采茶姑娘的手拎到都市，茶叶便在滚烫的水里煎熬沉浮，在多次的浸泡中失去本色，被人敲骨吸髓，随着水温的下降，它沉向杯底，趋于死亡。有心思的人，便会看得心惊肉跳——那杯中的茶叶，是我吗？

清香宜人的茶水，什么时候从田埂地头、炉火柴堆旁来到这热闹的都市？寄居在这还散发着淡淡的油漆味的茶楼里？茶馆悠扬的古琴曲，是《良宵引》，还是《十面埋伏》？

不用挑选日子，不用在路边不停地招手等车，不要开车，选择一个较近的茶馆吧。三五好友，一壶清茶就够了，不要带有任何的功利色彩，坐下来聊吧，说出自己的苦闷和憋屈，朋友知道，茶水知道。

"旋旋续新烟，呼儿劈寒木"的喝茶场景，早已不复存在。在这多种气味和情调充斥的都市里，有这样一方饮茶之地，足够了，我们且慢慢享用，忘却忙碌，找回温馨吧。

夜 市

从哪一天起，有了夜市，大概没有人能具体说清。但有一点可以推测，那是人们的生活丰富起来之后的事情。夜市，有广义和狭义之分。广义的夜市，是指晚上以买和卖为主体形式的交易市场；狭义的夜市，则常常被我们定义为晚上吃饭的一个室外场所。其概念是：晚上以路边为露天场地而集中在一起，形成一定规模的短时间经营的餐饮市场。

夜幕降临，华灯初上，那些希望在短暂的前半夜有所斩获的人，常常把他们的摊子铺设在大型超市的门口，或者天桥上。那里，有太多的吃过饭需要遛弯帮助消化的人。男人一边走，一边打着饱嗝，一只手拍着鼓鼓的肚皮，并不去看脚下的地摊。女人和小孩则不同，会停下来，看看那些精致的手镯或挂件，摸一摸，随口问个价钱，就迟疑了，回过头，男人已走出好远，又放下东西，去赶自己的人。他们似乎对那些细碎的东西毫无兴趣，总是喜欢直奔主题。

地摊的主人，是散漫而随心所欲的猎人，他们以此为生，在看来豪无界限的街头或天桥上，却有固定的地域。楚河汉界，各据方寸。在这喧嚣嘈杂、人头攒动的地方，已经训练有素，城府极深。他们是城市这条大鳄嘴边的小鱼，在与城管的游击战中，机警地出没于大街小巷的边缘地带，用磨得尖尖的小嘴，寻觅一星半点的虾米。坐在小凳上的时候，他们游离的目光，始终落在走过的不同身份的人身上。那目光，你可能看不出贪婪，但却隐含着强烈的攫取之意。目光就是一把镢头，要挖出一点金子来。眼睛更是一束探照灯的光源，在发出的光得到反射的地方，便会用如簧之舌加强攻势。一句"您慢走"，结束一场交易，探照灯重新扫描。它像 X 射线，看不见，但穿透力超过头顶的路灯。有年轻的摊主，成对成双，站在路边吆喝，没人搭理的时候，女孩柔滑的手臂，会环抱了男孩的脖子，毫无顾忌地耳鬓厮磨。他们在这里既期待有所收获，也在锻炼自己，可能是在校的大学生，在这里演习生存，或者提前虚构走向社会的生活经历，也体验甜蜜的生活。从他们面前摆放的物品——运动衣裤、鞋子，可以看出服务的对象，也是和他们同样身份的学生。摆摊是临时的，爱的初体验，是否也是临时的？

虹的丈夫，是一家私企的管理人员，有不菲的收入。不菲的代价，就是家对他来说，只是一个歇脚的旅店。大多数的时间，不是在单位，就是在与单位的事情有关的"路"上，包括茶馆，酒吧，和那些应付不完的饭局上。为了上小学的孩子，虹辞去了那个不痛不痒的工作。后来，孩子在封闭的中学上学，家里就丢下她一个人了。虹恐惧一个人的落寞，她瞒着老公，也端起一条小凳，坐在了家门口的天桥上，以面前的一堆小玩意儿为媒介，与外面充满动感的世界沟通。起先，虹总是羞答答地坐在光线暗淡一点的地方，怕碰见熟人。后来，她感到了充实和快乐。虹说，我不图挣钱，只想看到人，和人说说话。星期天，虹就待在家里陪儿子，不出去。隔几天，虹去一趟批发市场，拉着小轱辘车子上架着的一堆玩意儿，在人行天桥上翻上翻下。阅读着那些新奇的充满创意的小物件，她的瞳孔有了亮光。和发货的人讨价还价，虹感觉快乐无比。虹的无心插柳，倒成就了一片绿荫，一个月下来，比她当初上班时结的果实还多，人也欢实了许多。虹说，人总是要干些事情才好，再说，花自己挣的钱，心里踏实。

相比实物交易买卖的夜市，狭义的吃饭的夜市，要热闹火爆许多。在路灯的映照下，一街两行，灯火辉煌。桌子排列在人行道上，要过往的行人，需扭着踩梅花桩的腰肢，小心翼翼地在这些散乱的桌凳间游走。你的目光只要和攥着一把钱的摊主相对，热情的招呼，便像一盆滚烫的开水泼过来："师傅吃啥？烤鱼烤肉烤田螺，啤酒凉菜涮牛肚。"摊子一家连着一家，叫声便各不相同而此起彼伏。经常光顾夜市的那些人，主意是坚决而稳定的，他们知道要吃什么，同样的种类，哪一家的味道更好。倘若是三五个喝啤酒的高手，他们知道一箱啤酒的批发价是多少，该怎么和主人讨论干啤的价钱。自然，酒是成箱地上，而非一两瓶完事。他们分辨得清羊肉和鸭肉的区别，是附近工厂的工人，是不知道从哪儿来的干什么的人，是城中村里的年轻人。喝热了就敞胸，或者来的时候就赤着上身。臂上有蝎子或青蛇在爬，却看不出肱二头肌或肱三头肌。坐在凳子上的时候，有几个肚子是流下来的。瘦的人，只有排骨，没有胸大肌或者哪怕一小块的腹肌，却个个能端起瓶子直吹，更不用面前涂着黑釉的小碗。有人已经硬了舌头，说，兄弟有啥事尽管吭气，包在哥身上。兄弟赶快掏出一颗烟，"叭"地双手捂着点上火，哥深吸一口，烟圈在他的光头顶上盘旋，眼睛却死死盯着对面桌边一个女子鼓鼓的胸。那胸随时要从极低的衣领下跳出来，刺得哥眼睛发红。女子的眼睛，如蓝色妖姬，嘴唇血红。她的对面，是一个男人的背影，低头啃着一根鸡翅，全然不知道身后的黄雀，目光越过他的肩头，死死盯着本来属于或者本来就不属于他的蝉儿。哥终于喝高，踉跄走向人行道里边的墙，对着墙上一个妖艳的美女，摇晃着肥硕的腰肢在墙上画圆，却总是不成形，跌落在地上漫延，嘴里还吹着跑调的口哨，像给自己把尿。被称作弟的人，脚踢倒了一个空瓶子，发出乒乒乓乓的声音。他可能有闷气，直接就将瓶子踢到马路上去了，瓶子碎成一片，车子在上面碾过，发出嘎嘣的响声。一条斑点狗追逐着驰过的车子不停地狂吠。

　　人行道上矗立的青槐和法桐，身上缠了密密的线。它们已经闻惯孜然的味道，习惯烟火的熏烤，只是身上的钉子，让它们隐隐作痛，它们冷眼看着一个血盆大口，正在吞噬一条田鸡的腿，它们闭上了眼睛。头顶灼热的灯，仍旧在刺痛它们的神经。现在很多的人，早上从中午开始，白天在半夜结束。夜市，是他们休闲的驿站。吃饱了，他们要去歌厅的包间释放在夜市上补充的能量，或者喝茶打牌，洗浴按摩。贾平凹说，早上吃饭的是神，中午吃饭的是人，晚上吃饭的是鬼。但我宁愿相信，在这一堆"鬼"里，还有很多的人，他们需要补充夜食，不是为了增肥，而是为了生存去上班干活。路边停着的几辆出租车，说明有司机在吃饭，他们吃饱喝足，又要上路了。

夜市，长着一双看不见的长腿，不觉之间，已经从繁华的都市，一步跨到了乡下的小镇，甚至村庄的边上。它是一个豪放的男人，追逐着属于他的女人——那些露天的舞场。舞场的暧昧和喘息，忽快忽慢如蛇似胶地摇摆，刺激着夜市兴奋的神经。它带着热烘烘的情绪，把能量输送给那些饥渴的肉体。远处村庄的大树下，一个耄耋老者，坐在一把藤椅上摇着破旧的芭蕉扇，在古老的月光里，追打着看不见的蚊子，他已经听不清这里嘈杂的音乐了。摩托车从老者的面前飞驰而过，后座上的两条白臂，紧紧缠着骑车人的腰，裙袂飘飘，飞向夜市，然后遁入舞池。这一切，与老者似乎毫无关系。

第二天的早晨，这里一切烟消云散，除过一两声狗叫，一切寂静如初，也没有早早起来上地干活的人。只有一地的纸屑和塑料袋，似在陈述昨晚硝烟弥漫的战事。战争的双方，现在，酣眠不醒。

城里的夜市点，此刻是一个早市。油条豆浆胡辣汤，甑糕米线肉夹馍。吃的人嘴角都在流油，急急火火。地沟油，瘦肉精，管他娘的，塞进去再说。全然没有了昨晚夜市上的慢条斯理或悠闲狂放。快速吃完的人起身追着公交车跑，边跑边擦嘴。女人推着小孩要上幼儿园，小孩坐在自行车后座上东摇西晃在打盹。一个黝黑壮硕的女人，蹬着一辆吱吱作响的三轮车，从小吃摊旁边经过，她看都不看一眼那些热气腾腾的美味，只是吃力地爬一个慢坡，湿湿的汗衫粘在脊背上。车上的辣子黄瓜，豇豆茄子，堆如小山。她的手里捏着半块连菜都没有夹的烧饼，奋力地蹬，身子便直立起来，屁股离了车座，裸露的两条小腿的腓肠肌，鼓如圆球。

两小时以后，这里将被清洁工打扫得干干净净，那些面街的商铺，将陆续开门迎客。今天傍晚，又有一辆辆三轮车，拉着锅碗瓢盆煤气灶，桌凳青菜牛羊肉，来到这里。穿着油污工服的打工仔打工妹，眼睛如早上的小孩，还没有完全睁开，又要开始机械地给钎子上串肉，洗菜，摆桌凳。树身也将披挂上斑斓的彩灯，迎来又一拨蜂拥而至的食客。

今天晚上，夜市将再一次在这里拉开大幕。

地 铁

两条雌雄的长蛇，从看不见的黝黑深处蜿蜒而来，在两条线路十字交叉的换乘站里交尾。它们是两条地龙，经过一夜的沉睡之后苏醒过来，开始释放压抑的激情。一条的头在纺织城，尾巴延续于西边的后围寨；另一条南北延伸过来，将沉重的躯体压在东西线路的身上——双层的换乘站显示了上与下的物理关系。一声低沉的鸣笛缓解了激情的释放，两条蛇张开满身的嘴巴，向外吐出尚带睡意的人。早晨的地铁通道，脚步稀少却迅疾如风，整个通道甚至有些寂静，除过喇叭里女广播员柔甜的声音。没有人高声大喊或低头看手机，那是冲进车厢找到位置后的事情。他们手提鸡蛋饼、包子、密封于塑料杯的米粥，表情严肃，步履匆匆地奔向工作的地方；一个女子边走边梳头；迟起的学生跑步赶车，身后的书包摇来摇去；拉着沉重的拉杆箱，那是才从北客站的高铁上下来的——或许，他在高铁上已睡过迢迢千里。

他从哪里来，要到哪里去，没有人知道。

冲进车厢的男生就像扔一个包裹，将自己抛弃在座位上，开始最后的酣睡。背后的书包很自然地充当了靠垫。一对小情侣手拉手跑进车厢，占定位置之后，女子开始给自己嘴里填塞东西，并用咬过的半块月牙形的饼干，撬一旁斜着身子的男生的嘴。男孩的眼睛并不睁开，嘴只是咧开一条缝，将那半块饼干吞了进去。一位长者站在旁边，不时看一眼吃饼干的年轻女子的红嘴，他的喉结蠕动，显出错综复杂的饥渴。他的腋下夹着一张西京医院的 CT 图像纸袋，目光呆滞，喉结高鼓。他的目光移向车厢的一张楼盘广告，一个男人站在一栋高大的楼面前仰望，高大的楼宇和站立的人之间是一大片的留白——蓝天白云。留白处是八个醒目的大字：一时观望，一生仰望。

夜幕掩盖下来的时候，更多的人流动进蛇的嘴巴。年轻人蜂拥到电梯门口，等待专为残疾人设置的升降电梯。中年人走步行通道，大约是为了锻炼自己的膝盖骨。他们散漫而从容，全没有了早晨的慌乱和急促。通道里人声鼎沸，脚步杂沓，摩肩接踵。低头看手机的人撞上前边来的人。一个小伙子坐在休息椅上，两手端着一个平板电脑打游戏，他的眼睛专注有神，两手左右倾斜变幻无常，间或抬起头看一眼地铁来了没有。当地铁的眼睛从黢黑的通道里射出两股闪亮的灯光时，他快速将电脑装进背包，飞也似的挤进车厢。他没有了位置，将身子靠在车厢连接处的壁上，再一次专注地杀戮屏幕上蹦出的魔兽。

没有这地下长龙的时候，这些"多出来"的人在哪里？一辆辆公交车、出租车将他们运送到需要到达、应该到达、必须到达的地方。一个人，几个人，或者一群人，开始他们的事业。到达的过程一样的拥挤不堪。在大雨的日子，车子溅起的水花将步行的人甩到疾行的时间之外，兀自领先于别人的时空。一切的一切，都在紧张有序地进行。如今，这个过程转入了地下，但地上的车流与人流却也并没有减少的痕迹，匪夷所思。在看不见太阳的地下，形色各异的 LED 灯，制造了恍如白昼的世界。除过搭乘上下的电梯，拖动两腿上下台阶，冬暖夏凉、迥异地面的温度而外，你不会有任何离开地面阳光世界的不适。耳旁飕飕吹过的风，更加坚信了你的判断。人类的能力无限接近于万能，从这个意义上说，快速到达的地铁是人类欲望实现的又一个表现形式。它顽强地穿越了坚硬的岩石，灵魂居住的古墓，或者松散的流沙透水地带，在人为制造的灯光之下，将我们引入先前不曾到达的隐秘地带，可是，我们仍然只是一个匆匆的过客。

离开站台后快速进入的黑洞里，尽管有微弱的照亮，我仍然恐惧地想，假如地震到来，四周的土向内挤压，那水泥钢筋构筑的圈梁，会将我保护起来吗？谁知道我被挤压在这长长的看不见头尾的黑洞的哪一个节点？我将逃向何处？

两条笔直的地铁线，组成一个直角坐标系，将城市分成了四个象限。那些站台只是 X 轴或者 Y 轴上一个临时的驿站。所有下车的，依旧坐着的没有到达目的地的人，他会在接近第二象限的西北方向的一个出口流出去，或者在第四象限的东南角上流出。哪里是他的终极目的地？坐着的人出去了，站着的人坐上空出来的位置，这是一种物理性的流动。流动的不仅仅是个性化的、高矮胖瘦的身体，而是一种人生的不确定性。在这个坐标系上，每个人犹如夏季欢快的蚂蚱活蹦乱跳。在地铁线划分出的四个象限里，他会坐在 A（8，12）的一个咖啡馆里，悠闲地用着简餐，为自己短暂地放松？她会站在 B（15，9）自己家的淋浴房里，用干净的水濯去俗世的污垢？没有人知道自己身边的另一个人，曾经经过了怎样的磨难，他的终极位置在哪里。

在这繁华的都市，有多少人能够找到自己的坐标？就连地铁的工作人员，下班之后也在搜索自己的位置。第一、第二，或者第三、第四象限。地铁为我们制造了一场又一场热闹宏大的相聚，但我们却素昧平生，无法相识。所有走过的人，站在那里等待的人，奔放多情的，痛苦压抑的，心怀叵测的，都是这线路上的匆匆过客。夜晚 11：30 之后，地铁所有的进出通道全部关闭，里边一片寂静，不会留下任何人的痕迹。

写字楼

从 13 层到 18 层，或者 20 层到 15 层，你不是上升，就是降低。当然，这只是你身体位置的临时变化。从数学术语的角度来讲，这仅仅是一种平移而非旋转。一只看不见的手推着你的身体，从这里移向那里。

写字楼是打拼的地方，它与桃源山庄无关。

你是一条鱼，或者虾米。你的身体在马路的河流里尽可能快地游动，前后的车子是河流里的小船。你奔跑着挤进一辆摇摇晃晃之后停稳的船，为的是奔向那浮出海面的岛屿——写字楼。车门被挤得几近变形，司乘人员很不耐烦地训斥半个身子悬空挂在门口的人："上不来了！坐后车！"女孩的长发在你的脸上扫来扫去，甚至甩进你因余梦未醒的呵欠而张开的嘴里。谁的头油很浓，大约很长时间没有洗头了，刺鼻的气息逼回你呼出的气体，令你窒息。人们的身体从来没有像现在这么彼此亲密无间地紧贴，隔着层层外衣，榫卯的凸凹几乎合拢都没有一丝的尴尬。在这个拥挤的空间和特定的时间段，你别无选择。所有挤上来的人，无一例外是落于水中而疲于奔命的求生者。他们完全没有了羞涩和胆怯，只管将自己的身体作为一根棒子奋力地插进去。韭菜大葱和脂粉的气息混合在狭小的车厢。谁手里提着的豆浆被挤出汁液，泼洒在别人的羽绒服上，蓝蓝的天上白云飘。

日复一日，阳光升起。写字楼由浮出水面的岛屿，变成一条开口的鲨鱼。小鱼和虾米次第游进它的大口。电梯里，分众传媒的电视正在播放"精致男士·国际 SPA 连锁，盛大开业，5 折钜惠"的 PPT。画面上，一个穿着超短裙的美女在给成功的男士做按摩，想让他更加精致。画面友情提示，手机摄下此广告前往消费，可抵三百八十元代金券；哪层楼里传出帕格尼尼的随想曲，艺考的学生将下巴死死抵在腮托上，闭眼，挥动手臂，期望有一天在维也纳金色大厅盛装演出；隔壁的丝路花雨模特公司，一群高挑的美人鱼游了进去。音乐响起，伴随着冰冷的面孔和高跟鞋的敲击声，《巴黎最后的探戈》回旋在空荡荡的大厅。投资管理公司的小伙西服革履，迎宾女孩顾盼生辉，裙袂飘飘。看不见资金在何处流进流出，生金变银。沉静一夜的写字楼，现在变成一个丰腴的少妇，以摄魂夺魄的力量，将四面八方那些经过一夜的睡眠之后，充满活力怀揣梦想的创业者和奋斗者，吸纳进她的身体，给他们提供闪展腾挪的时空地带，赋予他们发射更高更快更强梦想的权利。

上班时间的电梯总是那么的挤，接近于河流里的那些船。写字楼的职员，不同于背街小巷的餐馆里的那些洗碗工。他们大学本科毕业，年龄三十五岁以下，富有亲和力、顽强的拼搏精神和高度的团队意识。在上早班的那一刻，文质彬彬的他们在一楼大厅里仍然挤作一团，一窝蜂地拥进电梯。要知道，公司前台的打卡机铁面无私，一个指纹的先后顺序，可以拉大成五十至一百元的乐捐数目。搭上"船"的人手摸胸脯喘气，脸上却是放松之后的惬意。美女左手刷屏，右手梳理在船上被挤乱的长发，一张小嘴还在吮吸左手指上缠绕的塑料袋里那尚带余温的豆浆，其三位一体配合之熟练，绝非一日之功。

城市里有着大大小小高高低低林林总总的写字楼。写字楼不是用来写字的，你和他们的字都是在键盘上敲打出来的。电话不断响起，声音此起彼伏，脚步杂沓纷乱。忙碌的人们如鸡仔狭居于每个格子里。你站在门口看不见人，只瞅到隐约浮现的半个头颅，像地里长出的西瓜。有的头正在歪着，头与肩膀之间夹着手机在通话，两只手却还在飞快地敲打键盘。偌大的厅里，是一群为梦想而奋斗的人。他们早晨做操，举起拳头宣誓，列队喊话："我是最棒的!"之后，意气风发地背了包鱼贯而出，分头行动，去攻坚那些都市里的堡垒。

除过靠窗的隔间，写字楼里是看不见太阳的。头顶模拟的日光形同白昼，照亮一切。你的思路是透明的、开放的。管理软件吞吐每个人的记录。月计划，周计划，日志，一切明晰如羸弱人的皮肤上鼓起的蓝色血管。那些计划和实施计划的过程，会沿着血管流向另外一个大办公室，他是公司的大脑，运筹帷幄，发号施令。他的办公桌可容十个人躺下睡觉而互不触碰。当然，他也需要血管们将各自获取的营养物质（信息、意见、建议等）输送给他，再由他整合立项，回传给每一条热血沸腾或徘徊观望的血管，再次采撷，集结，析捭，如此反复。他是一条大鱼，带领大家奋力地游泳，试图到达共同的彼岸。

茶海久未有水的浸淫，边沿有龟裂的痕迹。他平时只是端了水杯，牛吸虹饮，根本没有时间坐下来推杯换盏，习练功夫。因为你的到来，他说，我这尘封的茶海今天终于开张了。

窗外的阳光很淡，若有若无，它无法冲破雾霾的幔帷。远处的高楼在河流升起的雾气里依稀可见，那也是水里的一个个小岛——写字楼。那些高楼里，也有你我他一样的游鱼，大鱼或者小鱼，甚至小虾米。我们都有目标，只是远和近，大与小的区别。每天的早晨，我们一样会冲出家门，送走上学的孩子，然后游进路的河流，奔涌进一栋栋写字楼里。他的车子和我们乘坐的船一样会被阻隔，甚至搁浅在河流的沙洲上。

阳台上的吊兰伸出旖旎的枝，铺拉蜿蜒，下垂接地，大约是久疏修剪的缘故。那滋味甘醇，色泽艳红的茶汤，有多少强大的挤压、爆炒的煎熬和发酵的痛楚在里边? 茶知道，喝茶的人也都知道。

煤海记忆

一

一九八九年。陕蒙交界的榆林北部，黄土与戈壁交织。时令已是初夏，这里的大风却依旧呜呜地吹着。十八岁的杨宝山，手持放羊铲，将一疙瘩沙土从地上铲起。沙土在空中划过一道弧线，准确地落在一只不听话的绵羊身上，那只羊一哆嗦，回头张望一阵，迅速地跑回羊群。

杨宝山蓬着一头乱发，披一件破旧的衣服。在他站立的东南方向，是一条长长的河流，浅薄的水流只在河的中间汩汩流淌，形成一条明亮的细线，在刺眼的太阳下熠熠闪光。这条叫作乌兰木伦的河流，是陕西与内蒙古的交界。河的南岸靠近陕西的一边，是几个大小不一的煤矿，那都是外地人在这里投资建设的。

宝山早已辍学在家。父亲杨老五因此扩大了羊群的规模，将家中的二十只羊增加到四十只，放羊成了杨宝山的日常工作。

宝山家中所有的财产，就是这些羊。那时候，他并没有意识到自己的人生，会和这些外地人一样与煤结缘，并在煤海浮沉。

从县城到杨宝山的村子，有七十多里路，沿着河流的南岸，靠着高低不一的梁峁，是一条简易的沙土路，路基是用露出地面的煤块铺设的。在沙土弥漫的天气里，那些煤块成了灰色，看不到煤黑亮自然的光泽。杨宝山放完羊回到家里，将羊赶进用砍伐下的杨树围成的栅栏门里，然后回家吃饭。他饿了，等待他的，是每天都一样的黄糜子干饭。父亲杨老五坐在沙土和羊血混合抹糊的炕上，炕桌上摆着粗瓷大碗。杨老五端起一碗烧酒，对着在家里做客的矿上的外地人唱起酒曲。他灰黑的脸，因为喝酒而显得异常黑红。

杨老五并不明白，除了烧炉子取暖，这些挖几尺沙子就能挖出来的煤到底有什么用处，他只是觉得这些住在村子附近的人出门在外，看着可怜。他们路过自己家门口的时候，他很殷勤热情地将他们招呼进来，又摆上热腾腾的黄米饭和大碗的烧酒，一曲接一曲地对着他们唱。看着他们将黄米饭和烧酒艰难地咽下去，他的脸上写满了淳朴的笑容。

杨宝山吃完饭，扔下筷子，一个人跑到村子附近的煤矿上去溜达。他看着一辆辆矿车从斜井里冒出来，"哗啦"一声，那些乌黑的煤堆一天天增高。一个矮胖的有些秃顶的人走出煤矿旁的简易工房——他在用手中的大哥大打电话。杨宝山听到他的声音，感觉十分的好奇，他不明白那么一个铁疙瘩就能互相说话。

那时候，本地光棍成群，一年到头只有吃洋芋疙瘩的村民，做梦都想娶回一个漂亮的媳妇。为此，杨老五四处走动——儿子已经大了，奶奶整天念叨宝山的婚事，杨老五没少挨骂。矿上的关中人老王，说是能给宝山说个媳妇，杨老五有事没事，总要请老王来家喝酒。

十八岁的杨宝山，也想着什么时候能够以自身的力量改变自己的人生。

二

一九八〇年前后，时任国务院财贸领导小组副组长的神木人李智胜，向国务院建议开发神府煤田。一九八一年，陕西省一八五煤田地质勘探队开进毛乌素沙漠腹地，机器轰隆隆的钻探声，惊起千年沉睡的陕北大地。次年，地质队提交了《陕北侏罗纪榆神府区煤炭普查报告》，探明储量达 2363 亿吨，举世轰动。一九八六年，国务院决定将神府煤田由前期准备转入立即开发，一场史无前例的煤田大开发的序幕，在这片不毛之地徐徐拉开了。

除了从铜川等地北上的一些原有国营煤炭开采企业，神府大地上遍地开花，一夜之间冒出来许多私营小煤矿，他们带着淘金的梦想来到这里。荒芜的沙漠里，彻夜响起机器隆隆的响声。

这些响声没有惊起沉睡的杨老五，但在杨宝山的心里，却激起一阵波澜。挨过几年的放羊生活，杨宝山扔下放羊铲，顶着杨老五的叫骂声，偷偷地将十几只羊卖给县城的饭馆煮了羊肉，拿着两千多元钱买了饮食摊的用具，一个人来到大柳塔镇，为煤矿上的人卖早餐。

几年之后，杨宝山的早餐摊点变成了一家颇具规模的酒店，自己也在这里收获了迟到的爱情。前来吃饭的已经不再是灰头灰脸的农民工，而是天南海北夹着皮包的煤贩子和矿老板了。包（包头）神（神木）二级公路建成通车；神朔铁路通车，陕北煤炭开始外运。当时的煤炭价格很低，一吨煤只有几十块钱，但是，一些有远见的人已经看到商机。杨宝山因为开酒店，认识的人很多，他的憨厚质朴给许多人留下了极好的印象。良好的人脉关系，促使杨宝山决定"贩煤"。

听说宝山要抛下酒店贩煤，杨老五劈头盖脸大骂："好好地做你的生意，贩甚煤？"

杨宝山却已经铁了心。经历千难万苦，他的煤炭生意越做越红火，几年之后，已是身家过亿的大老板。

二〇〇四年，能源接连涨价，一夜暴富的事例，已不再是《一千零一夜》里的神话故事，而是在这片土地上实实在在上演的人间正剧。那时候，前来炒煤矿的外地人，让本地的大小宾馆人满为患。一座煤矿一年内就倒手好几次，每倒手一次价格就上涨几千万元。煤炭的价格涨到每吨六百元以上，"铲车铲的不是煤，是一沓一沓的钞票！"杨宝山不但加入了炒煤矿的大军之中，又在附近建了好几个储煤场。他出手稳健，一路从神府炒到内蒙古，用"身家几亿"来形容他，似乎已经不能够完全表达他的全部。

而关于财富的神话，也在自己的父亲杨老五那里再一次得到验证。

村办煤矿鼓励全体村民入股，敦厚善良的杨老五，对于入股什么的新鲜词语并不以为然，他觉得眼前的一群羊就是他自己的银行。家里有大事了，缺钱了，拉几只羊一卖，就是钱，入股？牛年马月有钱，说不定吃不到羊肉，还把羊缰绳给带走了。禁不住左邻右舍的鼓动，杨老五还是卖掉了几十只羊，获得五千块钱的收入，当杨老五攥着厚厚的五千块钱进入村办煤矿办公室的时候，他的两腿在发抖，这可是他一生的积蓄，五千块钱换来一张纸片片！杨老五将这张纸片片深藏在屋子里最放心的地方。五年之后，有人告诉他，他入的股翻了六百八十倍，五千块钱变成三百多万了！杨老五打死也不信，他不知道那天他是怎么走进煤矿办公室的。当他拿到分红存折的时候，突然一阵眩晕，旋即昏死过去。

财富的积累需要顽强的打拼，但在杨老五这里，赫然就是一个神话中的神话。

杨宝山是忙碌的，他在天南海北忙碌。因为忙碌，他很少回到自己的老家，他在县城有了自己的别墅。

但从二〇一二年五月起，杨宝山手里囤积的煤，第一次卖不出去了。

从××县城往西北方向，一条宽阔的没有多少水流的河沟两岸，聚集了十几个煤矿，二十几个选煤厂。从高高的山梁上望下去，满眼都是堆积如山的煤。遴选出来的三十八块基本都运走了，留下大堆的电厂用的末煤，被多日以来扬起的灰尘覆盖，已经变成了灰色。

杨宝山说，从前的煤根本不愁卖，从早上一直能忙到晚上，一天百十来车是常事，能拉走三千多吨。但从五月起，形势像后生的脸，说变就变了。末子煤不到十天时间转眼跌了六十块钱，即使贱卖，也没人要，一天来不了两三辆汽车。

"大矿也碰到了问题。"杨宝山指着对面山梁上的一个大矿说，"去年那个矿一天能卖出六千多吨煤，今年一天能卖几十吨！二〇〇八年的时候，说是金融危机，我也受到影响，煤不好卖，但我扛过去了，这一次，看来形势不好，一时半会是扛不过去了。"杨宝山点起一根烟，吐出一股长长的烟雾，脸色凝重。

三

二〇一三年的春天，四十岁的杨宝山和笔者坐在西安一个幽静的茶馆里。他的脸上已不再有当年的犀利和刚劲，而是充满了平和与疲惫。多年的打拼，政策的变化，煤矿资源的整合，煤价的下跌带来的生意的不景气，居然给了他可以喘息的机会。谈起这么多年以来的打拼和奔波，杨宝山说，做煤炭生意就像是坐过山车。他积累的财富，足以让自己的儿子好好过一辈子，但他忘不了自己放羊娃的生活，忘不了当年衣不遮体的时光。

为了儿子的前途和未来，杨宝山决定将其转入西安的重点中学。几年以前，他在西安××附中附近买了一套房子，将正在上初中的儿子放在这里，妻子也被"下放"到西安，专门给儿子做饭，照管学习，期望儿子能受到良好的教育。生在陕北农村的儿子，一开始来到大都市，一口浓重的陕北口音和简朴的衣着，让同学们好是嘲笑了一阵。但儿子很争气，有他当年身上的顽强和韧劲，通过努力学习，竟然在全班排在前几名，但这一切，都在他和妻子的一次通话之后彻底改变了。

因为入学要考试，儿子没有考过，宝山给办事的人送了一辆汽车，儿子得以顺利进入名校。对于自己这么多年在煤炭行业打拼积累的资产，他的保密工作做得很充分，就连妻子也不知道他到底有多少钱。他的目的很单纯，行为也很低调，就是想让家人知道，天上没有掉馅饼的事情，每个人都要通过自己的努力赢得别人的尊重和生活状况的改变。老实的妻子只知道他在外辛辛苦苦跑着做煤炭生意，买西安的这套房子也花了不少钱，所以在西安的这几年里，依旧保持着原来艰苦朴素的生活习惯。身上的衣服、脚下的鞋子都是在地摊上买便宜打折的；为了省钱，她在菜市场为一毛钱和菜农讨价还价。一向听话而刻苦学习的儿子，不知道他的父亲有多少钱，也不像其他城市里的孩子那样大手大脚地花钱。直到有一天，当她低头在地摊上翻捡衣服的时候，碰到自己的一位老乡，对她这种近乎"自虐"的生活方式大惑不解。她一时不知所措，有些羞愧，而老乡的话更让她吃了一惊："看把你可怜的！你老汉有几个煤矿，钱多得能把你埋了！"她根本不相信老乡的话，但晚上回到家里，她还是给远在陕北的杨宝山打去电话，她想验证老乡话的真假。杨宝山想到妻子这么多年所受的辛苦——或许她应该享享福了，就在电话里承认确实有几个煤矿和煤场，钱确实不少，但为了收购煤矿，投资建煤场，借的高利贷款还没有还完。打完电话的她，一言不发地坐在沙发上。

电话里的一切，在隔壁写作业的儿子听得清清楚楚。

不到一学期，儿子的学习成绩一落千丈，她在家长会上受到了老师的批评，她不明白为什么优秀的儿子突然之间学习成绩下降得这么厉害。宝山下来，请了一个名牌大学毕业的研究生给儿子做家教，却也不见起什么作用。直到有一天，她打扫儿子的房子，无意之间翻出儿子的日记本，她明白了一切。

"西安的同学们都看不起我，说我说话难听，家里穷。他们上学的时候都有汽车送，我却没有。母亲穿的衣服不好，都是地摊货，同学们笑话我……他们都是名牌，我没有……既然爸爸有那么多钱，我又为什么要那么累地学习呢？一个名牌大学毕业的研究生，一个月才拿两千多块钱，我爸爸的钱足够我花一辈子了，他只有我这一个儿子，他的钱就是我的钱……"

坐在我对面的杨宝山脸色凝重，他端起茶杯，呷下一口浓茶，将眼睛移向窗外。路边的柳枝在微风中颤动，一株玉兰开得正艳，能闻到飘散进来的清香。

"当年的我，只是想改变自己的生活，并没有想挣多少钱。也许，如果我有更多的文化，会干得更大！"杨宝山将一颗烟蒂死死地摁在烟灰缸里。

我笑了："如果你有更多的文化，还会有那些勇气和胆量吗？"

"有文化总归是好啊，不会蛮干，知道咋管理了。我想好好学习，却记不住东西了！"

"你儿子现在学习怎么样？"

"那天我来西安，推开儿子的房门，家教躺在我儿子床上睡觉，儿子在打游戏。我一把拉起家教，家教说是儿子逼他那么做，说如果不同意，他就说教得不好，我就要辞退他。"

杨宝山苦笑一声："那天我打了儿子。"

"你儿子没说什么吗？"

"说了，说我这么多年里，从来就没关心过他，只知道问他要不要钱。"

"妻子还在给儿子做饭吗？"

"没有，她雇了一个远房亲戚，一个月给开五千块钱工资。她学瑜伽，做美容。前几天要我陪她在世纪金花转悠，买什么叫香奶奶的东西。"

"是香奈儿吧？"

"对，对，是叫甚香——奈儿。"

杨宝山又点起一根烟。他端起茶杯要喝，却发现杯子已经空了。

秋夜，邂逅一只蟋蟀

我在一只蟋蟀的叫声中清醒过来。

手表的夜光将时间定格在凌晨三点。蟋蟀的叫声并无什么节奏，唧唧复唧唧。

它从哪里来？

越来越清醒的意识，让我觉得这是一句废话。前几天在卫生间里，一只灰黑的蟋蟀和我对视良久。正在出恭的我看着面前这个机灵的家伙。它静静地伏在地上，用一对触须在空中优雅地画弧，像极了一双短短的天线，在空中捕获它要搜寻的电磁波。它离开了法布尔为其倾心设计的琴台，优雅地踱到我这里，却不发出任何的声音。我充当了一回勤奋的观察者，看着它。我们相安无事。

卫生间墙外的过道有一棵构树。记忆里，它只是一株不起眼的草儿，后来渐渐变成一棵高过我头顶的小树。那天下午，我拉开后墙上的玻璃窗，看到树叶在雨中闪着油亮的光泽。起风了，它摇曳着身子与墙壁摩擦，发出微弱的沙沙的声音。那个窄小的过道充满脏乱和淤泥，构树的下面，围绕了一圈低矮的狗尾巴草，那里是蟋蟀的栖身之所吗？秋夜，邂逅一只蟋蟀。

我曾经在雨后的山坡上捉到过好多的蟋蟀，我将它们禁锢在藤草编织的笼子，将笼子挂在屋檐下的土墙上，却再也没有听到它唧唧的叫声，只看见它们孔武有力的后腿互相蹬踏。后来，它们和《促织》中一战成名的蟋蟀成为同类，并使我对死去的成名的儿子充满无以复加的哀伤。

一棵构树，也许来自某个鸟儿嘴里衔的一颗果实。它从空中滑落，寄居在墙壁下的泥土里，发芽生根，长大成树。它的叶子或者身下的杂草成为蟋蟀的食物，蟋蟀顺着阴暗潮湿的地漏进入钢筋水泥的"笼子"。我是笼子里的蟋蟀，蟋蟀在我自己编织的笼子外面看我。

大约一只刻苦鸣叫的蟋蟀，和展示自己美丽尾巴的孔雀有着相同的目的，还有池塘边的柳树上那令人烦躁的鸣蝉。那只来到我房门附近的蟋蟀，在一阵叫声之后突然寂静。我竖起耳朵，在暗夜里搜索它的所在。之后，唧唧的声音又响起来，有着独特的立体环绕效果。我觉得它的声音在四周游走不定。是否有一只羞涩的雌性的同类，此刻小鸟依人般和它相依相偎，并一同走进了只属于它们自己的隐秘世界？它们拉上了暧昧的帷帘，开始床笫之欢？还是它感觉到了我的安静和碌碌无为而独自离开？作为这个屋子的主人，反倒在此刻成为一个可耻的偷窥者，将无穷的想象塞满了自己的脑袋。

一个弱小的闯入者，使我一刹那间闻到了泥土的气息。

疾病的隐喻

疾病是一种早期的老龄。

它教给我们现世状态中的脆弱，

启发我们思考未来……

——［英］亚历山大·蒲柏《论疾病》

一

我没有酒瘾，但仍然会沉醉于那透亮的液体带来的快感。

酒是流动的美人，醇厚丰润，有着随物赋形的柔软。它在提升人勇气的同时，也能增加荷尔蒙和睾丸酮的分泌，并将气氛的浓度推向更高。很多时候，它就是浪漫前戏的催化剂。即使一个拙笨的人，微麻的舌头突然间也能倾倒出一大堆骇人心魄的警语。

酒是粮食的精华，我一直珍惜粮食。吃饭的桌上，倘若是当着自己很熟悉的朋友，我从来不会剩饭剩菜。由父辈那里，我知道一粒麦子诞生的过程是艰难的，一棵白菜的生长过程也是辛苦的。我要看着它们进入我的身体，我的胃，然后像一头老牛般慢慢地消磨它们，以便给我提供生存的必要能量。

酒是流动的软剑，它能削铁如泥，剔骨离肉。它的分解物，或者它的柔软的剑锋，已悄悄潜入我的身体里，在某个看不见的隐秘的地方积蓄能量，以便在某个合适的时间和节点发力。

那个觥筹交错的夜晚，它沿着血管开始将兵力输送到战场。足踝的骨肉被坚韧地啮噬的感觉，犹如毒蛇吐信，万蚁驱奔。地球深处熔岩的温度，可能也不过如此。

闭户即深山。在繁闹的都市，突然没有了公司里几十号人的嘈杂，地铁的拥挤和车水马龙中的奔跑，我终于被"隐居"了。我必须将患足高高架起，方能减少那啮噬的群蚁数量。一生都处于"社会底层"的"足下"之物，因为一场突如其来的痛风，此刻变得高高在上，须仰视才见。

风是空气流动的现象，就像它的姊妹云雨雪自然而然地降生与自灭。几十年过往的人生，"风花雪月"始终没有出现在我的生命里，只有过多的风夹杂着雨一路泥泞地往前延伸。

现在，疼痛是一股旋风，一种风雨如磐的感觉突如其来。

潮流是吹动的风。风气与我总是毫不相干。我不喜欢听到无谓的风声；没有足够的震撼人心的风采；没有风骚的刻骨铭心的艳遇。一切的世上风景，时尚风景，总是与我的风格格格不入。

难道是我具备了清风高节的风骨吗？我不知道。此时此刻，风正在缠绕着我。它已经不是水平方向的气流运动，而是囊括了上与下，在某个具体的位置全方位追风透骨的痛彻。

二

当我因为摔进深沟，身体多处骨折躺在医院的时候，我不知道以后是否能够站立起来并且行走。医生的回答吊诡而不置可否，"聪明"的我便不再追问，只是默默地闭上眼睛，将黑暗在脑海里开凿成一道深不见底的隧洞。开着空调的病房里，我不能够感知季节的更替，但凭着脑

海里日月的交替和窗外摆动的树枝，以及黯淡下来的天色，我判断田野
里应该有雪了。

平躺一个月后，我的上半身能够稍稍靠在墙壁上，但下半身还不
能活动。我伸长了脖子，犹如一只无形的手提起的鸡，也只能看到外面
高楼的上半层，而看不到下面的地面。再半个月之后，我能在别人的搀
扶下在床上靠墙站立，每天一次，每次不能超过五分钟。支撑不住的不
仅仅是腿，还有强烈的眩晕感。人常说，一个好人躺一个月也能躺出病
来，我终于相信。

有一天，我终于看见了地面。远近的田野里果然白茫茫一片，影影
绰绰的人群在远处的野地里奔跑，同时奔跑的还有几只细狗——他们在
撵兔子。我当初是多么的欢实，他们绝对跑不过我！他们是在平坦的田
地里跑，而我能在山上的灌木丛里奔跑。可是现在，我连站立的能力都
没有。

我开始绝望。

我一直认为自己是一个不善于思考的人，但突如其来的失去奔走的
能力，使我必须思考自己的人生。接下来干什么？我又能干什么？父亲
曾说我生就一副干农活的身体，但恰恰就是这个最简单最没有什么技术
含量的，可以赖以糊口的活路，我却是再也不能从事了。

亚历山大·蒲柏说："疾病给予那些支撑我们的虚荣、力量和青春
活力以冲击和震动，使我们不由得想到，当自己的外围工事没有什么可
以依赖的时候，就要从内部来稳固自己。"痛定思痛，我开始寻找既可
以依赖的外围工事，同时也从内部稳固自己的心态。

我想到了一位表哥，他是一个先天小儿麻痹的残疾人。他学会了画
画，修理电器，凭自己双手挣来的钱买了一辆电动三轮车。每个集日，
他能够自己一个人在集市上摆摊，后来成为四个兄弟里过得最好的一
个。我决定身体好了之后拜他为师，我要好好地活下去。

命运又一次和我开了玩笑。大半年之后，我还不至于和表哥一样需

要坐在轮椅上。因为关节面损坏严重，畸形愈合的腿脚，使我不再能够如前一样快速奔跑，但却还能行走，只是不能连续站立超过两个小时，或者连续行走超过十公里。

多年以后的事实证明了医嘱的高明和精准。我打消了去见表哥的念头。

父亲总是说，有智吃智，有力吃力，我丝毫不怀疑自己的智力。既然乡村不能容我，那就到另一个天地去吧。

三

父亲从来没有病过。他像山上一株茁壮的黄栌，耐雨水的浸泡、太阳的暴晒和山风的侵蚀。即便在那个极其寒冷的冬日黎明，他去山泉挑水，浑身跌落在冰水里，仍然将满满的一担水挑了回来。他的棉裤棉袄变得僵硬直立，和人整个冻在一起，他也没有生病。那个雷雨交加的下午，一场沛雨从天而降，周围找不到一个能避雨的土窑或者大树，我家的老牛差点被雨淋死，父亲成了一只落汤鸡，但他却一点事都没有。

我以为他是铁做的。

那时候，弟尚未有媳妇。在这个穷乡僻壤，除非家道相当的殷实，很难有愿意嫁到这里的女孩了。村子北边深山里的人口本来就少，适龄的女孩更少。仅有的几个女孩，经人打听，已经允诺了山外平原地区的媒妁之言。眼看着和弟同龄的小伙子都已完婚，我们却从来没有看到过父亲的失落和心急如焚。在祖祖辈辈居住的这个山村，在固有的乡俗里，父亲"镇静"的表现似乎不太正常。

有一天，六爷说，父亲愁得睡不着觉。就猛然想起半夜里，他的屋子里时常传出的微弱叹息声，而我仅仅以为，那是他白天下地劳作的身体对疼痛的反应。我忽然明白，他是一个能够在任何人面前隐忍自己的表情和内心世界的人。他将所有的心思，只是说给了和他年龄相仿的六爷，尽管他和六爷年龄相仿，但六爷毕竟是他的父辈之人。也许在他看来，将自己的"无能"展现在儿子面前，对于一个父亲，是一种耻辱——他觉得那是他义不容辞的责任。

他初次倒下的地方，是一条乱石铺路的山坡。他用那把伴其一生的老镢头挑着糖下坡，一起回家的老牛自由地走在前边。他的脚下一绊，扑倒了。

他开始了八年漫长的风烛残年时光。脑出血的后遗症不仅仅是偏瘫，还有"胡言乱语"。他变得十分固执，不愿意拖着右半身在巷道里走动锻炼，而宁肯躺在土炕上。

门口的长条青石，此后一直布满灰土，冷冷地铺陈在那里，上面再也见不到父亲的身影。村里的顽童在青石上面画满了图画。有好几次，母亲将他强拉硬拽出来，让他坐在门口的椅子上晒太阳，而他却低着头看地上一群蚂蚁匆匆搬家，之后便很快要求回家。对于一旁走过来的村人，他的眼神里含有一种明显而顽固的拒绝，也有一丝惊惧的躲避。他偶有清醒，会断续地说出外人不能明白的想法。我亦能从那短暂的清醒里，析滤出他对自己"人生失败"的愧疚。

那条青石板，是他人生法庭的被告席。

原来老屋的八口之家，只剩父母和弟弟三人。更多时候，是他们老两口。对于我离开故土才能好好活下去的想法和说辞，父亲不置可否。完小毕业的他，已经看到社会的变化和乡村的日渐萧条，但对于我能否在城市混下去仍然充满了深深的疑问，在他的想象里，以我火爆的脾性，会和陌生的人发生激烈的冲突甚至会惹出事端。他躺在炕上的第三年，已经是我在城市流浪的第五年。我仍旧一无所获。我的落魄，也许早被他看到了。

我极其清晰地记得那一天的对话。那是一个冬日，我回去看他，他面朝里躺在土炕上。年轻的弟弟一人去了新疆闯荡，去找寻他自己可能行走的康庄大道。母亲不在家，大约给他做了饭吃，然后去哪家串门了。父亲缓缓地将身子拧过来，却用手遮挡了脸，只是用低沉的声音问我吃了没有，没有吃的话去××家叫你妈回来给你做饭。我说在集上吃过了，他便不再吭气。

父亲对于我一家三口在城市的居住和生活充满疑问，当听说吃粮是要拿挣来的钱去买时，他突然放开手，脸上现出惊人的疑问："你的饭量我还不知道？拿钱买得多少钱！哪能吃饱？！"在他眼里，那些地再薄，也基本能养活人。实在不行，开了春，山上还有各种野菜野果。

实在不行就回来，他说。对于他的"迂腐"，我早有所料，而对于他一刹那间的清醒，我十分的吃惊。我坚信我的前途在城市。而在这穷山沟，我的眼睛睁到最大，也只能看到巴掌大的一片蓝天。

他没有看到任何的希望。我的，弟的。牛被贱卖，田地荒芜，老屋日渐残破。他辛苦开垦的一面荒坡上的、尚未结果的"果园"无人继承。对他来说，所有映入眼帘的事情，都没有任何的良性进展。及至我们兄弟姐妹合力解决了弟的婚姻问题，当面对站在面前的未来的儿媳时，他的脸上已经没有了任何欣慰的表情。

多年药力的副作用，已使他大约确实痴呆了。疾病犹如我家那些背坡的土地，是父亲生命的阴面，始终见不到阳光。整日躺在土炕上的他，过着在背坡的地里继续劳作的生活。以我当年的亲身经历，我十分清楚，那是一种静态的痛苦。唯一不同的是，他再也发不出来对那头老牛的吆喝声。

父亲在被宣判疾病的那一刻起，他的身体里不仅仅是疼痛，还夹杂裹挟着自卑和自贱。他羞于见人，将自己封闭在幽暗的屋子里。那个土炕，与其说是他晚年最后的栖息之地，不如说是他自认为心理比较安全的盛放之地。尽管他的生命还没有结束，但却消失在村人的视线里了。

培根说"成人之怕死犹如儿童之怕入暗处"。我不知道父亲怕不怕死。我从来没有听他说过因为自己连累别人而要求尽快去死的话语，他似乎在等待什么。当我那一天在房子帮他挪动一袋麦子的时候，他看到了我的吃力与无奈，而我也在他的眼神里，捕捉到了绝望般的悲凉与叹息。他知道我再也没有以前将他那头心爱的、不听话的毛驴只用一只胳膊就能扳倒在地的能力了。尽管他心痛他的牲口，但我知道他更吃惊我的膂力，那是当一个山区的农民最值得炫耀的资本。

那间小小的屋子，以常年的幽暗，掩护了父亲最后的尊严。而我身体的灾难，也许加速了他的辞世。

四

二姐连自己的名字都不会写。她没有上过一天学，更不可能认识住院部那大大的"肿瘤科"三个字。我们可以很放心地将那些化验单放在她触手可及的地方。

她亦强壮。我依稀记得，当村子里好多姑娘两个人用扁担抬粪挣工分的时候，二姐嫌麻烦，她愿意一个人挑，那是男人的劳动方式。直至结婚以后，姐夫在煤矿爆破器材厂上班的日子，她能一个人扛起一口袋的粮食，轻松地走在乡间的小路上。

没有任何的前兆。她倒下去的时候，仍然无法想象她怎么会生病。在她看来，生病，特别是治不好的大病，是那些掰人玉米拿人东西搬弄是非忤逆不孝的人理应受到的惩罚，她不是那样的人，从来没有过。她蒙昧的思想意识所受到的文化熏陶，仅仅是上一辈人口口相传的因果报应。她能承受身体的疼痛，却不能接受不治之症降临在她身上的现实。

因为这场突如其来的灾难，她第一次来到繁华的长安城，第一次见到比姐夫工作的小山沟那砖混楼房高得多的摩天大楼，她的眼睛突然就不够用了。

切下来的附带肿瘤的一堆结肠，血淋淋地盛放在白色的搪瓷盘子里。当护士将那盘子端到我们面前让家属验证的时候，亲身经历亲眼见过不知多少血腥场面的我，仍然感到一阵眩晕，那毕竟是她身体的一部分。以我"广博"的知识和与主治大夫的交流，我清楚这场耗资巨大的手术治疗，仅仅只能延缓她的生命，也许一年，也许三年，她终将离我们而去。那个暂时看不到的结局何时出现，仅仅是一个时间问题。

她将姐夫骂得狗血喷头：所有的农活都是她自己一个人扛，累的。常年在炸药厂工作的姐夫，其实比她更多地接触有害物质。也因为他的正式工的身份，在那个时期，二姐的家庭富裕不足而小康有余。姐夫不和她计较，人之将死，夫复何求？二姐延续了父亲的执拗，一直躺在炕上叹息怎么见人。在抱怨父母让她过早地挣工分之余，她深刻检查自己的前半生，她的错误在于：脾气太倔，和母亲争吵；嫌和她同龄的女子没有劲，自己一个人挑粪，伤了人家的心；虽然在妯娌几个中为生病的婆婆付出了最多的钱，却没有给好脸色而受到婆婆的诅咒；等等。姐夫一脸苦笑，默默不语，只是在一旁拼命地吸烟。

将近二十万元的手术和放疗化疗费用，彻底打碎了一个农村的小康之家经年制作的、尚不能算作精致的花瓶。术后的一年时间里，我们都在保守着死神走近的秘密。她的语音已经极度微弱，人痛苦不堪。大家听取了我的建议，由我联系省人民医院，每十天领取一次杜鲁丁。疼痛的频率越来越密集，剂量也越来越大。我奔波在人民医院与长途汽车站之间，那些"毒品"，以每次十元的"运费"，一次次被司机送到她的村口。她"知道"，吃了那白色的药片，病就能好，能够再一次看到省城的繁华。

儿子尚未完婚；不善农活的姐夫，会将那个果园管得荒草丛生不结果子；姐夫不常在家，要是她不出面，姐夫连邻居的一把斧子也不好意思去借；等病好了，她还要给儿媳妇照看孙子。所有的理由都在提醒她必须好好地活着。她并不知道，人民医院的"宁养科"，扮演着让一个身患不治之症的人"有尊严地死去"的角色，而我是她死亡路上的推进者。

那个炎热的中午，我坐在省人民医院的树下等待"宁养科"的医生上班，领药。手机突然响起，铃声盖过了树上的蝉鸣。姐夫说，不用拿药，你姐走了。

令我遗憾的是，以我"丰富的学识"，仍无法说服一个没有上过学的人理解疾病是一种自然现象，与因果报应毫无关系。她没有想过多少年里，她都是扔掉了锄头背着喷雾器在麦田里打除草剂；每年的清明前后到十月摘卸果子，周围几十里的空气里飘散的都是给果树喷洒农药的味道；她家的桌面每天飘落一层厚厚的石粉，那是山上采石场的杰作。

她带着极不甘心而又漫无目的的忏悔，走向了另一个冷冰冰的世界。术后的一年时间里，她从来没有走出过家门半步。在她眼里，村人的目光是一把把飞撒过来的乱针，刺得她心痛不已。

她到死也没有明白她有什么错。

五

陪三叔吃完饺子，我给他买了一个水杯和几斤水果，将他送上西安开往徐州的火车。

列车员开始提醒送客的人下车。一向极不善言辞的三叔突然紧紧地抓住我的胳膊，嘱咐我一定要去安徽看他，我能感觉到他身体的战栗和心跳的声音。这是他离开故乡第四次回来。

因为种种复杂的原因，三叔随着三娘定居在她娘家的故乡安徽濉溪。他们的物质生活，比起我们这里似乎要好一些，这从他们的言辞和三叔比起前多年的胖了都能看出来。这一次，回到老家的三叔比过去更多地喜欢串亲戚，他将所有能想到的、远近的亲戚都走遍了。

最远的四姑家，是我开着车陪他去的。他与四姑抱头痛哭。回来的路上，他一一指点那些弯弯山路上的一草一木。童年的时代，每年的正月初四，我和他背着白馍和一袋能打死人的硬点心去三姑家。更多的时候，是踩着厚厚的积雪，冒着刺骨的寒风。一来一去，七十多里山路，需要两天时间。这是多年不变的习惯。

不到一年时间，堂弟打来电话，说三叔去世了，肺癌。三叔安徽的家，在淮北煤矿。

我忽然明白了他的反常举动。人之将死其言也多，疾病可以把一个沉默寡言的人变得善谈，也能把自己的前尘往事都钩沉起来。以我有限的人生经历，只是将三叔的多言与善走，仅仅与他晚年的思乡之情联系起来。堂弟没有告诉我他的实情。他是从来没有做过身体检查，还是和二姐一样大字不识，看不懂那化验单子？抑或是以他七十年的人生敏感，提前预知了一切？

三叔最后的精神幸福，也许是在故乡度过了一个多月。那段时间，每每出门，他都说不要等他回来吃饭。他吃百家饭。在周围的村子，尽管他已离开故土近二十年，却突然有了比以前更多的熟人。他早出晚归，回来高兴地谈起多年没见的谁和谁，他们无一例外地招呼他吃饭、喝茶，羡慕他走出山沟，过上了富贵的生活。他说是的，但安徽的面条不筋道，下到锅里就断；安徽平原的地太大，人进去心里发慌，不像这山沟的地，片片小，几步就能走到头；那里没有柿子，苹果水大，却不甜。

六

少年磨难，中年渐盛；二子送终，享年七十三岁，卒于春风之中。套用麻衣相书，我的一生是如此描述的。

父亲和三叔都是在这个年龄走到了人生的尽头。

我信命，又不信命。我没有什么信仰，但我不反对，甚至支持、默许我的家人烧香拜佛。我可以没有信仰，但他们不能。我宁愿将十块钱投给用一只独脚在地上写出一笔好字的人，也不想掏两块钱进八仙庵上一炷香；我宁愿花两块钱买一个老太太五毛钱一把的野菜，却不愿正眼看一眼车窗外健步如飞的乞讨者。

那个冬日的下午，当一个云游的僧人上门化缘的时候，我以犀利的言语击退了他。他走远了，然后回头毒毒地盯着我，眼中射出更加毒毒的光。

岳母将自己的家布置得像一座庙，供奉了三座神像。她每天早起，必先上香。第一碗饭，一定是神吃的。她不为自己祈祷，是为我们祈祷，愿神保佑我的孩子上好学校，有好工作；我们的日子好起来，有更多的钱花。她说她的香没有白上，而好些人的香是上到粪堆去了。她说她从孩子们和我们的身上看到了结果。

我不知是否中年渐盛，却知道身体的疼痛日渐增多，除过先前的沉疴，还有新的病痛增加。我不再手提一桶水像提一只空桶。我的右腿不能负重太多。她再三嘱咐我每天梳头一百次，几年下来头发就会变黑，而我一笑置之。

人说痛风是一种富贵病，我真的富贵了吗？除过比过去吃了更多的肉，"被"喝了更多的酒之外，我没有那么多的海鲜吃，也吃不起。而腰与颈却日渐痛起来了，我知道这是长期坐在电脑前的原因。走出乡村，我摆脱了上山下岭肩挑背扛的生活，陷进了电脑椅的松软舒适之中，却也腰椎变形，头颈日渐僵硬。

酒精的刺激，乡村空气里充斥的农药的味道；自卑与蒙昧；城市的雾霾，哪一个杀伤力更强？

我说不清楚。他们走了，我也终将无处逃遁。

"名人"刘高兴

听说刘高兴现在是棣花镇不次于贾平凹的名人，今日一见，果不其然。

刘高兴端坐在自家的四合院里低头看书，对于走进家门的人一概视而不见。大约是他坐在这里，求字合影的人远远多于买他蜂窝煤球的人的原因吧。

墙上挂的地上铺的，全是他的毛笔字，斗方、四尺、六尺都有，内容主题多为心情舒畅高兴生活。北边房子的电视机正在放电影《高兴》的碟片，声音很大。游人都坐在椅子上看电视，和当年火车站旁的录像厅一样，循环放映不清场。他的工作台案，比起西安城随便哪一个著名书法家的案子都大很多。自家的四合院，趄一丈，顺八尺，由他。

我大叫一声：刘老师，你好啊！刘高兴并不抬头，只是拿眼皮翻了翻我。

呀嗬，还拿不住他，牛×得很么！我索性不动声色，一边看着墙上他的那些杰作，一边背着手在其身后踱步。七步之后，我朗声背诵起小说《高兴》的片段来：

"这是 2000 年 10 月 13 日，在西安火车站广场东区的栅栏外，警察给我做笔录。天上一直在刮风，广场外的那些法国梧桐、银杏和楸树叶子悠悠忽忽往下落，到处是红的黄的，颜色鲜亮……我永远要后悔的不是那瓶太白酒，是白公鸡。以清风镇的讲究，人在外边死了，魂是会迷失回故乡的路，必须要在死尸上缚一只白公鸡。白公鸡原本要为五富护魂引道的，但白公鸡却成了祸害。白公鸡有两斤半，最多两斤半，卖鸡的婆娘硬说是三斤，我就生气了。胡说，啥货我掂不来！我说：你知道我是干啥的吗？我当然没说出我是干啥的，这婆娘还只顾嚷嚷：复秤复秤，可以复秤呀！警察就碎步走了过来……"

"不用背——不用背了！哥，你是我哥哩！"刘高兴呼地站起来，一边拉住我的手连摇带握，一边对西厢房里大喝一声："老婆子，今晌午擀面，多添几碗面！"老婆火急火燎跑到面前的时候，刘高兴潇洒地伸出一根指头在空中数数："一个，两个……你们得是五个人？哎，老婆子，再添五碗面，臊子弄美！"

我的手大约被他当作倒进模具的无烟煤末子，已经压力到位煤球成型了还不松劲。

"你比老贾还啬皮！面前放着烟不给客人散？"我毫不客气地抽出一根点上。

"呵呵，我这烟不好，不敢给你老哥发么。你们都是州城来的贵客，怕你看不上！"刘高兴讪笑着说。

刘高兴原名刘书征，是贾平凹的同村发小，长贾一岁。小时候，刘书征与贾一同下河摸鱼，上树掏蛋，精屁股撵狼赤脚上山，从小学到初中毕业一直是同班同学，然十九岁后命运大不同。在西安这座城，当贾平凹风光无限写书的时候，刘书征还在拾破烂，甚至拉着一辆破架子车在西安的大街小巷吆喝着卖蜂窝煤，连在"风光无限"装修公司卸水泥沙子的苦差事都很难谋到。他不知道，贾曾去蜂窝煤厂看望他寻他谝，其实是想以他这个发小为主人公原型，构思写一部长篇小说。后来，这部名为《高兴》的小说被拍为电影，郭涛、黄渤、苗圃主演，红遍大江南北，只是将他的真名换成了"刘高兴"。

一夜之间，刘书征成为《高兴》电影和小说活生生的被动宣传者。蜂拥而至的记者踏破了刘书征的门槛，镁光灯在他的脑门上频频闪烁，然而他的物质生活却没有任何的改变。听人说"刘高兴"三个字的品牌价值已达亿元，大梦初醒的刘书征差点将自己的脑门砸出一个窟窿。他索性扔了收破烂的架子车，提笔写字，奋起直追，一部六万多字的《我与贾平凹的故事》早就杀青，拖了多年之后，现在正在河南农民出版社的火热编辑过程中。他告诉我，除过木南写的序，还有肖云儒、孙天才等五人承诺为他写序。他说他给孙打过几次电话想问序写好没有，却都不是不通就是没人接听。他要我回西安当面催孙："你骂他！问他咋还没给我写好。"我说我不认识孙，他挠了挠头，显得有些失落。

扔掉没有外带的铁轱辘架子车，杀回故乡的刘书征坐地更名"刘高兴"。他思谋着趁政府联合开发商建古镇的东风，扬上几锨，沾个边边，把自家的老屋也免费改建扩建一下，谁知道人家政府光翻修贾家。尽管他与贾是邻居，但新的"平凹故里"并不包括他家。

我说你已经不错啦！政府给你做了牌子，引导人到你家去旅游。游人和你合个影十块，一幅字润笔几百，一碗浆水面也比街道贵好几块钱，发财了，老哥！

也是，也是，你说得有理——看热闹的多，买的人少啊！

我说兄弟给你写篇文章把你吹吹，你出名得利了也把兄弟好好请一哈，咋向？

高兴高兴得合不拢嘴："那美得很么！没麻达。把你电话给我留哈，到时候我的书一出来，就在西安拾掇弄研讨会、新闻发布会，兄弟到时候来，给咱吱哇两句。"

我给他拨过去，半天不见动静。刘高兴扶了扶眼镜，才看清是静音，无声。"这肯定是孙子又日弄我手机了，我还不会存，你给我存。"

我说现场给你拟两句话你写：高处不胜寒，兴来才思涌。刘高兴问这啥意思么。我说你现在是名人，在高处待着，这位置不好坐，名人不好当。你最近没见你发小，知道他去哪了？隐居南山啦，嫌人寻得多害泼烦！你现在才思敏捷，又是出书又是卖字，这不是"兴来才思涌"么？两句第一个字合起来就是你老哥的名字啊！刘高兴咧嘴大笑，连说好。

重回故乡的刘书征，再也不是《高兴》里那个拉着架子车、在西京城里游街串巷的"刘哈娃"了。他戴起眼镜，端正严肃地坐在"刘高兴家"的堂屋，高兴地走在"书写的征途上"。孩提时代的他，本就和贾平凹是拴在一条绳上的蚂蚱，只是因为各自的禀赋和人生轨迹的不同，命运之绳的抖动将他们甩开分离。多年之后，贾无意之间抛出的《高兴》这根绳子，再一次将他们拴在了一起。贾当初主观上以他为原型充实渲染自己小说色彩的打算，客观上促成了刘高兴今日的火爆。而今他也要"贩卖与贾之间的隐私""以牙还牙"。刘高兴为了显示自己不借贾的名气吃饭，特意在自家的门楣上挂了一块"刚正不阿"的牌匾，以正视听。

刘高兴的毛笔字和即将付梓的书稿也许算不上有多高的水准，甚至可能还有些粗劣。对于这个因为城镇化而失地的农民"不土不洋"的艺术生活，我们不必苛求他成为名副其实的作家或者书法家。对他来说，不管采取哪一种活法，只要能生活得更好一点就好。

时值中伏，炎阳炙烤。今天的贾源村水草丰美，"刘高兴家"门口的千亩荷塘一片翠绿，他这只"蚂蚱"似乎也蹦跶得风生水起阳光滋润。走出门的我却有些担忧：在这个谁都可以出书写字的年代，"他和贾平凹——不得不说的故事"，到底能不能为他换来应得的物质利益？粗粗算了一笔账：印两千册，一本按五块钱算，也得一万元，书号、宣传也要花费。出书的激情过后，他会不会成为一只秋后的蚂蚱？

但愿他这只"蚂蚱"永远活在夏天里。

霸陵风烟

查阅相关资料："霸陵，汉文帝陵寝，有时写作灞陵。灞，即灞河。霸陵靠近灞河，因此得名。霸陵位于西安东郊白鹿原东北角，即今灞桥区席王街办毛西村西。"当地人称为"凤凰嘴"。《史记·孝文本纪》载："治霸陵皆以瓦器，不得以金银铜锡为饰。不治坟，欲为省，毋烦民。"

白鹿原位于西安东南，东靠终南山东段的簣山，南临汤浴河与岱峪河，北依辋川灞河，三面环水。原高坡陡，地势雄伟；历史悠久，人文远古。曾几何时，白鹿原上古柏森森，林木葱郁。这里既是皇亲国戚、文人墨客们旅游避暑、憩息休养的胜地，更是古长安东边的天然屏障，历来为兵家必争之地。传说黄帝灭蚩尤之战的遗址，就在原上南边的"尤风岭"。史料记载，"周平王东迁，有白鹿游于原上，人以为祥瑞，是以得名"。秦汉时期，白鹿原地处京畿，为"上林苑"的一部分。相传赵高指鹿为马的鹿，就是从白鹿原上捕获的。秦末汉初，刘邦"沛公军霸上"（霸上即白鹿原）；黄巢也曾屯兵白鹿原上（至今仍有黄巢堡）。李自成手下大将，原为铁匠的刘宗敏，也是白鹿原人。以一部沉雄浑厚的《白鹿原》成就大名的陈忠实，就出生在白鹿原下的西蒋村，其人耿直率性，每遇人索字，落款必写五个字："原下陈忠实"。

九年以前，我随朋友去过一次白鹿原下的莫灵庙村。此村西依白鹿原，东靠灞河，原上就是村人所言汉文帝刘恒的墓地霸陵。霸陵所处的地势，中间凹陷，两侧鼓起，形如簸箕，似一只凤凰起飞，俗称"凤凰嘴"。依稀记得，那个炎热的夏日，一位鸡皮鹤发的老人流着涎水，嚅动嘴唇，坐在一块鼓形门墩石上，给我和朋友讲述了莫灵庙村名的来历：当年护送汉文帝灵柩的队伍前往事先挖好的陵地，不料半路狂风大作，一时天昏地暗，无法前行。正当人们焦急之时，有人看见附近有座古庙，便提议把文帝的灵柩抬入庙中，众人在外守候歇息。狂风一直刮到次日凌晨才停，当早起的人们进殿起灵时，却发现灵柩不翼而飞。众人惊慌失措之时，一阵凤凰的叫声自空中传来。人们抬头四望，看到在陵地南边的山顶上，一只五彩凤凰扇动翅膀，跃跃欲飞。凤凰告诉人们，汉文帝已安葬在此，众人莫要着急。人们遂将村名改为"莫灵庙"。"莫"即"没"，一直沿袭至今。

先于其母薄太后去世的汉文帝，临终时嘱咐窦皇后和儿女们要对薄太后尽孝。为弥补这个缺憾，刘恒要求将自己的陵墓以"顶妻背母"的方位安置。两年后，薄太后去世，窦皇后遵从其意，将婆婆落葬在文帝墓的南边。故薄太后的陵墓有"南陵"之说。

白鹿原上，汉文帝与其母薄太后、其妻窦皇后的墓地，远离位于渭河以北咸阳原上的西汉其他皇帝。霸陵"因山为陵，不复起坟"，即依靠山势凿挖墓室，故无封土可寻，并且史料文献对霸陵的记载也很少，其具体位置，村民们争论不休，官方也莫衷一是。经过两千多年凄风苦雨的磨砺，如今只剩下文帝陵大致的遗址位置和薄太后南陵孤零零的封土堆。

当汉文帝的陵寝变得无迹可寻时，我只能带着一丝遗憾，游走到薄太后的南陵。

这是秋雨连绵之后的一个下午。原上的绿树茂草碧清如洗。封土堆下，一位悠闲的牧羊人静坐在石头上。我踩着后来铺设的土砖环陵一周。繁茂的菅草长出芦苇般的白絮，从铁丝篱笆的缝隙里钻出来，扫拂着我的衣襟，一股汹涌的沧桑瞬间袭入我的心海。正南方向，层层叠叠的台阶一直延伸到陵顶。站在陵冢脚下，面对密集的台阶，这个方形的高大土堆现在与我相对而立。倒下的一面石碑上，赫然勒着"薄太后南陵"的隶体字样。由落款可以看出，这不过是十几年前的笔迹而已，却已遭到毁坏。登上台阶，我来到陵顶，眼前犹如一片平旷的麦场。许是登顶之人的密集，脚下的"麦场"没有荒草，如土路一般光滑。因为连日的阴雨，溃烂在远近地里的葡萄散发出淡淡的甜香。也许因为这股甜香，成群的蚊蝇缠绕在我的头顶，在蓝天映衬的暮色中纷乱成清晰跃动的黑点。远望东南，稀薄的雾气犹如一缕白纱从南边的沟谷里飘逸而出，平铺在灞河的上空，之后便凝固不动，伸向更加遥远的北方。

彼时，远处灞河上空的夕阳一点点从我的视线里消失。眼前没有大漠孤烟，只有长河落日。时空的寂静与缓慢下落的夕阳之间有一种无法言说的默契。高大的陵冢在旷野的天幕之下，显得更加的孤寂和清冷。选择这个节点，来到这个地方，暗合了我的内心，对于这个久远年代的痕迹有一种先入为主的揣度。

是的，眼前的一切，基本符合我的想象。我的思绪，也随着远方缥缈的烟雾，不可避免地陷进两千多年前的历史长河中了。

秦朝末年，诸侯纷起，群雄逐鹿。魏国的没落贵族魏豹亦不甘寂寞，怀着一颗雄心，将自己投入轰轰烈烈的"反秦运动"之中。魏豹的一生和他的妃子（妾）薄姬一样充满了戏剧色彩：先是秦将章邯攻下魏国，杀了他的兄长魏咎，他逃亡至楚，凭着一张三寸不烂之舌，向楚怀王借兵数千，反攻下魏地二十余城，自立魏王。后又投靠项羽，因战功卓著，被封为"西魏王"。继投刘邦，又叛归项羽。不期世事难料，韩信破魏，他又被掳至荥阳，为汉所杀。可怜一世英雄，死无葬身之地。不同的是，薄姬的后半生，却远离了跟随魏豹的风尘颠沛。尽管后来入围汉宫的薄姬，因寄望于"闺蜜"的"一人飞升，仙及鸡犬"的空头承诺被人讥笑，但真正笑到最后的，仍是冥冥之中洪福齐天的薄太后。

魏豹反攻魏国，自立魏王。当年的一时得势，让薄家人看到了大富大贵的希望。薄姬因此被家人献给魏豹，做了一个摇摇欲坠无根无基的王者的妃子，娘家父母期望她能过上非富即贵的生活。我一向不看电视剧，特别是戏说之类的历史剧。与其浪费时间忍着腰椎间盘突出的疼痛坐在沙发上被一帮戏子"愚弄"，还没有躺在床上看那些汉朝正史来得入味。但在那晚，"被看到"的《楚汉传奇》当中的一个情节，还是进入了我的脑海：薄姬召人摸骨看相。一番品评之后，摸骨人大惊失色，言其有太后之命。此后，薄姬的心中便如汉城湖的一泓碧水，在其人生的张帆远航中波澜起伏。尽管自己与魏豹颠沛流离，命运多舛，但看相人的话语，从来不曾在薄姬的心中化为云烟散去，反倒成为她顽强生存下去的动力。而相士的一句话，更使魏豹心中窃喜：薄姬贵为太后，我也就龙袍加身啦！后来的背汉联楚，均为魏豹意欲自立为王的行为写照。而这个电视剧中的情节，恰被好事者从野史的稗谷堆里刨将出来，拭去蒙在表面的浮沉之后，金子一般闪现着浓烈的喜剧色彩，附着在后世津津有味的舌根之下，成为薄姬后半生的谶语。

出尔反尔的魏豹，犹如楚河汉界的河边一枚不守游戏规则的卒子。他终究做了汉的刀下之鬼。正史野史，都没有提到他和薄姬的后代，他没能看到薄姬为她生下龙种。薄姬先天的姿色，却无疑给她帮了大忙，已成汉军俘虏的她，在魏豹被杀之后，被刘邦纳入后宫。轻提罗裙，脚蹬木屐的薄姬，就此攀上汉城高高的台阶，开始了她寂寞单调的宫女生涯。

据说与薄姬一同入宫的还有她的两个"闺蜜"。她们三个和当年的陈胜吴广一样，相约"苟富贵，无相忘"。不同的是，陈胜吴广是在卸下身上的犁耙，"辍耕之垄上"说这句话的。在一望无垠的阡陌里汗流浃背的他们，因这句话而增添了无穷的动力。毒辣的阳光之下，深陷于他们脊背的纤绳被拉成一根直线，向着遥远的远方一直伸去。抬起头来的时候，他们恍惚看到了咸阳城在心中的咒语里轰然倒塌，随之而来的是陈胜王的崛起。而天真单纯的薄姬，一个手无缚鸡之力的妇人，自然不能像陈胜吴广那样揭竿而起，擂响渔阳鼙鼓，掀起大泽波澜。她需要一个平台，一个英雄之辈的男人给他提供的平台。这应验了一句话：一个女人要想征服世界，首先要征服男人。但她缺少心机，只能等待。那一天的午后，汉高祖峨冠博带，挟裹着一股大汉雄风，信步后宫花园。他隐隐听到了薄姬的两个闺蜜之间关于天真的薄姬的对话，她们唧唧哝哝的言说令他好奇。薄姬的两个闺蜜尽管已承泽皇恩，却没有任何的结果，但这足以令她们有了饭后的谈资，她们早忘了薄姬，好事岂能与之分享？心情不错的高祖问出了缘由，执意要见这位已被她们遗忘的"闺蜜"。

是薄姬尚未凋谢的姿色，还是高祖暂未泯灭的平民思想，使他动了恻隐之心？那个晚上，在众宫女中毫不显山露水的薄姬荣幸地躺在了汉高祖的龙榻之上。芙蓉帐暖度寒宵，一番云雨，伴随着木炭火盆的温暖，孕育了一代明君刘恒。开创"文景之治"的汉文帝，就此在不经意间诞生了。

一夜承欢的薄姬，并没有因此而成为后宫的主角。和所有风流忙碌的皇帝一样，汉高祖几乎忘记了她，薄姬渐被冷落。因为出身的低微和权倾一时的吕后的专制，生性善良与世无争的薄姬一直被排斥在繁华竞逐的热闹之外，生下龙种，并没有为薄姬带来丝毫的光耀。不过，也因为她的懦弱和胆怯，吕后并没有将她视为劲敌，只是排斥在圈子之外。公元前196年，刘邦在平定代王陈豨的叛乱之后，封刘恒为代王。那是一个无人愿去的蛮荒之地，彼时的代地上，到处是匈奴铁骑的印痕和拓跋部落的纷争。那个冬天，薄姬带着不足八岁的刘恒，以及一个由吕后分配的小宫女窦漪房，向着这个远离汉都的大漠边缘之地进发，而其他的皇族封侯们，却在土地膏腴的近都享受着纸醉金迷的富贵与繁华。

按照规定，每个封侯可以带五个宫女前往封地。窦漪房出生于赵地，她本来希望随同赵地的封侯回到故乡。鬼使神差的是，书写花名册的宦官，将她的名字误写进了代王的随身宫女中，于是她被动地跟上刘恒去了代国，不料由此成就了她和刘恒的爱情，后来，她登上了皇后的位置。

夕阳西下，远近的白鹿原上升起迷蒙的白雾。原下的灞水无声无息地流淌。遥远的烟雨中，我看见他们母子辗转在通往代地的路上。他们一路风餐露宿，乌云为侣，野兔做伴，草丛里奔跑的野狐惊起纷飞的乱鸦，像密集的乱箭射向薄姬空荡的心。以薄姬平和的性格，盼望富贵的心思可能早已被呼啸的北风一荡无余了。眼见着吕后的刀刀滴血，所有被刘邦宠幸的妃子不是被其杀戮就是被监禁。业已失宠的她，只要母子两人能够平安地活下去，就是莫大的幸福，何谈富贵？

历史总是充满了恶劣的喜剧色彩。那位中国历史上有记载的第一位皇太后吕雉，和后来的武则天、慈禧太后一样饱受争议。吕雉因为其父对刘邦的欣赏而成为刘的正配夫人，作为一个跟着刘邦饱经风雨的女人，她是强势而有智慧的。撺掇刘邦杀死功臣韩信，便是她进入权力阶层后的小试牛刀。而按照刘邦临死的遗嘱，她的重用老臣，如萧何周勃等人，也显示了一个女人治国平天下的沉稳与老练。血雨腥风的政治斗争，我们任何一个置身局外的人都无法言说其中的对错。巩固自身政权的斗争，无论如何都不可能是温柔的抚摸和言之恳切的话语。即使"杯酒释兵权"的宋太祖，如果没有众臣的聪明退避，谁敢说后面不会燃起朱元璋的一把大火？但吕后的残酷毒辣，仍然为她身后的命运埋下隐患。她的挖眼砍足，制造"人彘"，不但吓死了自己的亲生儿子汉惠帝刘盈，而且在更多的老臣心中留下深刻的的阴影。终于，在那个炎热的八月，六十二岁的吕后死去之后，老臣们举起刘家大旗，以一场血腥的风雨，彻底荡涤了以其为首的吕氏外戚集团。至此，一代女枭，烟消云散。

大局新定的汉都，风平浪静，就像汉城湖秋天的碧水，清风徐来，波澜不惊。"新"的汉室，需要一个贤明的君主。心地善良、柔弱平静的刘恒，忽然在汉都的老臣眼里，成为国家政权的不二人选。当长安来的使者向刘恒母子宣告这一重大决定的时候，一贯唯唯诺诺的他们简直不敢相信自己的耳朵。他们一路疑神疑鬼，战战兢兢地向长安挪动，并再三派出探子前去打探消息虚实，唯恐落入吕后设置的圈套而命丧黄泉。

但这一切都是真的！走在路上的刘恒母子，一而再，再而三地掐着他们胳膊上的肉，他们感到了疼痛，确定这不是一场黄粱美梦。薄姬母子的幸福，就此从天而降。

一百年后，太史公在其《史记·孝文本纪》里这样写道："孝文皇帝，高祖中子也。高祖十一年春，已破陈豨军，定代地，立为代王，都中都。太后薄氏子。即位十七年，高后八年七月，高后崩。九月，诸吕吕产等欲为乱，以危刘氏，大臣共诛之，谋召立代王，事在吕后语中。"

薄太后以其宽厚仁慈，为儿子赢得天下。有其母必有其子，登上皇帝宝座的刘恒，没有忘记母亲的教诲和他们历经的磨难。秦的严酷和吕后的专制，让他们吸取了深刻的教训。社会需要休养生息的政策支撑，自然而然，以无为而治为文化主题的"黄老之学"，最终成为汉文帝刘恒的治国法宝。天降大任于汉文帝刘恒，除过劳其筋骨，饿其体肤之外，也为他送了一个学富五车并有远见卓识的贾谊。《过秦论》让统治者看到，表面风平浪静的景象之下，更隐藏着激烈的社会矛盾和行将到来的危机：侈靡相竞，社会风气每况愈下；没有礼义廉耻，俗至不敬，道德底线滑坡。《治安策》痛陈诸侯专权，腐败无度。《论积贮疏》言"民不足而可治者，自古及今，未之尝闻……"

两千多年中的任何社会历史时段，这些惊人的同样的社会局面，何其相似？

"黄老之学"始于文帝，终于景帝。汉武帝即位，"罢黜百家，独尊儒术"。道儒学派的谁是谁非，以我肤浅的学识，根本无法深入言说。也许，有用即真理。

　　薄太后墓碑前，有一方形大铜鼎，据说这里经常有人上香化钱。也许是多日的阴雨阻挡了那些年老的妇人的脚步，我没有看到她们留下的香灰纸钱，只是看到了一池浑浊的秋水，枯叶烟头沉浮其间。虔诚的她们也许并不能够看透两千多年前的汉宫秋月，如磐风雨，但她们知道二十四孝，知道百善孝为先。薄太后的一生与世无争，教子仁孝，为后世留下母仪应该具备的闺范。汉文帝刘恒的亲尝汤药，侍母至孝，赫然排列在二十四孝的第二位。尽管由第一位的上古虞舜的故事而联想，编纂者有皇权位尊的思想作祟，但不可否认的是，一部二十四孝，作为启迪童蒙的通俗故事，在以儒家学说为圭臬的两千多年里，成为一个人童年最初的道德基准。那些僭越伦理的行为，最终会定格一个人的命运。因果报应的谶语，即使在一个人死后的多年里，甚而在其子孙辈里也会应验。那些消失在我视野中的蹒跚的年老背影，他们一定笃信这一点。

　　《道德经》云："以其不争，故天下莫能与之争。"薄太后一生谨慎软弱，最后却能以柔克刚，"夫慈，以战则胜，以守则固"。她躲过了吕后的血雨腥风，成就了一段历史时期政治清明的社会秩序，是当世万民的福气。当然，据说当初政权稳固的吕后，也推行过轻徭薄赋的政策，为以后的文景之治打下了一定的社会基础。但她不择手段的残酷打压，还是令后来的人们咬牙切齿，惊恐不已，所谓"最毒妇人心"。后世的武则天，据说效仿她的酷刑，将唐高宗曾经宠幸的王皇后和萧淑妃做成"人彘"，扔在酒瓮里，她要"令二妪骨醉"。

　　吕后何以如此残暴？不妨刨一刨吕后的历史。因为在一次乡间宴会上的大出风头，刘邦被吕雉的父亲看出其"必有大象"，年轻的吕雉就此嫁给刘邦。她的生活，是下田做饭，劳作持家。公元前205年，刘邦为项羽所败，吕雉和刘邦的父母被俘，做了两年的人质，其间的吕雉受尽凌辱。这样的一段沧桑经历，不仅历练了吕后的果敢和顽强，也造就了其不甘人下的性格。她对戚夫人等的残酷打压，恐怕也是出于对自己原配地位的担心。据说年轻漂亮的戚夫人，在很长一段时间里是刘邦的最爱，而结发妻子吕雉却被冷落在一边。她不能容忍悲剧再次降临在她的头上。吕后的所作所为，和现在街头的原配殴打凌辱小三，脱其衣、啐其脸的性质几欲雷同。和刘邦一起出生入死打下的江山地位，怎么可以拱手让给不劳而获的"小三"们呢？

前有萧何月下追韩信，留下"不是寒溪一夜涨，哪得汉朝四百年"的民间故事，后有吕后的"遂与萧何商议，骗韩信入宫处死，并夷三族"。自古及今，鸿门宴不停地上演在权力中心的舞台上，政治的肮脏在历史的长河中，由此可见一斑。

被刘邦冷落的薄姬，没有争回宠幸的决心和勇气，更没有吕后的计谋才智。她只能选择认命，却于冥冥之中保全了自己的后半生，居然完成了一次人生意外的升华。

史书记载，新朝末年，汉高祖的长陵被赤眉军掘开以后，同陵异穴的吕雉的尸体惨遭侮辱，暴尸荒野。而一世清明的薄太后，却"以吕后是正嫡，故不得合葬也"，被埋在这荒凉僻背的霸陵原上。西晋末年，薄姬的陵墓也被盗墓贼挖掘。史料记载，"六月，盗发汉陵、杜二陵及薄太后陵，太后面如生，得金玉彩帛不可胜计"。同样的挖掘，一个为泄愤，一个为财，虽然结局都不那么好，但终究是有区别的。薄太后陵的下面，早被洗劫一空，但地面上的封土堆前，百姓自发的祭奠从来没有断过。他们以虔诚的姿态，把这位在他们看来教子有方的老妪奉为神灵，焚香叩头，顶礼膜拜。

与牧羊人对坐在石头上闲聊。他慨叹说，前多年有商人开发陵园，旅游观光，其实是想套国家钱呢。看到没有多少人来，不挣钱，跑了，撂下这个烂摊子。过去人还多，葡萄好卖，现在更没人来了，下雨葡萄都烂在地里了。

民以食为天。他们不在乎这个土堆下面埋的是谁，他们只是想生活得更好一些，仅此而已。在这个秋雨停歇、夕阳已坠的广袤的白鹿原上，此时此刻，晚霞铺满了遥远的天际，几只野鸽飞落在我的脚下，欢快地啄食着虫子。傍晚的澄明，将我融化在这片静谧安详的草丛之中。

明天，也许真是一个清明的天气。

武侯祠·锦里古街

锦里无疑也是最成都的地方。

锦里古街号称西蜀第一街，有"成都清明上河图"之称。古街的东临，是武侯祠。一墙之隔，锦里的喧闹与繁华，将武侯祠的凝重与沧桑，毫不留情地沸腾在一锅开水之中。八月的闷热和空气中弥漫的人气，将我畏缩在两者中间地带的一棵古榕树下。榕树的叶子细致而密，阳光不能透过。巨大的根系盘曲错落，突出地面，形成起伏低矮的连山，也是疲劳人的天然座椅。抽一根烟歇息，散淡的烟灰弹进喝空的矿泉水瓶。操着各种口音的往来者，走马灯般络绎不绝地流入写着"锦里"牌匾的古街。街口便如一道渠水的闸门，收容吸纳，注入一队又一队川流不息的人。

武侯祠里却是安静得出奇，没有几个人。

毋庸我的聒噪，武侯祠是纪念蜀汉丞相诸葛亮的祠堂，据说当初与刘备的昭烈庙相邻。明初，武侯祠被并入昭烈庙，故有如今"汉昭烈庙"的牌匾。1672年重建，形成现存的武侯祠君臣合庙的情景。武侯祠初建于唐，杜甫《蜀相》诗云："丞相祠堂何处寻？锦官城外柏森森。映阶碧草自春色，隔叶黄鹂空好音。三顾频烦天下计，两朝开济老臣心。出师未捷身先死，长使英雄泪满襟。"杜老空怀"致君尧舜"的政治理想，目睹国势艰危，生灵涂炭，而自身又请缨无路，报国无门，因此对开创基业、挽救时局的诸葛亮无限仰慕，倍加敬重。现在的武侯祠应该是清康熙年间重建的。诸葛前辈的英名千古流传。陈寿的《三国志》及以后的《三国演义》，把这位运筹帷幄、决胜千里的丞相演绎得风生水起，淋漓尽致。此时此刻，我的任何多余的话语都会显得浅显轻薄，索性闭嘴。只是有一点我有些不平：在我的预设想象中，武侯祠似乎应该无关刘备。但"汉昭烈庙"的牌匾，君臣共享，臣在君下的设置，让我有了一种当年攀登北京天坛的台阶低头臣服的压抑之感。君为臣纲，天子就是天子，丞相毕竟是丞相。诸葛先生所有神乎其神的表演，无不是在当初贩履织席的刘备搭起的人生戏台上，尽管那个戏台如履薄冰，摇摇欲坠，但在他的眼里，刘备这个中山靖王之后，毕竟身上流着皇室的血液；尽管刘备命运多舛，寄寓于表，却也是"天下枭雄"。佐正统而薄异己，或许是他一生辛劳而汉室未兴这个悲剧命运的根源所在。后来的为其建祠，无非是视天下为一己之产业的皇帝们期望臣子能如诸葛一样鞠躬尽瘁，死而后已而已。如此一想，我亦悲从心起。卧龙岗并不高大，无法阻挡诸葛神算放眼天下的聪明，但他似乎并没有看得更远。

滚滚长江东逝水，浪花淘尽英雄。古今多少事，都付笑谈中。一曲《临江仙》，《三国》演义浓。所有的人物，业已故垒西边。院内高大的榕树，凝重的古柏，碧蓝的天空，瓦解了我对遥远历史的钩沉，也稍稍减弱了我内心的沉闷。

相比武侯祠的冷静，锦里古街的热闹却也在我的预料之中。这个披着明末清初民居外衣的古街，充满了川西民俗的气氛。古榕沧桑，波水影灯的锦里，据说兴于秦汉，盛于三国。锦里又曰锦官城，大约杜前辈"晓看红湿处，花重锦官城"的吟诵，即于此地而作。李商隐《筹笔驿》里亦有如此诗句："他年锦里经祠庙，梁父吟成恨有余。"光阴荏苒，锦里也成了成都的代名词。眼前窄窄的街道，酒旗悬飘，木门伫立，石板铺路，一股盎然的古意扑面而来。结义园、诸葛井、射弩，声声机杼，飘飘蜀锦，这些三国的元素，被灵巧聪明的四川人恰当地引入古街。张飞牛肉、肥肠粉、汤麻饼、糖油果子、撒尿牛丸、臭豆腐、油茶、钵钵鸡等小吃吸引着所有并非饥肠辘辘的游客。红男绿女嘴唇上的红油与碗中沉淀的麻辣共一色，相得益彰。我的舌头，亦如一片风中的树叶瑟瑟发抖。一切皆因我没有听从当地人的好言相劝。他们说，如果你吃不惯太麻辣的东西，就让店主调淡一些。但我不会放过这难得的机会。既然来了，就要吃到正宗的四川小吃——你们的舌头受得了，我的舌头一样受得。为了证明自己的豪迈，我将碗底的辣子吃得净光，以证明老陕的壮烈丝毫不亚于四川的麻辣。

吃在成都，连我这个在回坊徘徊多次、手撕煮馍的秦人亦不得不承认。但最吸引我的，却是川剧的变脸。在秦腔的舞台上，名伶马蓝鱼先生把李慧娘对裴郎的爱，对权贵的恨，都熔化在一口神奇的火中。后来所有其他剧种的吹火，据说都移植于这大秦之腔。然对于川剧之变脸，我知之甚少。最早的记忆是看吴天明导演的电影《变脸》，才知道我从来没有听过，也没有看过的川剧里还有这么一种绝活。一间不大的屋子，挤满了和我一样好奇的游人。基本与西安的秦腔戏曲茶座一样，每人面前一杯盖碗茶。在茶叶的清香之气里，我盯着舞台，不知将要出场的变脸师傅是否也是和电影里朱旭一样的老艺人。在等待的时间，但见一妙龄女子身穿罗裙，轻移款步，袅袅而来。微笑之间，齿白唇红，脸如凝脂。手中一把铜壶，壶嘴约莫一米多长。一个"苏秦背剑"，一股茶水细细流出，尽收碗盏。茶满杯中，滴水不漏。又一个"犀牛望月"，另一位座客的面前便满杯清香。神奇之间，一阵紧锣密鼓，大幕一抖，出来一员武将，脸如关公红，眼似悟空闪。斗篷一展，背旗飘忽。一个旋风脚，震得舞台嗵嗵乱响。接下来一个转身360°腾空摆莲，单叉落在地上，复又腾空而起，大气不喘。十指交叉组合出一个金钱图案。持壶的女子一边介绍，说这是祝愿大家多多发财。我的两手捏弄了半天，也没弄出金钱来。大约是此生注定与财富无缘了。

变脸是在锣鼓的震喊和激烈的音乐和声中进行的。音响传出高亢的唱词：

> 在天府之国呦
> 我们四川噻
> 有一种绝活既神奇又好看
> 活脱脱一副面孔
> 热辣辣一丝震颤
> 那就是舞台上的川剧
> 川剧中的变脸
> ……

　　我的眼睛死死盯着演员的手，希望看到他或揭脸或抹脸或吹脸的动作，但手中的折扇飘忽不定又游移极快，岂是我这笨眼能跟上的。据说一个变脸艺人，至少要能一口气变出九张不同的脸谱才算过关，我心里一直在数，并未数到九张，却也数到七张之多。回身一变，低头一变，折扇拍脸一变，甩袖一变，看得我眼花缭乱。脸谱或狰狞，或惶恐，或愤怒，或张狂，看得我惊心动魄，完全忘记了喝茶。锣鼓戛然停止，最后变回的是一张真脸。卸去戏装的艺人，竟是一个黄发少年！要是变脸大师彭登怀，据传二十五秒之内能变出十四张不同的脸谱来。这个传子不传女，传儿不传媳的川剧绝活，如今被从一场场川戏里"断章取义"地开发出来，糅进杂耍与现代武术的动作，倒也不失为一种短平快的艺术传播方式。变脸不再保守，从此走入民间。民族的成为世界的，也许正是文化传播的最高境界。

　　夕阳既归，人影散乱；锦鳞游泳，岸芷汀兰。锦江之水，将锦里古街倒映得熠熠生辉。感谢历史，感谢当年鼎立的三国，我们才能如此酣畅地神游于这天地之间，也更应该好好地活着，尽情享受这文化赋予的四川特色的闲适生活。

黄龙溪古镇

两碗清茶，素毛峰，竹叶青；三把藤椅。我坐在了川西古镇黄龙溪的大榕树下。

榕树下的溪水里，无数的男女小孩如热锅里翻腾沉浮的饺子；湿身的美女凹凸有致，双峰毕现。坐在溪流边的我，不时被小孩手中的水枪射偏的水柱浇湿肥硕的身体。我的舌尖，竟也很快地分离出了两个盖碗茶之间五元的差距。

下午的太阳，与徜徉古街之后的我一样慵懒疲惫。榕树枝叶的倒影在溪水里割裂出离合的神光。对面的木楼，尽管红漆斑驳，沧桑依旧，但密集的榫卯，高峨的身板，依然传递出一股沉稳厚重的力量。

黄龙溪古称赤水，地处锦江与鹿溪河的汇流之处，牧马山、二峨山隔江对峙，是古蜀国的军事要地。公元前 316 年，末代蜀王在此与敌军曾做最后的决战。《水经注》载："武阳有赤水其下注江。建安 24 年，有黄龙见此水，九日方去。"千古一溪，因此得名。两千多年前，古蜀国的先民就在此繁衍生息，这黄龙镇也更是古代商贾繁荣的水陆码头。杜甫的千古绝句，"窗含西岭千秋雪，门泊东吴万里船"中的"万里船"，张帆竞发，御风而行，从成都出发的第一夜即宿于这黄龙溪。那时的黄龙溪，百艇联樯，千蹄接踵，南北辐辏，五方杂沓，呈现出"朝出锦官城，夜宿黄龙溪；日有千人恭手，夜有万盏明灯"的繁华景象。

古镇由七条老街组成，千余米内的明清建筑至今保存完好。红石街面，木柱青瓦，镂空窗棂。幽深的老街分布溪流两岸，众多的饭堂酒肆，门前飘舞的小旗，在微风中招呼着过往的行人。

古龙寺是黄龙溪镇修建最早的一座寺，寺内大殿供奉黄龙祖师，殿前一侧矗立千佛铁塔。古龙寺的正门上为戏台，名曰"万年台"，据说是黄龙溪九个戏台中仅存的一个。台前偌大的院坝，成为正街尽处的广场，原为集会交易和看戏的场所。院坝南北各有一棵树龄一千七百多年的古榕树，树冠阴翳蔽日，苫盖了整个院坝的上空。北边古榕树干的分叉处有一小庙，供奉"黄葛大仙"，传说只要摸一下树身，即能祛病消灾，延年益寿。南边的一棵古榕树，盘根错节，将一座小土地庙包裹得严严实实。

潮音寺坐镇古街当中，古称乐善堂，是一座尼姑庵。临街五间，供奉观世音大士和弥勒佛。古时上元会、中元会、下元会都在此举行供天道场，祈祷风调雨顺。

镇江寺位于正街北首，与古龙寺遥遥相对，是千年码头王爷坎上的一座古刹，供奉镇江王爷杨泗，以保平安，为旧时船帮祭祀集会的场所。寺前的古榕树身上寄生着繁茂的辣椒，颇为壮观。

坐在榕树下喝茶，我的眼里盛满了喧闹与繁华。如织的人流也许不亚于千年前的蜀汉盛景。我一向不喜欢在静好的地方摄影，以免美好的东西被我手中现代化的家什亵渎。人在其中，默默地感受她深藏其中的底蕴和魅力，是我固执的选择。故而，在我未来之前的想象里，古镇应该如处女一般的宁静：儒冠羽衣，仪态萧然的诸葛先生手执鹅毛，指挥若定；白发苍苍的老者，抽着长杆烟锅，静坐在竹编的藤椅上凝望远方，一条小狗伸长舌头趴卧一旁；冷清的酒肆门口，偏襟盘花纽扣上衣，裤脚肥大的老板娘站立门口抚弄发髻，突然闯进头戴斗笠、身背长剑、黑纱遮面的江湖高手，将一锭银子"咣当"一声掷于桌面。一摞粗瓷大碗摇摇晃晃，老板娘花容失色之间，江湖高手一言不发，兀自扬长而去，背后剑须飘飘；青石铺面的窄巷里，细雨霏霏，旗袍长发油纸伞，背影，高跟鞋声脆如豆。意识流中的这一切，被我耳旁清脆的叫声拉回当下："掏耳朵嘛，很舒服哦！"女子手中两根近尺长的银扞丁零作响，余音袅袅，鼓荡着我发痒的耳膜，索性闭了眼睛，歪着头享受一次。在女子灵巧的动作里，我再一次进入那个遥远的年代。

寻访古镇，是我此行的"重要阴谋"。对于川西的风物人情，最早的记忆来自李劼人的《死水微澜》。电视剧里一曲"川西坝子小中华……"让我对遥远的川西无端地生出许多遐想。多年以前，我租住在城中村里，那些来自四川的木工邻居少不了他们婉转的川语："幺儿，ci（吃）饭喽——"出生于黄土高原的我，对水生来有一种虔诚的膜拜和艳羡，特别是这清澈见底的南江之水，脱去了黄土泥流的浑浊不堪和生硬莽撞，如一位站立身旁的婷婷美人，婉转流畅，声语呢喃，令人想入非非，欲罢不能。

自从川西南陆路交通发达以后，这上达成都、下至重庆的黄龙溪水运码头，繁华不再，玉容褪色，一度冷落静寂，无人问津。而在人们喧嚣地生活，以至精神困倦之后，她又一次重现在人们的眼前。这一次，不是她的光华再现，而是人们的精神诉求无处宣泄。于是，一个曾经被人遗忘的古镇，在花费巨大的人力物力之后，复活如初。如我一般的人们，争相逃离都市，奔走于山野水溪之间，不过是想表面重温原始的生活，找回失去的古朴情怀而已。

不变的是古镇，变化的是人心。

我的足迹能够到达的地方，早已留下无数看不见的脚印。古人逐水而栖，今人进山玩游。我既不能免俗，还能有什么理由抱怨她的繁闹，妄享一个人的宁静呢。

徐徐转动的水车，将清澈的水汲往高处，哗哗流下，又潺潺而去；笨重的石磨在水力的作用下嗡嗡转动，木架嘎吱作响；隔溪而望，"张飞"一袭缁衣，没有骑马，挥舞着亮闪闪的菜刀，叫卖"张飞牛肉"，虽然觉得有些好笑，但这一声声的呼唤，却也让我的内心充满了古意。

古镇上方的阳光，泼洒着千年前的余晖，它不仅照耀着这曲廊青瓦，牌坊寺庙，小院人家，也将残余的古朴温厚的光芒，毫不吝惜地洒在我这个来自遥远北方的匆匆过客身上。

吃肉记

这几年每逢春节，妻子都要做几个蒸碗。大肉片子或者方块肉，红辣椒葱姜蒜各类作料提味，放在不上釉的土碗里蒸熟，复进冰箱，等待年上的客人或者全家人吃。其实，这都是做给我的，家里的两个小资产阶级分子绝对不吃，少量的来客也不吃。他们一个个瘦得像猴，却又都怕胖了。尽管我如今已是肥硕不堪，而做好的肉，因为"猪的原因"，也没有原来的肉那么香，但我的骨子里似乎五行缺肉，最终，这些蒸碗里的肉就都进了我的肚子。

我其实也很怕死，每隔三两年都要去医院化验一下身体指标。血糖血脂肝功十项等。除过低压在 90～100 之间波动以外，其他正常，也就是说，并不是高血脂，甚至我的低密度脂蛋白还偏低，于是对于肉就放得很开。还有一个原因，是我觉得人的胖瘦与吃肥肉并没有必然的联系。我见到很多肥得放倒能当球踢的人并不吃任何肉却飞速上膘，私以为这是基因或者身体内某个尚不能知的器官在作怪。就像我们不知道量子纠缠以前对待神鬼的态度一样，是冤枉了肥肉的清香，冤枉了神鬼的存在。社会发展是飞速的，这几年里，即使我回到故乡婚丧嫁娶的餐桌上，那些白花花的肉片也是怎么端出来的又怎么端回去了。没有人喜欢吃那个，而我至少会吃上一片，以示对猪的敬意。

几十年前的山村，说吃肉是很没有意思的。我的意思不是说吃肉没有意思，而是说因为吃不上肉而生活得没有意思。如今，吃肉本身没什么意思了，但那时候吃肉的故事和情景却感觉很有意思。

一年里能够吃上肉的时间段就是过年，而且必须是吃人家家里的肉。自己家年前割的那二三斤肉根本就吃不上，那是留给客人的。而要吃上人家家里的肉就得背上馍布袋去走亲戚。

我总是怀着很复杂的心情去走亲戚。因为我自尊心很强，如果某家亲戚曾经刺激了我敏感的神经，我是宁可把涎水咽下肚子也不去他们家的，反正不吃肉也饿不死，山上的野果子多的是。夏天的如籽八月大，秋天的野葡萄柿子，冬天上山挖柴还可以挖到何首乌的根，这个要靠仔细发现何首乌干枯的茎叶，然后顺藤摸瓜找到石缝里的何首乌根系，难度系数在 5.0 以上，要是山上被大雪覆盖，就更难找到了。白的我们叫作白面何首乌，黄的我们叫作玉麦面何首乌，就像现在的白土豆和黄土豆一样，白的面，黄的脆。口感不同。

除了过年，一年里也有一两次吃肉机会。哪个亲戚家老人死亡，娶媳妇生孩子过满月过岁，等等，也是机会。那一年冬天有个机会，是老姨（父亲的姨）的大儿子——我的叔叔——结婚，我们提前一天就去了，据说老姨为此杀了家里的肥猪。老姨家也很穷，晚上睡在根本没有褥子的光席上，几个人合盖一条薄被子。山里不缺柴火，所以上面冷，屁股底下却火烧火燎的，一晚上就像烙饼子，不停地翻。翻的同时，一想到明天坐席时能够吃到猪肉，舌头底下就鼓涌鼓涌往上泛口水，不觉之间涎水直流。老姨来查铺，看哪个孩子没盖严给拉被子，发现我流口水，直说早知道我流口水，就把那条猪尾巴给我留下了（人说吃猪尾巴治流涎水）。

终于挨到第二天中午坐席。大人们一席八人，我们这碎娃一席十几个人，加塞了。中间坐一个大人管席，以防谁不遵守纪律乱吃一通。我不认识那个大人，但也很遵守纪律，大人的吃肉发令枪不响，尽管内心翻江倒海，我绝对正襟危坐，只是把筷子紧紧地攥在手里死死地盯着他的嘴，看它什么时候开张发话。

席面是有讲究的，大方桌三边各一条长凳子，另一边面南背北放两个红靠背椅子，那是上席，是德高望重的人坐的。每边坐两人，合计八人，一碗肉上来就是在上面苫八片，一人一片，多吃就不行了。我们这帮小耗子人小，四边都是长条凳，一条长凳子坐三个，那就十二个人了！可碗里的肉还是按大人席面预先安排布置的，也就是说，每人平均不到零点七片肉！我们都把筷子攥在手里看他，就在他的嘴微微张开，一个"抄"字还未出口，十一把二十二根筷子就在苫着八片肉的碗上面搭起了一个密不透风的筷子架。等那个大人的筷子能伸进碗里时，他只能搅动一碗清汤，连个白菜叶子都不见了。

在激烈的拼抢当中，我终于夹住了最后一片肉，哆哆嗦嗦正要送进我的嘴，不想右边坐的孩子是个左撇子，他的胳膊撞了我一下，已经基本上属于我的那片肉就掉在地上了。我赶紧低头寻找，终于发现肉就在他的左脚旁边，我一边奋力拉开他的腿，一边正要用筷子去地上夹，谁知道他不小心一脚踩在肉上了，等我拉开他的腿，那片肉已经成为黑乎乎脏兮兮的一块，根本吃不成了，我哇的一声号啕大哭起来。要知道，在一个星期前听到老姨家娶媳妇的消息，我就在想象猪肉的香了。我跑了三十多里山路就为这一片肉而来，而这一切的一切，一刹那间就烟消云散了。

后来我主动出击和那个孩子在院子里打了一架。他根本不是我的对手，吱哇叫着满院乱跑。而后我又被母亲捉住打了一顿。老姨拉开母亲，从房梁上的笼子里取了一块硬得能打死人的点心给我，愤怒的我当着那么多人的面，把那块点心扔进了老姨家门口的河里。

某个姑给她第三个孩子过满月，也就是我的一个小表弟，我奉命和二姐去吃席。眼看开席了，端上来一碗肉菜，和前文一样，一碗八片肉，还没等我坐上去，席上的大人一个个先掰开一个白馍，把肉夹在馍里然后藏起来准备带回去，再夹起本来属于别人的那片肉给他们的孩子吃。我一看彻底没戏,生气地扭头跑出门去,二姐发现吃饭没见我,出门找,看见我站在门口用手抠墙上的土,二话不说拉起我暴打一顿,说你不去抢还等人把肉送到嘴里?!害得我连饭也没吃上到处找你,狼怎么不把你吃了去?!一边哭一边打我,我一声不吭任凭她拳打脚踢。

我的小学一到二年级是在爷庙里上的。拆了神像,在墙上用水泥砂浆搪一块长方形,拿一瓶墨汁刷刷,就是一块黑板,桌子是用生产队伐下的大树解的板铺的,凳子各人自带。九岁那年冬天,生产队拆了爷庙盖学校,上梁那天生产队杀了一头猪犒劳社员。厨师一声喊:"开饭了!"大家就像赛跑一样跑去吃肉。父亲当时正在房上边,他需要从另一边的梯子上下来,因为心急,一脚踏空从梯子上跌下来,他根本顾不上什么疼痛,奔向灶房,终于夹上一个有肉的大馍,他把那个肉夹馍送回家,我们几个分了吃。

那是除去过年吃得最香的一回肉。

我上六年级的时候,是在外村的学校上学。路远,我每天背着一天吃的黑馍,天不亮就起床,晚上才能回来。舅家的大表哥给孩子过岁,母亲说外家离学校很近,可以中午去外家吃饭,就不用背馍了。临到中午放学,我想到一次次在亲戚家吃饭的不愉快经历,就改变主意不想去了,因为我知道即使去了也可能坐不上席吃不上饭,我不愿意再和别人抢了。那个中午我没有去外家,而母亲也没有来学校给我送馍,于是那天我白白地饿了一天,下午的肚子已经非常难受,但我一直忍着,又过了大约一个小时,因为饿过头了,也就觉得不那么难受了。

多年以后,我注意到父亲右手小指的第二个关节有些异样,凸起而且粗壮,问起他,说是早就是那样子的,是当年盖学校的时候从梯子上掉下来,手拄在地上了。那天全家人分了那个夹着两片肥肉的馍,我们一个个吃得很香,味蕾饱满地享受着难得的滋润,没有一个人注意到他的右手小指和平常有什么不同。